CHRISTINA DODD

Die Geliebte des schwarzen Ritters

Deutsch von Wiebke Hafermann

Weltbild

Originaltitel: *A Knight to remember*
Originalverlag: Harper Paperbacks, New York

Besuchen Sie uns im Internet:
www.weltbild.de

Weltbild Buchverlag –Originalausgaben–
Deutsche Erstausgabe 2006

Projektleitung: Julia Kotzschmar
Redaktion: Claus Keller
Übersetzung: Wiebke Hafermann
Umschlaggestaltung: Hauptmann und Kompanie
Werbeagentur GmbH, München
Umschlagabbildung: Copyright © Franco Accornero via
Agentur Schlück GmbH
Satz: AVAK Publikationsdesign, München
Druck und Bindung: Oldenbourg Taschenbuch GmbH,
Hürderstraße 4, 85551 Kirchheim

Gedruckt auf chlorfrei gebleichtem Papier

ISBN 3-89897-375-1

Für meine AKZ-Schwestern:
Rhonda Day, Juli Goetz, Marian Hardman, Ann Holdsworth, Kathy Howell, Sharon Idol, Jessica Kij, Sheila McCarn, Bobbie Morganroth, Susan Richardson, Rebecca Easterly, Suzanne Bartholemew, Julie Mulvaney, Deborah Schlafer, Sherrill Carlton.

Danke für eure nie endende Unterstützung und Begeisterung. Gott passte auf mich auf, als Sheila jenen Brief schrieb.

1

England im Mittelalter
Wessex, Frühling 1265

Als Edlyn sich vorbeugte, um den Schlüssel ins Schloss zu stecken, knarrte die Tür in den Angeln. Verwirrt starrte Edlyn die sich langsam erweiternde Öffnung an. Das Holz um das Schloss war zersplittert, und nur das dämmrige Morgenlicht hatte den Schaden vor ihrem unachtsamen Blick verborgen.

Jemand war in die Pharmacia, in der die Heilkräuter und andere Medikamente des Klosters zubereitet und aufbewahrt wurden, eingebrochen.

Hastig wich sie auf dem mit Kies bedeckten Pfad, der durch den zur Pharmacia gehörenden Kräutergarten führte, zurück. Die jüngste Schlacht hatte viele Männer – verwundete Männer und verängstigte Männer – in die Infirmaria, die Krankenstube des Klosters, gebracht, und sie würde sich hüten, sich länger als nötig alleine in ihrer Nähe aufzuhalten.

Als Edlyn sich entschlossen hatte, davonzurennen, hörte sie jemanden mühsam atmen. Wer auch immer die Tür aufgebrochen hatte, war noch darin und – nach den verzweifelten Geräuschen, die er von sich gab – verwundet. Sie zögerte, denn sie mochte niemanden leiden lassen, auch wenn sie wusste, dass sie einen der Mönche herbeiholen sollte.

Bevor sie eine Entscheidung treffen konnte, stahl sich ein Arm um ihren Hals. Als sie plötzlich grob gegen einen verschwitzten männlichen Körper gezerrt wurde, trat sie heftig um sich. Etwas berührte ihre Wange, und aus dem Augenwinkel konnte sie Stahl blitzen sehen.

Ein Dolch.

»Wenn Ihr schreit, schlitze ich Eure Kehle von oben auf!«

Er sprach dasselbe normannische Französisch wie alle englischen Adligen, aber seine gewöhnliche Aussprache und die Art, wie er sich ausdrückte, machten seine Worte fast unverständlich. Dennoch verstand sie ihn nur zu gut, und in dem besänftigenden Ton, den sie sich in den Tagen und Nächten, in denen sie sich um die Kranken und Verwundeten kümmerte, angeeignet hatte, antwortete sie: »Ich verspreche Euch, dass ich still bin.«

Der Griff des Mannes wurde fester. Er zog sie herauf, bis ihre Zehen in der Luft baumelten und sie durch den Druck auf ihre Luftröhre würgen musste. »Aye, eine Frau wird immer lügen, um sich selbst zu retten.« Er schüttelte sie ein wenig, dann ließ der Druck ein bisschen nach. »Aber Ihr werdet mich nicht verraten, wenn Ihr wisst, was klug ist.«

Sie sog tief die Luft ein und ließ dabei ihren Blick über den durch eine Mauer eingefassten Kräutergarten und die Pharmacia wandern. Sie brauchte eine der Nonnen. Sogar die Priorin, Lady Blanche, wäre in diesem Augenblick ein willkommener Anblick gewesen. Aber die Sonne war noch kaum aufgegangen. Die Nonnen befanden sich noch bei der ersten Gebetsstunde, der Prim. Danach würden sie das Fasten brechen und sich erst dann zu ihren unterschiedlichen Aufgaben im Refektorium, in der Pharmacia und den Gärten begeben. Edlyns Überleben hing von ihrem eigenen schnellen Nachdenken ab – wie immer. »Sucht Ihr nach Nahrung?«, fragte sie. »Oder nach Medizin? Wir haben hier viele Männer, die aus der Schlacht zurückgekehrt sind und …«

Der Arm drückte erneut mit brutaler Gewalt zu, und sie kratzte verzweifelt um sich, als rote Sonnen hinter ihren Augen explodierten. Dann ließ er sie fallen wie einen misshandelten jungen Hund. Sie schlug hart auf dem Boden auf.

Er stellte seinen Fuß auf ihren Leib und beugte sich über sie. Mit dem Dolch in der Hand fragte er: »Wie kommt Ihr darauf, dass ich vom Schlachtfeld komme?«

Sie bekämpfte die aufsteigende Panik und die Schmerzen, als sie überlegte, wie sie antworten sollte. Sollte sie ihm sagen, dass er nach Blut, Dreck und Brutalität roch? Sie vermutete, dass er das nicht hören wollte, aber sie verstand auch nicht, wie ihr schwer erkämpfter Frieden so grausam zerschlagen werden konnte. »Die Männer kommen hierher, weil sie unsere Hilfe suchen«, flüsterte sie. »Ich dachte, Ihr wäret auch einer von ihnen.«

»Ich nicht. Ich bin nicht verwundet.«

»Nay, ich sehe jetzt, dass ich mich getäuscht habe.«

Sie sah noch mehr als das. Ihr Angreifer war ein hässlicher, gedrungener Mann, der in ein Lederwams gekleidet war und so ungefähr alle Waffen an sich trug, die geschaffen worden waren, um Menschen zu töten. Sein Kinn und seine Arme waren blutverschmiert, aber der größte Teil des Blutes war – so vermutete sie – nicht sein eigenes. Er stand zu sicher auf seinen Beinen da und hatte seine Stärke nur zu gut bewiesen.

Unter der Lederkappe runzelte er seine breite Stirn. Er war nichts anderes als der Diener irgendeines Ritters, dazu geschult, zu kämpfen und zu verwunden und zu töten, und sie würde darauf wetten, dass er all dies mit äußerstem Selbstvertrauen tat. Aber irgendetwas brachte ihn gerade durcheinander, und wieder bemühte sie sich, Vertrauen erweckend zu klingen, als sie fragte: »Wie kann ich Euch helfen?«

Er ließ seinen Blick in die Runde schweifen, dann wieder zu ihr zurückkehren. »Ich habe da drin jemanden. Ich will, dass Ihr ihm helft.«

Gelobt sei Gott. Edlyn verschwamm vor Erleichterung alles vor den Augen. Dieser grobschlächtige Muskelberg würde sie also nicht vergewaltigen. Er würde sie nicht töten. Er brauchte einfach nur Hilfe für seinen Herrn oder seinen Freund. Sie hatte schon früher Angst gekostet, und erst jetzt erkannte sie den metallischen Geschmack auf ihrer Zunge wieder.

»Verwundet?«, fragte sie.

Er zögerte und nickte dann abrupt, als verriete er selbst damit noch zu viel.

»Er wäre in der Infirmaria besser dran. Lasst mich Euch –«, sie versuchte sich auf ihren Ellenbogen aufzurichten, aber da drohte plötzlich wieder die Spitze des Dolches.

»Nay! Das hätte ich auch selbst tun können. Niemand muss wissen …«

»Dass er hier ist?«

»Aye.« Der Mann antwortete widerwillig. »Wenn Ihr ihn verratet, dann schlitze ich Euch die Kehle von …«

»Oben bis zum Magen auf«, schloss Edlyn. »Das habt Ihr bereits gesagt. Aber ich kann ihm nicht helfen, wenn Ihr mich nicht aufstehen lasst.«

Er zögerte immer noch, dann nahm er schließlich seinen Fuß von ihrem Leib und streckte eine Hand aus, um ihr aufzuhelfen – und sie gleichzeitig weiter unter seiner Kontrolle zu halten. »Da hinein.« Er wies mit seinem Kopf auf die Pharmacia und stand hinter ihr, als sie eintrat.

Draußen hatte die aufgehende Sonne begonnen, die Landschaft zu erleuchten. Drinnen hielten die Steinmauern das Licht ab, und die kleinen Fenster ließen nur wenige Lichtstrahlen hindurch. Edlyn öffnete ihre Augen weit, um die Quelle ihrer Schwierigkeiten ausmachen zu können.

»Er liegt hier auf dem Boden.« Ehrfurcht färbte die Stimme des Dieners. Er schloss die Tür und kniete sich auf den gestampften Boden neben ein Bündel aus Metall und Lumpen, das ungefähr die Länge eines Mannes hatte. »Ich habe Euch Hilfe gebracht, Herr«, flüsterte er. »Sie wird Euch wieder gesund machen.«

Keine Antwort, keine Regung, kein Laut. Edlyn befürchtete, dass sein Herr bereits tot sei, und sie bereitete sich innerlich darauf vor, in dem Moment zu flüchten, in dem die Verzweiflung über den elenden Tölpel hereinbrach.

Dann stöhnte der Mann, der sie gefangen hielt, in unverstellter Besorgnis auf. »Herr …«

Bevor sie sich anders entscheiden konnte, hatte sie schon eine Hand auf die Schulter des Dieners gelegt. »Geht beiseite und lasst mich sehen, was ich tun kann.«

Der Diener schauderte unter ihrer Hand und sprang dann auf die Füße.

»Wenn er stirbt, sterbt Ihr auch.«

Er knurrte, aber ihre Panik war etwas abgeflaut. Schließlich war ihr Entführer doch auch nur ein Diener, der um seinen Ritter fürchtete, und das verwandelte ihn von einem Ungeheuer wieder in einen Mann. In Zurückweisung seiner Anmaßung antwortete sie: »Euer Herr ist in Gottes Hand, wie wir alle. Jetzt geht beiseite.«

Der Diener taumelte zurück, und sein Blick heftete sich auf das Kreuz über der Tür.

»Öffnet den Ofen und schürt das Feuer. Ich brauche Licht.«

Edlyn kniete neben dem auf dem Bauch liegenden Krieger nieder. Ein geschlossener, verbeulter Helm bedeckte seinen Kopf. Sein Überrock war schon entfernt worden, so dass der Kettenpanzer, der Oberkörper, Beine und Arme bedeckte, zu sehen war. Sein Diener befreite die Glut von ihrer Ascheschicht und legte Späne nach, um die Flammen wieder zu entfachen. In ihrem Licht sah Edlyn, wie Blut durch das eiserne Geflecht sickerte. Sie löste an einer Seite die Verschnürung des Kettenhemdes; auf der anderen Seite war diese zerschnitten und hing lose herunter. Der Gegner des verwundeten Ritters, so vermutete sie, hatte wohl mit seiner Lanze die Bänder zerrissen, und die Spitze war schließlich ins Fleisch gedrungen. Mit einem angestrengten Stöhnen schob sie das schwere Kettenhemd zur Seite und starrte bestürzt das blutgetränkte Futter darunter an. »Gebt mir ein Messer«, verlangte sie.

»Wohl kaum«, war die mürrische Antwort.

»Dann schneidet Ihr das Futter auf«, sagte sie ungeduldig, denn sie wollte die Wunde am Körper des Ritters sehen.

Der Mann, der sie gefangen hielt, kniete sich neben sie. »Dieses Futter ist ein Hoqueton.« Mit unsicheren Händen schnitt er die zerfetzten Reste der Hosen und des Hemdes auf. »Ein Hoqueton, Ihr dummes Weib. Es schützt meinen Herrn vor Schlägen gegen die Rüstung. Wisst Ihr denn gar nichts?«

Sie wusste mehr, als ihr lieb war, aber das gab sie nicht zu. Sie gab zurück: »Es schützt ihn vielleicht vor Schlägen gegen die Rüstung, aber sein Fleisch hat es nicht geschützt.«

Dann legte der Diener den Körper seines Herrn frei, und Edlyn schnappte erschrocken nach Luft. »Gott helfe ihm.« Sie sank nach hinten auf ihre Knie und betrachtete den Verwundeten nur, zu erschrocken, auch nur die weißen Rippen und die zerrissenen Muskeln zu berühren, die durch die zerfetzte Haut schimmerten. »Ihr braucht jemanden mit mehr Erfahrung, als ich habe, der sich darum kümmert.«

»Ihr macht das«, beharrte der Diener. »Niemand anderes als Ihr.«

»Warum verurteilt Ihr ihn zu meiner unzureichenden Pflege, wenn doch jenseits des Hofes die Krankenstube liegt? Ich verstehe mich auf Kräuterheilkunde«, erklärte sie fest. »Ich pflege hier nicht die Verwundeten. Ich lege nur Umschläge auf und empfehle Medizinen.«

Er musterte sie mit schmalen Augen, aus denen Feindseligkeit blitzte. »Ich höre doch, wie Ihr sprecht. Ihr seid eine Dame, und Damen wissen, wie sie ihre Leute heilen können.«

»Manche wissen darüber mehr als andere.«

»Macht ihn gesund.« Die kalte Spitze seines Dolches berührte wieder ihre Wange. »Jetzt.«

Also wollte er noch nicht einmal darüber sprechen. Das bedeutete wohl, dass der Verwundete einer von Simon de Montforts Rebellen war und dass der Diener fürchtete, die Männer des Prinzen könnten seinen Herrn finden und ihn töten. Sie konnte das verstehen, aber sie hatte schon Männer an solchen Verwundungen sterben sehen. Sie hatte auch erlebt, dass sie überlebten, allerdings nur unter der Pflege der

Nonnen, die in der Krankenpflege erfahren waren und ausgebildete Helfer hatten. Sie schielte aus dem Augenwinkel zum Dolch herüber. Sie hätte fliehen sollen, solange es ihr möglich war, statt sich vom Mitleid überwältigen zu lassen.

Doch sie war geblieben und hatte sich dadurch verpflichtet, die vor ihr liegende Aufgabe auszuführen. Sie musste das tun – sie hatte nicht nur an sich selbst zu denken.

Sie erhob sich wieder und bewegte sich hin und her durch die Pharmacia, während der Diener sie beobachtete. In dem kleinen Gebäude, das sich in der Mitte des zum Kloster gehörenden Kräutergartens befand, waren die Wände mit Regalen versehen. Getrocknete Pilze hingen an Schnüren von den Dachsparren herunter. Ein Tisch, so lang wie der Raum, verlief in der Mitte, und an einem Ende stand der gemauerte Ofen.

»Wie ist Euer Name?«, fragte Edlyn.

»Warum?« Der hockende Mann spielte mit seinem Dolch.

»Weil ich nicht weiß, wie ich Euch anreden soll.« Edlyn öffnete einen hölzernen Kasten und häufte eine Hand voll getrocknete Schafgarbe in ihre steinerne Schale. Mit dem Stößel zerrieb sie die Blätter zu Puder und sagte: »Und ich möchte, dass Ihr das Feuer zu einer ordentlichen Flamme schürt.«

»Warum?«

Sie wollte ihn anfahren, aber sie verstand das Misstrauen, das er verspürte – und außerdem umklammerte er immer noch den Dolch. »Ein Patient, der so schwer verletzt ist wie Euer Herr, sollte warm gehalten werden. Und ich werde ihm auch einen Umschlag machen, wenn ich damit fertig bin, seine Wunden zu nähen. Und der Umschlag wird helfen, die bösen Körpersäfte aus seinem Blut zu ziehen.«

Der Mann grübelte darüber nach, dann erhob er sich und ging zu dem kleinen Holzhaufen neben der Feuerstelle. »Da ist nicht mehr viel Holz«, sagte er.

»Der Holzstapel ist draußen.«

»Ha! Ich lasse Euch doch nicht mit ihm allein.«

»Wie Ihr wollt.« Nachdem sie gerade so viel Wasser zu den Blättern gefügt hatte, dass die Mischung eine dickflüssige Paste ergab, stellte Edlyn die Schale zum Wärmen auf den Ofen. Dann sammelte sie alles zusammen, was sie für die bevorstehende Aufgabe benötigte, und ordnete es auf einem Tablett. Als sie auf die Seite des Tisches in der Nähe der Tür trat, folgte ihr der Diener mit bereitgehaltenem Dolch. Es ärgerte sie, solchem Misstrauen zu begegnen, aber es überraschte sie nicht. Das war die Ernte der Gewalt: Männer, die niemandem trauten und denen man nicht trauen konnte. Als sie zu dem verwundeten Mann zurückkehrte, sagte sie: »Ihr werdet den Dolch weglegen müssen. Ich brauche Eure Hilfe.«

Der Dolch schwankte einen Moment lang, und sie blickte in das hässliche Gesicht ihres Entführers. »Warum zögert Ihr? Ihr könnt mich doch jederzeit mit Euren bloßen Händen töten.«

»Das ist wahr«, gab der Mann zu und schob den Dolch zurück in die Scheide.

»Bringt mir Wasser«, befahl sie. »Es ist dort drüben in dem Krug.«

»Wofür braucht Ihr denn Wasser?«

Sein anhaltendes Misstrauen reizte sie immer mehr, aber sie nahm sich zusammen. Sie war geschult worden, sich unter Kontrolle zu halten, ihr Temperament und ihre Gefühle zu verbergen, und jetzt kam es ihr so vor, als sei dies nur für diesen Moment geschehen. »Damit ich die Wunde auswaschen kann und genau sehe, was ich tue. Bitte tut, was ich verlange, um Eures Herrn willen.«

Die ruhige Autorität, mit der sie sprach, verfehlte ihre Wirkung nicht. Der Diener erhob sich und brachte schweigend das Wasser.

»Öffnet die Tür«, sagte sie, um ihre neue Überlegenheit zu erproben. »Ich brauche noch mehr Licht.«

Er ignorierte diese Aufforderung und kauerte sich stattdessen neben sie, um auf weitere Anweisungen zu warten.

Mit einem Seufzer angesichts dieses Fehlschlags begann sie mit der Arbeit. Zum Glück für den bewusstlosen Mann waren die Sonnenstrahlen draußen kräftiger geworden, so dass sie sehen konnte, als sie Hautfetzen zusammenzog und mit Schafdarmsaiten in groben Stichen vernähte. Während der ganzen langen Behandlung assistierte ihr der Diener ohne Fragen. Er war nicht so sehr eingeschüchtert, sondern auf die ihm anerzogenen Gewohnheiten zurückgefallen – wenn eine Dame sprach, gehorchte ein Diener, auch wenn er die Oberhand hatte. Für den Augenblick waren sie beide in der Aufgabe vereint. Später, das wusste Edlyn genau, würden sie wieder Feinde sein.

Irgendwann während des langwierigen Nähens der Wunde wurde Edlyn gewahr, dass der Patient wach war. Dass er zuvor bewusstlos gewesen war, hätte sie beschwören können, aber jetzt spannten sich seine Muskeln an, wenn sie tastete, und er unterbrach sein Stöhnen, das jedes Mal einsetzte, wenn sie mit der Nadel in sein Fleisch stach. Er war entweder sehr tapfer oder – sogar jetzt, als er so in seinen Schmerzen gefangen war – sich der Notwendigkeit der Geheimhaltung bewusst.

Da sie sich an die Klagen ihres Mannes, ebenfalls eines Kriegers, erinnerte, wenn er krank war, vermutete sie, dass es sich wohl um Letzteres handelte.

Sie begann mit leiser Stimme mit dem Ritter zu reden, in dem Bemühen, ihn zu beruhigen. Er hatte schließlich nach einer Verwundung das Bewusstsein verloren und erlangte es an einem fremden Ort wieder. »Ihr befindet Euch im Kloster Eastbury«, erklärte sie, »ungefähr 30 Meilen von dem Schlachtfeld entfernt, auf dem Ihr verwundet worden seid.«

Seine Muskeln entspannten sich, als er ihr zuhörte, und sie wusste, dass er sie verstand. Aber seine Stimme erschreckte sie, als er plötzlich sprach. »Wharton?«, fragte er, und seine tiefe Stimme klang durch den großen Helm gedämpft.

Edlyn warf dem nun mit einem Namen versehenen Diener

einen ironischen Blick zu, und sie hätte schwören können, dass der hässliche Mann errötete. »Er ist hier neben mir.«

»Wer ... Ihr?«

»Mein Name ist Edlyn.«

Der Krieger zuckte heftig unter ihren Händen zusammen.

»Habe ich Euch wehgetan?«, rief sie erschrocken.

Und Wharton knurrte: »Ihr habt ihm wehgetan, ungeschickte Kuh!«

»Nay!«, rief der Krieger heftig aus.

Sie konnte jeden einzelnen seiner schweren Atemzüge hören, und sie beherrschte sich, als sie sich fragte, ob er in seinen Schmerzen nach ihr schlagen würde.

Langsam entspannte sich der Verwundete wieder. »Macht weiter. Bringt es zu Ende.«

An der Seite sah sie, wie Wharton außerhalb der Sichtweite des Kriegers wieder den Dolch zog.

»Seid vorsichtiger«, sagte er warnend.

Mit zitternden Fingern beendete sie das Nähen und untersuchte das Ergebnis sorgfältig. »Ich denke, dass ich fertig bin.« Sie wusste nicht, wie sie mit den Stellen umgehen sollte, an denen die Haut vollständig fehlte, und ihr gefiel nicht, wie sich an manchen Stellen die Haut unter der Naht kräuselte. Sie sehnte sich nach einer der Nonnen oder sogar nach einem der wurstfingrigen Mönche, die in der Krankenstube Dienst taten. Und dann fiel ihr ein, dass der Krieger vielleicht eher der Vernunft zugänglich war als sein Diener, und sie meinte zu ihm: »Ich besitze kein großes Können für solcherlei Aufgaben, aber Euer Diener bestand darauf, dass ich für Euch tun sollte, was ich kann. Wenn Ihr mir erlauben würdet, in der Krankenstube Hilfe zu holen ...«

»Nay.«

Edlyn schrak vor der Heftigkeit dieses einzelnen Wortes zurück. Nicht, dass der Krieger laut geworden war – ganz im Gegenteil. Das eine sanft ausgesprochene Wort hatte einfach bewiesen, dass es sich bei ihm um einen Befehlshaber handelte, der es gewohnt war, dass ihm widerspruchslos gehorcht wurde.

Genau das würde sie auch tun, zumindest so lange, wie sein Handlanger sich zwischen ihr und ihrer Freiheit aufhielt. »Wie Ihr wünscht«, antwortete sie. Sie erhob sich und dehnte ihre verspannten Beine. »Wharton hat Euch hierher gebracht, und wenn Ihr noch ein wenig länger still liegen könnt, dann bin ich fertig, und Ihr könnt Euch ausruhen.«

Wharton sprang auf die Füße. »Wo geht Ihr hin?«

»Der Umschlag«, erinnerte sie ihn. »Warum nehmt Ihr ihm nicht den Helm ab, während ich den Umschlag fertig vorbereite? Dann hat er es bequemer.«

»Wohl kaum«, gab Wharton zurück.

»Er muss doch atmen«, wandte sie ein.

Wharton lief vor Zorn rot im Gesicht an. »Ihr wollt nur sein Gesicht sehen, damit Ihr ihn verraten könnt!«

Der groß gewachsene Ritter sprach. »Tu es.«

Wharton sank zurück auf die Knie und griff nach dem Helm. Während sie weiter in dem Brei für den Umschlag rührte, drehte Edlyn den beiden mit Bedacht den Rücken zu, denn sie wollte Wharton nicht noch weiter provozieren.

Hinter ihr sagte der verwundete Krieger: »Wasser.«

Vom Helm befreit, grollte seine Stimme wie eine große Meereswoge, die sich an den Felsen brach. Edlyn fand, dass die Stimme zu seiner Größe passte.

»Aye, Herr.«

Wharton eilte zum Wasserkrug, aber Edlyn hielt ihn auf. »Gebt ihm dieses.« Aus dem Regal über ihrem Kopf nahm sie eine Flasche herunter und entfernte den Korken, dann schenkte sie einen Becher voll und reichte ihn Wharton.

Er schnüffelte misstrauisch daran und rümpfte dann die Nase.

Seiner Frage vorgreifend, sagte sie: »Das ist ein Tonikum aus Frühlingskräutern. Es wird ihm wieder zu Kraft verhelfen.«

Sein Gesicht zu einer Grimasse verziehend, trug Wharton den Becher zu seinem Herrn.

Halb umgedreht warf Edlyn der liegenden Gestalt einen Blick zu, während sie die Wärme des Breis auf ihrem Handgelenk prüfte. Selbst ohne seinen Helm war er nicht zu erkennen. Wie sollte es auch anders sein? Unter dem metallenen Helm trug er schließlich noch eine Kettenhaube, die seinen Hals und seinen Hinterkopf bedeckte und nur das blasse Oval seines Gesichtes frei ließ. Sie beobachtete, wie Wharton mit äußerster Vorsicht seinen Arm unter den Kopf des Kriegers schob und ihn sanft anhob. Der Krieger trank, und Wharton schien ohne Worte zu wissen, wann sein Herr genug hatte.

Sie waren schon seit langer Zeit zusammen, stellte Edlyn fest, und die Ergebenheit des Dieners seinem Herrn gegenüber war vollkommen.

Als Wharton seinen Herrn wieder auf den Boden lagerte, warf er ihr einen wütenden Blick zu, und hastig wandte sie sich wieder ihrer Aufgabe zu. Sie durchsuchte den Korb, in dem sie die sauberen Lappen für Verbände und anderes aufbewahrte, und wählte ein weiches Leinentuch aus, das sie als Polster verwenden wollte. Dann kehrte sie wieder zu der ausgestreckten Gestalt des Kriegers zurück. Sie hielt ihren Blick gesenkt in der Hoffnung, dass Wharton aus ihrer Haltung demütige Unterwerfung ablesen würde, und kniete an der Seite des Kriegers nieder. Mit den Fingern strich sie die grüne Paste auf das Tuch und legte es dann auf die Wunde. Erst dann wagte sie einen näheren Blick in das Gesicht des Kriegers.

Schweiß, Schmutz und Blut hatten sich vermischt und waren auf seiner Haut zu einer Maske der Schrecken der Schlacht erstarrt. Edlyn stieß ihren angehaltenen Atem aus und brachte hervor: »Schaut ihn doch an! Seine eigene Mutter würde ihn so nicht erkennen!«

Wharton grinste, erfreut durch diese Auskunft.

»Wasch mein Gesicht«, sagte der Krieger. »Es juckt so sehr.«

Das Grinsen verschwand, aber Wharton griff widerspruchslos nach dem feuchten Tuch.

Edlyn schnappte sein Handgelenk. »Zuerst muss er von seiner Rüstung befreit werden und vom größten Teil seines Panzerhemdes.« Sie beugte sich unter den Tisch und zog eine Matratze hervor, die mit Stroh ausgestopft und mit festem Wollstoff überzogen war. »Wenn wir ihn auskleiden und dann auf die Matratze rollen könnten, dann könnten wir ihn in die Ecke beim Ofen ziehen, und er hätte es wärmer.«

Wharton starrte sie an, ganz offensichtlich von ihrem Vorschlag nicht überzeugt.

»Es wäre einfacher, ihn zu verbergen«, fügte sie hinzu.

Wharton blickte hinüber in die Ecke beim Ofen. »Da steht ein Tisch.«

»Den räumen wir aus dem Weg.« Wharton schien immer noch nicht überzeugt, deshalb sagte sie ungeduldig: »Es gibt hier keine andere Stelle, an der wir ihn verstecken können.«

»Lasst niemanden herein«, antwortete Wharton.

»Das kann ich nicht tun. Ich teile die Kräuter und Heiltränke für die Krankenstube aus.«

Wharton starrte sie immer noch störrisch an.

»Es müssen Männer sterben, wenn ich das nicht tue!«

Wharton hätte genauso gut aus Stein gemacht sein können. »Mir sind die anderen Männer egal.«

Da mischte sich der Krieger wieder ein. »Mir nicht.«

Whartons Empörung legte sich, und Edlyn seufzte erleichtert auf. »Und außerdem«, fügte sie hinzu, »werden die Nonnen misstrauisch, wenn ich sie nicht hereinlasse. Jetzt lasst uns die Rüstung entfernen …«

»Zuerst die Haube«, unterbrach der Krieger sie. »Entfernt sie.«

Seine Lippen spannten sich an, als Wharton behutsam die Haube abnahm. Edlyn wurde gewahr, dass jede Bewegung ihm Schmerzen bereitete, und die Kettenglieder, die sich in seinem langen blonden Haar verfingen, zerrten an seiner Kopfhaut. Wharton murmelte Entschuldigungen, während er sich abmühte, aber der Krieger machte seinem Diener keinerlei Vorhaltungen. Er lag einfach nur still da und keuchte leise, und als die Haube endlich entfernt war, sagte er: »Nun mein Gesicht. Wascht es.« Wharton nahm wieder das Tuch zur Hand, aber der Krieger sagte: »Nay. Sie.«

Erschrocken sah sich Edlyn einem bösen Blick Whartons und dem feuchten Waschlappen gegenüber.

Sie verstand es einfach nicht. Die beiden Männer waren so darum bemüht gewesen, die Identität des Kriegers zu verbergen, und jetzt ging dieser das Risiko ein, dass sie ihn erkannte, indem er verlangte, dass sie ihm das Gesicht wusch.

Und die Möglichkeit bestand durchaus, *dass* sie ihn erkannte. Als sie die Countess of Jagger gewesen war, waren Legionen von Rittern und Edelleuten zu Besuch gewesen, die kamen, um Bitten auszusprechen und Unterstützung anzubieten. Sie waren natürlich alle verschwunden, als Robin getötet worden war.

Sie hielt das Tuch in der Hand und sah in das schmutzverkrustete Gesicht des Kriegers. Hatte er vielleicht *sie* erkannt?

»Worauf wartet Ihr?«, fragte er.

Sie antwortete nicht. Sie beugte stattdessen den Kopf und begann mit sanfter Hand sein Gesicht zu reinigen.

Eine breite Stirn, aber mit den Spuren der Erfahrung gezeichnet. Dann der Bereich um seine Augen, in dem sie Fältchen entdeckte, die vom Blinzeln in der Sonne herrührten. Dann sah sie haselnussbraune Augen, die sie aufmerksam beobachteten.

Sie zögerte mit dem Tuch in der Hand. Was sah er nur in ihrem Gesicht, das ihn so interessierte?

Wharton schnappte das Tuch aus ihrer Hand und spülte das Blut und den Schmutz heraus. Dann schob er es wieder zwischen ihre Finger.

Die dunklen Flecken hatten sehr wirkungsvoll die Gesichtszüge des Kriegers verändert. Während sie ihn wusch, stellte sie fest, dass seine Wangenknochen hoch und scharf geschnitten waren und seinem vorgeschobenen Kinn entsprachen. Bevor eine Reihe von Brüchen seine Nase entstellt hatte, war diese scharf wie eine Klinge geformt gewesen. Seine Lippen waren wohl selbst dann, wenn sie nicht verletzt und geschwollen waren, großzügig geformt und von der Art, die ein junges Mädchen nur zu gern küssen würde.

Ihre Hand begann heftig zu zittern, als sie ihn anstarrte.

Ein junges Mädchen mochte diesen Mann wohl durch einen Schleier der Verliebtheit sehen. Es mochte sich Hals über Kopf in ihn verlieben und ihn als Inbegriff jeglicher Tugend betrachten. Und wenn jene junge Frau dann fortmusste und einen Mann heiraten, der alt genug war, um ihr Großvater zu sein, würde sie wohl sein Bild wie eine strahlende Ikone vor sich hertragen. Jahrelang mochte sie denken, dass er, und nur er, der Mann wäre, um ihre Leidenschaft zu entflammen.

Sie hätte sich getäuscht. In so vielen Dingen. Und nun war das junge Mädchen herangewachsen, und nun musste es den Preis für seine Dummheit bezahlen.

Aye, sie erkannte ihn. Wie auch nicht? Nicht einmal die Verwüstungen, die Zeit und Entfernung angerichtet hatten, konnten die männliche Schönheit dieses Menschen verbergen.

Edlyn schob das Tuch Wharton zu und wischte ihre Handflächen an ihrem Rock ab, als wollte sie die Spuren der Berührung loswerden. »Hugh«, sagte sie mit kalter, klarer Stimme. »Ihr seid Hugh de Florisoun.«

2

»Und Ihr seid Edlyn, Duchess of Cleere.«

Du lieber Himmel, Hugh erinnerte sich noch.

Hastig erhob sie sich und bewegte sich von ihm fort. »Ich war die Duchess of Cleere. Jetzt bin ich es nicht mehr.«

Er wartete darauf, dass sie sich vorstellte, und als sie es nicht tat, sagte er: »Euer Duke ist gestorben.«

»Er war ein alter Mann.«

»Und Ihr habt wieder geheiratet?«

Sie antwortete nicht – sie wandte lediglich ihr Gesicht von den Augen ab, die sie nur zu genau beobachteten. Vor Jahren hätte sie alles dafür gegeben, wenn Hugh sie so angeschaut hätte. Jetzt war es zu spät.

Ihre Beunruhigung schien ihn zu amüsieren, denn er spottete: »Ihr seid doch immer noch Edlyn, hoffe ich.«

»Ihr dürft mich Edlyn nennen«, gab sie zurück.

»Lady Edlyn?«

Er bohrte so nach wie ein Dachs nach einer Maus, und es gefiel ihr gar nicht, die Maus zu sein. »Nennt mich einfach Edlyn.«

Seine Befragung wäre weitergegangen, bis sie ihm gesagt hätte, was er wissen wollte, oder gar etwas, das sie hinterher bedauert hätte, doch er legte sein Ohr auf den Boden und kündigte dann an: »Da nähert sich jemand.«

Wharton zog seinen Dolch so schnell, dass ihr keine Zeit blieb, sich zurückzuziehen. »Werdet ihn los«, befahl er ihr.

»Wharton, steck ihn weg.« Hughs Stimme klang jetzt schwächer und erschöpfter, als ihm klar wurde, dass er von ihr die Informationen, die er wünschte, nicht bekommen würde. »Edlyn wird mich nicht verraten.«

Seine Gewissheit demütigte sie. Hatte er vor all diesen Jahren etwa ihre Verliebtheit bemerkt? Dachte er, dass diese so tief ging, dass sie ihn immer noch mit ihrem Leben verteidigen würde?

Sie schnaubte. Es gab nur zwei Menschen, für die sie ein solches Opfer bringen würde.

Die Spitze des Dolches stieß sie in die Seite. »Ich werde persönlich für Euren Tod sorgen, wenn Ihr ihn verratet«, flüsterte Wharton.

Sie war zur Genüge gedemütigt und drangsaliert worden. Ihre Selbstbeherrschung verließ sie. »Nehmt das weg von mir.« Sie schlug mit der Faust auf Whartons Arm, und ihr Angriff überraschte ihn so, dass er das Messer fallen ließ. »Und richtet ihn nie wieder auf mich.«

Auf dem Boden lachte Hugh leise. »Das ist meine Edlyn«, sagte er in jenem herablassenden Ton, der in ihr den Wunsch auslöste, ihn besinnungslos zu schlagen. »Ihr hattet schon immer viel Temperament.«

»Ich bin nicht *Eure* Edlyn.« Dann sagte sie zu Wharton: »Ich habe nicht die Angewohnheit, irgendjemanden zu verraten, der mich um Beistand oder Unterschlupf ersucht.« Mit einem letzten wütenden Blick auf den sprachlosen Diener und seinen belustigten Herrn wandte sie sich um und schritt auf die geschlossene Tür zu.

Sie öffnete die an Lederriemen hängende Tür und trat in dem Moment in den Garten, als Lady Blanche und ihre kriecherische Dienerin sich der Tür näherten.

»Lady Edlyn! Lady Edlyn!« Lady Blanches piepsige Stimme passte zu ihrer geringen Körpergröße. »Wir brauchen sofort etwas Schlafmohnsirup. Wir haben einen edlen Lord, der Schmerzen leidet, bei uns.«

Einst, vor langer Zeit, als Edlyn die wichtigste Dame der Gegend gewesen war und die Schirmherrin von Kloster Eastbury, hatten ihr Lady Blanches rosige Apfelbäckchen und ihr süßliches Lächeln gefallen. Sie hatte Lady Blanche für eine liebenswerte Nonne gehalten, die sich der Erfüllung ihrer Gelübde widmete.

Das wusste sie besser. »Sprecht Ihr von Baron Sadynton?«

Lady Blanche blieb abrupt stehen. Adda hielt hinter ihr inne. Ihre identischen Blicke erinnerten Edlyn wieder einmal an ihr gemeinsames Erbe. »Stellt Ihr meine Urteilskraft infrage?«, verlangte Lady Blanche zu wissen.

»Niemals.« Edlyn log ganz selbstverständlich. »Trotzdem fürchte ich, dass Euer edler Lord wird leiden müssen.« Sie zog die Tür hinter sich zu. »Wie ich Euch gestern Morgen schon sagte, haben wir unseren ganzen Vorrat an Schlafmohnsirup verbraucht.«

»Na, na, meine Liebe.« Lady Blanche trottete heran und kam Edlyn für ihren Geschmack zu nah. »Wir wissen doch, dass Ihr einen Vorrat für Notfälle bereithaltet, und dies ist ein Notfall.«

»Aber ich bin froh, dass Eure Dienerin vorbeigekommen ist.« Edlyn nickte der hinter Lady Blanche stehenden Frau zu. »Ich brauche jemanden, der mir Feuerholz holt.«

Wenn irgendetwas Lady Blanche von diesem Ort vertreiben konnte, dann diese Drohung. Adda widmete ihr Leben der Aufgabe, für Lady Blanches Bequemlichkeit zu sorgen, und Lady Blanche bestand darauf, dass Adda ihre Kraft für genau diesen Zweck schonte.

Zu Edlyns Überraschung und Enttäuschung nickte Lady Blanche nur freundlich. »Hilf Lady Edlyn, Adda.«

Addas wütender Blick hätte eine geringere Frau sicher zusammenschrumpfen lassen, aber Edlyn hatte größere Sorgen als nur einen bösen Blick.

Wie beispielsweise einen Mann, der auf dem Boden der Pharmacia lag.

Wie beispielsweise einen Mann wie Wharton, der so schnell mit dem Dolch bei der Hand war.

Wie beispielsweise den Skandal, den Lady Blanche so gerne über Edlyns Namen verbreitet hätte.

»Lasst mich Euch zeigen, welches Holz ich benötige«, sagte Edlyn, um Zeit herauszuschinden.

»Holz ist Holz.« Lady Blanche ergriff Edlyns Arm und versuchte, sie zur Pharmacia zu ziehen, während Adda sich mit schlurfenden Schritten zum Holzstapel bemühte.

Edlyn hatte immer wieder ihre geringe Körpergröße bedauert, aber sie war größer als Lady Blanche und schaltete jetzt auf stur. »Holz ist nicht einfach Holz«, antwortete sie. »Nicht für mich. Eiche brennt langsam und gleichmäßig. Kiefer brennt rasch und heiß. Walnuss brennt …«

»Ich weiß«, erwiderte Lady Blanche scharf. »Warum ist das jetzt wichtig?«

»Wenn man Heilsäfte zubereitet, muss das genau bei der richtigen Temperatur geschehen.«

»Bitte, Lady Edlyn, nun spielt mir doch nichts vor.« Lady Blanches Mund formte eine verächtliche Schnute. »Wir wissen doch beide, dass Ihr keine Kräuterheilkundige seid. Ihr seid doch nur eine gestürzte Edelfrau, die von der Barmherzigkeit des Klosters lebt.«

Edlyns Wut, die bereits durch Wharton angeheizt worden war, entflammte rasch wieder. »Ich habe dieses Kloster gestiftet.«

Lady Blanche begann im Wind der Entrüstung wie ein Espenblatt zu zittern. »Eine feine Stiftung, wenn sie solch eine Rückzahlung erfordert. Ihr bringt den Makel Eures Verrats hierher und befleckt dadurch unseren Ruf. Wenn ich hier Äbtissin wäre …«

»Lady Corliss ist hier Äbtissin, und lang möge sie leben.« Edlyns frommer Wunsch kam von Herzen. Niemals hatte Lady Corliss einen Vorwurf hören lassen, als Edlyn von der Schirmherrin zur Bittstellerin geworden war. Sie war die sichere Stütze gewesen, die Edlyn durch die turbulenten Zeiten der Verzweiflung getragen hatte, und Edlyn verehrte die Äbtissin.

Genau wie Lady Blanche. Ihre geschürzten Lippen wurden

weich, als sie wiederholte: »Lang möge sie leben.« Dann wurde der Blick ihrer kleinen Augen, die wie Rosinen in die runden Wangen gepresst waren, wieder scharf. »Als Priorin ist es meine Pflicht, die Äbtissin vor unangemessenem Ärger zu bewahren, und Ihr, Lady Edlyn, habt Euch bisher als nichts weiter als eine Enttäuschung erwiesen.«

»Das hat Lady Corliss Euch gesagt?« Edlyn glaubte es nicht, aber selbst die Andeutung dieser Möglichkeit schmerzte. Schmerzte, weil sie wusste, dass sie der Wahrheit entsprach. Sie hatte sich dieses vergangene Jahr abgekämpft und ihre naturgegebene Begabung ausgebaut, um eine fähige Kräuterheilkundige zu werden und damit dem Kloster von Nutzen zu sein. Aber stets war ihr bewusst, dass sie den Platz einer anderen einnahm, und das trug zu dem Gefühl des Jammers bei, das sich auf verschwiegenen Füßen jede Nacht in ihre karge Bettstatt stahl.

Lady Blanche hatte einen wirkungsvollen Schlag geführt, und sie ließ ihm einen Stich ins Herz folgen. »Lady Corliss ist zu gütig.«

Dieser Tag, so beschloss Edlyn, konnte sich gar nicht mehr genug verbessern, um erträglich zu werden.

In ihren Triumph gehüllt, segelte Lady Blanche den Pfad hinauf und wieder aus dem Tor.

Edlyn blickte zur Pharmacia hinüber und hoffte, dass die beiden Männer diesen Wortwechsel nicht gehört hatten. Hugh würde alles über ihre Situation wissen wollen, und sie hatte nicht vor, irgendetwas zu erklären. Nicht jetzt. Niemals.

Sich um Haltung bemühend, trat sie wieder in die Pharmacia ein und blieb verblüfft stehen. Hugh war verschwunden, wie auch Wharton und alle Spuren der Rüstung. Edlyn blinzelte. Hatten Sorgen und Kummer jetzt doch noch ihren Verstand, um dessen Gesundheit sie so hart gekämpft hatte, verwirrt? War da kein verwundeter Ritter, kein drohender Diener gewesen?

Aber nein, die Flasche mit dem Frühlingstonikum stand immer noch geöffnet auf dem Tisch, und ein blutiger Lappen war hinter die hölzernen Kästen geschoben worden, in denen sie die getrockneten Kräuter aufbewahrte. Der Tisch am Ofen stand verschoben an der Wand, und die Matte war verschwunden. Als sie genauer hinsah, sah sie die Spuren am Boden, wo Wharton die Matratze mit dem schweren Körper seines Herrn gezogen hatte.

In großer Hast waren die Männer ihrem Vorschlag gefolgt und hatten sich zu dem besten Versteck im Raum begeben.

»Wenigstens irgendjemand hat hier Verstand«, sagte sie, als sie auf den Ofen zueilte.

»Mit wem sprecht Ihr da?«

Mit einem Aufschrei wandte sich Edlyn der Tür zu. Im ersten Moment glaubte sie, Lady Blanche sei zurückgekehrt. Dann trat die gedrungene Gestalt in den Raum, und Edlyn sah das Holz in ihrem Arm.

Adda. Sie hatte Adda vergessen. Wie dumm von ihr zu glauben, sie hätte Lady Blanche in die Flucht geschlagen, wo sie doch nur die Vorhut abgewehrt hatte.

»Ich sprach mit mir selbst«, erwiderte Edlyn.

»Ah.« Die eine Silbe klang bedeutungsvoll durch den Raum. Nun hielt Adda Edlyn auch noch für nicht mehr ganz bei Trost.

»Lasst mich das Holz nehmen«, sagte Edlyn.

Adda schwang es aus der Reichweite von Edlyns Händen. »Wo wollt Ihr es haben?«

Der Holzhaufen lag genau vor Hughs Versteck und war fast auf ein Nichts zusammengeschrumpft. »Genau hier vor dem Ofen,« wies Edlyn sie an.

Addas Blick schweifte über den ganzen Bereich, dann ging sie voran, bis Edlyn zur Seite trat. »Nicht!«, sagte Edlyn scharf, sicher, dass Addas Neugier sie mit der scharfen Klinge von Whartons Dolch in Berührung bringen würde.

Adda ließ die Äste auf die paar jämmerlichen Zweige fallen, die den Holzhaufen markierten, und sagte: »Nicht, wahrhaftig. Ihr habt aus der Pharmacia ein unglaubliches Durcheinander gemacht, und das wird Lady Corliss erfahren.«

Verängstigt und fassungslos starrte Edlyn in die Ecke. Ihr Korb mit den Tüchern war umgekippt. Die Tücher waren in großem Durcheinander hingebreitet, und der große Weidenkorb bedeckte mehr als nur einen fragwürdigen Klumpen.

Hier zeigte sich jemandes Fähigkeit, schnell zu denken. Niemand, dessen Augen gut genug waren, hätte sich von dem Durcheinander täuschen lassen, aber Adda teilte alles mit ihrer Schwester, auch die Kurzsichtigkeit.

Edlyn benutzte den Rand ihres Schleiers, um sich den Schweiß, der ihr plötzlich auf der Stirne stand, abzuwischen, aber sie war nicht bereit, sich von dieser giftigen Imitation von Lady Blanche zurechtweisen zu lassen. »Meine Pharmacia geht Euch nichts an, aber Ihr benehmt Euch so, ohne Zweifel, damit ich Euch den Mohnsirup überlasse. Das wird nicht geschehen, deshalb kehrt zu Eurer Herrin zurück und gesteht ihr Euer Scheitern.«

Adda beugte sich vor, bis ihre Nase fast an Edlyns Rock stieß. »Ihr habt Blut auf Eurer Schürze.«

Edlyn schaute an sich herab. Tatsächlich war ein Blutfleck auf der Schürze zu sehen, die sie zum Schutz ihres dünnen Wollüberwurfs trug, und sie rieb vergeblich über die Flecken. »Ich bin bei Anbruch des Tages in die Infirmaria gegangen«, erwiderte sie. »Ich muss einen der Männer berührt haben.«

Eine Unwahrheit, die leicht aufzudecken war, aber Edlyn hatte noch nie gut gelogen. »Ich konnte nicht schlafen«, fügte sie hastig hinzu.

»Das Ergebnis eines belasteten Gewissens, vermute ich.« Adda weidete sich an ihrer boshaften Antwort.

»Verschwindet hier.« Edlyn sprach leise. Sie wurde es nicht gewahr, aber ihrer Stimme war derselbe Gehorsam einflößende Ton eigen, der auch Hughs Stimme charakterisierte. »Geht und kommt nicht wieder, damit Eure Unverschämtheit mich nicht zu der Sünde verleitet, Schlechtes über eine von Gottes Dienerinnen zu äußern.«

»Und wer sollte das sein?«

Edlyn schritt zur Tür und öffnete sie weit. Aus der Tür weisend, sagte sie: »Ihr.« Sie beobachtete Adda, die aus der Tür hinaus- und den Weg entlanghuschte und dabei wie ein beleidigtes Huhn vor sich hin schimpfte.

Dann schloss sie die Tür mit einem Knall. Das laute Geräusch klärte ihren Kopf – sie musste ihre Selbstbeherrschung wiedergewinnen.

Wharton erhob sich aus der Ecke und fegte die an ihm hängenden Tücher von seinem Körper. Finster dreinblickend, spielte er mit seinem Messer. »Ich hab Euch gesagt, Ihr sollt sie nicht hereinlassen.«

»Und ich habe Euch gesagt, dass das nicht möglich ist.« Sie sah zu, wie er die Lappen von dem langen, in Metall gewandeten Problem entfernte, das sich auf dem Boden ausstreckte, und wünschte, sie wären weit fort von hier. »Entfernt die Rüstung«, sagte sie. »Er muss bequem liegen, und das kann er nicht unter einem Haufen von rostigem Metall.«

»Rostig?«, protestierte Wharton.

»Haufen?« Hugh klang genauso beleidigt wie sein Diener.

Befriedigt darüber, sie mit ihrer Bemerkung getroffen zu haben, meinte sie: »Er benötigt ein Gewand.« Sie musterte Wharton streng. »Ich nehme nicht an, dass Ihr eines mitgebracht habt?«

»Ich bitte um Vergebung, Mylady. Im Schlachtgetümmel habe ich das ganz vergessen.«

Whartons schwerfälliger Sarkasmus machte sie fröhlich. »Es wird nicht leicht sein, eines zu finden, das lang genug für ihn ist, aber ich werde in der Krankenstube nachschauen.« Sie schlüpfte aus der Tür, bevor Wharton sie aufhalten konnte, und zum ersten Mal, seit sie den aufgebrochenen Riegel gesehen hatte, ließ die Spannung, die ihr die Kehle zuschnürte, etwas nach.

Was hatte sie in ihrem Leben nur angestellt, dass ihr Prüfungen wie diese auferlegt wurden? Sie hatte gehofft, dass das Schlimmste vorüber sei; sie hatte um innere Ruhe und Gelassenheit gebetet und um die Befreiung von der erbarmungslosen Trauer. Letzthin hatte sie gemeint, dass Gott ihre Gebete erhört habe. Ganz offensichtlich war das nichts als eine trügerische Hoffnung gewesen.

Sie verließ den Kräutergarten und erreichte den offenen Platz, an dem sich alle Gebäude des Klosters befanden. Von hier aus konnte sie den Schlafsaal der Nonnen, die Krankenstube, die Scheunen und den Gästeschlaftrakt sehen, in dem auch sie schlief. Im Zentrum, sowohl in spiritueller als auch physischer Hinsicht, stand die Kirche, die alles überragte und alles in ihrer Reichweite umfasste.

Eine Herde der Schafe des Klosters knabberte am Gras neben den großen Steinstufen, die zum Altarraum hinaufführten, und eine der weniger edlen Nonnen fütterte drei grunzende Schweine mit Abfällen aus der Küche.

Auf der anderen Seite der Kirche, jenseits der Straße und entlang einem eigenen kleinen Hof, lebten und arbeiteten die Mönche, die dem Kloster zugeteilt waren. Zu den Nonnen kamen die reisenden Edelleute und die Kranken, zu den Mönchen die Vagabunden und die Aussätzigen. Jeder hatte seinen Platz.

Jeder jedenfalls außer Edlyn. Sie brauchte nicht Lady Blanche, um sich daran zu erinnern. Sie spürte diesen Mangel jeden Tag, und als sie über den Platz schritt, wünschte sie sich, dass sie irgendwohin gehörte. Egal wohin. Sie war zu lange Herrin im eigenen Heim gewesen, um sich leicht daran zu gewöhnen, der Führung einer anderen Person unterworfen zu sein, es sei denn …

»Lady Edlyn.«

Edlyn fuhr beim Klang dieser geliebten Stimme herum.

»Ihr wart weit fort.« Die Äbtissin schob ihre Hand in die Beuge von Edlyns Arm und drängte sie sanft in die Richtung der Krankenstube. »Wollt Ihr nicht zu uns zurückkehren? Wir wissen Eure sanftmütige Weisheit zu schätzen.«

Lady Corliss lächelte Edlyn an, und das heftige Schuldgefühl, das diese durchzuckte, ließ sie innerlich verkrampfen. Lady Corliss hatte einen solchen Verrat nicht verdient. Diese Dame, so groß, so majestätisch, kam immer wieder auf Edlyn zu und sprach von Edlyns Fachkenntnissen mit einer Bewunderung, die den Stachel in Edlyns Seele besänftigte.

»Ihr seht besorgt aus, meine Liebe. Gibt es etwas, mit dem ich Euch helfen könnte?«

Aye, wollte Edlyn antworten. *Sagt mir, was ich mit einem verwundeten Krieger und seinem feindseligen Diener tun soll.*

»Wenn Ihr Euch Sorgen macht, weil Ihr Lady Blanche den Mohnsirup verweigert habt, seid beruhigt. Ihr hattet Recht, und das habe ich ihr auch gesagt, als sie zu mir kam.« Lady Corliss beugte ihr Haupt und musterte Edlyn mit freundlichen Augen. »Ich weiß, dass Ihr meint, ich sähe nicht, wie Lady Blanche Euch behandelt, aber ich sehe es wohl, und ich habe Schritte unternommen, dies zu ändern. Sie hat meine Zurechtweisung natürlich nicht gut aufgenommen und schwört, dass sie Eure Falschheit beweisen wird, aber ich habe ihr gesagt, dass Lady Edlyn eine unschuldige Seele sei, der Unrecht geschehen ist.«

Edlyns Schuld lastete immer schwerer auf ihr, während Lady Corliss sprach. »Nicht ganz so unschuldig«, murmelte sie.

»Eure kleinen Sünden können nicht die großen Ungerechtigkeiten rechtfertigen, die Euch geplagt haben.« Lady Corliss hob die Hand mit geschlossenen Fingern und wies auf die Kirche. »Natürlich, wer bin ich schon, dass ich darüber richte? Dennoch habe ich gebetet, dass Eure Last erleichtert und der Welt die Wahrheit über Euer freundliches und ehrliches Wesen gezeigt werde; und in letzter Zeit habe ich gespürt, dass Gottes Gnade über Euch lächelt.«

Lady Corliss hatte gebetet, und Edlyn hatte gebetet – und ihre vereinten Gebete hatten einen verwundeten Ritter hervorgebracht, der sich in ihrer Pharmacia verbarg. Sie hatte geschworen zu schweigen, aber Lady Corliss leitete ein Kloster mit zweiundzwanzig adligen Nonnen und ihren Dienerinnen mit einer Mischung aus Diplomatie und Verständnis. Welchen Schaden konnte es anrichten, wenn sie sich ihr offenbarte? Edlyn sehnte sich so sehr danach. »Was wäre, wenn … ich ganz schrecklich gesündigt hätte? Würde sich der Zorn des Herrn gegen das ganze Kloster richten?« Atemlos wartete Edlyn auf die Antwort.

»Ihr seid doch kein Kind, Lady Edlyn. Ihr wisst doch, dass der Herr nicht so handelt. Manchen gibt er, von anderen nimmt er, und das alles ohne einen Grund, den wir Erdenwesen leicht verstehen könnten. Und doch, wenn man sehr ernsthaft nachdenkt, kann man manchmal Gottes Pläne erkennen.« Mit einem zufriedenen Lächeln fuhr Lady Corliss fort: »Denkt doch einmal darüber nach. Als Lord Jagger starb – er ruhe in Frieden –, versiegte das Einkommen, das Ihr nutztet, um dieses Kloster zu gründen und es durch seine Anfangsjahre zu fördern, ganz plötzlich. Wir mussten beweisen, dass wir uns selbst mit Nahrung, Kleidung und Medikamenten versorgen können. Und – gelobt seien Gott und alle Heiligen – wir haben es geschafft. Was Euch geschah, war eine Tragödie, aber für uns war es eine willkommene Offenbarung.« Sie drückte Edlyns Arm. »Ihr werdet sehen. Auf irgendeine Weise hat alles sein Gutes.«

Edlyn beugte ihren Kopf und scharrte mit den Füßen im Staub. »Aber hierbei handelt es sich um etwas anderes.«

»Würdet Ihr Euch besser fühlen, wenn Ihr es mir sagtet?«

»Ich habe geschworen, es geheim zu halten.«

»Dann müsst Ihr tun, was Ihr für richtig haltet. Ihr habt ein Gewissen. Ihr werdet die richtige Entscheidung treffen.«

Sie waren vor der Tür der Krankenstube angekommen. Lady Corliss sagte: »Genug. Was ist Eure Aufgabe?«

Tun, was sie für richtig hielt. Edlyn stotterte, als sie sagte: »Ich benötige ein … Gewand.«

»Was für ein Gewand?«

»Eines, wie wir es für die kranken Männer benutzen.«

Lady Corliss zögerte nicht. »Wartet hier.« Sie verschwand in der Krankenstube und kehrte mit einem langen Kittel aus einem groben braunen Stoff zurück. »Hier. Und nun geht und tut Gottes Werk.«

Edlyn ging davon, und als sie sich umsah, winkte Lady Corliss ihr zu und ging dann zur Kirche.

»Wahrscheinlich betet sie wieder für mich«, murmelte Edlyn. Sie hätte sich noch schuldiger als zuvor fühlen müssen, stattdessen fühlte sie sich erleichtert.

Sie wollte nicht zur Pharmacia zurückkehren, aber konnte es sich nicht erlauben, darüber nachzudenken. Sie marschierte einfach den Gartenweg hinunter und in die Hütte hinein und sah sich Whartons erbosten Blick gegenüber.

»Wo seid Ihr gewesen? Der Herr hat Schmerzen!«

»Ist der Patient ausgekleidet und gewaschen?«, fragte sie.

»Gewaschen?« Wharton klang entsetzt. »In seinem Zustand?«

Edlyn trat um den Ofen herum und erstickte einen überraschten Laut. Hugh war vollständig entkleidet und sah so noch länger und heruntergekommener aus als in der Rüstung. Die Blutergüsse und die dünne Schicht aus Dreck, die sich durch Staub und Schweiß auf seiner Haut gebildet hatte, ließen ihn wie Adam selbst aussehen, geschaffen aus dem Lehm im Garten Eden.

»Wascht ihn.« Sie schob Wharton heftig den Kittel zu. »Und dann steckt ihn hier hinein. Ich werde etwas zubereiten, das ihm gegen die Schmerzen hilft.«

Sie wartete nicht ab, ob er ihren Anweisungen folgte, aber ihre Haut blieb ganz und ohne Dolchwunden. Sie schob einen Hocker an den Tisch heran und wühlte im obersten Regalfach direkt unter dem Strohdach. Hinter den anderen Gefäßen holte sie mit einem leichten Grinsen eine kleine verkorkte Glasflasche hervor. Von den auf dem Tisch stehenden Flaschen nahm sie drei und mischte dann in einem Becher deren Inhalt zu ihrer Zufriedenheit.

»Er ist gewaschen und steckt in diesem jämmerlichen Kittel.«

Vielleicht hätte Wharton noch mürrischer sein können, allerdings konnte Edlyn sich das nicht vorstellen.

»Gut.« Mit dem Becher in der Hand kletterte sie über den Holzhaufen an Hughs Seite. »Vielleicht, Wharton, solltet Ihr noch mehr Holz hereinholen. Hinter einem großen Holzstapel ließe sich Sir Hugh leichter verbergen.«

»Er ist jetzt *Lord* Hugh«, meinte Wharton stolz.

Mit nur einem leisen Hauch von Sarkasmus in der Stimme antwortete sie: »Natürlich. Ich hätte mir klarmachen sollen, dass ein so großartiger Krieger wie Hugh de Florisoun inzwischen selbstverständlich einen Titel erworben hat.«

»Er ist der Earl of ...«

»Das reicht.« Hugh hatte immer noch genügend Autorität, seinen Diener mitten im Satz zum Schweigen zu bringen. »Hol das Holz herein.«

»Was ist, wenn mich jemand sieht?«, wandte Wharton ein.

»Sagt ihnen, dass Ihr ein Bettelmönch am Kloster seid. Es ist unmöglich, sich an alle zu erinnern, die hier ein und aus gehen.« Edlyn kniete sich neben den gefallenen Helden. »Und lasst die Tür offen, damit ich sehen kann, welchen Schaden Ihr angerichtet habt, als Ihr Euern Herrn bewegtet.«

»Ich musste ihn doch verstecken!« Wharton öffnete die Tür.

Edlyn war nicht in der Stimmung, gerecht zu sein, aber Hugh beruhigte ihn.

»Und du hast das gut gemacht.« Hughs Stimme klang jetzt schwächer. Er wartete, bis Whartons Schritte verklungen waren, und sagte dann: »Holz zu schleppen verletzt seine Würde als mein Diener.«

»Seine Würde sollte einmal ein wenig zurechtgerückt werden.« Jetzt, da Edlyn den Kittel sehen konnte, musste sie einräumen, dass Wharton wirklich Grund hatte, damit unzufrieden zu sein. Die Ärmel reichten Hugh nur bis zu den Ellenbogen, und der Saum hing gerade bis auf seine Knie. Edlyn würde den Saum anheben müssen, um die Wunde zu untersuchen, das hätte sie lieber tun sollen, solange er noch nackt dalag. Das wäre weniger intim gewesen, als ihn jetzt so zu entkleiden. Aber in dem Augenblick hatte sie nicht daran gedacht, sondern nur danach gestrebt, seine Blöße bedeckt zu sehen.

»Seid nicht beunruhigt. Ich werde jetzt nachschauen.« Sie gab ihrer Stimme einen gelassenen und beruhigenden Ton.

»Seid *Ihr* nicht beunruhigt«, gab Hugh zurück.

Aber als Edlyn rasch einen Blick in sein Gesicht warf, waren seine Augen geschlossen.

Er hatte gut aussehende Gesichtszüge: stark und voll männlicher Schönheit, die sicher noch immer Frauen nach ihm lechzen ließen wie läufige Hündinnen.

Sie schnaubte. Diese Krankheit hatte sie schon hinter sich, und wie jemand, der an Pocken gelitten und das überlebt hatte, konnte sie diese Krankheit nicht wieder bekommen – sie zögerte nur. Sie musste diesen Verband prüfen.

Nachdem sie den Kittel angehoben hatte, konzentrierte sie sich auf die eine Sache. Hughs Umzug auf die Matratze hatte die Leinenbänder gelockert, und sie brachte sie in Ordnung, sodass sie wieder stramm saßen. Sie zog den Kittel zurecht und gestattete sich ein kleines selbstzufriedenes Lächeln. Das hatte ihr ja gar nichts ausgemacht. Ihre Hände zitterten kaum.

Sie hob seinen Kopf und legte ihn auf ihre gebeugten Knie. »Trinkt.«

Er trank, aber ein wenig der kostbaren Flüssigkeit rann ihm aus dem Mundwinkel, und er verschluckte sich, als sie ihm durch die Kehle lief.

Das nächste Mal würde sie ihn etwas höher halten müssen.

Sie sammelte die Tücher wieder ein und faltete sie zusammen. Er beobachtete sie stetig, während sie arbeitete, und als er sprach, zuckte sie vor seiner Neugier zurück.

»Edlyn, warum lebt Ihr in einem Kloster?«

»Vielleicht habe ich die Gelübde abgelegt.« Ihr Blick blieb auf ihre Hände geheftet, während sie die Tücher faltete.

Er lachte leise, dann schloss er seine Augen, als ihn ein Schmerz durchzuckte. »Das glaube ich kaum.«

Sie sagte: »Meint Ihr, ich sei nicht tugendhaft genug?«

»Ich denke, jene beiden Vipern« – er schnappte nach Luft – »die vorbeikamen, machten Eure Stellung hier ganz deutlich.«

»Ich glaube, Ihr solltet nicht mehr sprechen.«

Seine Finger verfingen sich in ihrem Überwurf. »Dann erzählt mir.«

Sein Bewusstsein begann zu schwinden, aber er kämpfte dagegen an, und sie schluckte ihre unwillkürliche Zurechtweisung hinunter. Schließlich hatte sie in dieser Situation immer noch die Oberhand. »Lady Blanche und Adda hätten Zwillinge sein können, so ähnlich sind sie sich in Charakter und Erscheinung.«

Er mühte sich ab, die Augen zu öffnen. »... sind mir egal.«

»Lady Blanches Mutter war außerordentlich verständnislos, als ihr das Kind ihres Gatten und ihres Dienstmädchens so kurz vor der Geburt von Lady Blanche präsentiert wurde.«

»Erzählt ...«

»Ich glaube, dass Lady Blanche schon aus der Mutterbrust Bitterkeit trank, und Adda machte sich diese zu Eigen, sobald sie in Lady Blanches Dienste gegeben wurde.«

»Wenn es mir wieder besser ...«

»Beide Mädchen wurden im Alter von sieben Jahren ins Kloster gegeben, um sie loszuwerden.«

»Edlyn ...«

»Und sie ziehen von Kloster zu Kloster, da sie sich überall unbeliebt machen.«

Hughs leises Schnarchen unterbrach sie. Sie schob die gefalteten Tücher unter seinen Kopf, aber er rührte sich nicht, und sie grinste in unverstelltem Triumph.

Whartons Stimme erklang hinter ihr. »Er wird irgendwann wieder aufwachen, wisst Ihr, und dann bekommt er die Antworten, die er haben will.«

Sie sammelte die Flasche und den Becher ein und wandte sich zu Wharton, dessen Arme mit Holz beladen waren. »Nicht von mir, bestimmt nicht.«

Wharton kniete sich hin und häufte die Scheite auf den Stapel. »Er bekommt immer, was er will.«

»Dann wird es Zeit, dass er etwas Neues lernt.«

Sich ganz aus Whartons Reichweite zurückziehend, stellte sie die Flasche in ihr Versteck zurück und rückte den Hocker wieder an seinen Platz. »Ich habe zu tun.«

»Wie lange wird es dauern, bis er gesund ist?«

Edlyn begriff, dass es nicht das war, was Wharton wirklich fragen wollte. Er wollte eigentlich wissen, ob Hugh überhaupt wieder gesund werden würde, und auf diese Frage hatte sie keine Antwort. Sie hatte ihm die wirksamste Medizin verabreicht, die sie kannte. »Betet für ihn. In vierzehn Tagen ist er vielleicht wieder kräftig genug, um sich aufzusetzen.«

»Für ihn beten.« Whartons Verzweiflung war deutlich zu hören. »Gibt es nicht mehr, das ich tun kann?«

»Lasst ihn schlafen.« Sie starrte die lang hingestreckte Gestalt in dem groben braunen Kittel an. »Wenn sein Fieber steigt, wascht ihn mit kaltem Wasser ab.«

»Das wird ihn umbringen.«

»Nicht solange er beim Ofen ruht, dann nicht. Es wird dafür sorgen, dass das Fieber nicht zu hoch steigt.« Sie runzelte die Stirn angesichts der schmutzigen Kleidung, von der Wharton Hugh befreit hatte. »Ich muss das Zeug da verstecken. Es ist ganz eindeutig das Panzerhemd eines Kriegers, und eines groß gewachsenen Kriegers noch dazu.« Während sie die Einzelteile einsammelte, fragte sie sich, was sie mit ihnen anfangen sollte, und stopfte sie dann hinter die großen Krüge voll Öl und Wein, die am Boden standen. »Er wird wahrscheinlich nicht vor heute Nacht erwachen, und dann solltet Ihr ihm einen Tropfen aus jener Flasche geben, die Ihr mich habt verstecken sehen.« Sie wies streng mit dem Finger auf ihn. »Aber nur einen Tropfen, oder er verliert das Bewusstsein und erlangt es niemals wieder.«

Tiefer Schrecken ließ Whartons Augen hervortreten. »Tut Ihr das.«

»Das kann ich nicht. Ich schlafe im Gästehaus, und es gibt dort einen Mönch, der alle, die in der Nacht kommen und gehen, befragt.«

»Der Mönch tut doch, wie man ihm sagt.«

»Nein.« Sie versuchte, Whartons Schrecken zu besänftigen. »Gebt Ihr gut Acht auf Euren Herrn. Das ist etwas, das Ihr doch auch noch tun könnt.«

»Tut Ihr es.«

Als Hugh erwachte, waren ihm nur zwei Dinge bewusst. Ihm war heiß. Und er musste schweigen.

Ein wildes Tier nagte an seiner Seite, biss mit den Zähnen in seine Rippen und suchte nach dem weicheren Fleisch seiner Eingeweide. Sein warmer Atem versengte ihn, und er wollte es wegschieben, aber er wagte nicht, sich zu bewegen. Alles hing von seinem Schweigen ab. Whartons Sicherheit. Seine eigene Sicherheit. Edlyns Sicherheit … Edlyn.

Edlyn? Sein Bewusstsein wurde klarer. Er hatte jahrelang nicht an Edlyn gedacht, und ganz sicher konnte sie nicht hier sein. Nicht in einem Kloster. Nicht arbeitend wie eine gewöhnliche Bäuerin. Er war im Delirium. Ganz sicher war er das.

»Trinkt dieses.«

Seine Traum-Edlyn kniete neben ihm. Sie hob seinen Kopf und drückte ihn gegen ihre Brust, dann hielt sie einen Becher an seine Lippen. Er trank gierig, dann drehte er den Kopf und berührte sanft ihre Brüste.

Sie legte ihn recht hastig wieder ab, schüttelte dabei seinen schmerzenden Kopf durch. Er hörte Whartons Stimme schimpfen und öffnete seine Augen, um ihn zurechtzuweisen.

Er sah Wharton nicht. Er sah seine Traum-Edlyn, die sich über seine Seite beugte und dadurch das ausgehungerte wilde Biest zwang, sein Fressen zu unterbrechen. Aber vielleicht wandte es sich ihr zu, um sie zu zerreißen, deshalb sagte er: »Vorsichtig.«

Er sagte es deutlich, aber sie schien es nicht zu verstehen. »Was?« Sie beugte sich nah über sein Gesicht. »Habt Ihr etwas gesagt?«

Ihre Brüste. Er erinnerte sich daran, an ihnen geruht zu haben, und nun konnte er sie sehen. Ihr Hemd war nachlässig gebunden, und ihr Umhang stand am Hals offen. Sie sah so aus, als sei sie gerade aus dem Bett gerissen worden.

Er würde sie sich wieder nehmen. Die Hand ausstreckend, umfing er durch das Hemd ihre Brust. »Mein.«

Seine Traum-Edlyn verschwand dann aus seinem Blickfeld, und er schloss die Augen. Sie musste eine beeindruckende Frau sein, denn allein diesen Anspruch auf sie zu erheben ermüdete ihn schon. Dann machte sie sich wieder daran, seine Seite zu bearbeiten, und neue Energie durchströmte ihn. Er wachte auf und wollte sie wieder berühren, aber als er die Hand ausstreckte, fühlte er nur grobes Material und hörte Whartons raue Stimme. »Herr, wonach verlangt Ihr?«

Schlaf. Es verlangte ihn nach Schlaf, sodass er wieder von Edlyn träumen konnte.

3

»Wie werdet Ihr mich wieder in den Schlafsaal zurückbringen?« Edlyn verlangte es verzweifelt danach, alleine zu sein, um ihre stark in Mitleidenschaft gezogene Fassung zurückzugewinnen.

Hugh hatte versucht, an ihr zu saugen wie ein Baby, und während sie sich vielleicht noch vormachen konnte, dass es sich hierbei nur um den Versuch eines kranken Mannes gehandelt hatte, zu den Tröstungen der Kindheit zurückzukehren, gab es nichts, was die elementare Geste des Besitzanspruchs ändern konnte, die er danach gemacht hatte.

»Mein.« Er hatte ihre Brust durch ihren Umhang und das Hemd hindurch umfasst und »Mein« gesagt. Und es hatte sich auch nicht um eine zaghafte Berührung gehandelt. Er hatte sie fest ergriffen und mit solcher Selbstsicherheit seinen Daumen über ihre Brustwarze gestrichen, dass sie sich hatte vergewissern müssen, dass sie anständig verhüllt war.

»Ich will nicht, dass Ihr zurückgeht.« Sich ihres Unbehagens nicht bewusst, stand Wharton mit gespreizten Beinen fest vor ihr in der Pharmacia. »Ich will Euch hier haben, falls er Euch braucht.«

»Ich bin nicht die Herrin dieses Klosters«, gab sie zurück. »Ich muss mich an die Regeln halten, sonst werde ich verstoßen. Bevor die Sonne aufgeht, muss ich mich den anderen Gästen anschließen, und zusammen begeben wir uns zur Messe in die Kirche.«

»Eurer Seele wird die Messe einen Tag lang schon nicht fehlen.«

»Dies ist ein Kloster. Man sieht das hier anders, und überhaupt ist das nicht die Frage.« Erschöpfung und Enttäuschung machten ihr zu schaffen. »Man muss mich aus meiner Kammer kommen sehen, andernfalls muss ich als einzige Bewohnerin, die keine Gelübde abgelegt hat, meine Abwesenheit erklären. Und da niemand mich hat gehen sehen, wird diese schwierig zu erklären sein.«

»Was tut Ihr denn, dass man so misstrauisch ist?«, verlangte Wharton zu wissen. »Habt Ihr einen Geliebten, den Ihr aufsucht?«

Unwillkürlich wanderte ihr Blick zu Hugh, und sie lenkte ihn rasch auf Wharton zurück, als dieser lachte.

»Wie Ihr wünscht, Mylady. Ihr werdet sehen, dieser Mönch wird immer noch an seinem Platz schnarchen, und wir werden einfach an ihm vorbeischleichen.«

Sie hoffte, dass es so sein möge. Sie betete, dass es so sein möge. Klöster waren von zwei Dingen besessen: Erlösung und Sünde. Nächtliche Wanderungen wurden selbstverständlich als Sünde betrachtet. Man würde von ihr verlangen, ihr Handeln zu erklären, und wie konnte sie das tun?

Während sie Wharton durch den Garten und über den Hof des Klosters zum Gästequartier folgte, hielt sie ihren Kopf gesenkt und mit der Kapuze bedeckt, und bei jedem Schritt zitterte sie vor Angst. Für kurze Zeit hatte sie sich alleine in der Welt durchschlagen müssen, hatte von der Hand in den Mund gelebt und nie gewusst, wo die nächste Mahlzeit herkommen sollte oder ob der nächste Ort, an dem sie bettelte, der letzte sein würde.

So viele Grausamkeiten. So viele Schrecken. Sie hatten ihr Narben zugefügt. Sie *musste* unentdeckt in ihre Kammer zurückgelangen.

»Bleibt dicht hinter mir.«

Wharton sprach leise, so leise, dass sie sich fragte, ob er ihre Angst verstand.

»Zieht Eure Schuhe aus.« Er wartete unter dem vorspringenden Dach des Gästehauses, während sie tat, wie er sie geheißen hatte. »Wenn der verschlafene Kerl aufwacht, werde ich ihn ablenken, während Ihr an mir vorbei und den Flur hinunter in Eure Kammer schleicht.«

Ihr gefiel nicht, wie das klang, und sie hatte kein Vertrauen zu Wharton. »Verletzt ihn nicht«, warnte sie.

»Ich tue alten Mönchen doch nicht weh«, antwortete Wharton verächtlich.

Er öffnete die Tür, die zum Eingang führte, und Edlyn fragte sich flüchtig, wie er sie wohl beim ersten Mal geöffnet hatte. Wenn man eingelassen werden wollte, klopfte man an der Tür, und Bruder Irving schaute durch das hohe, verdeckte Guckloch. Wenn ihm die Erklärung gefiel, die für den Wunsch nach Einlass in das Gästequartier gegeben wurde, nahm er den Schlüssel von seinem Gürtel und schloss die Tür auf.

Aber Wharton, so schien es, machte seine eigenen Regeln. Auf irgendeine Weise hatte er ohne Bruder Irvings Wissen das Gästequartier betreten und ohne weitere Anweisung Edlyns Schlafkammer gefunden. Wharton war ein Mann der findigen Art.

Durch die geöffnete Tür machte das kräftige Schnarchen Bruder Irvings einen willkommenen Lärm in Edlyns Ohren. Wharton bedeutete ihr durch eine Geste zu warten, schlüpfte dann in den kleinen, kalten Eingangsraum und verbarg die Flamme der einzelnen Kerze hinter seiner hohlen Hand. Auf sein Zeichen kroch sie hinein, ohne ihren Blick je von Bruder Irving abzuwenden. Er saß immer noch so da, wie er es getan hatte, als sie zum ersten Mal vorbeigeschlichen waren – in einem zurückgelehnten Stuhl, sein Kinn auf der flachen Brust ruhend.

Sie ließ langsam ihren angehaltenen Atem ab. Bruder Irving hatte sie nicht gehen und auch nicht wieder zurückkehren sehen.

Das Gästequartier war entlang einem langen Flur gebaut, in dessen Mitte sich der Eingang befand. Auf diesen Flur öffneten sich die Türen der Zellen, die der Frauen in dem Teil, der nach rechts verlief, die der Männer im linken. Da Edlyn dauerhaft im Kloster wohnte und von dessen Wohltätigkeit abhängig war, befand sich ihre Zelle am Ende des rechten Flures. Die Kerze im Eingang leuchtete nie bis zu ihrer Tür, und wenn die Dämmerung eingetreten war und sie hier alleine unterwegs war, bildete sie sich immer ein, dass die Gespenster ihrer Vergangenheit sie begleiteten. Dieser Gedanke ließ sie immer rennen, aber jetzt war das nicht möglich. Nicht, wenn Wharton hinter ihr herkam.

Und überhaupt, wenn die Gespenster weise waren, würden sie sich vor Wharton fürchten.

Mit der Hand an der Tür wandte sie sich zu ihrem düsteren Begleiter um. »Lord Hugh sollte es bis zum Morgen gut genug gehen.« Weil sie wusste, wie Geräusche in diesem Gang widerhallten, sprach sie so leise wie nur möglich. »Kommt nicht noch einmal her, um mich zu holen.«

Wharton achtete nicht auf sie. Stattdessen gab er der Tür einen Stoß und trat in ihre Kammer. »Ich gebe Euch ein Licht.«

»Ein Licht?« Sie eilte ihm nach. »Ich habe keine Kerze.«

»Ich schon.«

In der kleinen Kammer war die Dunkelheit undurchdringlich.

Das Fenster war schmal und hoch wie in den anderen Gebäuden der Abtei, aber Edlyn schloss es nur, wenn es sehr kalt war. Sie schätzte das Mondlicht, das Sternenlicht und das Licht der Morgendämmerung. Ihr war jegliches Licht willkommen. Vorhin, als Wharton sich über ihren Körper gebeugt hatte, um sie zu wecken, hatte sie leise geschrien – aber nur weil er ihr wie der Teil eines Albtraumes erschienen war und weil sie sein Gesicht nicht sehen konnte. Aber sie hatte gedacht, dass sie ihr Unbehagen erfolgreich verborgen hatte. Wie er ihren Täuschungsversuch durchschaut hatte und warum er sich nun bemühte, ihre Ängste zu zerstreuen, wusste sie nicht.

Er schlug einen Funken, und als der Docht Feuer fing, dachte sie an etwas anderes. »*Woher* habt Ihr eine Kerze?«

Ungehobelt lachend, steckte er die Kerze in einen Zinnhalter, den er aus seiner Tasche zog. Dann blickte er sich in der Zelle um. Hier konnte er die nackten Wahrheiten sehen, die jetzt ihr Leben beherrschten. Und das tat er auch. Sein Blick hatte alles erfasst, dann sah er sie mitleidig an – mit jener Art von Mitleid, die ihre Seele sich zusammenkrampfen ließ.

Er stellte die Kerze auf den Tisch neben ihrem Bett und verschwand auf leisen Sohlen.

Sie zog ihren Umhang enger um den Körper, bevor sie sich auf das Bett setzte und ihre Schuhe auf den Boden stellte, wo sie diese am Morgen leicht erreichen konnte. Sie schlüpfte zwischen die Decken, kuschelte sich ein und starrte so lange in die Flamme, bis sie blinzeln musste.

Und dann, als sie sich umschaute, sah sie alles.

Die Gobelins an der Wand. Die feinen Teppiche, die ihre Füße schützen sollten. Das Feuer, das immerzu im Kamin brannte. Die Felle auf dem Bett.

Wie konnte Wharton es wagen, sie so mitleidig anzuschauen? Welche andere Dame besaß solcherlei Reichtümer?

Sie blinzelte wieder. Die großartige Ausstattung verschwand und ließ nur einen kargen Raum mit Steinmauern zurück. Eine schmale Bettstatt, die mit groben Decken bedeckt war. Ein wackeliger Tisch, auf dem eine hölzerne Waschschüssel stand.

Sie blies die Kerze aus.

»Lasst ihn nicht sterben. Ihr dürft ihn nicht sterben lassen.« Whartons Worte entschlüpften ihm hastig und voller Panik »Er ist doch mein Herr.«

»Ich weiß.« Edlyn wusch Hughs heißen, abgemagerten Körper mit einem Tuch, das sie in kühles Wasser getaucht hatte. Ihre übermüdeten Augen suchten nach einer Spur der Besserung, aber Hugh lag immer noch reglos da. Seit vier

Nächten lag er inzwischen so da, sein Kopf auf einem Stapel von gefalteten Tüchern ruhend, während sie alles ausprobiert hatte, was sie kannte, um sein Fieber zu senken und seine Entzündung zu bekämpfen. Nichts hatte angeschlagen. Gar nichts.

Wharton hatte ebenfalls alles ausprobiert, was er kannte. Er hatte geschrien, gedroht, geschimpft, gebetet. Und nun bat er und wischte sich dabei die Tränen ab, die ihm aus den Augen liefen. »Ich flehe Euch an, Mylady, macht ihn wieder gesund. Es gibt niemanden, der ihn ersetzen könnte.«

Sie blickte von Hughs ausgezehrter Gestalt auf und musterte Wharton, der selbst im goldenen Schein des geöffneten Ofens noch blass aussah. »Geht hinaus«, sagte sie voller Mitgefühl. »Atmet die Nachtluft.«

Wharton war am Tiefpunkt angelangt, so schien es, denn er warf noch einen letzten Blick auf Hugh und stürzte dann aus der Tür. Sie hörte seine Schritte, als er davonrannte, um Trost außerhalb dieses Hauses der Fäulnis zu suchen, und dann war sie allein. Allein mit einem Mann, der die Morgendämmerung nicht mehr erleben würde.

Es sollte ihr nichts ausmachen. Er hatte ihr endlose Schwierigkeiten bereitet. Wharton hatte sich jede Nacht in ihre Kammer geschlichen, sie geweckt und hierher gezerrt. Sie hatte die Menschen belogen, die ihr Unterschlupf gewährten. Sie war den Nonnen gegenüber unwirsch gewesen, hatte ihnen den Zutritt in die Pharmacia verwehrt und ihnen die Kräuter durch die Tür zugeschoben. Sie hatte die ganze Zeit damit zugebracht, Umschläge und Absude zu bereiten, und dabei ihre letzten Vorräte aufgebraucht, während sie mit dem Tod um Hughs Seele rang. Und doch, wenn sie ihn ansah, konnte sie ihn nicht aufgeben. Sie erinnerte sich an ihn. Er war Teil ihrer Jugend gewesen. Der Großteil ihrer Mädchenträume hatte sich auf ihn gerichtet. Und sie konnte das alles nicht so enden lassen. Um ihretwillen genauso wenig wie um seinetwillen.

»Hugh.« Sie beugte sich vor, sodass ihr Mund sein Ohr berührte. »Hugh, kehre zu mir zurück.«

Er rührte sich nicht. Er zeigte keine Veränderung.

Sie erhob sich und ging zum langen Tisch an der Wand. Dort standen in einer langen Reihe ihre Kästen, jeder hölzerne Kasten gekennzeichnet mit dem Namen des Krautes, das in ihm aufbewahrt wurde. Sie zog einen nach dem anderen vor und hob ihn auf. Bittere Gartenraute. Pikantes Bohnenkraut. Stärkender Salbei. Scharfer Thymian.

Gewöhnliche Kräuter. Kräuter, die man verwandte, um zu heilen und zu reinigen. Sie halfen nicht. Sie hatten nicht geholfen.

Edlyn hatte es mit ihnen versucht. Sie wandte sich um und schaute die stille, nackte Gestalt an, die auf dem Boden hinter dem Ofen ausgestreckt dalag. Dann setzte sie die Ellenbogen auf den Tisch und legte die Stirn in ihre Hände.

Sie wusste nicht, was sie tun sollte. All die Verse, die sie früher von den alten Kräuterfrauen gehört hatte, gingen ihr durch den Kopf.

Wenn Schafgarbe man fein mit Borretsch reibt,
rasch man so das Fieber vertreibt.

Das würde nicht helfen. Sie hatte es ausprobiert.

Frauenmantel, den du pflückst,
verstreich dann dick.

Das hatte sie auch probiert. Dumme alte Kräuterfrauen.

Den Schwanz des Drachen sollst du kneifen
Und dann aus dem Versteck ihn greifen,
Stich ihn mit der Jungfrau Nagel ...

Oh, das war so dumm. Drachenblut war doch nur eine Wurzel. Es taugte zu nichts. Und sie war keine Jungfrau.

Mondlicht und Frühlingszeit,
Zauber von alter Zeit ...

Aberglaube. Ihre Hände bebten. Sie wusste noch nicht einmal, wo sie danach suchen sollte.

Unter der heiligen Eiche ...

Sie konnte das ganze Gedicht noch auswendig. Das *ganze*. Sie konnte sich nicht einmal daran erinnern, wann sie es gelernt hatte, aber sie schämte sich ein wenig deswegen. Schämte sich, weil sie sich erinnerte. Schämte sich, weil sie auch nur daran dachte, dass sie es versuchen könnte.

Dann hörte sie wieder die Stille. Die bedrückende Stille hinter ihr. Kein Geräusch des Atmens. Kein Geräusch der Bewegung. Kein Geräusch des Lebens. Hugh war tot oder würde es doch sein. Welchen Unterschied machte es da, wenn sie einen der alten Zaubersprüche ausprobierte?

Sie fuhr herum und rannte in den Garten hinaus. Der Mond verwandelte die vertraute Landschaft in eine, die von scharfen Schatten und unheimlichen Formen bestimmt war. Die Eiche in der Ecke bei der Steinmauer war in Dunkelheit gehüllt. Darunter wuchs nichts. Der Schatten reichte bis auf den Boden; der Sonnenschein konnte ihn nicht durchdringen. Nachts war es dort regelrecht gespenstisch. Wenn sie an Elfen glauben würde, hätte sie Angst. Aber ... natürlich handelte es sich um eine Elfenkur, an die sie dachte, also zeigte sie sich den kleinen Wesen gegenüber besser respektvoll.

»Ich grüße Euch.«

Ihre Stimme klang in der stillen Nacht sehr laut, und deshalb senkte sie sie zu einem Flüstern. »Ihr Altehrwürdigen, ich komme, um Drachenblut zu erbitten, um einen Eurer Günstlinge zu heilen.« Es war töricht, imaginäre Wesen zu grüßen, in der Hoffnung, sie zu beschwichtigen. »Ihr habt ihn in der Wiege gesegnet und ihm die Gaben der Kraft, der Schönheit und der Weisheit gegeben.« Sie setzte einfach einen Fuß vor den anderen und bewegte sich so in den dunkelsten Bereich des Schattens hinein in eine andere Welt. »Helft mir nun, ihn zu heilen.« Ihr Atem ging keuchend, ihre Hände zitterten, als sie sich nahe am Stamm der Eiche hinkniete. Sie hätte ein Werkzeug zum Graben mitbringen sollen, aber daran hatte sie nicht gedacht, und sie würde wahrhaftig nicht erst noch in die Pharmacia zurückschleichen. Sie hätte nicht noch einmal den Mut, sich hierher zu wagen, wenn sie das tat. Mit den Fingern grub sie blind in der Erde und suchte nach den knolligen Wurzeln, welche die Haut rot färbten und laut schrien, wenn man sie aus dem Boden riss.

Sie hörte kein Schreien, also musste sie etwas richtig gemacht haben. Die Wurzeln lösten sich leicht aus dem Boden. Sie wusste nicht, wie viele sie brauchen würde – schließlich ließ sie sich von einem dummen Lied, nicht von einem Rezept leiten – aber sie holte so viele hervor, bis sie ihre Schürze gefüllt hatte. Ein dummes, fruchtloses Unterfangen, aber sie war verzweifelt.

Sie richtete sich wieder auf und kroch aus dem Schatten heraus. Erleichtert seufzte sie auf und eilte zurück zur Pharmacia. Nach einer kurzen Atempause wandte sie sich wieder zur Eiche und flüsterte: »Danke, kleine Wesen.«

Ein Windhauch ließ die Blätter der Eiche rascheln, und sie riss vor Schreck beinahe die Tür aus den Angeln, als sie in die Kammer hineinstürzte.

Ohne auf ihr rasend klopfendes Herz zu achten, schüttete sie die Wurzeln auf das Schneidebrett und wurde sich wieder der Stille bewusst. »Ich beeile mich«, flüsterte sie. »Ich beeile mich.« Sie nahm das Messer zur Hand und legte die größte Wurzel zurecht. Aber als sie die Pflanze mit dem Eisen berührte, zögerte sie. Die Elfen mochten Eisen nicht. Aber wie dann? Sie schaute ihre Fingerspitzen an, die rostig rot verfärbt waren, und ihre Fingernägel, unter denen sich Dreck angesammelt hatte, und begann, die Wurzeln zu zerreißen. Lange Fasern klebten an ihrer Haut, und Blut – nein, Saft – tropfte auf das Brett und sickerte in die alten Ritzen, die das Messer schon geschnitten hatte.

»Seltsam«, murmelte sie. »Ich hätte gedacht, dass Drachenblut grün ist.«

Mit den Fasern in der Hand ging sie zum Ofen und warf die Stücke in den Topf mit Wasser, den sie dort vor sich hinsieden ließ. »Ich sollte einen Spruch aufsagen ...« Aber das war nicht nötig. Ein Duft erfüllte die Luft wie von Erdbeeren, die in der Sonne reiften, oder wie Wasserrosen in einem stillen Teich. Sie starrte in den Topf, tief einatmend, als der Duft ihren Kopf klarer machte und ihr eine Stärke gab, die sie nicht für möglich gehalten hätte. Dann zuckte sie zusammen. Sie brauchte doch keine Hilfe. Hugh war es, der sie brauchte. Sie schlang ein Tuch um den Griff des Topfes und nahm ihn vom Herd. Sie setzte ihn neben dem bewusstlosen Körper ab und wedelte den Dampf auf sein Gesicht zu. »Atme«, drängte sie. »Atme es ein.«

Half es ihm? Sie konnte es nicht erkennen. Das schwache Licht verriet nichts.

Da sie nicht genau wusste, was sie mit dem flüssigen Drachenblut anfangen sollte, schüttete sie es über den Verband an seiner Seite, sodass der Saft eindringen konnte. Dann tauchte sie den Finger in die Flüssigkeit und führte ihn an ihre Lippen. Sie hatte einen unvergleichlichen Geschmack. Sie betäubte sie nicht und nahm ihr auch nicht den Atem. Sie hatte lediglich einen dünnen, beißenden Geruch, deshalb tauchte Edlyn das Tuch in den roten Saft und ließ ihn zwischen Hughs schlaffe Lippen träufeln. Er schluckte nicht, und in einem Anflug von Panik begriff sie, dass er daran ersticken würde.

Sie hob seinen Kopf und rieb seine stoppelige Kehle, als sei er eine der kranken Katzen, die sich in der Scheune herumtrieben. »Schluck doch«, befahl sie. »Schluck es, Hugh. Schluck es hinunter.«

Sein Adamsapfel bewegte sich, aber nur, weil sie diesen gereizt hatte, und sie wusste nicht, wie viel von der Flüssigkeit ihr Ziel erreicht hatte.

Immer noch wartete sie und hoffte, dass das Drachenblut sein Wunder wirken würde, aber Hugh blieb ohne Regung. Ein plötzlicher Schwall von Tränen überraschte sie – sie musste doch sehr müde sein, dass sie so große Hoffnung an ein nutzloses Kraut knüpfte. Trotzdem träufelte sie noch mehr von diesem Saft in seinen Mund und rieb wieder seine Kehle, bis er schluckte.

»Hugh, hör mir zu.« Sie sprach drängend, als sie versuchte, die Nebel zu durchdringen, die ihn gefangen hielten. »Du musst zurückkehren. Es ist warm hier. Hier sind Menschen, die dich lieben.«

Er regte sich nicht.

»Nun, nicht Menschen, aber Wharton.« Er ließ nicht erkennen, dass er etwas gehört hatte, aber sie fuhr dennoch fort. »Er hängt an dir. Ich weiß nicht, was du getan hast, um das zu verdienen, aber irgendwie und irgendwo hast du dich in seinen Augen in einen Helden verwandelt.« Heute Nacht gab es nur Hugh, und sie rutschte ein wenig näher an ihn heran und legte seinen Kopf auf ihre Knie. Sich über ihn beugend, sprach sie in sein Ohr. »Ich bin sicher, dass eine ganze Reihe von Frauen dich vermissen. Nette Frauen. Damen.«

Sie hatte immer geglaubt, dass es einen Mann vom Tode erwecken könnte, wenn man ihm Frauen versprach, aber sie hatte es noch nie ausprobiert. Sie hatte sich getäuscht, wie es schien, weshalb sie mit knirschenden Zähnen tat, was sie sich nie wieder zu tun geschworen hatte. Sie barg ihn an ihrer Brust.

Er brauchte sie jetzt. Er war zu weit in die kalten Gefilde hinausgewandert, und sie wollte ihn mit dem Gefühl ihrer eigenen Wärme erfüllen. In der instinktiven Handlung einer Mutter, die Babys mit dem Schlag ihres Herzens beruhigt, bettete sie seinen Kopf so, dass er an ihrer Brust ruhte.

Er war kein Kind. Es gab nichts, was sie auf diesen Gedanken bringen könnte. Er wog zu viel. Er war viel zu lang. Sein Körper war durch Muskeln gekennzeichnet, nicht durch Babyspeck.

Aber während er sie mit seinem Fieber versengte, fühlte sie eine Zärtlichkeit, die ihren Ursprung in mütterlicher Fürsorge haben musste. Sie strich das Haar aus seinem Gesicht in dem Bemühen, es ihm angenehm zu machen, ihm so nahe zu sein wie möglich, damit er nicht alleine war.

»*Ich* warte hier auf dich.«

Sie blinzelte, dann sah sie sich um. Wer hatte denn das gesagt? Sie konnte es nicht gewesen sein. Sie würde eine solche Schwäche niemals eingestehen.

»Aber warum nicht?« Wieder überraschte sie der Klang ihrer eigenen Stimme. »Wer hört mich schon?« Sie tätschelte Hughs Wange, die sich durch den unrasierten Bart ganz rau anfühlte. »Du wirst dich ja nicht erinnern, nicht wahr? Du erinnerst dich sowieso kaum an mich.«

Ein leises Gefühl des Unbehagens regte sich in ihrem Gewissen. Er hatte schließlich trotz all der Schmerzen ihr Gesicht gleich wiedererkannt. Aber jetzt war er nicht nur verwundet, sondern ernsthaft krank. Er lag im Sterben, wenn sie das nicht irgendwie verhindern konnte.

Kleine Dampfwolken stiegen immer noch von dem Drachenblut auf, selbst als es abkühlte, und die Farbe dunkelte zu einem tiefen Rubinrot, das einen Schein abzugeben schien. Es machte sie auf sich aufmerksam, und sie tauchte wiederum das Tuch in das Drachenblut und träufelte es in Hughs Mund. Es benetzte ihre Finger, und sie leckte sie trocken.

Mit den Gedanken abschweifend, fragte sie: »Erinnerst du dich nicht mehr an die Zeit, als wir jung waren? Ich pflegte dir immer hinterher zu laufen. Ich betete dich an. Ich liebte dich. Du warst so groß und stark und gut aussehend, dass ich Zeit damit vergeudete, dich einfach nur anzuschauen, wenn ich spinnen sollte. Lady Alisoun schimpfte deswegen immer mit mir. Du bist der Grund, dass ich immer noch keinen gleichmäßigen Faden spinnen kann.« Sie lachte in sich hinein, als sie sich an Freuden und Schmerzen jener ersten Liebe erinnerte. »Ich wusste immer, dass du in allem erfolgreich sein würdest. Etwas an dir – die Art, wie du herumstolziertest, so sehr deiner Selbst sicher, die Art, wie du dich darauf stürztest, jede Herausforderung anzunehmen – machte mich sicher, dass du mich auf eine Reise zu den Sternen mitnehmen würdest, wenn du mich erst einmal bemerktest.«

Erinnerungen stiegen vor ihr aus einem verborgenen Ort in ihrem Gedächtnis auf, und ihr Lächeln schwand. Ohne sein Gewicht auf ihrem Arm noch zu bemerken, liebkoste sie seine Ohrmuschel. »Du hast mich natürlich nicht bemerkt. Und dann eines Tages – erinnerst du dich an eine Dörflerin namens Avina?« Sie lachte ohne eine Spur des Humors. »Du solltest dich an sie erinnern, es sei denn, du hast so viele Frauen verführt, dass sie im Staube der Erinnerung verloren gegangen ist. Du hast sie immer in der Scheune getroffen. Man könnte der Meinung sein, ihr hättet euch ein wenig besser verstecken sollen, aber ich vermute, dass alle wussten, dass sie sich fern halten sollten. Alle außer mir.« Angewidert von dem dummen Mädchen, das sie einmal gewesen war, tauchte sie ihre Finger in den Topf mit Drachenblut. Schließlich handelte es sich dabei um ein Stärkungsmittel. Und das brauchte sie auch. Noch dazu mochte sie den Geschmack.

»Willst du etwas davon?« Sie fragte so, als könne er sie hören, und dann verteilte sie die Flüssigkeit mit ihren rot verfärbten Fingern auf seinem Zahnfleisch, seinen Zähnen, seiner Zunge. Immer wieder tat sie das. »Ich bemerkte, dass du jeden Abend in die Scheune verschwandest. Und deshalb kletterte ich in den Heuboden mit dem Hintergedanken, dass ich mich auf dich fallen lassen und dich dadurch überraschen würde. Nur leider war ich diejenige, die überrascht wurde. Du und Avina, ihr beiden liefertet die erstaunlichste Vorstellung. Sie zeigte dir alles, was du wissest musstest, um eine Frau glücklich zu machen. Sie zeigte dir viele Dinge, die ich nicht gewusst hatte.«

Sie gab vor, ihm zuzuhören. »Ich hätte nicht zuschauen sollen, sagst du? Ich hätte mich hinten auf dem Heuboden verstecken sollen, bis ihr fertig wart? Du hast natürlich Recht – du siehst aus wie ein Mann, der immer Recht hat. Aber siehst du, ich konnte mich nicht abwenden.« Ihren

Kopf nach hinten neigend, schloss sie die Augen. »Du sahst so verzaubert aus! Du widmetest diesen Lektionen genauso große Aufmerksamkeit wie allen Dingen, die dich interessierten. Ich sah zu und sah zu bis ... nun gut. Ich wollte dich damals gerne hassen. Stattdessen verbrachte ich meine Nächte damit, mir vorzustellen, wie es wohl in deinen Armen sein mochte. In meinen Gedanken habe ich Jahre in deinen Armen zugebracht, und die Wonnen, die du mir bereitet hast, waren ...«

Ein Saugen an ihren Fingern unterbrach ihr Gerede. Sie erstarrte, einen Augenblick lang verständnislos. Dann öffnete sie die Augen und schaute hinunter. Hughs Lippen hatten sich um ihre Finger geschlossen, und er sog heftig an ihnen. Und seine Augen waren geöffnet.

4

Seine Stimme klang wie das Blöken eines neugeborenen Lammes. »Wenn du mich noch einmal berührst, dann reiße ich dir das Herz mit bloßen Händen aus dem Leib.«

Edlyn fuhr herum, ohne die Kräuter zu bemerken, die sie dabei verstreute. Hatte Hugh gesprochen? Hatte die Verabreichung des Drachenblutes in der vergangenen Nacht ein Wunder vollbracht? Wharton, der neben seinem Herrn kauerte und den Verband wechselte, verstellte ihr den Blick auf Hughs Gesicht. Aber bevor sie hinzustürzen konnte, sprach Hugh wieder.

»Was ist mit dir bloß los?« Er knurrte flüsternd. »Du machst mich ganz nass.« Sein Tonfall wechselte zu einem des Ekels. »Oh Herr im Himmel, Wharton, du heulst ja!«

»Oh Herr«, stammelte Wharton mit tränenerstickter Stimme. »Oh Herr.«

»Du Tölpel.« Schon klang Hughs Stimme schwächer. »Ich werde dich windelweich schlagen.«

Wharton kroch nach vorn, wobei er sich wie ein Wurm vor dem Missfallen seines Herrn krümmte, und Edlyn fühlte den Stachel des Ärgers in sich. Wharton hatte seine Ergebenheit Hugh gegenüber in den letzten entsetzlichen Tagen zur Genüge bewiesen, und nun waren Hughs erste Worte nichts als bombastische Drohungen. »Macht Euch keine Sorgen, Wharton«, meinte sie. »Er kann Euch nicht prügeln. Er kann noch nicht einmal seine Arme heben.« Sie kam näher und stand über Hugh. »Oder könnt Ihr das?«

Die braunen Augen schauten sie ohne jedes Zeichen des Erkennens an, und vor Erleichterung lachte sie beinahe laut auf. Er erinnerte sich nicht an die vergangene Nacht. Er erinnerte sich nicht an jene beschämenden Geständnisse, die sie unter dem Einfluss des Elfentranks gemacht hatte.

Nicht, dass sie den Elfen für ihr Heilmittel undankbar gewesen wäre. In der Nacht hatte sie das Gefühl, das aus einer Mischung aus Freude und Bestürzung bestand, fast überwältigt, als er sie ansah. Und als sie erkannt hatte, dass das Fieber gebrochen war, hatte sie fast genauso jämmerlich geheult wie Wharton gerade jetzt. Aber warum verriet der dumme Vers nichts von der Wirkung des Drachenbluts auf die unachtsame Pflegerin?

Sie hatte jahrelang nicht daran gedacht, wie fasziniert sie Hugh in seiner Leidenschaft beobachtet hatte. Ihre Träume, die sie hinterher hatte, waren ihr jetzt peinlich, und sie hörte sich in einem anmaßenden Ton sagen: »Jetzt sind wir wach und zweifellos übellaunig, nicht wahr? Aber ich bin ganz sicher, dass wir uns jetzt besser fühlen, oder etwa nicht?«

»Ihr habt mir die Eingeweide herausgerissen.«

Er klang heiser, und zögernd ließ sie sich neben ihm nieder und hob seinen Kopf auf ihre Knie. Es gefiel ihr nicht, ihm so nahe zu sein. Das Gewicht seines Kopfes, seine Körperwärme, sein seidiges Haar, all das erinnerte sie viel zu sehr an die vergangene Nacht. »Ich habe Euch nicht die Eingeweide herausgerissen. Ich habe sie Euch wieder hineingenäht.«

Er trank gierig von dem Trank, den sie ihm reichte, und keuchte, als er fertig war. »Ich habe Hunger. Warum lasst Ihr mich verhungern?«, fragte er.

Als sie sich an die vielen Male erinnerte, die sie und Wharton ihm Brühe in den Mund geträufelt hatten, hätte sie ihn am liebsten geschlagen. Er benahm sich genauso wie ein jeder gewöhnliche andere Mann, der krank gewesen war. Wütend auf jene, die ihn gerettet hatten, ungeduldig angesichts seiner eigenen Schwäche, nur auf sich selbst ausgerichtet.

Und doch war er überhaupt nicht wie gewöhnliche andere Männer. Sein Blick ruhte auf ihren Brüsten, als ob er sich daran erinnerte, dass er sie berührt hatte, und dann wanderten seine Augen zu ihrem Gesicht. Er *beobachtete* sie – ein unangenehmes Gefühl, wenn man seine kleine elende Seele offenbart hatte. Indem sie seinen Kopf so schnell wie möglich wieder auf das Tücherkissen zurückbettete, sagte Edlyn: »Ihr wart verwundet. Wir dachten, Ihr müsstet sterben.«

Zum ersten Mal, seit er das Bewusstsein wiedererlangt hatte, schien er sich seiner Verwundung bewusst zu werden. Seine Hände ballten sich, seine Finger fuhren suchend umher, und er berührte die Ränder der Matratze, als ob ihm das helfen könnte, wichtige Erinnerungen herbeizurufen. »Wharton brachte mich zu einem Kloster.« Sein Blick wanderte durch den Raum. »Ich bin in der Pharmacia versteckt.«

»Das ist richtig«, sagte sie, um ihn zu ermutigen.

Wieder sah er sie an. »Ihr seid die Heilerin.« Er runzelte die Stirn in dem Bemühen, sich in seinen fiebrigen Erinnerungen zurechtzufinden. Dann glättete sich seine Stirn wieder, und mit großer Anstrengung streckte er seine Finger aus und berührte ihren Rock. »Ihr ... seid Edlyn.«

Heilige Mutter, er erinnerte sich! Aber erinnerte er sich noch vom ersten Tag an, als Wharton ihn hergebracht hatte? Oder erinnerte er sich an die letzte Nacht? In ihrem Kopf schossen Gedanken und Sorgen hin und her, und sie machte viel Aufhebens davon, den Verband über seiner Wunde zu untersuchen.

»Ihr seid Edlyn von George's Cross«, sagte er beharrlich.

Es würde ihm wehtun, wenn sie den Verband abnahm, dachte sie. Egal wie vorsichtig sie dabei war, es würde schmerzen.

Dann spürte sie ein leichtes Ziehen an ihrem Rock und blickte auf. Er betrachtete sie immer noch.

»In George's Cross«, wiederholte er, »wart Ihr die Tochter eines Barons.«

Er wollte eine Antwort, und deshalb nickte sie schließlich zögernd. »Und Ihr wart der Sohn eines Barons.«

»Ihr erlerntet die Pflichten einer Dame unter der Aufsicht von Lady Alisoun.«

Ihr Mund zuckte. Er schien ganz in harmlosen Erinnerungen verloren zu sein. »Ihr erlerntet die Pflichten eines Ritters unter Sir David.«

»Ihr wart ein anständiges Mädchen, sanft und freundlich, wie es einem Mündel von Lady Alisoun anstand.«

Er erinnerte sich *nicht* an ihr Geständnis in der Nacht zuvor, oder er hätte das nicht gesagt. Sie beeilte sich zu sprechen und dadurch ihre Erleichterung zu überspielen. »Ihr wart der beste Krieger von ganz George's Cross, wie es sich für einen Schüler von Sir David gehörte.«

Er schloss seine Augen, als ob die Anstrengung des Erinnerns ihn ermüdet hatte. »Wir waren als Kinder zusammen.«

Als Kinder zusammen? War das alles, an was er sich erinnerte? Seltsamerweise erboste sie das, und sie warf ihm einen derart erzürnten Blick zu, dass dieser allein die Wunde hätte betäuben können. Aber tatsächlich half es, wenn sie wütend war, denn irgendjemand musste den Verband von der Wunde abnehmen, und Wharton hatte sich als unfähig erwiesen, seinem Herrn absichtlich Schmerzen zuzufügen, selbst wenn es diesem zum Guten diente. »Macht Euch bereit«, sagte sie.

Er öffnete wieder die Augen, und als er erkannte, was geschehen würde, nickte er schwach.

Sie löste behutsam das festgeklebte Leinen von dem sich bildenden Schorf ab.

Er bäumte seinen Rücken auf, als ob sie ihn verbrannt hatte. Wharton reichte ihr das Gefäß mit Salbe, die sie jeden Tag verwendet hatte, um die Entzündung zu bekämpfen, und sie verteilte die Salbe hastig mit den Fingern. Tiefe Seufzer der Erleichterung durchschüttelten ihn, und sie war froh. Froh, dass er das Bewusstsein wiedererlangt hatte. Froh, dass sie die Fähigkeiten besaß, die Schmerzen der Erholung zu lindern.

Als sie ihn wieder verbunden hatte, betrachtete er sie eingehend, und sie ertrug diese Musterung stolz. Sie wollte, dass er erkannte, dass das Mädchen, das sie gewesen war, erwachsen geworden war, wichtige Fähigkeiten erworben hatte und sein Leben gerettet hatte. Er öffnete den Mund, um zu sprechen, und sie richtete ihren Rücken auf.

»Ihr seht immer noch genauso aus«, sagte er. »So hübsch wie immer.«

»Wharton.« Auf seiner Matratze lag Hugh auf der Seite und sprach mit klangvoller Stimme überredend auf seinen Diener ein. »Du musst aufbrechen, bevor die Sonne am Himmel noch viel höher steigt. Sonst erkennt dich vielleicht jemand.«

Wie eine Wölfin, die ihr Junges bewacht, hockte Wharton neben seinem Herrn und musterte ihn störrisch und verärgert. »Ich mag Euch nicht tagelang in den Händen dieser Frau zurücklassen.«

Von ihrem Platz am langen Tisch schaute Edlyn an die Decke, als ob ihr durch das Strohdach die Geduld zufallen würde, die sie so sehr benötigte. »Diese Frau« hatte Wharton sie genannt. Sie hatte seinen Herrn gerettet und sein Leben geschützt, und er verabscheute sie noch mehr als zuvor. Das lag wohl daran, dass Hugh so offensichtlich die Zeit mit ihr alleine verbringen wollte.

Es war nicht *sie*, die das wollte, sondern Hugh, und das versuchte sie Wharton ein ums andere Mal verständlich zu machen. Aber Wharton wollte nicht hören. Was Wharton anbelangte, war sein Herr perfekt, also musste die Schuld bei ihr liegen.

Hugh ließ nichts als höfliche Rücksichtnahme auf seinen Diener erkennen, als er sagte: »Lady Edlyn kümmert sich sehr gut um mich, und wie du genau weißt, brauche ich dich heute Nacht ausgeruht hier, um mir zu helfen.«

»Um Euch bei was zu helfen?«, fragte Edlyn ganz unbeteiligt.

Wharton begann: »Um ihm …«

»... zu helfen, wenn es mir schlechter geht«, schloss Hugh mit glatter Selbstsicherheit.

Edlyn musterte erst Whartons zornigen, schuldbewussten Gesichtsausdruck und dann den undurchschaubaren Hughs und fragte sich, was sie wohl vor ihr verbergen mochten.

»Dann gehe ich wohl besser jetzt.« Wharton erhob sich und schüttelte seine Beine aus. »Ich werde mich in den Wäldern herumtreiben.«

»Und Informationen einholen?«, fragte Hugh.

»Von jedem Reisenden, den ich treffe«, erwiderte Wharton.

Wieder teilten sie ein Geheimnis, das sie vor ihr verheimlichten, aber es interessierte Edlyn nicht. Sie hatte sich schon früher nicht mit den Intrigen kleiner Jungen beschäftigt.

Nickend und sich verbeugend entfernte sich Wharton von der am Boden hinter dem Ofen lang ausgestreckt liegenden Gestalt. Dann marschierte er lautstark und mit einem spöttischen Grinsen in ihre Richtung hinaus.

Hugh wartete kaum ab, bis Wharton durch die Tür war, bevor er mit seinem Angriff begann. »Euer Duke hat ja nicht gerade lange gelebt.«

Edlyn starrte ihre Hände an, die dunkelgrüne Blätter in braune Holzkästen sortierten. »Zwei Jahre«, antwortete sie einerseits in der Hoffnung, damit seine Neugier zu befriedigen, und andererseits in dem Wissen, dass ihm diese Auskunft sicherlich nicht genügen würde.

»Zwei Jahre. Wahrhaftig nicht lang.«

Sie konnte Hughs Blick spüren; die Muskeln in ihrem Rücken zogen sich als Reaktion darauf so zusammen, als erwarte sie einen Dolchstoß. Seltsam, dass sie Hugh, der so ruhig wirkte, für gefährlicher hielt als den aufbrausenden Wharton.

»War er ein guter Gatte?«

»Er war ein Schatz.« Edlyn wusste nicht, ob es an dem Drachenblut lag oder lediglich an Hughs fester Entschlossenheit, aber seitdem seine Wunden heilten, heilten sie rasch. Er wollte aufstehen und bestand darauf, dass er Bewegung bräuchte. Aber Edlyn verwehrte ihm diese, da sie wusste, dass es noch zu früh dafür war. Dennoch wünschte sie ihn sich sehnlichst fort. Während seines Gesundungsprozesses war seine Gegenwart in der Pharmacia sehr deutlich spürbar, ungefähr so wie ein Kloß im Hals, der sie zu ersticken drohte, aber sich nicht entfernen ließ.

»Ein ansehnlicher Mann und treu?«, fragte er.

Edlyn lachte kurz auf, dann gab sie der Versuchung nach und begab sich an seine Seite. Sie erklärte ihm, dass sie sich um ihre Aufgaben kümmern müsse, aber dass sie ihm gerne zuhören würde, wenn er ihr etwas erzählte. Aber er wollte nichts erzählen. Er setzte seine Befragung fort, und gelegentlich, wenn sie sich zu sehr auf die Kräuter vor ihr konzentrierte, sagte sie zu viel.

Jetzt stand sie da, mit den Händen auf den Hüften, und blickte zu ihm hinunter. Sie genoss die Überlegenheit, die sich in ihrer Haltung ausdrückte. »Ich war doch weniger als eine Mücke für Euch, als wir noch in George's Cross lebten, nicht wahr?«

Wenn es ihn störte, dass sie stand, während er dalag, so verbarg er seinen Verdruss gut. Stattdessen betrachtete er sie mit diesen unergründlichen Augen und meinte: »Ich erinnere mich gut an Euch.«

»Tut Ihr das?« Nicht ein einziges Mal während der letzten Tage hatte er erkennen lassen, ob er sich an das Geständnis erinnerte, das sie ihm unter dem Einfluss jenes verflixten Drachenblutes gemacht hatte, und ihre anfängliche Panik hatte sich verflüchtigt. Sie hockte sich hin und sah ihn direkt an. »Dann seid Ihr ein närrischer Mann. Ich heiratete einen Duke, der so alt war, dass die Hochzeitszeremonie und die anschließende Feier ihn vor Kopfschmerzen in die Knie zwang und seinen Körper lähmte. Er war freundlich zu mir, aber die Rolle eines Gatten hat er nie ganz vollzogen.«

»Er hat Euch niemals beigewohnt?« Wieder zeigte er keinerlei Gefühlsregung.

Sie ließ ihre Hände über ihre aufgestellten Knie hängen. »Er versuchte es, und wir sagten seiner Familie, dass es ihm gelungen sei. Er wollte nicht, dass sein Versagen offenbart werde, und ich fürchtete, dass sie mich meines Witwenerbes berauben würden, als er starb.«

»Und taten sie das?«

Ihr Lächeln kräuselte nur ihre Lippen. »Sie versuchten es.«

Die heimtückischen Kinder ihres Gatten hatten versucht, Edlyn ohne einen Penny hinauszuwerfen, und als sie um ihr Erbe kämpfte, hatten sie versucht, sie töten zu lassen. Es war nicht leicht gewesen. Es war nicht angenehm gewesen. Aber sie hatte das Geld und die Ländereien erhalten, die in ihrem Ehevertrag festgelegt worden waren, und gleichzeitig ihr stählernes Rückgrat bewiesen.

Jetzt schaute sie Hugh so an, als ob er in ihre Vergangenheit blickte, als ob er den Kampf sehen konnte, der ihr im Alter von siebzehn Jahren aufgezwungen worden war, und sie spürte, dass sich die Balance zwischen ihnen verschoben hatte. Es fehlte nur ein Tag an zwei Wochen, die er nun schon hinter ihrem Ofen lag, und zum ersten Mal, seit er aufgewacht und sich in ihrer Obhut gefunden hatte, sprachen sie nicht als Patient und Pflegerin, sondern wie ein Mann und eine Frau miteinander.

Sich mit einem leisen erschrockenen Aufseufzen abwendend, erhob sie sich und flüchtete sich zu ihren Kräutern.

Hinter ihrem Rücken hörte sie ihn sagen: »Die Ehe mit Eurem Duke hat sich für Euch als eine Gewinn bringende Verbindung erwiesen.«

Heftig mit dem Stößel in dem mit getrockneten Kräutern gefülltem Mörser hantierend, zerrieb sie diese zu feinem Staub. Er verstand nichts. Er wusste nicht, wie verängstigt sie gewesen war. Oder es interessierte ihn nicht. Gott gebe ihm die Feinfühligkeit, diese Unterhaltung ersterben zu lassen.

Eine schwachsinnige Hoffnung, denn er fragte sogleich: »Plant Ihr, die Gelübde abzulegen, wie es so viele adlige Witwen tun?«

Sie ließ den Stößel in den Mörser fallen. Er klapperte in der glatten steinernen Schüssel, und eine kleine Wolke aus grünem Staub wirbelte auf. Um ihre Unbeholfenheit zu verbergen, ging sie zum Ofen hinüber. Sie schüttelte die langstieligen Pflanzen auf, die sie dort zum Trocknen hingelegt hatte. Die verblassten Blätter raschelten, und einige der gelben Knospen fielen ab. Mit einem befriedigten Ausruf legte Edlyn sie hinüber auf den Tisch.

Sie sollte lieber nicht antworten, aber sie kannte seine Methoden inzwischen. Wenn sie jetzt nicht antwortete, dann würde er dieselbe Frage später wieder stellen und immer wieder, so lange, bis er ihren Widerstand geschwächt hatte. Also sagte sie kurz: »Keine Gelübde.«

»Warum nicht?«

»Sie wollen mich nicht aufnehmen.« Das war eine schlichte Feststellung von Tatsachen.

»Wer hindert Euch daran? Ist es diese Frau, die jeden Tag hierher kommt, um Euch zu belästigen? Oder ihre elende Dienerin, die immer herumspioniert, auch wenn sie das nicht sollte?«

Für einen Mann, der immer unter Tüchern verborgen lag, wenn sie Besucher hatte, sah er erstaunlich gut. »Lady Blanche hat hier keinen Einfluss, auch wenn sie den gerne hätte.«

Edlyn seufzte. »Nein, es liegt daran, dass ich in dieser Welt noch zu viele Aufgaben zu erfüllen habe, bevor ich je in ein Kloster eintreten könnte.«

»Wenn Gott ruft, müssen irdische Pflichten doch sicherlich hintanstehen.«

»Gott hat nicht gerufen.«

Sie hörte ihn etwas sagen, das sie nicht verstand, dann bedeckte er seine Augen mit seinem Arm. Weil er müde wurde?

Oder um seinen Gesichtsausdruck vor ihr zu verbergen? Sie beobachtete ihn misstrauisch.

»Wie viel Zeit ist seit dem Tod Eures Gatten vergangen?«, fragte er.

»Ich war fünfzehn, als ich ihn heiratete. Ich war siebzehn, als er starb. Und das war vor elf Jahren.«

»Was für eine wortkarge, misstrauische Frau Ihr inzwischen geworden seid!« Er hob seinen Arm, und sie sah die Verärgerung, die er normalerweise verbarg. »Ihr erzählt mir nichts.«

»Warum sollte ich?«

»Weil ich es wissen möchte.«

»Als ob das eine Rolle spielte!«

Er missachtete das, und mit einer Direktheit, mit der er auch das Breitschwert führen würde, stürmte er gegen ihre Verschwiegenheit an. »Wie viele Ehemänner habt Ihr in diesen elf Jahren gehabt?«

Erzürnt darüber, dass er das Recht zu haben glaubte, sie auszuforschen, und entschlossen, ihn in seine Schranken zu weisen, antwortete sie so direkt, wie er gefragt hatte. »Einen.«

Er bemühte sich, sich aufzusetzen.

Sie sah ihm dabei mit erhobenem Kinn zu.

»Wo ist er jetzt?«, verlangte er zu wissen.

»Er ist tot.«

Er musste das erwartet haben, denn er stellte seine nächste Frage ohne Pause. »Wie war sein Name?«

»Ihr kennt ihn, daran habe ich keinen Zweifel. Er war ganz sicher ein Kamerad von Euch.« Sie wandte sich wieder ihrer Arbeit zu und warf ihm die Worte über die Schulter zu. »Sein Name war Robin, Earl of Jagger.«

»Robin ... Earl of Jagger?« Seine Stimme war heiser vor Verzweiflung und Wut. »Macht Ihr Euch über mich lustig?«

Sie unterbrach ihre Arbeit und sah ihn mit gerunzelter Stirn an. Die raue Verzweiflung in seiner Stimme klang in ihren Ohren wieder, und sie holte rasch ein Tonikum. Es würde, so dachte sie, die Rauheit in seiner Kehle lindern, aber als sie neben ihm kniete, wusste sie, dass sie sich selbst belog. Er hatte überhaupt nicht so reagiert, wie sie erwartet hatte, und sie wollte wissen, was er meinte. »Ihr habt zu viel gesprochen.« Sie goss die übel riechende dicke braune Flüssigkeit in einen Becher und schob ihn in seine Hand. »Muss ich den Becher für Euch halten, während Ihr trinkt?«

So beleidigend, wie es ihm möglich war, sagte er: »Ihr müsst mir schwören, dass Ihr schweigt, bis ich weit genug von hier weg bin.«

Sie zuckte zurück, als hätte er sie mit diesen bösartigen Worten geschlagen. »Ich habe schon so lange geschwiegen! Glaubt Ihr wirklich, ich würde den Nonnen erzählen, was ich getan habe? Dass ich ohne ihr Wissen einen Mann in der Pharmacia am Leben erhalten habe?« Ihr Blick streifte ihn von oben bis unten. »Und solch einen Mann. Einen *Krieger.*«

»Was ist schlecht an einem Krieger?«

»Mein Ehemann war ein *Krieger.* Ein großartiger Krieger. Ich kann gar nicht glauben, dass ich alles aufs Spiel gesetzt habe – Obdach, Nahrung, einen sicheren Ort –, um ...« Sie holte tief Luft und beugte sich nahe genug über ihn, dass er ihren Atem auf seinem Gesicht spüren konnte. »Ich setze meine Sicherheit aufs Spiel ... für einen weiteren *Krieger*.«

Er beobachtete sie mit skeptischem Blick, als ob sie aneinander vorbeiredeten und er genauso verwirrt war wie sie. Seine Worte mit Bedacht wählend, sagte er: »Robin, Earl of Jagger, starb letztes Jahr in den Diensten von Simon de Montfort.«

»Starb? Er starb nicht.« Ihre Wangen brannten, und heiße Tränen füllten ihre Augen. »Er wurde vom Earl of Roxford gefangen genommen, wie ein gewöhnlicher Verbrecher durch die Straßen geschleift und hingerichtet.«

»Als ein Verräter am königlichen Prinzen.«

Sie begegnete seinem Blick kühn, aber ihre Hand schlich

sich zu ihrem Herzen. »Ein Schicksal, dass Ihr vielleicht vermeiden könnt.«

»Vermeiden?« Er runzelte die Stirn. »Ihr meint, ich sei ein Verräter an der Krone?«

»Seid Ihr das nicht?«

»Das bin ich nicht!«

Sie hatte das schon früher gehört, und sie antwortete ihm mit der gleichen Überzeugung. »Aye, das ist genau, was auch Robin gesagt hat. Er sagte, er sei kein Verräter, sondern ein Verteidiger der Rechte der Barone gegen die Tyrannei des Königs.« Ihr Mund verzog sich voll Verachtung. »Prinz Edward sah das ganz anders. Simon de Montfort nahm den König letztes Jahr gefangen, und er schleppt ihn wie eine Marionette in einem gefährlichen Spiel mit sich herum. Er nutzt die Macht des Königs, um Dekrete zu erlassen, und Prinz Edward würde alles tun, um seinen Vater zu befreien. Und so wurde Robin am Hals aufgehängt, bis er tot war, als der Befehlshaber des Prinzen ihn nach London geschickt hatte. Der Prinz beschlagnahmte Robins gesamten Besitz und seine Ländereien. Und als Lektion für alle, die sich vielleicht gegen ihn erheben könnten, warf der Prinz Robins Frau und seine Kinder in den Dreck, wo sie nach eigenen Kräften leben oder sterben sollten.«

5

Hugh betonte seine Worte so, als sei Edlyn schwerhörig. »Ich bin kein Rebell gegen den König.«

»Natürlich seid Ihr das nicht.« Sie grinste, nur um das Vergnügen zu haben, ihn zu verärgern. »Das ist der Grund, warum Wharton solche Angst hatte, Ihr könntet entdeckt werden. Das ist der Grund, warum Ihr Euch so geduldig hier versteckt, bis die Soldaten wieder fort sind.« Sie schenkte sich den Sarkasmus und kam gleich auf den Kern der Sache zu sprechen. »Ihr habt Angst, dass Prinz Edwards Truppen Euch entdecken könnten und Ihr dann hingerichtet würdet.« Sie holte zitternd Atem. »Wie Robin.«

»Das ist nicht wahr.«

»Warum ruft Ihr dann nicht nach Euren Gefährten? Warum seid Ihr dann nicht damit einverstanden, in die Krankenstube zu gehen, wo Euch die Nonnen pflegen könnten?«

»Ich darf nicht so hilflos gesehen werden. Es gibt da Attentäter …«

Wer meinte er eigentlich, der er war? Der Befehlshaber der königlichen Truppen? Sie hielt sich den Mund, um ihr Lachen zu unterdrücken.

Mit ernstem Gesicht musterte er sie. »Ihr habt Euch Euer Bild gemacht, nicht wahr? Da lasst Ihr nicht mit Euch reden, nicht wahr?«

Sie schüttelte verneinend ihren Kopf.

»Nun gut. Aber, Edlyn, Countess of Jagger, Ihr solltet Euch davor hüten, alle Männer mit dem gleichen Maßstab zu messen.«

Er war eingeschnappt! Der Mann, den sie für so unempfindlich gehalten hatte, hielt seine Lippen fest aufeinander gepresst, und Edlyn spürte ein plötzliches Triumphgefühl. Letztendlich waren doch alle Männer gleich – kleine Jungen, die Respekt erwarteten, obwohl sie ihn sich nicht verdient hatten. Genauso wie sie mit Parkin oder Allyn umgegangen wäre, zog sie ihn auf ihre Knie und sagte: »Hier. Trinkt das.«

Seine Hand hob sich, um den Becher wegzuschieben, dann hielt er inne. »Wollt Ihr den anderen Grund wissen, aus dem ich mich weigere, in die Krankenstube zu gehen?«

»Wenn Ihr ihn mir mitteilen wollt«, nickte sie großmütig.

»Weil ich immer wusste, dass Ihr die Einzige seid, die mich heilen könnte.«

Er legte seine Hand über ihre und drückte ihre Handfläche gegen die glatte Fläche des Hornbechers. Die Schwielen auf seiner Handfläche schabten auf ihrer Haut, und er rieb seine Finger in kleinen Kreisen über ihren Handrücken.

Seine Stimme senkte sich vor Ernsthaftigkeit. »Selbst als mir der Tod so nahe war, hörte ich Eure Stimme zu mir sprechen und fühlte, wie Eure Kraft in mich strömte.«

»Hörtet mich?« Sie verschluckte sich fast.

»Das ist der Grund, warum ich eklige Dinge getrunken, zermatschte Unkräuter auf meiner Wunde ertragen, Brei gegessen und mich in einem Haufen von Lumpen versteckt habe, wann immer jemand auch nur in die Nähe der Pharmacia kam.« Er hob ihre Hand und damit den Becher an seinen Mund und trank. »Weil Ihr es mir gesagt habt.«

Sie rümpfte ihre Nase. Er hatte sie gehört? Sie gehört? Wann?

»Ist etwas nicht in Ordnung?«, fragte er. »Ihr seht so aus, als hättet Ihr auf eine Wanze gebissen.«

»Ich …« Sie suchte nach einer glaubhaften Ausrede. »Dieses Tonikum stinkt wirklich widerlich.«

»Es schmeckt noch schlimmer.« Er leerte den Becher und ließ sie endlich wieder los. Nachdenklich geworden, fragte er: »Man hat Euch ohne alles aus Eurem Besitz geworfen? Euch und Eure Kinder?«

»Ja.« Sie hätte sich gerne aus seiner Nähe entfernt, aber sie musste es einfach wissen. »Habt Ihr meine Stimme verstanden, als Ihr dem Tode nahe wart?«

»Das ist doch nicht wichtig.« Er überging ihre Frage ohne jede Neugier. »Wie viele Kinder?«

»Zwei Jungen. Und ich halte es für wichtig.«

»Wirklich?« Sie hatte seine Aufmerksamkeit erlangt, und er strich sich übers Kinn. »Wie interessant.«

Bei allen Heiligen, sie wollte doch nicht, dass er darüber nachdachte. »Es ist wahrscheinlich doch nicht wichtig.« Sie versuchte zu lächeln. »Zwei Söhne, Parkin und Allyn. Ich wusste gar nicht, was ich tun sollte, als die Truppen des Prinzen kamen und uns auf die Straße warfen mit nichts als den Kleidern am Leib.«

»Die Truppen des Prinzen. Haben sie Euch ein Leid zugefügt?«

»Mich vergewaltigt, meint Ihr?« Gegen ihren Willen erinnerte sie sich an jenen schrecklichen Tag. »Nein. Der Ritter, der die Truppen anführte, hatte strikte Anweisungen, und er befolgte sie auch.« Mit Verachtung und Hochmut. »Mich und alles, was an Robins Besitz erinnern ließ, in den Dreck zu werfen.« Sie hatte inmitten des Haufens aus Flaggen und Gobelins, die mit Robins Wappen verziert waren, gestanden und hatte die Jungen an den Händen gehalten. »Bereitet die Burg für ihren neuen Herrn.«

»Wer war das?«

»Ich habe noch nicht gehört, dass der Prinz Jagger irgendjemandem übereignet hat.«

»Ich weiß, wem er sie nicht zuerkennen wird«, sagte Hugh.

Eine seltsame Bemerkung. »Wem?«

»Irgendeinem derjenigen, die de Montfort unterstützen.« Plötzlich schien er den Geschmack des Tonikums wahrzunehmen. »Gebt mir etwas, das meine Zunge reinigt.«

Edlyn war froh darüber, das Thema wechseln zu können,

und half ihm zurück auf sein Kissen. Sie nahm einen dicken Lappen und wickelte ihn um den Tontopf, der auf dem Ofen warm gestellt war. Dann trug sie ihn zu Hugh und hob den Deckel. Ein Duft von Kräutern erhob sich in die Luft, und dazu mehr als nur einen Hauch – von Fleisch?

Plötzlich munter geworden, hob Hugh den Kopf. »Was ist das?«

»Brühe«, antwortete sie mit einem breiten Lächeln. »Wharton hat einen Hasen gefangen und ihn in einem Eintopf gekocht.«

Er reckte den Hals und starrte in den Topf. »Wo ist der Eintopf?«

Sie verstand ihn genau. »Ihr könnt noch kein Fleisch essen. Euer Magen verträgt das noch nicht.«

»Unsinn. Ich verhungere beinah bei dem Haferbrei, den Ihr in mich hineinschaufelt.«

»Ihr könnt schon von Glück sagen, dass ich den überhaupt für Euch bekommen kann.«

Sie tauchte den Löffel in die Brühe. »Wollt Ihr nun hiervon oder nicht?«

Er wollte mit ihr streiten.

Er wollte essen.

Er aß.

Während sie ihn fütterte, meinte sie: »Es ist eine große Sünde, das Essen, das Gott uns gibt, nicht mit anderen zu teilen. Die Menschen im Kloster sehnen sich auch nach Fleisch. Aber ich konnte mir nicht vorstellen zu behaupten, ich hätte den Hasen im Wald gefangen, als ich nach Kräutern suchte.«

»Hätte Wharton nicht erklären können, dass er den Hasen gefangen hat?«

»Er ist ihnen doch jetzt schon verdächtig. Nicht, dass nicht immer wieder Landstreicher an der Abtei auftauchen, aber Euer Wharton hat schon etwas besonders Raubeiniges an sich, und sie sehen ihn nur in der Dämmerung.« Ihr gefiel es, wie Hugh aß, rasch, jeden Tropfen genießend und doch entschlossen, jeden Löffel voll erst vollständig zu schlucken, bevor er den nächsten nahm. »Er hütet seine Identität sehr.«

»Aye.« Hugh schaute grimmig drein. »Es gibt viele, die Wharton erkennen könnten und ihn für zwölf Goldmünzen verraten würden.«

Das ließ sie wieder zusammenzucken. Sie versuchte, das Vertrauen darin zu behalten, was sie für das Beste hielt, wie Lady Corliss sie angewiesen hatte. Aber gab es solche, die das Kloster verwüsten würden, weil sie diese beiden Männer beherbergt hatte? Hatte sie eine Katastrophe über sie alle gebracht?

Mit einer Stimme, die belustigt klang, fragte er: »Seid Ihr tatsächlich so unbeholfen, dass die Nonnen nicht geglaubt hätten, dass Ihr einen Hasen in der Falle fangen könnt?«

»Ich bin überhaupt nicht unbeholfen! Aber einen Hasen zu fangen ist Wilderei, und unsere Äbtissin hält nicht viel von solchen Unehrlichkeiten«, antwortete sie.

»Ihr könntet ja behaupten, er sei zu Euren Füßen gestorben.«

»Ich kann Lady Corliss nicht belügen. Sie sieht mich mit ihren blauen Augen so ruhig an und ...« Als Edlyn an den freundlichen Blick und die Enttäuschung, die ein Vergehen verursachte, dachte, schauderte es sie. »Nein, ich kann es einfach nicht. Und überhaupt wüsste ich sowieso nicht, wie ich erklären sollte, dass ich hier in der Pharmacia eine zusätzliche Portion brauche.«

Voller Verständnis dafür nickte er. »Was ist also mit dem Rest des Hasens geschehen?«

»Wharton und ich haben ihn gegessen.« Sie wartete darauf, dass er sie wegen solcher Eigennützigkeit anknurrte.

Stattdessen ließ er seinen Blick über sie schweifen. »Gut. Ihr seht so aus, als täte Euch ein ordentliches Mahl gut.«

Ein Stich der Trübsal durchzuckte sie. Sie erinnerte sich an eine Zeit, in der Robin einen ganzen Tag damit verbracht hatte, nur ihren nackten Körper zu betrachten, sie zu streicheln, sie zu bewundern. Er hatte behauptet, ihr Körper sei der schönste, den er je gesehen habe, und ihr Körper war die eine Kette gewesen, von der sie meinte, sie könnte ihn an sie gebunden halten.

Was für eine dumme Frau sie doch gewesen war. Sein grenzenloses Entzücken an ihrem Körper ließ nie nach, aber nichts hatte Robin gebunden. Und nun sah Hugh sie ohne Interesse an und nannte sie mager.

Es war dumm, sich daraus etwas zu machen oder sich von Hughs dauerhafter Gleichgültigkeit reizen zu lassen. Was hatte schließlich dieser Mann anderes getan, als ihre kindische Verliebtheit zu ignorieren und sein eigenes Leben zu führen?

Sie griff in ihre Tasche, holte ein Stück Brot heraus, das sie sich von ihrer eigenen Mahlzeit abgespart hatte, und tunkte es in die Brühe, bevor sie es in seinen Mund beförderte.

»Mm.« Er schloss seine Augen und seufzte, als habe er das Paradies gekostet.

Dann öffnete er die Augen wieder, und sie wusste, dass er sein Augenmerk auf ein neues Problem gerichtet hatte.

»Wie alt sind Eure Söhne?«, fragte er.

»Sie haben beide acht Winter gesehen.«

»Zwillinge?«

Sie gab dieselbe Antwort, die sie immer gab. »Zwei Jungen, die so ähnlich sind, wie sie es nur sein können.«

»Es ist selten, dass beide Kinder die Geburt überleben.«

Darauf gab sie keine Antwort.

»Es ist an der Zeit, dass sie in Pflege gegeben werden.« Er sprach energisch.

Sie antwortete in gleichem Ton. »Sie sind schon fort. Der Abt des benachbarten Klosters hat sie unter seine Fittiche genommen, und jetzt sind sie schon auf ihrer ersten Pilgerfahrt unterwegs.«

»Eine Pilgerfahrt?« Seine Brauen senkten sich, und er kaute das neue eingeweichte Stück Brot gründlich, bevor er antwortete. »Ein Abt? Ihr habt sie zu einem Abt gegeben?«

Sein ungläubiges Staunen verbitterte sie. »Wen sonst würdet Ihr denn vorschlagen?«

»Für die Söhne des Earls of Jagger? Sie sollten Pagen im Hause eines Ritters sein.«

»Sie wollen nicht im Hause eines Ritters sein.« Um ihren Worten Nachdruck zu verleihen, deutete sie mit dem Löffel auf ihn. »Sie wollen Mönche sein.«

»Die Söhne des Earls of Jagger wollen Mönche sein?«

Seine Stimme hatte einen Klang bekommen, den sie vorher noch nie von ihm gehört hatte, und in die Enge getrieben, erwiderte sie: »Das wollen sie.«

»Eine Verschwendung! Der Earl of Jagger war einer der besten Kämpfer, die ich je getroffen habe. Beinahe hätte er mich auch noch besiegt!«

Er zuckte zusammen und warf ihr aus dem Augenwinkel einen seltsamen Blick zu, während sie von einer Welle der Feindseligkeit überrollt wurde. »Wahrscheinlich bei einem der Turniere, die er so häufig besuchte, während er mich daheim ließ, damit ich Geld für seine Schlachten herbeischaffte und seine Söhne für die Zukunft großzog.«

Er nahm die Schüssel aus ihrer Hand und tunkte den Rest der Brühe mit dem übrigen Brot auf. Dann reichte er ihr die Schüssel zurück.

Sie umklammerte sie fest und drängte sich aufzustehen, Abstand zwischen ihnen zu schaffen, ihn als einen oberflächlichen Lump zu ignorieren, wie er es verdiente. Stattdessen verharrte sie so wie zuvor und sagte: »Ihr erteilt mir Ratschläge, wie ich meine Söhne großziehen soll, aber wie sehr interessiert Euch ihr Schicksal tatsächlich? Es sind *meine* Söhne, die ich erhalten und ernähren muss. Für Euch sind sie doch nur eine kleine Laune, die Euch interessieren soll, während Ihr hier liegt, und Ihr seid Launen unterworfen, die nicht mehr sind als ein Mückenstich. Ihr kratzt an ihnen, Ihr seid fertig mit ihnen, Ihr vergesst sie. Aber wenn ich es Euch erlauben würde, würdet Ihr meine ganze Welt für Eure Launen verdrehen, und wenn Ihr mit ihnen fertig wäret und sie wieder vergessen hättet, wäre meine Welt immer noch aus der Bahn geworfen.«

»Ich bin nicht launisch!«

»Alle Männer sind launisch. Sie haben die Macht, warum also sollten sie es nicht sein?«

Er holte tief Luft, und als er wieder sprach, wählte er die Sprache der Vernunft. »Es ist nicht Launenhaftigkeit, die mich erkennen lässt, dass jedwede Söhne des Earls of Jagger Kämpfer sein werden. Ich kannte Robin in der Blüte seines Lebens, Lady Edlyn, und ich fühlte die Macht seiner Klinge. Ich sah, wie seine Männer ihn verehrten, und die Damen ... nun gut.« Er räusperte sich. »Ihr sagt, dass seine Söhne Mönche sein wollen. Vielleicht ist das so, aber wenn man ihnen einen anderen Pfad weisen würde, dann fänden sie sich vielleicht der Ritterschaft eher zugeneigt.«

»Robin *starb* in der Blüte seines Lebens.« Ihr Herz hörte fast auf zu schlagen, als sie sich an den lebhaften, ansehnlichen, heldenhaften Mann erinnerte und ihr wieder klar wurde, dass er niemals wieder auf dieser Erde herumgehen würde. »Ich möchte mehr als das für meine Söhne.«

»Aber was wollen sie für sich selbst?«

»Sie sind acht Jahre alt. Sie wissen noch nicht, was sie wollen.« Sie erhob sich und stellte die Schüssel in den Eimer, in dem sich das andere schmutzige Geschirr befand. »Andere Eltern stellen die Füße ihrer Kinder auch auf den Pfad, dem sie ihr Leben lang folgen sollen. Warum glaubt Ihr, dass ich dazu weniger gut befähigt bin?«

»Vielleicht könnte Euer Vater Euch einen Rat erteilen.«

Er hatte ihre Frage nicht beantwortet, wie sie durchaus bemerkte. »Mein Vater weiß noch nicht einmal, wo wir sind.«

»Warum nicht?«

Sie öffnete die Tasche, die sie an diesem Morgen mit in den Wald genommen hatte, und schüttelte die Pflanzen und Wurzeln darin auf den Tisch. »Ich habe ihn nicht benachrichtigt –

außerdem hat er auch nicht nachgefragt. Als ich zum ersten Mal heiratete, war ich eine von fünf Töchtern. Meine Mutter gebar danach noch zwei weitere, die alle verheiratet oder in ein Kloster gesteckt werden mussten, alle mit der entsprechenden Mitgift. Ich half dabei, Ehemänner für drei meiner Schwestern zu beschaffen, wie es von mir erwartet wurde.« Sie schnupperte an der Alraune und fuhr dann ruhig fort. »Nichtsdestoweniger glaube ich kaum, dass mein Vater mich in seinem Heim wieder willkommen heißen würde, so entehrt, wie ich bin.«

»Ein trauriger Zustand«, murmelte Hugh.

»Überhaupt nicht«, gab Edlyn zurück. »Ihr wurdet in eine Familie hineingeboren, die genauso arm ist wie meine. Würden *Eure* Eltern Euch zu Hause wieder willkommen heißen?«

»Nein, aber ich bin doch ein erwachsener Mann!«

»Zu wahr.« War ihm ihr Sarkasmus aufgefallen? Sie bezweifelte es. Er war zu sehr Mann, um jemals die Gedanken einer Frau nachvollziehen zu können. Sie war eine erwachsene Frau und in ihren Bemühungen genauso gewandt wie er. Aber es waren nicht die Bemühungen eines Mannes, und darum waren sie nichts wert.

Es ärgerte sie, wie Männer durch ihr Leben trampelten, immer davon ausgehend, dass ihr Weg der richtige war, sicher in der Welt, die sie so geschaffen hatten, dass sie ihren eigenen Bedürfnissen und Wünschen entsprach. Frauen mussten sich an diese Welt anpassen, um die Gedanken und die Wünsche ihrer Männer zu verstehen. Wenn eine Frau dabei versagte, wurde sie dafür *von* ihrem Mann bestraft. Wenn ein Mann versagte, wurde seine Frau *mit* ihm bestraft.

»Vielleicht wäre Sir David bereit, seine Meinung zu äußern«, meinte Hugh.

Seine Stimme klang jetzt zögerlicher. Vielleicht las er ihre Gedanken doch. Sie konnte sich vorstellen, wie er die Stirn runzelte, wie das helle Braun seiner Augen sich in ein Grün verdunkelte, wie der Schwung seiner Lippen seine Ernsthaftigkeit widerspiegelte.

Sie konnte sich all das vorstellen, und sie verfluchte sich für diese Vorstellungskraft. Warum kannte sie ihn nur gut genug, um seine Reaktionen vorhersagen zu können? Oh ja, sie hatte als Mädchen Stunden damit zugebracht, ihn zu studieren – seine festen Lippen, deren großzügige Form Sinnlichkeit versprach, die Art, wie sein blondes Haar aus dem Gesicht gekämmt war, wie sich seine Augenbrauen immer dann senkten, wenn er sich den Herausforderungen stellte, die vor ihm lagen.

Aber sie hatte all das doch vergessen! Das war alles Jahre her. Es war doch nicht so, verdammt noch einmal, *nicht* so, dass sie sein Bild wie eine Ikone in ihren Gedanken vor sich her trug.

Was sie zu einem anderen noch weniger angenehmen Gedanken führte. Wenn sie sich nicht an ihn erinnerte, dann war es wohl so, dass sie ihn hier in der Pharmacia beobachtet hatte. Und zwar nicht als Patienten, sondern als Mann, der ihrer Beobachtung wert war. Sie glaubte nicht, dass sie das getan hatte. Und doch stand sie nun da und machte Voraussagen darüber, wie er wohl handeln und reagieren würde.

Das hasste sie an sich. Es war so, als hielte sie sich von einer Krankheit für geheilt, nur um festzustellen, dass diese sich in Wirklichkeit immer noch in ihren Adern ausbreitete.

»Ich hoffe, Ihr murmelt vor Euch hin, dass ich eine gute Idee hatte.« Es klang nicht so, als glaube Hugh selber daran.

Das Dreiblatt heraussortierend, sammelte sie es auf einen Haufen und begann die roten Blüten abzupflücken. »Als ich bei Lady Alisoun und Sir David lebte, behandelten sie mich mit der größten Freundlichkeit. Ich habe die größte Achtung vor ihren Ansichten, aber ich fürchte, dass ich nicht in der Lage bin, sie auf irgendetwas anzuwenden. Das wäre nicht annehmbar für mich.«

»Euer Stolz ist einer Frau nicht angemessen.«

Ihre Hände ballten sich zu Fäusten, und der Duft des Frühlingsklees stieg zu ihr auf. Während sie ihre Hände öffnete und die roten Flecken von ihnen abwischte, sagte sie mit leiser Stimme: »Mein Stolz ist alles, was mir geblieben ist, und er hat mich nun schon eine lange Zeit aufrechterhalten.«

»Ihr seid zu unabhängig.«

»Wessen Schuld ist das?« Mit ruckhaften Bewegungen breitete sie ein dünnes Tuch über den Tisch und ließ die Blüten darauffallen.

»Meine vielleicht.«

Sie hatte ihn fast nicht gehört, und sie verstand sowieso nicht, was er damit sagen wollte.

Er fuhr fort: »Wenn dieser Krieg vorüber ist, besitze ich mehrere Güter, die zu meinem Titel gehören. Ich könnte dann Eure Söhne in Pflege nehmen.«

Sie konnte es nicht glauben. Sie konnte es nicht ertragen. Hatte er denn kein einziges Wort von dem gehört, was sie sagte? Sollte ihre Entschlossenheit so leicht beiseite geschoben werden? Sein Angebot bewies die Wahrheit ihrer Gedanken – dass Männer Krieg aus Liebe zum Kämpfen erschufen und sich gegen den zivilisierenden Einfluss von Weib und Zuhause wehrten. Wenn er sich der Vorstellung gegenübersah, dass zwei Jungen – Jungen, die er noch nie gesehen hatte – Männer des Friedens werden sollten, dann setzte Hugh alles daran, sie davor zu bewahren, so sicher, wie Heilige sich darum bemühten, die Seele eines Sünders zu retten. Sie schaffte es, einen höflichen Ton anzuschlagen, aber der Unterton, wenn er ihn denn hören wollte, war düster und gefährlich. »Meine Söhne haben in ihrem Leben schon zu viel Umschwünge erleiden müssen. Ich bin ihre Mutter. Sie werden bei mir bleiben.«

Indem sie die Ecken des Tuches zusammenfasste, hob sie den Klee vom Tisch. Er versuchte etwas zu sagen, aber sie ging ohne ein Zeichen, dass sie ihn gehört hatte, an ihm vorbei und trug die Blumen hinaus. In einer windgeschützten

Ecke kniete sie sich hin und breitete sie zum Trocknen aus. Im Winter konnte Edlyn sie zu einem Aufguss gegen Husten verwenden.

Im Winter wäre Hugh wieder fort.

Zum ersten Mal in ihrem Leben sehnte sie sich nach dem Winter. Zwischen den Kräutern kniend, zog sie die wenigen Unkräuter aus dem Boden, die sich zwischen dem Schwarzwurz hervorwagten. Der vergangene Winter war ihr erster im Kloster gewesen. Er war sehr lang, sehr trüb, sehr kalt gewesen. Sie hatte sich wie niemals zuvor nach dem Frühling gesehnt, aber der Frühling, in dem es sich durch die üppige Landschaft leichter reisen ließ, hatte mit seinen milden Winden den Krieg gebracht. Die Kämpfe waren nahe herangerückt. Ein paar der gröberen Soldaten hatten damit gedroht, das Dorf zu plündern, und tatsächlich war auch ein goldener Kelch aus der Kirche verschwunden.

Ein Mann, der Gott bestahl, musste schon sehr verzweifelt sein, und diese Erfahrung hatte die Nonnen tief erschreckt. Edlyn glaubte, dass es auch die Mönche in Angst und Schrecken versetzte, die doch zumeist in Kriegsdingen unerfahren waren. Lady Corliss hatte vorgeschlagen, dass Edlyn ihre Ausflüge in den Wald aufgeben sollte, bis sich das Land wieder beruhigte. Doch Edlyn erklärte, dass die Zeit, in der es Dreiblatt gab, nur kurz war und dass auch die Blätter des Huflattichs jetzt gepflückt werden mussten, bevor sie ihre Kraft verloren.

Was Lady Corliss nicht verstand, war, dass Edlyn einfach in den Wald flüchten musste. Dort beobachtete sie keiner, dort verspottete sie keiner für das, was sie einmal gewesen und was nun aus ihr geworden war. Sie konnte ihre Schuhe ablegen, den Rock schürzen und mit einem guten Gewissen nach Heilkräutern suchen, während sie die Luft der Freiheit atmete.

Natürlich hatte sie auch einmal das ungute Gefühl gehabt, beobachtet zu werden. Die Haare in ihrem Nacken hatten sich aufgerichtet, und sie hörte, wie ein Zweig unter dem Schuh eines Mannes brach. Als sie auf Wharton stieß, der noch blutig vom Häuten eines Hasen war, ängstigte sie sich, bis sie ihn erkannte. Dann war sie verlegen geworden, und er hatte das genossen.

Aber dennoch, er hatte geleugnet, ihr gefolgt zu sein, und ihr blieb die Angst, für irgendjemanden eine leichte Beute gewesen zu sein. Seitdem hatte sie stets einen kräftigen Eichenstock bei sich.

Sie erhob sich. Warum machte sie sich denn über einen eingebildeten Verfolger Sorgen? Schließlich hatte sie schon mit zwei wirklichen großen Sorgen genug zu tun.

Sie machte sich gerade wieder auf den Weg zur Tür, als sie ein Tropfen Wasser an der Wange traf. Aufblickend seufzte sie voll Abscheu und Erleichterung zugleich. Abscheu, weil sie nun das Dreiblatt wieder hineintragen musste, Erleichterung, weil die neuen Pflanzen, die sie gerade gesetzt hatte, durch den Regen gut angehen würden.

Sie sammelte die Blüten wieder ein und ging zurück zur Tür. Solange Hugh de Florisoun in ihrer Pharmacia lebte, würde sie keine Ruhe bekommen.

Er wartete kaum ab, bis sie wieder durch die Tür war, bevor er sagte: »Ich möchte, dass Ihr auch kommt.«

»Wovon sprecht Ihr denn?« Sie befürchtete, dass sie es wusste, und sie ließ das Tuch mit den Blüten auf den Tisch fallen, bevor sie der Versuchung nachgab, es nach ihm zu werfen.

»Ich werde Eure Söhne in Pflege nehmen, und Ihr werdet bei uns wohnen.«

Das verschlug ihr den Atem. »Bei Euch *leben?*«

»Ich werde gut zu Euch sein, Edlyn.«

»Gut zu mir.« Sie tappte mit dem Fuß auf den Boden, gereizt und verletzt.

»Ich werde eine Frau benötigen, die sich um das Haus kümmert, und Ihr wisst, wie man das macht, und dazu noch sehr gut.« Er rang sich ein charmantes Lächeln ab – ganz offensichtlich war er daran gewöhnt, seinen Willen zu bekommen. »Das würde Euch besser gefallen als diese Aufgabe, Pflanzen aus dem Dreck zu graben und für Fremde Medizinen daraus zu kochen.« Er sprach so nüchtern. Als ob er genau wüsste, was ihr gefiel und was nicht.

»Würde es?«

»Natürlich würde es das«, sagte er ganz selbstsicher. »Edlyn« – er streckte die Hand mit nach oben gekehrter Handfläche nach ihr aus – »Ihr und ich – wir wären ein unüberwindliches Paar.«

»Ein Paar was?«

Seine Hand fiel herab und seine Brauen senkten sich. »Ein *verheiratetes* Paar.«

Panik traf sie und kehrte ihr den Magen um, so plötzlich, dass sie beinahe gewürgt hätte. »Verheiratet?«

Eine Spur der Gereiztheit färbte seinen Tonfall. »Was habt Ihr denn geglaubt, was ich meine?«

»Nicht verheiratet, so viel steht fest.« Niemals verheiratet. Niemals wieder.

Seine Stimme wurde lauter. »Ihr dachtet, ich würde Euch vorschlagen, bei mir als meine Mätresse zu leben, während Eure Söhne dabei zusähen? Ihr dachtet, ich würde Eure niedrigere Stellung ausnutzen, um Euch mit einem unschicklichen Vorschlag zu entehren?«

Sie unterdrückte die Panik und ließ ihre Gereiztheit die Oberhand gewinnen. »In der Vergangenheit habe ich die Ehrenhaftigkeit von Männern angesichts der unglücklichen Umstände einer Frau als nicht besonders beeindruckend erlebt.«

In einem aufbrandenden Wutanfall erhob er sich. »Ich bin Hugh de Florisoun. Ich bin die lebendige Verkörperung der Ritterlichkeit!«

»Sicher seid Ihr das.« Es befriedigte sie sehr, ihren Worten einen spöttischen Klang zu geben. Gleichzeitig eilte sie auf ihn zu und schlang ihren Arm um seinen. »Nun legt Euch wieder hin, damit Eure Wunde nicht wieder zu bluten anfängt.«

»Ihr zweifelt an mir?«

Seine Knie begannen zu beben, und sie antwortete hastig: »Ich habe keinerlei Zweifel an Eurer Ehrenhaftigkeit, Hugh. Nun lasst mich Euch helfen, Euch wieder hinzulegen.«

»Ich habe Euch in aller Ernsthaftigkeit die Ehe angeboten, und das in tiefem Glauben an die Angemessenheit meines Antrags« – er sank zu Boden und zog sie dabei zu sich her – »und Ihr spottet über mich?«

Sie schob ihn vorsichtig zurecht, bis sein Körper wieder auf der Matratze lag. »Es war mein Fehler. Ich *habe* es erlebt, dass Männer nach diesem ritterlichen Ehrenkodex leben.« Sie steuerte ihn zurück auf das verhasste Kissen. »Aber das schon sehr, sehr lange nicht mehr.«

Sie hatte ihren Arm noch um seine Schultern liegen, eine Hand unter seinem Kopf, als sei er ein Baby – oder ein Liebhaber. Sie hätte die schlichte Wahrheit begreifen müssen – dass er nicht so lange gelebt hätte oder es ihm nicht so gut gegangen wäre, wenn er nicht in der Lage gewesen wäre, eine Gelegenheit zu nutzen, wenn sie sich ihm bot.

In einem schwer von Sinnlichkeit getränkten Ton flüsterte er ihren Namen. »Edlyn.«

Als sie zu ihm hinuntersah und den Ausdruck auf seinem Gesicht begriff, erkannte sie, dass sie in Schwierigkeiten steckte. Sie hatte ihm sich selbst auf dem Präsentierteller dargeboten.

Sollte sie ihn fallen lassen und flüchten? Oder sollte sie sich um sein Wohlergehen kümmern? Sie hatte zu lang und zu schwer dafür gearbeitet, um ihn einfach fallen zu lassen, aber sein selbstsicherer Gesichtsausdruck verdross sie. Sie senkte seinen Kopf bis auf Fingerbreite über das Kissen und ließ ihn dann los. So tat sie ihm nicht weh, machte aber deutlich, dass sie keine leichte Beute sein werde.

Dann versuchte sie, sich rasch zurückzuziehen. Er hatte seine Arme schon um sie geschlungen und nutzte ihre wenig standfeste Haltung aus, um sie nach vorne und auf ihn zu kippen. Sie stürzte auf seinen Brustkorb, und er stöhnte auf.

»Geschieht Euch recht«, sagte sie, als sie sich wieder in eine aufrechte Haltung bemühte. »Ich will das nicht.«

»Seid rücksichtslos.« Er behinderte sie immer weiter, wobei er so wenig von seiner kostbaren Kraft vergeudete wie möglich, während sie sich erschöpfte. »Schlagt auf meine Wunde.«

Sie konnte es einfach nicht tun. Sie wollte so sehr, brachte es aber einfach nicht fertig, ihn wieder an den Rand des Todes zurückzubringen. Stattdessen ballte sie ihre Faust und versuchte, ihn ins Gesicht zu schlagen. Er erwischte ihre Finger und packte sie fest. Sie wehrte sich, und als ihre Kräfte nachließen, ergriff er ihren Hinterkopf und hielt sie ruhig, damit er sie küssen konnte.

Er versuchte, seine Zunge einzusetzen, und das machte sie erneut zornig. Für wen hielt er sich eigentlich? Ihren lange verloren geglaubten Liebhaber?

Nun, er hätte verloren bleiben sollen.

Und für wen hielt er sie? Ein leichtes Mädchen?

Ihre fest geschlossenen Lippen mussten ihm ihren Widerstand deutlich mitgeteilt haben, denn er ließ ihren Kopf wieder los. Wieder versuchte sie sich von ihm zu entfernen, aber er schob sie halb unter sich, indem er sich auf seine gute Seite drehte.

Er handelte so ruhig, so überlegt! Wie konnte ein Mann, der noch vor wenigen Tagen dem Tod so nahe gewesen war, sie – eine gesunde Frau – so festhalten? In ihrer Stimme klang ein wenig Angst mit, als sie sich wehrte. »Das ... ist ... nicht ... richtig.«

»Ich werde Euch einfach nur küssen, und zwischen einem Paar, das sich die Ehe versprochen hat, ist das richtig.«

»Ich habe nichts dergleichen versprochen.«

»Ihr werdet auch bald einsehen, wie vernünftig das Ganze wirklich ist.«

Er sagte es so, als sei es die Wahrheit. Als ob ihre Einwände nichts zu bedeuten hätten. Als ob sie nichts als eine dumme Dame sei, die einen Mann nötig hatte, der ihr sagte, wie sie zu leben habe! Schlimmer noch, er glaubte es wahrscheinlich sogar noch, der Dummkopf.

Indem er sie mit einem Bein festhielt, hatte er sie unter seiner Kontrolle. Zunächst befreite er sie von ihrem Schleier. Die Kopfbedeckung ließ sich leicht von ihren Haaren ziehen, und seine Finger verfingen sich in den feinen, glatten Strähnen, die sich aus ihrem Zopf befreit hatten. Den Zopf in die Höhe haltend, starrte er ihn an.

»Lasst das!« Sie griff nach seinem Handgelenk.

Er sah sie an, wie sie auf dem Boden unter ihm dalag. »Ich kann mich daran erinnern, dieses Haar gesehen zu haben, ganz aufgelöst, im Schein eines Feuers, und Euch auch, ganz unbekleidet.«

»Ich war bekleidet! Ich trug ein …« Sie unterbrach sich.

Zu spät. Befriedigung spielte um seinen Mund, und sie schnappte: »Woran erinnert Ihr Euch noch?«

Er gab keine Antwort. Er beugte sich einfach nur vor und berührte mit seinen Lippen leicht die ihren. Sie hielt ihre Augen geöffnet, und als er seinen Kopf hob, sagte sie: »Zuerst versucht Ihr, mich zu überwältigen. Dann probiert Ihr es mit Sanftheit. Welche Taktik wollt Ihr als Nächstes anwenden?«

Sie musste ein Gefühl verraten haben, das sie besser verborgen hätte, denn er gab zurück: »Sanftheit wird erreichen, was ich wünsche.«

Sie versuchte, sich noch steifer zu machen, aber sie wusste, dass er vermutlich Recht hatte. Die Einsamkeit im Kloster hallte in ihrer Seele wieder. Oh, es waren immer Menschen um sie herum, aber an einem Ort, an dem Fleisch gleichbedeutend mit Sünde war, verschmähten die Bewohner jede Berührung. Ihre Söhne umarmten sie natürlich, aber sie erinnerte sich doch an Jagger Castle. Sie vermisste die impulsiven Umarmungen der Mädchen, die sie aufgezogen hatte, die respektvollen Küsse, mit denen sie und die Gäste sich begrüßten.

Am meisten vermisste sie allerdings die Umarmungen, die sie mit ihrem Mann geteilt hatte, und diese unwillkürliche Reaktion auf Hugh bedeutete wahrscheinlich nichts weiter als das Entgegenkommen einer vereinsamten Seele, die sich dem nächsten menschlichen Wesen zur Annäherung zuwandte.

Entweder das oder sie war so verderbt, wie Lady Blanche andeutete.

Hughs Unterarm lag unter ihrem Kopf, und er betrachtete sie mit einer Faszination, die sie als unangemessen ansah. Unter seinem Blick hätte sie sich am liebsten gewunden, aber sie zwang sich zur Ruhe und fragte in bissigem Ton: »Was schaut Ihr so an, Halunke?«

»Die Dame, die meine Gemahlin sein soll, und – wage ich es zu sagen? – die Frau, die mein Leben gerettet hat.«

Eine widerstrebende Wärme erweichte sie. »Das war die Gnade Gottes.«

»Aye, und er benutzte Euch als sein Werkzeug.« Er strich über ihr Haar. »Sollte ich nicht das Vorrecht genießen, Gottes Werkzeug aus der Verzweiflung der Armut zu retten, in das es gestürzt ist?«

Ihr guter Wille schwand. »Ich komme ganz gut allein zurecht!«

»Ah, ja.« Er sah sich in ihrer geliebten Pharmacia um. »Sehr gut, wie wahr.«

Sie wusste, was er sah. Die niedrige Decke, der ungepflasterte Boden, ihre sorgsam behandelten Holzkästen: Was war das alles schon im Vergleich zu einer Burg, in deren Fenster sich Glas befand, deren Holzböden mit Binsen bedeckt waren und an deren Wänden Gobelins hingen? Und doch, wegen ihrer früheren Großzügigkeit hatte sie sich ins Kloster retten können, statt mit ihren Kindern auf der Straße zu landen. Es war so, wie die Priester gesagt hatten – der Herr belohnte gute Taten. Was Hugh sah, wenn er sie so betrachtete, war eine Frau, die harte Zeiten durchmachte. Sie hingegen sah sich als eine Frau, die aus wenig viel gemacht hatte.

Sie ließ eine verbreitete Klage der Frauen hören: »Was für Esel Männer doch sind!«

Darauf antwortete er nicht. Stattdessen hob er ihren Kopf zu seinem und küsste sie erneut. Kleine Küsse, zart und fein, die ihr einen Geschmack von ihm vermitteln sollten. Sie wollte nichts von ihm wissen und hielt ihre Zähne fest aufeinander gepresst, aber seine Zunge schoss durch ihre geschlossenen Lippen, und so schmeckte sie ihn doch.

Die Wellen seines Atems beruhigten sie, als seine Brust sich gegen ihre hob und senkte. Wie es schien, war sie wohl tatsächlich nach menschlicher Berührung ausgehungert, denn sie stellte fest, dass sie mit ihm ein- und wieder ausatmete.

»Öffnet Euch«, flüsterte er. Sein Bart war zu einem weichen Pelz gewachsen, der ihr Kinn liebkoste, und sein süßer Duft weckte ihr Verlangen.

So eng an ihn gepresst, fühlte sie sein Herz gegen ihr Brustbein pulsieren, und der Schlag überwältigte ihren eigenen natürlichen Rhythmus und ließ das Blut schneller durch ihre Adern strömen.

»Edlyn, gib mir nach.«

Seine Hand massierte ihren Hals, dann ihre Kopfhaut in langsamen, hypnotischen Kreisen.

Ihre Augen waren geschlossen, aber sie sah mit seinem Blick. Ihre Ohren hatten sie im Stich gelassen, aber sie hörte ihre eigene schwache Weigerung. Sie spürte seinen Triumph, als er sie tief küsste, und dann seine Enttäuschung, als sie ihn gewähren ließ, ohne den Versuch, es ihm gleichzutun.

Er zog sie näher zu sich, obwohl es gar kein Näher mehr gab, schlang seine Beine um ihre und presste sein Knie zwischen sie, bis der Druck vertraute Empfindungen und schließlich neues Verlangen hervorrief. Sie kämpfte damit, es zu unterdrücken, aber er bewegte sich beharrlich, hinterlistig.

»Fühl mich«, redete er sanft auf sie ein, »es ist Hugh, der dich hält, der dir Wonne bereitet. Es ist dein alter Freund, dein neuer Geliebter ... dein zukünftiger Gemahl.«

»Nein.«

»So ein leiser Laut!«

Er machte sich über sie lustig, aber in wohlwollender Manier. Seine Hand – wie viele hatte er eigentlich? – wanderte über ihre Kehle, ihre Schulter, die Länge ihres Rumpfes entlang bis zur Hüfte und blieb dort schwer liegen. Sich seiner so stark bewusst, fühlte sie sogar die Schmerzen seiner Wunde. Sie kämpfte gegen die Verschmelzung zweier Wesen zu einem an. Er musste ein Zauberer sein, dass er sie so in seine Knochen und den Fluss seines Blutes einbeziehen konnte.

»Ich fühle deine Leidenschaft«, murmelte er. »So lang unterdrückt, so hungrig und voller Verlangen.« Sein Knie bewegte sich. »Wenn du reagierst ...«

Selbsterhaltung ließ sie antworten. »Werde ich nicht.«

Er hörte auf sich zu regen, hörte auf zu atmen und verharrte so regungslos, dass sich ihre Augen öffneten und auf ihn richteten.

Sie hatte ihn bewusstlos gesehen. Sie hatte ihn voller Schmerzen gesehen. Sie hatte ihn gesunden sehen. Sie hatte ihn neugierig gesehen. Sie hatte ihn noch nie entschlossen gesehen, aber jetzt sah sie ihn so.

Sein fester Blick hielt ihren. Sein breiter Mund war wie ein Querstrich, der sein Gesicht teilte.

Mit einer Stimme, die umso überzeugender war, weil ihr jede Emotion fehlte, sagte er: »Ich werde dich nicht in Ruhe lassen. Ich werde dich nicht weglassen. Ich werde dich festhalten, bis du nachgibst oder wir beide vor Hunger und Durst zugrunde gehen.«

Sie wollte ihm sagen, dass das nicht möglich war. Irgendjemand würde kommen und nach ihr sehen. Und Liebende starben nicht in den Armen des anderen, auch wenn romantische Geschichten das erzählen mochten.

Als sie jedoch den Gesichtsausdruck sah, der an einen Jagdhund erinnerte, dachte sie, es sei leichter nachzugeben. Dann wäre es vorbei, sie wäre frei und er hätte seine Männlichkeit zurück.

Denn das war es doch wohl schließlich, worum es ging, oder etwa nicht? Eine Frau hatte ihm getrotzt, und sein empfindlicher männlicher Stolz war zerstört. Obwohl er nicht gerade niedergeschmettert aussah. Er sah geduldig aus, und das war noch schlimmer. Sie wollte nicht nachgeben, aber sie hatte in ihrem Leben schon viele Dinge getan, die sie nicht hatte tun wollen. Das war schließlich das Schicksal einer Frau.

Resigniert hob sie den Kopf von seinem Arm und presste ihren Mund auf seinen.

»Mehr.«

Seine Lippen bewegten sich auf ihren, und sie sagte sich erneut, dass sie sich ergeben hatte. Aber ihre Hand hatte sich zur Faust geballt. Statt sie als Waffe zu nutzen, legte Edlyn sie unter ihren Kopf. Mit der anderen Hand auf seiner Schulter und weit geöffneten Augen küsste sie ihn erst mit den Lippen, dann mit ihrer Zunge.

Er öffnete sich leicht für sie, ein wohlüberlegter Kontrast zu ihrem anfänglichen Widerstreben. Aber das war ja selbstverständlich – er bekam ja schließlich, was er wollte.

Ergeben. Sie hatte sich ergeben.

Den Kuss unterbrechend, fragte er: »Hat dich noch niemand Besseres als dieses gelehrt?

»Was soll das heißen?«

»Küssen ist doch mehr, als einen Mann mit der Zunge zu stechen.«

Ohne auch nur nachzudenken, sagte sie: »Aber das kann ich doch so gut.«

»Nur wenn du sprichst.«

Irgendwann musste sie zwischen ihnen beiden etwas Abstand geschaffen haben, denn er zog sie wieder zu sich heran und rollte sie auf ihren Rücken. Es gefiel ihr nicht, wie er sich über ihr erhob und den ganzen Raum beherrschte, aber sie hatte sich entschlossen, ihm nachzugeben.

»Schließ deine Augen«, wies er sie an.

Sie gehorchte.

»Entspann dich.«

Sie versuchte es.

»Gut, und jetzt lerne.«

Es war der Kuss, von dem sie vor all diesen Jahren geträumt hatte. Intim. Die Rauheit seiner Zunge berührte die zarten Innenseiten ihrer Wangen.

Leidenschaftlich. Seine Hände streiften über ihren Körper und berührten Stellen, die so lange unberührt geblieben waren, dass sie wieder eine Jungfrau hätte sein können.

Spielerisch. Er nagte an ihr, bis sie mit einem Kampf antwortete. Dann rang er sie in die Unterwerfung nieder und küsste sie erneut.

Sie hatte niemals zuvor einen Mann getroffen, der gerne küsste. Wenn Frauen sich unterhielten, waren sie sich einig, dass Küssen für Männer kein Vergnügen bedeutete. Küssen bedeutete nur abzuwarten, bis eine Frau bereit war, ihren Körper herzugeben, und wenn die Frau diese Bereitschaft nicht schnell genug zeigte, dann unterließ der Mann das Küssen schnell. Das jedenfalls war Edlyns Erfahrung gewesen.

Aber so war es nicht mit Hugh. Hugh küsste ihren Mund, ihren Hals, jede Fläche ihres Gesichtes und dann wieder ihren Mund. Er versuchte nicht, sie zu entkleiden. Er zeigte keine Ungeduld, als sie nach mehr verlangte. Tatsächlich hielt er sie fest und sah sie mit etwas an, das einem Lächeln näher kam als alles, was sie bisher von ihm gesehen hatte, und sagte ruhig: »Ich wusste, dass ich dich dazu bringen würde, dich auf mich einzulassen.«

Ergeben? Sie hatte geglaubt, sie habe sich ergeben? Sie hatte sich nicht ergeben! Sie war wütend. Urplötzlich und zutiefst zornig. Sein selbstgefälliger Kommentar hatte geschafft, was nichts anderes hatte erreichen können. Er hatte sich entspannt, der Hurensohn, und sie riss ihr Knie so rasch hoch, dass er noch nicht einmal eine Verteidigung versuchen konnte. Ein guter Schlag, und sie stand über ihm, als er sich auf dem Boden wand.

Außer sich vor Zorn, sagte sie keuchend: »Ich habe schon zwei Ehemänner begraben, aber ich werde für dich eine Ausnahme machen. Wenn du mich jemals wieder berührst, werde ich dich begraben, noch bevor ich dich überhaupt heirate.«

6

»Ein Krieger sollte niemals seinen Sieg bejubeln, bevor sein Gegner nicht vollständig entwaffnet ist.« Sich schwer auf den Tisch stützend, schleppte er sich in der Pharmacia vorwärts.

»Ihr seid weise wie stets, Herr.« Wharton tanzte um seinen Herrn herum, mit ausgebreiteten Armen wie ein besorgter Vater um sein kleines Kind. »Meint Ihr nicht, es wäre an der Zeit, sich hinzusetzen?«

»Es ist eine Lektion, die ich schon früher lernen musste, aber noch nie ist sie mir so deutlich veranschaulicht worden wie heute.«

»Sie ist ein grausames Weib, Euch so zu entmannen«, sagte Wharton heftig.

»Edlyn ist eine Kämpferin und es wert, meine Kinder zu gebären.« In seiner Wanderung ringsherum im Raum hielt Hugh inne und wies Wharton direkt zurecht. »Und sie ist deine zukünftige Herrin, also sprich auch entsprechend von ihr.«

Wharton rang schwer mit der Vorstellung, dass eine Frau die Macht haben sollte, ihm Anweisungen zu erteilen.

»Fürwahr, was sie tat und was sie sagte, tut nichts zur Sache. Sie hat mir ein großes Geschenk gemacht.« Hugh schöpfte Atem. »Sie hat mir bewiesen, dass alle meine Glieder funktionieren und dass ich leben werde.«

»Wenigstens dafür sind Frauen gut«, stimmte Wharton zu. »Ihr seid heute Nacht schon länger auf als in der vergangenen, und in der vergangenen Nacht war es länger als in der davor. Solltet Ihr jetzt nicht ruhen?«

»Meine Kraft kehrt jeden Tag um das Zehnfache vermehrt zurück.« Vorsichtig schob sich Hugh vom Tisch zurück und hob seine Arme. Seine Haut spannte, aber nicht übermäßig. Edlyn hatte am Tag zuvor die Fäden entfernt, und selbst sie war über seine Genesungsfortschritte verblüfft. »Lass uns nicht vergessen, Wharton, Lady Edlyns Kräuterwissen hat mich dem Tode abgerungen.«

»Sagt das nicht, Herr.« Wharton fröstelte. »Es ist doch wider die Natur.«

»Ich erinnere mich«, beharrte Hugh. »Ich lag dort hinter dem Ofen. Ich konnte meine Augen nicht öffnen. Ich konnte kaum atmen. Dann roch ich etwas, und es roch wie ... wie ein frisches Schlachtross vor der Schlacht oder wie ein Kettenhemd, das frisch geölt worden ist. Ich wollte es einatmen. Ich wollte mich an dem Geruch stärken.« Er ballte seine Faust, und sein Blick richtete sich in die Ferne. »Dann wurde der Verband weich und warm, wie gut gegerbtes Leder, von der Art, aus der ich meine Handschuhe machen lasse.«

»Ihr träumtet, Herr.« Whartons Sicherheit geriet ins Schwanken, als Hugh seinen wütenden Blick auf ihn richtete. »Oder etwa nicht?«

»Ich weiß, was ein Traum ist und was Wirklichkeit, und das ... war beides.« Hugh dachte nach. »Oder keins von beiden. Aber es war wirklich.«

»Aye, Herr.« Erschöpft und verwirrt fragte Wharton: »Und was geschah noch?«

»Geschmack. Ich konnte es schmecken.«

»Was schmecken?«

»Sie schmecken.«

»Lady Edlyn?« Wharton prallte zurück. »Sie hat sich in Euren Mund gedrängt, während Ihr schliefet?« Er überlegte. »Oder was auch immer Ihr tatet?«

»Natürlich nicht, du Dummkopf. So war es überhaupt nicht!« Wharton war ein treuer Diener, aber manchmal verblüffte seine Unwissenheit Hugh doch. Aber ein Erklärungsversuch schien im besten Falle gewagt. »Ein Geschmack barst auf meiner Zunge, ein Geschmack, den ich noch niemals zuvor gekostet hatte. Ich wollte ihn genießen. Ich wollte immer mehr davon. Und ich wusste, dass es der Geschmack Lady Edlyns war.«

Wharton fröstelte es. »Es ist gottlos, was Ihr sagt. Hat sie Euch verhext?«

Langsam, mit seinen Kräften haushaltend, bewegte sich Hugh auf die Tür zu. »Aus welchem Grund hätte sie das tun sollen?«

»Ihr sagt, dass Ihr sie heiraten wollt.«

»Und das werde ich auch.« Hugh ergriff den Pfosten und schwang die Tür weit auf, um die Nacht hereinzulassen.

»Das ist doch gar nicht nötig. Ihr könnt sie für weniger als das haben.«

Aufgerüttelt erinnerte sich Hugh daran, dass Edlyn Männern und ihrem Ehrgefühl misstraute. »Was denkst du da?!«

»Hier ist doch keiner, der sie Euch streitig macht. Nehmt sie einfach!«

Mit Bedacht, damit Wharton nie wieder einen solchen Vorschlag machte, wandte Hugh sich seinem Diener zu. »Das wäre die Tat eines Schurken, wahrhaftig, und ich werde jedem die Kehle aufschlitzen, der andeutet, dass ich ein Schurke bin.«

Whartons Augen traten ihm fast aus dem Kopf, und er schluckte hörbar. »Das ist sicher. Ich meinte doch, dass Ihr hier keinen Rivalen habt, und deshalb könnt Ihr sie heiraten, wie Ihr wünscht.«

»Ich dachte mir, dass du das meintest.« Hugh lächelte, aber sein Blick blieb fest und eisig. »Obwohl es hier keinen Rivalen gibt, schmälert dieser Mangel meinen Appetit keineswegs.«

»Aber ... warum sie?« Wharton konnte den Aufschrei der Enttäuschung nicht unterdrücken, der direkt aus seinem verhärteten Herzen kam. »Warum wollt Ihr sie heiraten?«

Nach einer Weile des Nachdenkens entschied Hugh, dass Wharton Anspruch auf eine Erklärung hatte. »Sie ist hier in einer verzweifelten Lage, und ich fühle mich für sie verantwortlich.«

Wharton gab bereitwillig seinen Rat dazu. »Gebt ihr Geld.«

»Aber ich brauche ein Weib.«

»Ein junges Weib«, wandte Wharton ein.

»Ein erfahrenes Weib, eines, das meinen Besitz mit sicherer Hand führen kann, bis ich alles gelernt habe, was ein gedungener Ritter wissen muss, um ein Edelmann zu sein.«

»Aye, ein Weib sollte seinem Gatten nützlich sein.« Das verstand Wharton leicht. »Aber sie spricht hässlich mit Euch.«

»Ich werde selbst ihren Umgang mit mir liebenswerter machen.« Tatsächlich war das etwas, auf das Hugh sich freute.

»Sie will Euch nicht heiraten.«

»Also meinst du, dass Edlyn eine Frau ist, die weiß, was am besten für sie ist?«

Whartons Reaktion war automatisch und unüberlegt. »Natürlich nicht!«

Hugh verbarg sein halbes Lächeln. »Ich auch nicht. Sie ist eine vorbildliche Frau, aber sie ist nur eine Frau. Und sie wird nur glücklich sein, wenn sie die Führung eines Mannes akzeptiert. Denn Männer sind nun einmal per definitionem das weisere Geschlecht.«

Es war eindeutig, dass es Wharton verlangte, darüber zu streiten. Aber wie konnte er das? Jedes Wort, das Hugh gesagt hatte, entsprach der Wahrheit. Wharton verneigte sich, und zufrieden damit, seinen Diener für seine kleine Unverschämtheit zurechtgewiesen zu haben, trat Hugh vor die Tür.

Nach draußen. Er war seit dem Tag der Schlacht nicht mehr draußen gewesen. Er hatte in dieser stickigen Pharmacia gesteckt und war langsam vor sich hin gestorben, bis Edlyn ein Wunder vollbrachte. Und sie *hatte* ein Wunder vollbracht. Er erinnerte sich nur an wenige Einzelheiten seiner Krankheit, aber daran erinnerte er sich.

Jetzt schützte ihn die Steinmauer um den Garten vor den Blicken eines jeden, der so spät noch unterwegs sein mochte. Die Nachtluft duftete so süß wie die Freiheit, und er blinzelte zum wolkenverhangenen Himmel hinauf. Der Regen, mehr als nur Nebel, aber weniger als ein wirklicher Regenschauer, netzte sein Gesicht. Er hatte ihn vorhin auf dem Strohdach gehört, aber von ihm zu wissen und ihn auf der eigenen Haut zu spüren waren zwei unterschiedliche Dinge.

Zu besorgt um seinen Herrn, um ihn draußen allein zu lassen, schlurfte Wharton hinaus und gesellte sich zu ihm. Wharton hasste Wasser in jeder Form. Er behauptete, es töte einen Mann, wenn er es trank, und ließe sein Glied schrumpfen, wenn er es damit wusch. Deshalb fand Hugh jetzt ein boshaftes Vergnügen daran, ihn nass werden zu lassen.

»Lady Edlyn scheint so …« – angesichts von Hughs vorherigem Missfallen wählte Wharton seine Worte mit Bedacht – »… anders als Eure sonstige Kost.«

»Worin?«

»Sie ist alt.«

»Achtundzwanzig, wenn ich richtig gerechnet habe, und immer noch ansehnlich.«

»Ihr verdient in Eurem Ehebett eine Jungfrau.«

»Verdienen?« Hugh lachte lauthals auf und hielt sich dann die Seite, bis der Schmerz wieder nachließ. »Habe ich denn verdient, fast zu sterben?«

»Nay, Herr!« Wharton hustete, um ohne Worte anzudeuten, wenn sie sich noch länger in der feuchten Luft aufhalten würden, würde er krank werden.

Hugh ignorierte ihn. »Verdienen hat nichts mit den Prüfungen und Belohnungen des Lebens zu tun.«

»Wenn Ihr Lady Edlyn zum Weibe nehmt, weiß ich wohl, was sie für Euch sein wird.«

»Eine Prüfung?« Hugh ging noch ein wenig weiter in den Garten hinaus. Die Nacht war eine der dunkelsten, die Hugh je erlebt hatte. Die Wolken hielten jegliches Sternenlicht ab.

Unbeleuchtet und still wartete das Kloster auf die Dämmerung.

Pimpinellenduft wies ihn darauf hin, dass er vom Weg abgekommen war, und hastig zog er sich wieder auf den mit Stroh bestreuten Pfad zurück. Edlyn wäre ihm gewiss nicht dankbar, wenn er die Pflanzen, die sie neu gesetzt hatte, zertrat. »Aye, das wird sie sein. Die Welt hatte Edlyn noch nicht geprüft, als ich sie in George's Cross kannte und sie mich mit Bewunderung ansah. Diese Edlyn wird kämpfen – sie hat schon gekämpft – für das, was ihr zusteht.«

Wharton folgte Hugh, wobei er sorgfältig darauf achtete, auf dem Stroh zu bleiben, um den Schlamm zu vermeiden. »Kämpfen ist nicht reizvoll an einer Frau.«

Darin war sich Hugh mit Wharton früher einig gewesen, und dieses Früher war erst vierzehn Tage her. Jetzt schien es lange vergangen zu sein, und er verstand Whartons Zögern nicht. »Was nützt eine Frau, die nicht verteidigen kann, was ihr gehört?«

Wharton sagte: »Sie mag Euch nicht.«

»Sie ist eine Herausforderung«, stimmte Hugh zu.

»Sie mag Invaliden nicht. Sie hält weniger von einem Mann, der flach auf dem Rücken liegt, als von einem, der fest auf zwei Beinen vor ihr steht.«

Im Schutze der Dunkelheit erlaubte Hugh sich ein Lächeln. »Daran habe ich auch gedacht, aber ich glaube es nicht. Sie ist so vernünftig, so nüchtern, so stark, da muss sie doch fähig sein, Stärke in anderen zu erkennen.«

»Sie ist stark.« Wharton hielt das offensichtlich für einen Nachteil. »Sie hob Euch hoch, als Ihr bewusstlos wart.«

»Das ist nicht, was ich meinte, aber ja, sie hat starke Arme und gute Hände.« Sie hielt ihre Nägel kurz, damit sie besser mit ihnen arbeiten konnte. Ihre langen Finger und kräftigen Handflächen waren tüchtig und ausdrucksvoll, und Hugh hatte sich dabei ertappt, wie er diese Hände beobachtete und darüber nachdachte, ob sie tüchtig und ausdrucksvoll sein würden, wenn sie sich unter ihm auf einer Matte oder im Bett herumwarf.

»Ihr mögt sie zart«, erinnerte ihn Wharton.

»Zart interessiert mich nicht mehr.« Seine früheren Vorlieben beiseite wischend, strich sich Hugh durch den Bart, während er nachdachte. »Ich habe Kraft. Und sie scheint die Rolle nicht zu kennen, die ich in der Führung dieses Königreiches übernommen habe, also muss ihre Gleichgültigkeit mir gegenüber ihren Ursprung in einer anderen Quelle haben.«

»Wenn sie weiß, wer Ihr seid, wird sie sich schnell genug an Euch heranmachen.«

»Du meinst, die Witwe des Earls of Jagger wird mich wollen?« Hugh lachte ohne jeden Humor. »Sie wird mich anspucken, wenn sie die Wahrheit herausfindet.«

»Vielleicht.« Wharton klang wieder fröhlicher. »Sicher, wenn das wahr ist, werdet Ihr sie nicht davon überzeugen können, sie zu heiraten.«

»Sie muss es vor der Trauung nicht wissen.«

»Ihr müsst ihr Euren Namen sagen.«

»Sie kennt meinen Namen. Sie kennt meinen Titel nicht.« Er konnte es beinahe spüren, wie Wharton zusammenzuckte, als ihm ein Gedanke kam. »Und ich würde es übel nehmen, wenn sie es zu bald entdeckte.«

Wharton brummte etwas, als sein Vergnügen schwand, und Hugh holte tief Atem. Sein Plan schien mit Gefahren durchsetzt zu sein, aber wie immer wuchs er an einer Herausforderung. Er hatte seinen derzeitigen Gipfel nicht erreicht, indem er in jedem von Spinnweben verhangenen Winkel nach einem Kampf suchte. Er plante seine Feldzüge mit höchster Sorgfalt, kämpfte dann aber mit Leib und Seele, um zu siegen.

Jetzt war er noch mit der Planung beschäftigt. Er würde später kämpfen. Dass er würde kämpfen müssen, dessen war er sich sicher. Wharton mochte Edlyns Verbitterung abtun.

Wharton mochte sich einbilden, dass Edlyn sich mit Geld und seiner Position zufrieden geben würde, aber dieser Meinung war Hugh nicht. Hugh erkannte die Schranken, die sie aufgerichtet hatte, und schenkte ihnen angemessene Achtung.

Nichtsdestoweniger lebte er dafür, Schranken niederzureißen.

»Diese ganze Geschichte riecht doch nach Wahnsinn«, meinte Wharton.

Hugh wusste, was Wharton meinte. Hugh mochte Frauen, aber es war immer einfach gewesen, sie zu verlassen. Solange er sein Schlachtross und sein Schwert hatte, war er glücklich. »Vielleicht ist es das beginnende Alter«, wandte er ein. »Der Drang, meinen Samen zu säen und ihn wachsen zu sehen, bevor es zu spät ist.«

»Eine Jungfrau«, murmelte Wharton fast unhörbar.

Hugh hörte es natürlich trotzdem. »Lady Edlyn kann meine Kinder gebären, und sie hat ihre Fruchtbarkeit bewiesen. Ah!« Er fegte mit der Hand durch die Luft.

Edlyn zeigte ihm gegenüber keine Weiberlisten. Sie war so weit davon entfernt, eine kokette Frau zu sein, wie es nur ging. Es war nicht der Drang, Kinder zu zeugen, der ihn zu Edlyn hinzog, es war Edlyn selbst.

Er vermutete, dass alle Nonnen dasselbe Gewand trugen wie Edlyn – ein formloser Umhang über einem ordentlich gebundenen Hemd. Die heiligen Frauen beteten wahrscheinlich, dass ihre grobe Kleidung lüsterne Gedanken von den Männern in ihrer Krankenstube fern halten möge, aber zumindest in Edlyns Fall gelang das nicht.

Wie sollte es auch? Sie hatte einen Körper, der einen Engel dazu brächte, seine Flügel abzulegen. Mit dem Feuer des Fiebers war in Hughs Geist die Erinnerung an ihre Brüste eingebrannt, die goldene Haut der festen Hügel, die weichen Brustwarzen, die sich nach dem Gestreicheltwerden sehnten. Wann immer er diese nun bedeckten Brüste sah, schaute er begierig hin, sah die Art, wie sie den Stoff anhoben, die Art, wie sie flossen, wenn sie ihre Arme hob, um irgendetwas aus dem oberen Regal zu nehmen.

Ihre Brüste allein hatten ihn geheilt.

Ihre Taille und ihre Hüften hatten ihr eigenes Wunder gewirkt. Sie hatte eine Art zu gehen, die ihn herausforderte. Er hatte zuvor noch niemals eine Frau getroffen, deren Hüften sprachen, aber irgendwann, irgendwo hatte Edlyn sie sich angeeignet. *Steh auf!*, befahlen ihre Hüften. *Komm und erobere mich!*

Und natürlich stand er auf, wenn auch nicht auf seine Füße. Er hatte bisher noch nichts von ihren Beinen gesehen, aber er wusste, dass die Herausforderung dort ihren Ursprung hatte, irgendwo zwischen ihnen. Schließlich hatte er auf dem Boden gelegen, und von dort konnte er jederzeit ihre Fesseln sehen. Starke Fesseln. Schlanke Fesseln. Fesseln, die mit dem Rest ihres Körpers verbunden waren und mit den Füßen, die sie so oft zu seinem Vergnügen entblößte. Aye, Edlyn glaubte wohl, dass nackte Füße nicht erregend seien. Aber jedes Mal, wenn sie aus ihren Schuhen schlüpfte und barfuß durch die Pharmacia tappte, erregte es in ihm die Vorstellung, sie sei den ersten Schritt der Intimität mit ihm gegangen.

Sie hatte auch ein hübsches Gesicht.

Aber diese Augen ... wenn er abergläubisch wäre, würde er Knoblauch auf ein Band ziehen und hoffen, dadurch den Fluch dieser grünen Augen abzuwenden.

Und sie verfluchte ihn. Das stellte er niemals infrage.

»Als Ihr sie hörtet, während sie Euch heilte – was sagte sie da?«, fragte Wharton.

»Etwas über unsere gemeinsame Kindheit.« Hugh runzelte die Stirn. »Etwas über ... eine Scheune.« Er schüttelte den Kopf. »Die genauen Worte weiß ich nicht mehr.«

»Solange es kein Hexenspruch war«, erwiderte Wharton.

»Das nicht. Niemals das.« Hugh war ganz sicher. »Aber

sie sagte trotzdem etwas Wichtiges. Es wird mir wieder einfallen, mach dir keine Sorgen.«

»Können wir jetzt hineingehen, Herr? Ich kann unter der Eiche die Elfen flüstern hören.«

»Ich höre nichts.«

»Ihr hört niemals etwas.« Wharton klang mürrisch. »Ihr seid von den Elfen gesegnet, das ist der Grund.«

Tatsächlich hörte Hugh sie doch. Leise Stimmchen, die man mit dem Rascheln der Blätter verwechseln konnte. Aber *das* würde er niemandem verraten.

»Können wir also hineingehen?« Wharton lieferte eine gelungene Imitation eines Mannes, der kurz davor war, an Atemnot zu sterben.

»Bald.« Hugh starrte in die dunkelste Ecke des Gartens, wo, wie er wusste, die Eiche stand. Langsam bewegte er sich auf sie zu, so gut er vermochte, immer auf den Pfaden bleibend. Die Elfen flüsterten von Verzauberung; er begegnete ihnen mit Logik. »Eine Begegnung mit dem Tod brachte mich hierher, und ich fand eine Gefährtin aus meiner Kindheit in bitterer Not. Sie rettete mein Leben, und ich werde sie aus den elenden Umständen, in denen sie gefangen ist, befreien. Du wirst sehen, sie wird dankbar sein, wenn sie wieder ihr früheres Leben führen kann. Ich erkenne die Hand der Vorsehung in meinem Leben, und ihr Erscheinen hier kann gar nichts anderes bedeuten.«

Der Nebelhauch auf den Blättern klang wie Gelächter.

»Vorsehung?« Wharton schnaubte. »Doch wohl eher die Hand des Teufels.«

Whartons Beharrlichkeit erzürnte Hugh, und deshalb antwortete er in der Weise, die jenen am ehesten zum Schweigen bringen mochte. »Ich verstehe nicht, warum du, ein Mann des Krieges, so beleidigend über eine bloße Frau redest. Man könnte beinahe vermuten, dass sie einen Sieg über dich davongetragen hat.«

»Das ist nicht wahr. Hat sie Euch das gesagt?«

Whartons hastige Antwort verriet Hugh eine ganze Menge, und doch, als er in den tiefsten Schatten unterhalb des Baumes eintrat, wusste er, dass er nicht zulassen durfte, dass Wharton weiterhin so respektlos von Edlyn sprach. Trotz der Dunkelheit wandte er sich um und schaute den getreuen Wharton an, um ihm sein Missfallen deutlich zu zeigen. »Wer sie ist und was sie dir getan hat, interessiert mich überhaupt nicht. Das Einzige von Bedeutung für mich ist, dass mein Diener mein Weib mit dem Respekt behandelt, der ihm zusteht. Du, Wharton, scheinst nicht in der Lage zu sein, das zu begreifen, trotz meiner wiederholten Warnungen. Vielleicht wäre es da besser, wenn ich mir einen anderen Diener suchte.«

»Herr!« Wharton musste auf die Knie gefallen sein, denn seine Stimme kam von unten. »Ihr würdet mich doch nicht verlassen?«

»Nicht gern.« Hugh trat vor, sodass er über Wharton aufragte. »Deshalb wirst du mir schwören, dass du Lady Edlyn so schützen und verteidigen wirst, wie du mich schützt und verteidigst.«

»Herr ...«

Hugh gefiel der weinerliche Ton in Whartons Stimme nicht, und er trat zurück.

»Herr!« Wharton kroch vorwärts. »Ich schwöre!«

»Auf was soll ich dich schwören lassen?« Hugh überlegte. Er kannte seinen Diener und wusste, dass dieser nur wenig als heilig erachtete.

»Auf ein Kreuz?«

»Ich glaube nicht.«

»Auf die Kirche?«

»Nicht wirkungsvoll genug.«

»Auf Euer Schwert?«

»Jetzt kommen wir der Sache schon näher.« Hugh streckte seine geschlossene Faust aus. »Auf mich. Leg deine Hand auf meine, Wharton, und schwöre bei meinem Leben Lehnstreue zu Lady Edlyn.«

Whartons Hand zitterte. Seine Stimme zitterte. Aber er schwor, während er im Matsch unter der Eiche kniete.

»Wieder einmal, Wharton, hast du deine Weisheit bewiesen.« Sein Diener erhob sich, und Hugh lehnte sich schwer auf seine Schulter und wandte sich zurück zur Pharmacia. »Nun lass uns unsere Pläne machen, wie wir die schwer zu fassende Lady Edlyn erobern.«

Edlyn blinzelte in die Morgensonne, als sie die offene Straße nach Reisenden absuchte. Genau genommen nach einem Mönch mit zwei kleinen Jungen an seiner Seite. Aber der durchfurchte, schmale Weg blieb leer, und sie wandte sich mit einem Seufzen zur Pharmacia.

Als der Mönch vorgeschlagen hatte, dass er Allyn und Parkin auf eine kurze Pilgerreise mitnehmen könnte, war sie begeistert gewesen. Die Aufgabe, sich in einem Kloster um zwei unermüdliche Achtjährige zu kümmern, hatte sie an den Rand ihrer Fantasie und ihrer Kräfte gebracht, und sie hatte sich auf den Frieden, den das Alleinsein bot, gefreut. Und sie gab offen zu, dass sie ihn genossen hatte. Aber sie vermisste ihre Söhne auch mehr, als sie für möglich gehalten hatte, und sie wünschte sie sich zurück.

Als sie ihre Hand auf das Tor zum Kräutergarten legte, zögerte sie. Bevor ihre Jungen zurückkamen, wollte sie Wharton und seinen verflixten Herrn von hier forthaben. Wegen Hugh hatte sie in der vergangenen Nacht schlecht geschlafen. Wegen seiner Küsse. Sie machte sich Sorgen, dass sie ihn zu sehr verletzt hatte, dann wünschte sie wieder, sie hätte doppelt so stark zugeschlagen. Der Schuft. Er war verletzt gewesen, als sie gedacht hatte, er werde aus ihrer Notlage Nutzen ziehen und sie zu seiner Geliebten machen, anstatt sie zu heiraten – und dann hatte er Nutzen aus ihren schwächeren Muskeln gezogen, um sie zu küssen!

Warum sie selbst *das* wurmte, verstand sie nicht. Sie hatte genügend Erfahrungen mit Männern gesammelt, um sie einschätzen zu können. Dennoch hatte sie verschlafen und die Messe verpasst, und Lady Blanche hatte sie wütend angestiert, als sie sich auf dem Hof begegnet waren.

Das Tor hinter sich schließend, drehte sie sich um – und schnappte erschrocken nach Luft. Aus dem Thymianbeet erhob sich Hugh auf langen, standfesten Beinen. »Was macht Ihr hier draußen?«, verlangte sie zu wissen. Sie eilte zwischen den Pfaden hindurch und zertrat dabei die Kräuter. Dann sah sie die gesunde Röte auf seinem Gesicht. Ganz eindeutig war die Energie, die er am Tag vorher gezeigt hatte, nicht nur ein glücklicher Zufall gewesen. Er war wieder gesund oder würde es zumindest bald sein. Sie wurde langsamer. »Verschwindet aus dem Beet, Ihr Dummkopf, Ihr zertretet die Pflanzen.«

Er wies sie in gemessenem Tonfall zurecht. »Das ist nicht die rechte Art, seinen Verlobten zu begrüßen.«

»Wir sind nicht verlobt.«

»Dann lasst uns jetzt gehen und diesen Zustand ändern.«

Sie neigte ihren Kopf zur Seite und musterte ihn. Sein zottiger Bart war abrasiert, wodurch die klaren Linien seines Kinns und seiner Wangen sichtbar wurden. Er trug statt des Kittels, den sie für ihn besorgt hatte, normale Kleidung – Hosen und Stiefel und einen knielangen Überwurf mit geschnürten Ärmeln. Sie saßen gut und waren fein gearbeitet, ein weiterer Hinweis auf seinen Erfolg. Sie bemerkte, dass sie ihren Mund zu einer mürrischen Miene verzogen hatte, und bemühte sich, sie wieder zu glätten. Warum schließlich sollte es ihr etwas ausmachen, dass er einen Titel und die Ländereien erlangt hatte, nach denen er sich immer gesehnt hatte? Sie wusste doch besser als jeder andere, wie vorläufig das Drumherum des Reichtums war.

»Werdet Ihr also nicht in die Kirche gehen und das Aufgebot lesen lassen?«

Er sagte das so, als sei es ihre letzte Chance zu tun, was er wünschte. Wenn er also sein Streben aufgeben würde, sollte sie das doch wohl freuen, aber irgendwie hatte sie von Hugh größere Hartnäckigkeit erwartet. »Ihr seid ein Krieger. Ich verspüre nicht den geringsten Wunsch, mit Euch verlobt zu sein.«

Er bewegte sich so schnell, dass ihr keine Zeit blieb wegzulaufen, und sie fand sich in seinen Armen wieder. Das erinnerte sie an den gestrigen Tag und machte sie erneut wütend. »Ich hatte nicht erwartet, Euch so bald wieder auf den Beinen zu sehen, nach dem Schlag, den ich Euch versetzt habe.« Ein leichter Schauder schüttelte ihn, und das befriedigte ihr Bedürfnis nach seinem Respekt.

Jedoch gab er zurück: »Ich unterschätze meine Gegner nie zweimal.«

Eine Warnung, die sie auch als solche verstand. »Ich wende niemals die gleiche Taktik an.«

Er neigte seinen Kopf. »Ich werde mich daran erinnern. Meinen Dank, dass Ihr mir das gesagt habt.«

Dumm, beschimpfte sie sich selbst. Als ob er für seine Pläne noch Hilfe brauchte.

Er bezwang ihren Versuch, sich zurückzuziehen. »Ihr seid gestern zu schnell fortgegangen.«

»Noch nicht schnell genug, würde ich sagen«, gab sie zurück.

»Ich hätte Euch noch mehr zeigen können.« Er drückte einen zärtlichen Kuss auf ihre Stirn.

»Ihr habt mir durchaus genug gezeigt.« Sie versuchte sich abwärts aus seinem Griff zu winden, verzweifelt darum bemüht, ihm zu entkommen, ihn wieder in die Pharmacia hineinzubringen. Die hohe Gartenmauer schirmte sie vor beobachtenden Blicken ab, aber jeder konnte einfach durch das Tor schreiten …

Er folgte ihr nach unten. Sie hatte diese Pflanzensetzlinge im vergangenen Winter gezogen, sie während der letzten kühlen Nächte gehegt, bis sie endlich in die Erde gesetzt werden konnten, und nun wollte dieser riesige Rüpel sich in ihnen wälzen. »Lasst mich aufstehen«, sagte sie.

»Es hat doch in der vergangenen Nacht sehr stark geregnet.«

»Das weiß ich!« Nahmen Männer eigentlich Unterricht darin, wie man andere Menschen verärgerte, oder war es ihnen angeboren? »Und es riecht wie in einem Schmortopf hier unten.«

»Hm.« Er legte sich auf den Rücken und zog sie über sich. »Der Schmortopf der Liebe.«

Sie konnte es sich nicht verkneifen, sie musste doch etwas über seinen armseligen Vergleich lachen. »Ihr werdet niemals ein Poet sein.«

»Ich werde eine Menge Dinge niemals sein, aber ich *werde* Euer Liebhaber sein, meine Dame.« Er schob ihren Schleier herunter. »Und das bald.«

Allmählich verärgerte sie seine Gewohnheit, ihre Kopfbedeckung zu entfernen, und deshalb schnappte sie nach dem Schleier. Er warf ihn fort und begann an ihrem Zopf zu arbeiten. Sie war immer noch erzürnt wegen der vorhergehenden Nacht, aber sie musste sich dazu zwingen, ihre Abneigung aufrechtzuerhalten. Er schien an diesem Morgen ganz verändert, zufrieden mit sich selbst und damit, sich im Sonnenschein zu vergnügen.

Im Sonnenschein. »Wir müssen hineingehen« sagte sie dringlich. »Jemand könnte kommen und Euch sehen.«

»Hm.« Er vergrub sein Gesicht in einer Hand voll ihres Haares.

»Hugh, bitte.«

»Ich mag es, wenn Ihr mich anfleht.«

»Dann flehe ich Euch an. Lasst uns hineingehen. Ich werde Euch helfen.«

»Ich brauche keine Hilfe. Ich bin fast wieder gesund.«

»Aye«, meinte sie zweifelnd. Sie wusste zwar nicht, wie das möglich sein sollte, aber sie konnte ihn doch jetzt noch nicht auf seinen Weg schicken. »Die pflegenden Nonnen kommen morgens als Erstes für ihre Medizinen, das wisst Ihr doch, und ...«

Er ergriff ihr Kinn und zog ihr Gesicht zu seinem, um sie zu küssen. Es war nicht der schöne Kuss der vorigen Nacht, sondern ein schmerzhafter Kuss, seltsam kraftvoll und gar nicht in der spielerischen Art, die er vorher an den Tag gelegt hatte.

Als er ihr gestattete, den Kopf zu heben, berührte sie ihre Lippen. »Warum habt Ihr das gemacht? Es tat weh!«

Er antwortete nicht, sondern starrte sie an. »Euer Mund ist geschwollen.«

»Das will ich meinen!« Sein Gesichtsausdruck gefiel ihr nicht; Triumph gemischt mit einer ziemlich besorgten Achtung.

Dann rollte er sie auf ihren Rücken, erst in die eine Richtung, dann in die andere. Zuerst blieb das Stroh des Weges an ihrer Kleidung hängen, dann zerdrückten ihre Schultern und Hüften die kleinen Thymianpflanzen und sanken in die feuchte Erde. »Seid Ihr verrückt geworden? Was ist denn mit Euch ...« Sie hörte von jenseits der Mauer Stimmen, die auf sie zu kamen. »Hört doch!« Er schnappte nach ihren fuchtelnden Händen. »Wir müssen Euch auf die Beine bekommen!«

Er hielt sie fest, als sie sich hochrappeln wollte. Hielt sie einfach fest.

»Hugh.« Sie versuchte, ihre Fäuste frei zu bekommen. »Hugh, Ihr ...«

Plötzlich dröhnte Whartons Stimme. »Da sind sie!«

Und Lady Blanche sagte: »Ich habe es Euch gesagt, Lady Corliss!«

Immer noch fest gegen Hugh gedrückt, wand sich Edlyn herum. Eine Menge Augen starrten sie voller Schrecken, Entsetzen und schlecht verhüllter Schadenfreude an. Die Hälfte der Nonnen. Einige der Mönche. Lady Blanche und Wharton. Baron Sadynton. Und die Äbtissin, die dastand und mit ihrem Rosenkranz spielte.

7

»Ich habe nichts Unrechtes getan.« Edlyn saß auf einer Bank inmitten des Platzes und wiederholte, was sie schon viele Male gesagt hatte, seit diese Farce eines Verhörs begonnen hatte. Jede Nonne des Klosters, jeder Mönch, jeder Diener, jeder Bauer, jeder Patient, der nur irgendwie herbeihumpeln konnte, stand in einem Kreis um Edlyn und ihre Ankläger herum versammelt, und Edlyn hatte das Gefühl, dass der Kreis immer enger wurde.

»Und warum habt Ihr dann Matsch und Stroh und grüne Flecken auf Eurem Rücken?« Lady Blanche sah sich um, ihr Mund in triumphierender Missbilligung zusammengekniffen. »Das sieht für mich doch wie ein Beweis des Unrechten aus.«

»Weil er« – Edlyn wies auf den sittsamen Hugh, der ihr gegenübersaß – »versucht hat, es so aussehen zu lassen, als hätten wir im Dreck Unzucht getrieben, deshalb. Aber ich sage Euch, das haben wir nicht!«

Lady Corliss saß in dem gepolsterten Stuhl mit der hohen Lehne, den ihre Diener aus ihrer Kammer herbeigetragen hatten. Der Abt des benachbarten Männerklosters stand an ihrer Schulter, wodurch er den Vorgängen seine Autorität verlieh, und war bereit, Lady Corliss mit seinem Rat zur Seite zu stehen, sollte sie danach fragen. Aber das tat sie nicht. Sie sagte gar nichts.

Nicht, dass sie Edlyn glaubte, nicht, dass sie es nicht tat, einfach nichts. Sie ließ Lady Blanche und ihre elende Dienerin Märchen über Edlyns Fehlverhalten spinnen, ohne dass sie eine Miene verzog.

Lady Blanche kicherte in langen und hohen Tönen. »Warum sollte dieser Mann sich so viel Mühe geben, Euern Ruf zu ruinieren?«

Es würde so dumm klingen, aber Edlyn hatte geschworen, die Wahrheit zu sagen. »Weil er mich heiraten möchte.«

Aus der vordersten Reihe des Kreises rief Baron Sadynton: »Warum sollte er die Kuh kaufen, wenn er die Milch umsonst haben kann?«

Eine Salve höhnischen Gelächters fegte Edlyn beinahe von ihrer Bank, und sie rang mit ihrer Schmach. Sie hasste den Baron. Sie hatte ihm den Schlafmohnsirup vorenthalten, und nun rächte er sich voller Genuss.

Eine Gruppe von Männern – Krieger, schließlich kannte Edlyn diese Gattung – stand auf einer Seite etwas im Hintergrund und beobachtete in grimmigem, gespanntem Schweigen die Vorgänge. Hatte sich im Umland die Nachricht verbreitet, dass man sich heute in Kloster Eastbury gut unterhalten könnte? War sie so entehrt, dass ganz England davon wusste? Hatte sie sich hier so schlecht verhalten, dass niemand zu ihren Gunsten sprechen mochte?

Hugh erhob sich, und die Gruppe der fremden Männer kam näher. »Ich habe Lady Edlyn gebeten, mich zu heiraten, und was sie sagt, entspricht der Wahrheit. Wir haben einander noch nie als Mann und Frau erkannt. Ich habe ihr stets Ehre erwiesen.«

Sollte sein gemessenes Zeugnis ihre Qual verringern? Er hatte das neue Leben, das sie mühsam auf der Asche des alten aufzubauen versucht hatte, zerstört. Er hatte sie mutwillig in eine Lage gebracht, in der sie davon abhängig war, dass er – ein Mann und ein Krieger – sie rettete.

»Wer seid Ihr?«, fragte Lady Blanche. »Und wie kommt Ihr in unser Kloster?«

»Ich war verwundet, und die Schlacht tobte noch. Meine Männer kämpften immer noch tapfer, deshalb brachte mein Diener mich hierher.« Hugh deutete auf Wharton.

Warum fragte niemand, weshalb Wharton die Meute der

Ankläger angeführt hatte, die sie in Hughs Armen gefunden hatte? Niemand verspottete Hugh. Sie alle respektierten ihn – weil er, wenn sie es nicht taten, die Möglichkeit hatte, sie zu zerschlagen. Sie respektierten ihn, weil er sie – Edlyn – entehrt hatte und immer noch bereit war, sie zu heiraten. Sie hatte immer gewusst, dass das Leben nicht gerecht war, aber gerade in diesem Augenblick empfand sie diese Ungleichheit wie einen Schlag ins Gesicht.

Hugh fuhr fort. »Da er um mein Leben fürchtete, versteckte er mich in der Pharmacia und zwang Lady Edlyn, zu schweigen und sich um mich zu kümmern.«

»Wie konnte er sie denn zum Schweigen bringen?« Anscheinend hatte Lady Blanche keine Angst vor ihm.

Hugh sah sie an. Sah sie einfach nur an.

Bis sie Angst bekam. Bis sie denselben ängstlichen Respekt vor ihm spürte, mit dem all die anderen ihm begegneten.

Dann sagte Hugh: »Wharton, sag der Dame, was du mit Lady Edlyn gemacht hast.«

Wharton trat aus der Menge hervor und in das Zentrum der Aufmerksamkeit. Zum ersten Mal, seit sie ihn gesehen hatte, war sein Draufgängertum verschwunden. Als sie ihn anstarrte, schauderte es ihn, als habe sie ihm Holunderbeeren gegeben, um seine Eingeweide zu reinigen. »Ich hielt ihr einen Dolch an die Kehle.«

»Während sie sich in der Pharmacia aufhielt«, flötete Lady Blanche. Sie hatte sich vielleicht vorübergehend von Hugh einschüchtern lassen, aber Wharton gegenüber verspürte sie keinerlei solche Bedenken. »Aber wenn sie die Pharmacia verließ, hätte sie sich doch irgendjemandem von uns anvertrauen können.«

»Ich hätte sie aufgespürt und sie getötet.«

Lady Blanche kicherte. »Als ob sie das geglaubt hätte.«

Wharton schwang sein Gesicht zu ihr herum und bleckte seine schwarzen und schadhaften Zähne, bis Lady Blanche sowohl Farbe als auch Kühnheit verlor.

Edlyn errötete vor Genugtuung. Dann trat einer der Mönche aus der Menge heraus, und sie sackte in sich zusammen. Bruder Irving, der Mönch, der für das Gästequartier verantwortlich war, warf ihr einen sorgenvollen Blick zu und wartete, bis Lady Corliss ihm nickend die Erlaubnis gab zu sprechen. Mit sanfter Stimme sagte er: »Lady Edlyn hat sich des Nachts fortgeschlichen.«

Niemand sagte ein Wort, aber alle Augen wandten sich wieder zu ihr. Die Gruppe der fremden Männer tauschte Blicke aus, und Edlyn klammerte sich mit beiden Händen an die Bank. Sie würde sich nicht überhastet verteidigen. Diesmal nicht.

»Wo ist sie denn hingegangen?«, fragte Lady Corliss.

»Ich machte mir Sorgen um sie, deshalb folgte ich ihr«, erwiderte Bruder Irving. »Sie ging zur Pharmacia.«

Edlyn verlor den inneren Kampf darum, ihre Würde zu bewahren, und sprang auf die Füße. »Ich ging nur, wenn Wharton kam, um mich zu holen. Vier Nächte! Und warum sagtet Ihr nicht, dass Ihr wach seid?«

Bruder Irving räusperte sich. »Ich bin nicht von edlem Blut. Mein Vater ist nur ein Baron, und ich wage es nicht zu sprechen, wenn es mir nicht zusteht.«

Edlyn fing einen empörten Blick von Lady Corliss auf. Sie wusste, dass Bruder Irving seinen Posten als Pförtner verlieren würde.

»Adda hat auch etwas zu sagen.« Lady Blanche zerrte ihre Stiefschwester aus der Menge heraus. »Nicht wahr, Adda?«

Adda befreite sich heftig aus Lady Blanches Griff. Ihr Gesicht war von einem störrischen Ausdruck gezeichnet. »Nein. Ich habe nichts zu sagen.«

»Was soll das heißen?«, kreischte Lady Blanche. »Willst du ihnen nicht erzählen, wie Lady Edlyn dich über das Blut auf ihrer Schürze belogen hat?«

»Nein.«

»Was ist mit den Dingen, die du beobachtet hast, als du

durch das Fenster der Pharmacia schautest?« Lady Blanche starrte in Addas Gesicht. »Erzähl ihnen, wie Lady Edlyn den Mann in ihren Armen hielt und tröstete.«

»Er war ohne Bewusstsein.« Adda starrte Lady Blanche wütend an. »Er wusste es noch nicht einmal.«

Sie hatten sich wieder einmal gestritten, stellte Edlyn fest. Addas Abneigung gegen Lady Blanche kochte manchmal über und spielte in den täglichen Umgang der beiden hinein. Wenn Lady Blanche sich als zu nörgelig erwies oder zu viel verlangte, dann weigerte sich Adda dickköpfig, ihr zu gehorchen, und eine Art von Krieg war das Ergebnis.

»Du hast an einem Tag gesehen, wie sie sich küssten.« Lady Blanche beugte sich vor und fuchtelte mit ihrem Finger vor Addas Gesicht herum. »Sag es ihnen. Sag es ihnen, befehle ich dir!«

»Ihr habt mich draußen im Regen stehen lassen, um sie auszuspionieren.« Addas Stimme wurde lauter. »Ich sage gar nichts!«

Lady Blanche streckte ihre Hand aus, erwischte einen Zipfel von Addas Schleier und ihren Haaren und riss daran. Adda sank vor Schmerzen in die Knie, dann wand sie sich herum und biss Lady Blanche ins Bein. Lady Blanche stürzte nieder. Die Menge schloss sich um sie und feuerte sie mit Rufen an, als handelte es sich um zwei kämpfende Hunde.

Edlyn dankte Gott erneut für die Entscheidung, die sie vor acht Jahren getroffen hatte. Es war die richtige gewesen, das wusste sie.

Lady Corliss sagte kein Wort; sie schritt nur hinüber zu den zwei ältlichen, dicklichen Frauen und stand über ihnen. Mit einem letzten Fauchen beendeten die beiden ihr Gefecht. Lady Blanche versuchte sich aufzurichten und stolperte über ihren Saum, und Adda lachte hässlich auf.

»Sie hat angefangen«, jammerte Lady Blanche. »Ihr habt das doch sicherlich gesehen.«

Lady Corliss bewahrte Schweigen.

»Ihr geht mit Euren Legehennen besser um als mit mir.« Adda rappelte sich mühsam allmählich wieder hoch.

»Meine Legehennen sind wertvoll«, gab Lady Blanche zurück. »Das ist mehr, als ich von dir behaupten kann.«

Mit erhobener Hand, um Stille einzufordern, wartete Lady Corliss, bis beide Frauen ihre Aufmerksamkeit auf sie gerichtet hatten. »Es wäre besser, wenn Ihr beiden bis zum Sankt-Swithins-Tag getrennt bliebet.«

Vor Schreck in Unverschämtheit verfallend, erwiderte Lady Blanche: »Das könnt Ihr doch nicht tun! Wer soll sich denn um mich kümmern?«

»Ihr werdet beide die Zeit in Einsamkeit und mit Fasten verbringen«, entgegnete Lady Corliss. »Keiner wird es an etwas mangeln, denn es gibt nichts, das Euch erlaubt sein wird zu wünschen.«

Wenn Edlyn sich jemals nach Rache für die Beleidigungen und Schmähungen gesehnt hätte, erfuhr sie diese jetzt. Lady Blanches rosige Apfelbäckchen wurden blass, als sie an die Tage der Einsamkeit und des Hungers dachte, die ihr bevorstanden. Und Adda, die eine angeborene Fähigkeit der Neugier aufwies, sah nur wenig weniger bestürzt aus.

»Was den Rest von euch anbelangt«, wandte sich Lady Corliss an die Menge, »da gibt es Aufgaben zu erledigen und Patienten, die man pflegen muss. Bitte kümmert euch um eure Pflichten.« Alle der Anwesenden platzten fast vor Neugier, aber Lady Corliss nahm darauf keinerlei Rücksicht, als sie fortfuhr: »Ich werde mich alleine um diese Angelegenheit kümmern.«

Abt John trat vor und sprach leise in ihr Ohr. Sie antwortete genauso leise. Er nickte und wandte sich dann den Leuten zu. »Habt ihr Lady Corliss nicht gehört? Zerstreut euch sofort.«

Die Menschen murrten und blickten verlangend zurück, aber sie taten, wie ihnen gesagt worden war. Alle außer den Kriegern, die an eine Seite traten und abwarteten.

Abt John sah sie mit einem viel sagenden Blick an. »Nun?«

Wer waren sie? Edlyn gefiel es nicht, wie sie so einig zu sein schienen. Und als sie auf ein unsichtbares Signal reagierten und sich plötzlich vom Platz entfernten, gefiel es ihr noch weniger. Sie waren wie eine Schar Vögel, die geordnet ihrem Führer folgten und ausscherten, wenn er ausscherte.

Sie blickte sich um. Aber wer war ihr Führer?

Abt John schien ganz und gar nicht beunruhigt. Wahrscheinlich hatte er sich nach ihrer Absicht erkundigt, und der Gedanke veranlasste Edlyn dazu, ihre Neugier zu unterdrücken. Schließlich hatte sie drängendere Sorgen als die Gerüchte, die diese Reisenden verbreiten mochten.

»Ihr beiden«, sagte Abt John und deutete auf seine eigenen Diener, »tragt den Stuhl von Lady Corliss hinein.«

Rasch gehorchten die Diener und ließen Edlyn, Hugh, Wharton und Lady Corliss alleine auf dem Platz zurück.

Mit einer anmutigen Geste forderte Lady Corliss Edlyn und Hugh auf, ihr zu folgen, und ohne sich nach ihnen umzusehen, schritt sie auf ihre Amtsstube in der Kirche zu.

Edlyn zögerte nur einen Augenblick lang, dann folgte sie Lady Corliss. Sie hörte Hugh zu Wharton sprechen und ihm die Anweisung geben, die Männer zu treffen und zum Zelt zurückzukehren, und flüchtig fragte sie sich, was er gemeint haben mochte. Welches Zelt? Wann hatte er sich ein Zelt angeeignet und für welchen Zweck?

Dann unterdrückte sie ihre Neugier. Sie interessierte sich nicht für Hugh. Wenn er ein Zelt hatte, bedeutete das vielleicht, dass er zusammenpacken und aufbrechen würde.

Ihren Rock raffend, begann sie, die Kirchentreppen hinaufzusteigen. Sie presste den Stoff zu einem feuchten Klumpen Wolle zusammen und dachte, *Hugh aufbrechen?* Wenn sie doch nur ein solches Glück hätte!

Seine Stiefel erklangen hinter ihr, die teuren Ledersohlen schlugen auf den Stein, und sie hoffte halb, er würde versuchen, ihren Arm zu ergreifen. Nicht weil sie die Unterstützung brauchte, sondern weil sie ihren Ellbogen in seinen Leib stoßen wollte.

Er berührte sie nicht.

Die Stille in der Kirche beruhigte Edlyn kaum. Egal wie Lady Corliss in dieser Angelegenheit entscheiden mochte, wusste Edlyn, dass eine gewaltige Veränderung ihr Leben auseinander gerissen hatte. Während Lady Corliss sich hinter den grob gearbeiteten Tisch setzte, schlüpfte Edlyn auf einen der Stühle ihr gegenüber und versuchte sich mit dem Gedanken zu trösten, dass sie hierher gehörte. Hugh tat das nicht.

Aber als er auf dem anderen Stuhl Platz nahm, konnte sie in seinem Gesichtsausdruck oder seiner Haltung keinerlei Unbehagen entdecken. Der elende Kerl fühlte sich überall wohl, und das gab ihr noch einen Grund mehr, ihn nicht zu mögen.

Aus der Art, wie Lady Corliss ihn anschaute, schloss Edlyn, dass jene ihn vielleicht auch nicht mochte. »Wer seid Ihr?«, fragte Lady Corliss.

»Mein Name ist Hugh de Florisoun«, antwortete er bereitwillig. »Ich wurde zum Baron und Earl gemacht, mit genügend Ländereien, um ein Weib und eine Familie zu ernähren, und deshalb bitte ich Euch um die Hand von Lady Edlyn.«

Er saß so selbstzufrieden da, gestützt auf seine Titel und seinen Wohlstand, dass Edlyn es nicht ertragen konnte, ihn anzusehen. Den Blick starr auf Lady Corliss geheftet, schnappte Edlyn: »Sie hat nicht das Recht, meine Hand zur Ehe zu geben.«

»Lady Edlyn hat Recht.« Lady Corliss saß aufrecht in ihrem Stuhl, ohne dass ihr Rücken die Lehne berührte.

»Hat sie nicht, als sie in dieses Kloster kam, um hier zu leben, versprochen, sich Euren Weisungen zu beugen?«

Woher wusste er das? Edlyn warf ihm einen wütenden Blick zu und sah, wie er sich mit einem Lächeln entspannte. Er hatte es *nicht* gewusst. Erst als sie es mit ihrem erzürnten

Blick bestätigte. Sie sollte besser lernen, sich zu hüten, wenn sie in seiner Nähe war, oder ihr Leben mit ihm würde …

Nein. Die Schlacht war noch nicht vorbei. Sie würde sich nicht so bald geschlagen geben.

»Was ihr Versprechen bedeutet, Mylord, ist, dass Lady Edlyn sich meinen Weisungen fügen muss oder aus dem Kloster geworfen wird. Es bedeutet nicht, dass ich das Recht habe, sie zu verheiraten.«

»Nur dass sie hier fortgehen muss, solltet Ihr sie anweisen zu heiraten und sie sich weigern.« Hugh nickte befriedigt. »Ich verstehe.«

»Deshalb habe ich Euch hierher gebracht, um ungestört mit Euch zu reden.« Es war offensichtlich, dass Lady Corliss sein Selbstbewusstsein unangebracht fand. »Um zu sehen, ob eine solche drastische Maßnahme erforderlich ist.«

»Sie ist kompromittiert«, sagte Hugh unerbittlich.

»Ich werde das tun, was ich für den Willen des Herrn halte. Es ist der Herr, dem wir zu Gefallen sein müssen, Lord Hugh, nicht Euch und nicht irgendwelchen Konventionen.«

Eindeutig getroffen durch diese Worte, betrachtete Hugh Lady Corliss unter gesenkten Augenbrauen. Zweifellos war er davon ausgegangen, dass er seinen Willen durchsetzen konnte, und er hatte nicht erwartet zu hören, dass die Situation sich noch in Gottes Händen befand.

Durch sein Schweigen besänftigt, fuhr Lady Corliss fort: »Lady Edlyn, erzählt mir alles, was geschehen ist von dem Augenblick an, in dem Ihr Lord Hugh in der Pharmacia entdecktet.«

Edlyn gehorchte. Von dem Augenblick, in dem sie das aufgebrochene Schloss gesehen hatte, bis zum heutigen Morgen, als sie entdeckt wurde, wie sie sich mit Hugh im Dreck wälzte, erzählte sie alles.

Nun, nicht ganz alles. Sie sprach nicht vom Drachenblut und wie sie den Elfen für ihr Heilmittel dankte. Sie gestand nicht, wie sie in Erinnerungen an die Scheune in George's

Cross schwelgte. Sie verschwieg die Hitze von Hughs Kuss und wie sehr sie diesen genoss, und sie verriet auch nicht, dass sein Auftauchen etwas in ihr weckte, etwas, von dem sie meinte, es sei längst tot.

Sie sprach nicht von diesen Dingen, aber Lady Corliss spürte sie dennoch.

Als sie verstummte, beugte sich Lady Corliss vor, faltete ihre Hände auf dem Tisch und fragte Hugh: »Tatet Ihr das alles, um Lady Edlyn in Verruf zu bringen?«

»Ich hatte nicht den Wunsch, Lady Edlyn in Verruf zu bringen«, sagte er mit augenscheinlicher Ernsthaftigkeit. »Mein Wunsch ist nur, sie zu heiraten. Sie steht allein. Sie braucht einen Mann, der sie beschützt.«

Edlyn schnaubte. »Das ist doch wohl der größte Unsinn, den ich je gehört habe! Ich wuchs heran als Eigentum erst meines Vaters und dann meiner Ehegatten. Seht doch, welchen Schutz sie mir gegeben haben.«

Hugh nahm ihre Hand in seine, bevor sie seine Absicht erkannte. »Ich werde Euch nicht im Stich lassen.«

Sie wand sich und zog an ihrem Handgelenk in dem Bemühen, sich zu befreien. »Erst als ich gezwungen war, für mich selbst zu sorgen, fand ich Sicherheit. Eine Sicherheit, die Ihr zerstört habt, wie ich hinzufügen möchte!«

Er ließ ihre Hand los, und sie schaute auf den Fleck, den sein Griff hinterlassen hatte, und rieb daran. Nur aus dem Augenwinkel sah sie, dass er aufstand, und selbst dann erwartete sie nicht, dass er sie in seine Arme schließen würde. Sie quietschte auf und schlug hilflos um sich. »Was habt Ihr …?«

Er ließ sich auf ihrem Stuhl nieder und rückte sie auf seinem Schoß zurecht. Mit fest um ihren Körper geschlungenen Armen hielt er sie zurück, als sie versuchte, auf die Füße zu springen.

In jenem festen, gemessenen Ton, der sie verärgerte, sagte er: »Ich werde nicht zulassen, dass Ihr mir entfleucht, und genauso wenig werde ich zulassen, dass Ihr Euch bei dem Versuch verletzt.«

Sie versuchte, ihn mit ihren Ellbogen zu treffen, und er drehte sie so, dass sie mit dem Rücken gegen seinen Brustkorb saß.

Ihre Handgelenke mit der jeweils entgegengesetzten Hand haltend, zog er sie an, sodass ihre Arme um die eigene Taille geschlungen waren.

»Wir werden jetzt still sitzen«, sagte er.

Ihre Beine baumelten. Sie trat nach ihm, aber ihre weichen Lederschuhe machten keinen Eindruck, und als Gegenreaktion biss er sie kurz und scharf in die Schulter. Mit einem Aufschrei versuchte sie sich herumzuschwingen, aber er hatte sie vollkommen in seiner Gewalt.

»Sitzt still«, wiederholte er.

Still sitzen? Auf seinem Schoss? Mit je einem ihrer Beine auf den seinen und ihrem Hinterteil auf seinem Schritt? »Ich habe nicht vor, Euch so glücklich zu machen.« Sie versuchte sich herunterzuschlängeln, erreichte aber nur, dass sie in sich zusammensackte. Seine Hände, ihre Handgelenke umschlossen, ruhten eng unter ihren Brüsten. Sie fühlte sich unwohl so und richtete sich wieder auf. Dabei unterstützte er sie, indem er sich zurechtrückte und sie wieder in die vorherige Position brachte. Inzwischen hatte sein Schoß einen unbequemen Buckel entwickelt – lang, hart und unmöglich zu ignorieren. »Lasst mich einfach los« murmelte sie.

»Ich habe nicht vor, Euch jemals loszulassen.« Sein Atem koste ihren Nacken, als er sprach. »Schon ganz gewiss nicht jetzt. Der Anblick, der sich darböte, wäre für die Augen einer Nonne ungehörig.«

Edlyn erstarrte. Sie war so beschäftigt damit, mit Hugh zu ringen, dass sie Lady Corliss ganz vergessen hatte. Sie hatte ihre Würde vergessen, sie hatte alles vergessen außer dem Bedürfnis, von Hugh fortzukommen, bevor er sie dazu brachte, bleiben zu wollen. Ihre Augen brannten vor Scham, als sie über den Tisch blickte und feststellte, dass die Äbtissin sie mit demselben Interesse beobachtete, wie sie Patienten anschaute. In dem Bemühen, die Situation zu retten, fragte Edlyn: »Seht Ihr, wie schlecht er mich behandelt?«

»Nun, Lady Edlyn.« Lady Corliss lächelte schwach. »Eure Lippen *sind* geschwollen, und Euer Gesicht zeigt eine recht vorteilhafte Farbe.«

Sie erhob sich. »Ihr werdet mich um eine Antwort für dieses Dilemma beten lassen.«

Sie bewegte sich nicht weiter fort als bis zu dem Fenster, das auf den Platz hinaussah, aber sie zog sich so vollständig ins Gebet zurück, dass sie Edlyn und Hugh gewissermaßen alleine ließ.

Edlyn hatte Lady Corliss schon früher im Gebet erlebt. Ihr war die Wärme der Heiligkeit, der Duft der Freude und das Gefühl des Friedens, welche die Luft durchdrangen, vertraut. Hugh kannte all das nicht, und er beobachtete aufmerksam das Zwiegespräch der Nonne mit Gott. Das Ergebnis jenes Gebetes wäre endgültig, wie Edlyn wusste, und deshalb betete sie auch. Betete in einem verzweifelten Durcheinander um Freiheit und Unterstützung.

Aber als Lady Corliss vom Fenster zurückkam, ging sie nicht wieder zu ihrem Stuhl, wie Edlyn es erwartet hatte, sondern direkt auf Edlyn zu. Sie befreite Edlyns Hände aus Hughs Griff und hielt sie fest in ihren. Edlyns Hoffnungen stürzten in sich zusammen.

In dem zärtlichen Ton, mit dem eine Mutter zu ihrer Tochter spricht, sagte Lady Corliss: »Ich glaube, dass dieser Lord die Antwort auf meine Gebete ist.«

»Das ist er nicht!« Edlyns Widerspruch war instinktiv und von einem Versuch begleitet, sich zu erheben – ein Versuch, den Hugh mit Leichtigkeit unterband.

»Gegen Gottes Willen aufzubegehren macht ihn nicht weniger zu seinem Willen.« Lady Corliss sprach selten Ermahnungen aus, wodurch diese Zurechtweisung umso mehr Gewicht bekam. »Ich glaube, dass es Gottes Willen ist, dass Ihr diesen Mann heiratet.«

Vergessend, wo sie saß, sank Edlyn in sich zusammen, richtete sich aber gleich wieder auf, als Hugh ihren Rücken rieb.

»Dann bleibt der Herr an meiner Seite.« Hugh lachte zufrieden in sich hinein. »Ich werde zum Herrn beten, dass er mich weiter in seiner Gnade hält.«

Seine Selbstgefälligkeit gefiel Lady Corliss gar nicht, und sie blickte ihn direkt an. »Gott schlägt sich nicht auf eine Seite, Lord Hugh. Er tut, was am besten für uns, seine Kinder, ist. Und ich kann die Art und Weise, in der Ihr um diese edle Dame geworben habt, nicht gutheißen.«

Unter sich spürte Edlyn, wie Hughs ganzer Körper die Zurechtweisung von Lady Corliss zurückwies.

Lady Corliss fuhr fort. »Solch rücksichtslose Missachtung von Lady Edlyns Ruf und ihrem Seelenfrieden werfen ein böses Licht auf den Mann, der ihr Lebensgefährte sein möchte. Einmal beschädigt, ist ein Ruf nicht leicht wiederherzustellen, und das empfindliche Vertrauen, das Lady Edlyn möglicherweise in Euch gehabt hat, Lord Hugh, liegt zerschmettert zu Euren Füßen. Es ist an Euch, beides wieder zu heilen, denn Ihr, mit Eurer Missachtung der Sitten des Werbens und der Freundlichkeit, habt beides zerbrochen.«

Edlyn konnte spüren, dass ihm das nicht gefiel. Es gefiel ihm ganz und gar nicht. Was er wahrscheinlich besonders verabscheute, war die Tatsache, dass er von einer Frau ermahnt wurde; dass er Edlyns Ruf und ihr Vertrauen zerstört hatte, rührte ihn sicherlich überhaupt nicht. Er wollte einfach seinen Willen bekommen und bekam ihn sonst wohl auch, egal auf welche Weise.

»Nichtsdestoweniger ist Abt John bereit, das Aufgebot zu verkünden. Es wird dreimal …«

Hugh unterbrach sie. »Ich habe keine Zeit für ein Aufgebot.«

Nun erstarrte Edlyn. Er war gerade schärfer zurechtgewiesen worden, als sie es jemals von Lady Corliss erlebt hatte, und als sie ihm anbot, dass er seinen Willen bekommen sollte, behauptete er, das sei immer noch nicht genug.

Doch gab er eine Erklärung, was mehr war, als sie erwartet hatte. »Ich bin schon zu lange auf dem Schlachtfeld gewesen, und ich muss meine neuen Ländereien noch vor dem Herbst in Besitz nehmen. Deshalb muss ich so schnell wie möglich aufbrechen.«

»Ich gehe nicht ohne meine Kinder«, sagte Edlyn. Wenn es darum ging, gab es für sie keine Diskussion.

Lady Corliss war mehr mit der Gültigkeit der Ehe beschäftigt.

»Das Aufgebot ist notwendig. Ich möchte nicht, dass Ihr Lady Edlyn fallen lasst und behauptet, die Eheschließung sei nicht rechtens gewesen.«

»Dann lasst das Aufgebot heute dreimal verkünden und uns heiraten, bevor die Sonne untergeht.« Er erhob sich und stellte Edlyn dabei vorsichtig auf ihre Füße. »Sonst nehme ich Edlyn ganz ohne die Zeremonie mit.«

Lady Corliss zögerte und neigte dann ihren Kopf. »Es soll sein, wie Ihr erbittet.«

Edlyns Kinn in seine Hand nehmend, beugte er sich zu ihr. »Hört auf, mich so wütend anzusehen. Unsere Ehe wird eine gute sein, Ihr werdet sehen. Nun seid ein gutes Mädchen und macht Euch für unsere Hochzeit bereit.« Er richtete sich auf und fuhr mit seiner Hand über ihren Kopf. »Ihr habt immer noch Stroh in den Haaren.«

»Ich hasse Euch.« Sie sagte es ganz kategorisch, mit der Intensität eines Menschen, der noch niemals ein solches Gefühl gekannt hatte.

Er hatte es gehört, nahm sie an, denn er blinzelte. »Aber warum solltet Ihr das tun?«

Seine begriffsstutzige Verwirrung weckte in ihr den Drang zu schreien, aber sie tat es nicht. Sie beherrschte sich genügend, um zu sagen: »Weil Ihr denkt, dass Ihr das Rechte tut.«

Er korrigierte sie. »Ich *weiß*, dass ich das Rechte tue.«

Da schrie sie, zumindest ein wenig. Wie konnte sie mit einem Mann wie diesem sprechen? Er war ja noch sturer als Robin, und das hatte sie nicht für möglich gehalten.

Robin. Sie wurde still und holte tief Luft. »Ich werde nicht Ja sagen.«

»Was?«, fragte Lady Corliss.

»Wann?« Hugh sah verwirrt aus.

»Bei der Eheschließung. Ich werde nicht zustimmen, Euer Weib zu werden.« Beide starrten sie verständnislos an, als ob sie eine zahme Hauskatze sei, die ihnen plötzlich ins Gesicht gefaucht hatte. »Das war ich schon – ich war schon die Frau eines Kriegers.«

»Natürlich wart Ihr das. Wen wolltet Ihr denn sonst heiraten?«, verlangte Hugh zu wissen. »Einen Geistlichen?«

Er verstand nicht. Er würde es niemals verstehen, und sie konnte bis zur Erschöpfung versuchen, es ihm zu erklären, darum fügte sie einfach hinzu: »Ihr rebelliert gegen den König, und ich verspüre nicht den Wunsch, noch einmal als Weib eines Verräters gebrandmarkt zu werden.«

Lady Corliss musterte ihn von Kopf bis Fuß, als könnte sie die Richtung seiner Loyalitäten an seiner Erscheinung ablesen. »Seid Ihr ein Verräter?«

Als Antwort ging Hugh hinüber zu der großen Bibel, die auf Lady Corliss' Schreibpult lag. Er legte seine Hand auf das große Buch und erklärte feierlich: »Ich schwöre, dass ich kein Verräter am König bin.«

Er starrte Edlyn dabei an, aber Lady Corliss antwortete: »Dann ist das geklärt. Ihr werdet ihn heiraten müssen, Lady Edlyn.«

War er nicht nur ein Schuft, sondern auch noch ein Lügner? Edlyn hätte das vor wenigen Augenblicken noch bejaht, aber Lady Corliss hatte ein ganz feines Gespür dafür, wann jemand log, und sie hatte Hughs Schwur bereitwillig akzeptiert. *War* er ein Verräter? Es interessierte sie nicht wirklich. »Ich werde es nicht tun«, erwiderte Edlyn. »Er ist ein *Krieger.*«

Wenn Lady Corliss Edlyns Feststellung verstand, ließ sie es nicht erkennen. »Heiratet ihn oder nicht, aber Ihr könnt nicht im Kloster bleiben. Eure Anwesenheit hat zu Zwietracht geführt und unsere Gedanken von unserem Dienst an Gott abgelenkt.«

Edlyns Inneres krampfte sich vor Angst zusammen, aber die Angst trieb sie auch an. »Ich habe schon früher auf der Straße gelebt.«

»Und Eure Söhne werden hier bleiben müssen, sicher vor Eurem Einfluss.«

Kurz kämpfte Edlyn mit Unverständnis, aber als ihr klar wurde, was Lady Corliss meinte, schrie sie auf: »Ihr könnt mir meine Söhne nicht nehmen!«

»Aber natürlich kann ich das. Sie befinden sich ja schon in der Obhut der Mönche, und einer Frau wie Euch kann man nicht gestatten, Kinder großzuziehen.«

Lady Corliss glaubte nicht an ein Fehlverhalten Edlyns. Edlyn wusste das.

Aber sie würde Gottes Willen durchsetzen, egal was Edlyn selbst wünschte, und sie hatte die Waffe, mit der das ging, weise gewählt.

Würde sie Edlyn aus dem Kloster werfen? Würde sie Edlyn ihre Söhne wegnehmen?

Edlyn war sich über die Antwort vollkommen im Klaren. Feindseligkeit und Verzweiflung mischten sich zu gleichen Teilen, aber sie zähmte ihren Trotz, neigte ihren Kopf und flüsterte: »Es soll sein, wie Ihr wünscht.«

»Wie Gott wünscht, Kind.«

Sie konnte Lady Corliss nicht verabscheuen, deshalb funkelte sie Hugh aus Augen an, in den Tränen der Wut standen.

Und Schwachkopf, der er war, sagte er nur: »Tragt etwas Hübsches.«

»Zu unserer Hochzeit, meint Ihr?« Es bereitete ihr tiefe Befriedigung zu antworten: »Ich habe nichts Hübsches.«

Da sie der Meinung war, dass er sich nun genügend Patzer erlaubt hatte, schob Lady Corliss ihn beiseite. »Ich werde etwas Passendes für sie finden. Nun geht, bevor Ihr alles verderbt.«

Wie jeder gute Soldat erkannte er, wann er geschlagen und wann ein Rückzug nötig war, und verschwand ohne ein weiteres Wort.

Edlyn starrte die Tür an, die er hinter sich geschlossen hatte, und sagte verzweifelt: »Ihr versteht nicht.«

»Tatsächlich glaube ich schon, dass ich Euch verstehe.« Lady Corliss legte ihren Arm um Edlyns steife Schultern und zog sie an sich. »Aber es gibt nur drei Stände, aus denen Ihr wählen könnt.«

Edlyn hielt sich steif in Lady Corliss' Umarmung. »Wie meint Ihr das?«

»Euer Verlobter hat es gesagt, denke ich. Es gibt Männer, die arbeiten, Männer der Kirche und Männer, die kämpfen. Eine Dame kann keinen Bauern heiraten, der dem Feld Korn abringt, noch kann sie einen Mann nehmen, der sich der Kirche versprochen hat. Wen also außer einem Krieger könnt Ihr heiraten?«

»Warum soll ich überhaupt jemanden heiraten?«, platzte Edlyn heraus.

»Lady Edlyn, ich habe Euch beobachtet, seit Ihr dieses Kloster gestiftet und mich gebeten habt, es zu führen. Ihr seid eine Frau von leidenschaftlichen Überzeugungen, der Freuden, der Sorgen. Ihr lebt das Leben nicht einfach nur, Ihr feiert es, und Ihr zieht die Leute mit Eurer Wärme an. Das vergangene Jahr war schwer für Euch, nicht nur wegen der Tragödie Eurer Ehe, sondern auch weil Ihr Euch an die Regeln unseres Ordens halten musstet.« Lady Corliss lachte leise. »Ich war froh, dass ich mit Euch nicht wie mit einer Nonne umgehen musste.«

»Habe ich mich denn so schlecht verhalten?«

»Überhaupt nicht, aber Ihr musstet das Feuer, das in Euch brennt, bändigen, und ich kann erkennen, dass es wegen eines Mangels an Brennstoff verlöscht.« Den Druck ihres Armes etwas verstärkend, fuhr sie fort: »Ich habe in den vergangenen vierzehn Tagen das Feuer erneut in Euch auflodern sehen und mich gefragt, was es wohl wieder entzündet hat. Ich glaube, dass es jener Mann war.«

»Ich bin nicht für ihn entbrannt«, murmelte Edlyn. Was machte sie da, redete mit Lady Corliss über das Feuer zwischen Mann und Frau? Das ganze Thema bereitete ihr Unbehagen, und sie wand sich wie ein schuldbewusstes Kind.

»Wenn Ihr ihn heiratet, seid Ihr wieder frei, das Feuer zu fühlen.«

Lady Corliss ließ sie wieder los. »Wir sollten jetzt besser etwas finden, das Ihr anziehen könnt.«

»Hättet Ihr mich wirklich hinausgeworfen und meine Kinder behalten?«

Lady Corliss scheuchte Edlyn aus ihrer Amtsstube und auf den Kreuzgang der Abtei zu. »Was glaubt Ihr?«

»Ich glaube, dass Ihr so skrupellos seid wie ein Krieger.«

»Meinen Dank, Lady Edlyn.« Während sie durch die Kirche gingen, winkte Lady Corliss, und einige Nonnen schlossen sich ihnen an. Als sie in den Kreuzgang eintraten, waren sie schon von Damen aller Art umgeben. Eine verwitwete Countess, die jungfräuliche jüngste Tochter eines Earls, die verstoßene Frau eines Barons, zwei Damen, deren Ehemänner wie Edlyns in einem längst vergangenen Kampf die falsche Seite gewählt hatten. Der kühle, dämmrige Aufenthaltsraum der Nonnen füllte sich mit Frauen, und als Lady Corliss nach Kleidung fragte, die einer Braut angemessen sei, brach ein vergnügtes Durcheinander von Stimmen aus. Bevor Edlyn ganz begriff, wie ihr geschah, war die Tür verriegelt und sie für das zeremonielle Bad entkleidet und in eine Wanne gesetzt worden.

Während sie geschrubbt wurde, klang der Ruf über den Platz. Das Aufgebot war zum ersten Mal verkündet.

Die Nonnen zogen Edlyn aus der Wanne, trockneten ihren Körper und ihr Haar und machten sich an die langwierige Aufgabe, die Knoten aus ihren dichten, langen braunen Locken zu kämmen.

Während sie so beschäftigt waren, bestaunten sie ihren Körper, der selbst nach ihrer Mutterschaft noch immer so schlank und rank war. Eine mutmaßte, dass Lord Hugh sie gerne aufpäppeln würde. Lady Neville, die verwitwete Countess, lachte nur und meinte: »Ich habe auf dem Platz gesehen, wie er sie angesehen hat. Er scheint sie so, wie sie ist, ganz recht zu finden.«

Draußen klang ein weiterer Ruf über den Platz. Zum zweiten Mal war nun das Aufgebot verkündet.

Die Nonnen brachten den Schmuck, den sie versteckt hatten. Sie ließen ein feines weißes Leinenhemd über ihren Kopf fallen, das ihr bis auf die Knie reichte und nicht gebunden wurde. Stattdessen lag es flach und breit über ihrer Brust, und ein filigranes Muster von gestickten Weinranken und Blättern zog sich an seinem Rand über ihre Haut. Nach einer langen ernsthaften Diskussion wurde die Wahl auf zwei Gewänder beschränkt – eines mit hellen und dunklen grünen Streifen, das ihre Augen betonte, und ein anderes, das aus einer feinen blauen Wolle war.

»Nicht grün«, meinte Lady Neville energisch. »Das ist die Farbe für Frauen mit lockerem Lebenswandel, und darüber ist heute schon mehr als genug gesagt worden.«

Edlyns Ohren und Wangen brannten in feurigem Rot.

Lady Neville sah sie ungeduldig an. »Nun lasst Euch davon nicht beunruhigen. Nur die Einfältigen haben es geglaubt.«

Die Nonnen murmelten, manche allerdings zweifelnd, und

Lady Corliss bewahrte Edlyn vor weiterer Verlegenheit. »Ich ziehe das blaue vor. Es ist die Farbe unserer Mutter Maria.«

Die Nonnen nickten feierlich.

Dann fügte sie hinzu: »Und die offene Schnürung an der Seite und der Schlitz vorne in der Mitte des Rockes wird Lord Hugh ihren Händen hilflos ausliefern.«

Die jungfräulichen Nonnen schnappten nach Luft. Die verwitweten und verstoßenen Frauen versuchten noch nicht einmal, ihr Lachen zu verbergen.

Ein weiterer Ruf klang über den Platz. Das Aufgebot war jetzt zum dritten Mal verkündet. Jetzt fehlte nur noch die Hochzeitszeremonie.

Sie beeilten sich jetzt, legten Edlyn einen Schleier aus Spitze über das Haar, das sie offen herabhängen ließen zum Zeichen, dass Edlyn, wenn auch keine Jungfrau mehr, doch immer noch eine tugendhafte Frau war. Was für ein Unterschied zu vorhin, dachte diese bitter. Sie war aus ihrem sündigen Zustand durch einen Lord, dessen Behauptungen über Loyalität und Adel unbewiesen waren, gerettet worden.

Die dünnen Strümpfe waren weiß, die Schuhe aus bemaltem Leder waren zu groß, aber sehr fein gearbeitet und verziert, weshalb die Nonnen ihre Einwände missachteten und Stofffetzen vorne hineinstopften. Dann war sie bereit für die Eheschließung, die sie wieder einmal zum beweglichen Besitz eines Mannes machen würde.

Wie schon bei ihren früheren Hochzeiten wurde ihr ein Strauß aus Myrthe und Rosmarin gereicht. Dieses Mal warf sie ihn jedoch zu Boden.

»Ein ungünstiger Anfang«, murmelte eine der Nonnen.

»Es sind nicht Blumen, die sich Lord Hugh von ihr wünscht.«

Lady Neville rückte Edlyns Schleier zurecht. »Aber er wird sich anstrengen müssen, um das zu bekommen, was er möchte. Es ist gut, wenn ein Mann sich auf sein Weib konzentrieren muss.«

Die nachmittägliche Sonne blendete Edlyns Augen, als sie aus dem dämmrigen Kreuzgang trat. Sie blinzelte und hielt sich die Hand vor die Augen, bis sie sich an das Licht gewöhnt hatten. Dann senkte sie die Hand – und wünschte sich gleich, sie hätte es nicht getan. Jedermann hatte sich auf dem Platz versammelt. Man hatte einen Durchgang in der Mitte gelassen, der geradewegs auf die Kirchenstufen zuführte, wo der Abt, Wharton und Hugh standen und auf sie warteten.

Was Edlyn wurmte, war, dass Hugh während der Vorbereitungen des Nachmittags seine Ruhe bewahrt hatte. Er hatte niemals daran gezweifelt, dass sie tun würde, wonach ihn verlangte, und das ließ sie wünschen, sie hätte die Blumen in der Hand behalten, sodass sie diese jetzt öffentlich in den Dreck werfen könnte. Ihre Impulsivität hatte sie eine großartige Geste gekostet.

Jemand stupste sie in den Rücken. Sie regte sich nicht, deshalb schob sie jemand, und sie stolperte über ihre eigenen Füße, als sie sich auf den Weg vorbei an wachsamen Blicken und grinsenden Mündern machte.

»Ich will nicht«, flüsterte sie sich selbst zu. »Ich will nicht, ich will nicht.«

Ihre Aufsässigkeit erinnerte sie an ihre erste Hochzeit mit dem alten Duke. An jenem Tag war sie jung und verängstigt gewesen und hatte gewusst, dass sie keine Wahl hatte und die Ereignisse nicht aufhalten konnte. Nun empfand sie die gleichen Gefühle, außer dass sie keine Angst mehr verspürte, aber ihre Hilflosigkeit ließ sie Hugh mit all der Böswilligkeit, die sie aufbringen konnte, anstarren.

Sein Gesichtsausdruck, einer der sorgfältig aufrechterhaltenen Umgänglichkeit, wandelte sich in einen ernsten, und in ihm schien sich ein Empfinden dafür zu regen, welche Aufgabe er sich da gesetzt hatte. Wie konnte er nur seine Braut besänftigen?

Er konnte es nicht, denn sie war entschlossen, sich nicht besänftigen zu lassen. Sie erklomm die Stufen mit schleppenden Schritten, um ihren Protest zu zeigen. Er lächelte schwach. Als sie ihn erreichte, nahm er ihre Hände – in denen sich keine Blumen befanden – und nickte dem Abt zu. Dann begann die Zeremonie.

Als Hugh versprach, auch nach seinem Tode noch für sie zu sorgen, krümmten sich ihre Zehen in den zu großen Schuhen.

Ein Krieger. Er war ein Krieger. Und er würde wie alle anderen sterben. Wie all die jungen Männer, die Robin um sich versammelt hatte. Wie Robin selbst.

Sie flüsterte ihr Versprechen, und sie waren verheiratet. Ein Jubelruf brandete durch die versammelte Menge, der lauter wurde, als Hugh ihre Hände freigab, nur um dann seine Arme um ihre Taille zu schlingen und sie an sich zu ziehen.

»Edlyn.« Er beugte seinen Kopf und brachte seinen Mund nahe zu ihrem für den Friedenskuss. »Hör auf zu schmollen«, flüsterte er.

Sie schmollte nicht. Sie weinte, und er sah die aufsteigenden Tränen.

»Liebes, was ist mit dir?«

Er konnte es sich jetzt erlauben, sie anzuschmachten. Er hatte ja alles bekommen.

»Liebes?«

Die Jubelrufe waren zu lebhaftem Geplauder geworden, aber eine scharfe Stimme erhob sich über die anderen. »Mylord, lasst mich der Erste sein, der Euch beglückwünscht.«

Es war Baron Sadynton, seine schmalen Lippen zu einem gezierten Lächeln verzogen, und Hugh hob seinen Kopf wie ein Wolf, der Gefahr wittert.

»Es ist außerordentlich mitfühlend von Euch, dieses Weib zu heiraten, vor allem nach Euren Taten im vergangenen Sommer. Der König muss auf Eure friedlichen Annäherungsversuche stolz sein.«

Edlyn mochte Sadynton nicht. Hatte ihn nie gemocht. Hielt ihn für einen Jammerlappen und einen Unruhestifter, und sie wusste, dass er sie dafür verantwortlich machte, ihm den Schlafmohnsirup vorenthalten zu haben. Aber seine Zufriedenheit mit dieser Sache machte sie mehr als unruhig. Sie verursachte ihr Übelkeit. Sie klammerte sich an Hughs Arm, sich nicht bewusst, dass ihre Beunruhigung sie ihn so halten ließ, wie er es wünschte.

Als Wharton sich mit geballten Fäusten auf Sadynton zubewegte, klammerte sie sich noch fester an Hugh.

Sadynton wich zurück und sprach schneller. »Ich hatte niemals erwartet, den Tag zu erleben, an dem die Witwe des Earls of Jagger den Earl of *Roxford* heiratet.«

Ihre Hände fielen an ihren Seiten herab.

»Es kommt ja nicht oft vor, dass eine Frau den Mann heiratet, der ihren Gemahl gehängt hat.«

8

Hugh, Befehlshaber der königlichen Truppen im Westen, schaute zu, wie Edlyn in den Wald verschwand.

»Geht Ihr ihr nach?«, fragte Wharton.

»Nay.« Hugh konnte gar nicht fassen, dass er das sagte, aber die Ermahnungen von Lady Corliss klangen noch in seinen Ohren. Nicht dass er ein bloßes Weib Einfluss auf seine Entscheidungen nehmen ließe, aber die Äbtissin hatte ungewöhnliche Weisheit in ihren Entscheidungen bewiesen. Und außerdem – das gab er nur unwillig zu – hatte er den Verdacht, dass die Äbtissin Edlyns Gedankengänge besser verstand als er. »Lass sie gehen.«

»Was?« Wharton hüpfte herum wie ein Hahn, den man seiner Schwanzfedern beraubt hatte. »Aber Ihr *habt* ihn doch gar nicht gehängt!«

Hugh schnaubte. »Nicht persönlich.« Aber er hatte Robin, Earl of Jagger, gefangen genommen und in die Hände des Prinzen gegeben, und *der* hatte Robin hinrichten lassen. Das war der Grund, weshalb er, selbst als er schon wieder genügend Kräfte gesammelt hatte, um sich vor seinen Attentätern zu schützen, schwieg. Er hatte gehofft, dass er Edlyn zu der Seinen machen konnte, bevor sie seine Identität erfuhr.

Wirklich zu der Seinen. Physisch zu der Seinen. Auf die Art zu der Seinen, die keine Frau vergessen oder beiseite schieben konnte.

Die Vorstellung, wie er Edlyn zu der Seinen machen wollte, löste in ihm einen heftigen Schauder des Begehrens aus.

Nein, er konnte sie nicht alleine im Wald herumlaufen lassen, wie sie das wollte. Er musste sicherstellen, dass sie zu ihm zurückkehrte, ob sie das wollte oder nicht. »Wharton, du kennst sie doch am besten. Folge ihr. Bleib außer ihrer Sicht, aber behalte sie in der deinen. Bei dem Gedanken, dass sie alleine im Wald herumläuft, ist mir nicht wohl.«

»Wenn Ihr selbst hinter ihr herginget, müsstet Ihr mich nicht hinter ihr herschleichen lassen wie einen Maulwurf hinter einem Wurm«, protestierte Wharton.

»Du schmeichelst weder dir selbst noch der Dame. Ihr wird es nach einem strammen Spaziergang besser gehen, und dann kann ich ihr mein Handeln erklären.«

Wharton lachte spöttisch. »Frauen erklärt man doch nichts. Man gibt ihnen eins auf die Nase, und dann ist alles wieder in Ordnung.«

»Ich werde dir eins auf die Nase geben, wenn du ihr jetzt nicht folgst«, gab Hugh zurück. »Und ich wäre dir dankbar, wenn du deine ehelichen Ratschläge für dich behältst.«

»Ich war öfter verheiratet als Ihr«, antwortete Wharton frech.

Hugh kannte seinen Diener zur Genüge. »Und mit wie vielen deiner Weiber bist du immer noch verheiratet?«

Dem Abt einen Blick zuwerfend, senkte Wharton seine Stimme. »Mit zweien sicherlich. Vielleicht auch mit dreien.«

»Das beruhigt mich«, meinte Hugh sarkastisch. »Und jetzt geh.«

Mit einem Nicken machte sich Wharton auf dem Pfad davon, den Edlyn auf ihrer Flucht vor ihrem neuen Ehemann eingeschlagen hatte.

Hugh rief ihm hinterher: »Denk daran, sie ist meine Dame und der größte Schatz meiner Seele. Behandele sie auch so.«

Wharton hob bestätigend seine Hand.

Die Nonnen standen am hinteren Rand der Menge, und Hugh hörte eine sich beschweren: »Aber wir haben noch nicht einmal den Weizen geworfen.«

Weizen für die Fruchtbarkeit. Weizen für die Vermehrung. Weizen für seinen Sohn aus Edlyns Leib. Aye, diese Zeremonie wünschte er sich auch, aber Lady Corliss scheuchte die

Nonnen auf den Kreuzgang zu, und sie gehorchten, wie gute Frauen das auch tun sollten. Bei Gott, wenn Lady Corliss sprach, würde selbst *er* gehorchen. Die Frau war eine Autokratin – und eine Heilige.

Hughs Männer hatten sich am Fuß der Stufen aufgereiht, und er machte sich auf den Weg zu ihnen. Ein Dutzend Ritter, zwanzig Schildknappen und die Diener für sie alle, die sich sämtlich auf Whartons Anweisung hin mitsamt Hughs Habe nach der Schlacht in der Umgebung verborgen gehalten hatten, aus Besorgnis darüber, sonst Hughs Aufenthaltsort zu verraten. Jetzt hatten sie sich zu seiner Hochzeit versammelt und ernst und feierlich die Szene, die sich vor ihren Augen abspielte, verfolgt.

Als er die Treppe hinabschritt, entdeckte er Baron Sadynton, der ihn mit einem spöttischen Grinsen beobachtete. Ohne darüber nachzudenken, änderte Hugh seine Richtung, pflanzte seine Faust mitten in Sadyntons Gesicht und begab sich, bevor Sadynton überhaupt noch umgefallen war, unter seine Männer.

Sie schlossen die Reihen um ihn und marschierten zusammen in ihr neu errichtetes Lager. Die üblichen Glückwünsche zur Hochzeit schienen unangemessen, wenn die Braut dem Bräutigam weggelaufen war, und Hugh begriff das. »Kommt, Männer«, rief er. »Lasst uns sprechen.«

»Mylord.« Hughs Knappe, ein dreizehnjähriger Bursche aus Wales namens Dewey, nahm Hughs Hand und küsste sie innig in einer Mischung aus Respekt und Erleichterung. »Wir hatten um Euer Leben gefürchtet, bis Wharton auftauchte, um uns Eurer guten Gesundheit zu versichern.«

»Es war noch nicht die rechte Zeit für mich zu sterben.« Hugh befreite seine Hand und zauste dann die Haare des Jungen. Er wandte sich um und musterte die Gruppe. »Wo ist Morven?« Dewey seufzte und trat mit dem Fuß gegen den Boden. Hugh rieb sich die Stirn. »Er war noch zu jung für ein solches Schicksal. Und Sir Ramsden?«

Dewey schüttelte niedergeschlagen und sehr traurig den Kopf und seufzte.

»Ein erfahrener Krieger, der uns nun fehlt.« Hugh war sich sehr wohl bewusst, welche Lücke der Tod Sir Ramsdens in seiner kleinen Truppe hinterließ. Niemand hatte mit den Pferden besser umgehen können als er, und er war viele Jahre ein getreuer Gefährte gewesen.

Der jugendliche Knappe Morven war noch nicht lange genug bei ihnen gewesen, um einen bleibenden Eindruck zu hinterlassen, aber wenn das überhaupt möglich war, trauerte Hugh noch stärker um ihn. Sir Ramsden hatte ein erfülltes Leben gelebt und war mit dem Schwert in der Hand gestorben. Morven war nichts als ein großer Junge gewesen, ganz schlaksige Arme und Beine, und Hugh murmelte: »Ich hätte mehr mit ihm arbeiten sollen.«

Dewey hörte ihn, denn er antwortete schnell: »Nichts hätte Morven retten können, Mylord. Drei erfahrene Ritter griffen ihn an. Ich versuchte, an seine Seite zu gelangen, aber ich war zu spät.«

»Drei Ritter?« Hughs Schritte wurden länger. »Warum sollten sie sich die Mühe machen? Der Junge hatte doch nichts, was sie hätten stehlen können.«

Sir Philip, neu in Hughs Truppen, wenngleich ein erfahrener Ritter, antwortete. »Sie griffen ihn an, weil er sie wie eine hartnäckige Wespe stach und sie in Schach hielt, als sie Euren gefallenen Leib ergreifen wollten.«

Dewey wandte sich mit einem Zischen zu Sir Philip, aber der Ritter hob seine Hand, um ihn zum Schweigen zu bringen. »Der Lord muss es wissen. Er würde noch mehr um Morven trauern, wenn er dessen Tod für sinnlos halten müsste, als wenn er weiß, dass dieser aus Liebe zu Lord Roxford gestorben ist.«

Lord Roxford. Das war er selbst, obwohl Hugh sich immer noch umschauen und nach diesem Lord sehen wollte, von dem alle sprachen. Die Würde eines Earls war ihm noch neu, und er merkte, dass sie ihn gelegentlich immer noch verblüffte.

»Wahrhaftig«, meinte er, »Sir Philip hat Recht. Es macht die Trauer um seinen Tod leichter, zu wissen, dass der Bursche im Kampf für unsere Sache starb.« Und doch erinnerte er sich noch an den verehrungsvollen Blick, der ihn aus Morvens großen Augen überall hin verfolgt hatte, und er wünschte, er hätte den Jungen bei seiner Mutter gelassen. Zwar hätte es dort nichts als Armut und Hunger gegeben, aber wenigstens würde Morven dann jetzt nicht in der Erde verrotten. »Ihr habt ihn begraben?«

»Aye, Mylord, ich habe mich selbst darum gekümmert«, erwiderte Sir Philip.

Ein weiterer Bursche schritt neben ihnen her, und Hugh rief ihm zu: »Wie hast du dich in der Schlacht geschlagen, Wynkyn?«

»Sie war großartig, Mylord.« Seine Worte waren markig, aber seine Stimme klang schwach.

Hugh hob mit einem Seitenblick auf Dewey eine Augenbraue.

»Er musste sich übergeben«, beantwortete Dewey die unausgesprochene Frage.

Als er den hässlichen Blick auffing, den Wynkyn Dewey zuwarf, fragte Hugh: »Das war alles? In meiner ersten Schlacht schwitzte ich so sehr vor Angst, dass ich die Kontrolle über mein Schwert verlor und mir beinahe selbst das Bein abgehauen hätte.«

»Ich konnte nach meiner ersten Schlacht nächtelang nicht schlafen.« Sir Philip zog eine Grimasse und strich sich das graue Haar aus der Stirn.

»Ich hörte immer wieder das Geschrei der Verwundeten, und ich hasste das Geräusch der Pferdehufe, wenn sie auf die Leichen traten.«

Hughs wichtigster Berater, Sir Lyndon, war inzwischen an Hughs Seite angelangt und lächelte mit seinem ganzen beträchtlichen Charme. »Ah, für mich ist es der süße Klang der Schlacht.«

»Wirklich?« Hugh schauderte. »Ich hasse das immer noch.«

Wynkyn wurde blass. »Wird es denn besser? Die Abscheulichkeit des Ganzen, meine ich.«

Zu dem Burschen hinübergehend, legte Hugh den Arm um seinen Hals und brachte ihn aus dem Gleichgewicht, als er ihm durch das Haar zauste. »Es ist immer scheußlich, aber irgendwie gewöhnt man sich daran. Es sei denn, es handelt sich um eine wirklich blutige Schlacht. Dann kotzt man sich wieder die Eingeweide aus dem Leib.«

Er ließ Wynkyn los. Der Bursche war schon in Ordnung. Sein Vater, der Earl of Covney, war besorgt gewesen, dass Wynkyn mit seiner träumerischen Art bei der ersten Begegnung mit der Realität des Kampfes zerbrechen würde, aber Wynkyn hatte sich wacker geschlagen, und Hugh würde einen beruhigenden Brief an den Earl schicken.

Er vergaß Wynkyn, als er mit heftiger Genugtuung auf die auftauchenden Stoffwände seines Zeltes blickte. Er hatte befürchtet, es verloren zu haben, als er vom Schlachtfeld verschwand, aber da war es noch. Er hatte in Palästen Kammern mit mehr Platz gesehen, als dieses Zelt bot, aber bei den häufigen Gelegenheiten, wenn es regnete und der Wind kalt blies, hielt er hier mit seiner gesamten Truppe Lagebesprechungen ab. Er bewahrte darin einen Tisch, einige Feldhocker, sein Feldbett und Truhen mit Decken und Kleidung für die Knappen auf, sollten diese welche benötigen. Das kam häufig vor, da sie ja noch Knaben waren.

Sir Lyndon trat unter das schwarze Filzdach, das den Eingang schützte, und hielt die Zeltplane einladend auf. »Wünscht Ihr zu ruhen, während Ihr die Rückkehr Eurer Braut erwartet?«

»Nein. Ich möchte etwas zu essen und trinken, während Ihr mir alles über die vergangene Schlacht erzählt und einen

Bericht über die Bewegungen des Feindes gebt.« Hugh musste alles wissen, und außerdem konnte er nicht ruhen, bis er Edlyn wieder in seinen Armen hatte.

Sir Lyndon band die Plane zurück. »Als Ihr während der Schlacht verschwandet, waren wir beunruhigt, und ich fürchte, dass wir Eure Besitztümer nicht so bewachten, wie wir es hätten tun sollen. Nach der Schlacht stahlen Plünderer viele Dinge von Euch, aber ich biete Euch zu Eurer Bequemlichkeit mein Feldbett an. Das wird besser sein als der harte Boden.«

»Meinen Dank, Sir Lyndon, aber von welchem Nutzen ist eine schmale Liege für einen verheirateten Mann?« Hugh nahm von Dewey einen Kelch mit Bier entgegen und trank die Flüssigkeit in einem langen Schluck hinunter. Er wusste, was Sir Lyndon dachte – ein Krieger sollte sein Weib besser unter Kontrolle haben. Aber während er schon seit langem Sir Lyndons Rat in der Schlacht oder bei Belagerungen zu schätzen wusste, erinnerte er sich doch an dessen blasse, geschlagene Frau und die merkwürdigen Umstände ihres Todes, weshalb ihm jegliche Anmerkung gleichgültig war, die Sir Lyndon möglicherweise über den häuslichen Frieden verlieren mochte. »Dewey wird uns auf dem Boden stattdessen ein breites Polster aus Fellen und Decken zurechtmachen.«

Sie Lyndon schnalzte mit den Fingern, und Dewey eilte herbei, um den Befehl auszuführen.

Hugh ließ sich solange auf einem Feldhocker draußen im Schatten des Filzdaches vor dem Zelt nieder. Von da konnte er Edlyns Rückkehr beobachten. Um ihn herum bauten die Knappen weitere Hocker in der Reihenfolge auf, welche die einzelnen Ritter im Rang und im Vertrauen, das Hugh ihnen entgegenbrachte, einnahmen, und die Ritter setzten sich.

Nach einem allgemeinen Räuspern verlangte Hugh, Earl of Roxford, einen Bericht von seinen Männern.

»Unsere Männer haben wie die Teufel gekämpft, Mylord, besonders nachdem sie dachten, Ihr seiet tot.« Sir Lyndon beugte seine Finger, als ob er sich an die Pein erinnerte, die es bedeutete, wenn man ein Schwert zu lange führen musste. »Letztendlich war es natürlich zum Guten, denn de Montforts Männer übernahmen sich, sodass wir die Armee spalten und jene gefangen nehmen konnten, die nicht flüchteten.«

Hugh trank aus seinem wieder aufgefüllten Kelch und sah Sir Philip an. »Wir haben Geiseln genommen?«

»Aye, und haben sie zum Prinzen geschickt, damit sie abgeurteilt werden, nachdem wir ihnen die Rüstung und die Pferde abgenommen hatten.« Sir Philip lächelte, sehr zufrieden mit ihrer Beute. »Wir haben das Vermögen gerecht verteilt und das für Euch zurückbehalten, von dem wir annahmen, dass Ihr es für Euch wünschen würdet. Solltet Ihr anders entscheiden, werden wir Euch überlassen, was immer Ihr wünscht.«

Hugh lächelte ebenfalls. Seine Jahre als landloser Ritter hatten ihm einen Geschmack für die Tradition beigebracht, besiegten Feinden ihr Eigentum abzunehmen. Viele Male hatte er sich von dem Geld ernährt, das er dadurch gemacht hatte, dass er Rittern ihre Ausstattung nach einer Schlacht oder einem Turnier zurückverkauft hatte. Dieses Mal würde kein solches Angebot gemacht werden. Jene, die für Simon de Montfort kämpften, gaben damit ihren Anspruch auf ihr Eigentum auf. Und manche, wie der Earl of Jagger, bezahlten sogar mit ihrem Leben dafür.

Hugh warf einen raschen Blick hinüber zu dem Wald, der nicht weit vom Zelt entfernt war. Wo war sie? Wie lange würde sie wohl schmollen?

Sicherlich würde sie ihn doch nicht zu lange warten lassen; die Sonne näherte sich bereits dem Untergang, und eine Nacht in den Wäldern war eine Furcht einflößende Angelegenheit.

»Wir haben Eure Führung auf dem Schlachtfeld vermisst«, sagte Sir Lyndon. »Wäret Ihr nicht so weise gewesen, unsere

Manöver so frühzeitig zu planen, wären wir nach Eurer Verwundung in einer schlimmen Lage gewesen.«

Hugh antwortete nicht. Der Hagel von Komplimenten, mit dem Sir Lyndon ihn belegte, gefiel ihm nicht. Es gefiel ihm auch nicht, dass ihre Freundschaft sich von einer unter Ebenbürtigen zu einer zwischen Vorgesetztem und Untergebenem gewandelt hatte. Als Prinz Edward Edmund Pembridge sowohl seinen Titel als auch seine Burg genommen und beide Hugh übereignet hatte, hatte Sir Lyndon begonnen, Hugh mit einem auf den eigenen Vorteil bedachten Blick zu sehen. Hugh fand es irritierend, als eine Kuh betrachtet zu werden, die man melken konnte.

»Wer ist der Schlacht entkommen?«, fragte er.

»Richard of Wiltshire und seine Truppe von Söldnern.« Sir Lyndon spuckte aus, nachdem er den Namen ausgesprochen hatte. »Baron Giles of Cumberland. Und der Maxwell-Clan.« Er hätte gerne wieder ausgespuckt, aber er wusste sich das zu verkneifen.

»Der Maxwell-Clan«, wiederholte Hugh. Er sagte es nicht, aber er war froh, dass sie entkommen waren.

»Ich kann nicht verstehen, warum sie auf englischem Boden kämpften.« Sir Lyndon wagte es zu murren.

Hugh grunzte. »Sie sind Schotten, nicht wahr? Die Schotten sehen es gerne, wenn die Engländer sich untereinander bekämpfen, denn sie ziehen immer einen Vorteil aus unseren Kriegen. Und warum sollten die Maxwells nicht parteiisch sein? Wenn der Prinz siegt und der König befreit wird, können sie sich über die Grenze zurückziehen und von der Beute, die sie gemacht haben, leben. Wenn de Montfort siegt, können sie sich jede beliebige Burg eines englischen Lords aussuchen.«

»Ihr habt mit ihnen verkehrt, nicht wahr?«, meinte Sir Lyndon.

»Nachdem sie mich in einer Schlacht gefangen genommen hatten, lebte ich ein Jahr lang bei ihnen«, gab Hugh zu.

Durch seine Neugier überwältigt, vergaß Dewey, dass es für einen Knappen ungehörig war, sich einzumischen. »Hat jemand für Euch Lösegeld bezahlt, oder seid Ihr geflohen?«

»Keins von beiden.« Hugh schaute jedem Mann ins Gesicht, bevor er antwortete. »Sie ließen mich gehen.«

Sir Philip starrte ihn fasziniert an. Er war noch nicht lange genug bei der Truppe, um diese Geschichte zu kennen. Aber Sir Lyndon mied Hughs Blick. Hughs Jahr bei den Maxwells lag noch vor der Zeit, als Hugh und Sir Lyndon sich kennen gelernt hatten, und Sir Lyndon schien sich zu wünschen, dass Hugh es vergessen möge – oder doch wenigstens aufhören möge, davon zu erzählen.

Dewey jedoch drang auf eine Erklärung. »Die Schotten haben Euch gehen lassen? Ich dachte, die Schotten seien Barbaren, die ihre Gefangenen auf dem Feuer braten, wenn sie keinen Profit aus ihnen schlagen können.«

»Das sind sie wirklich«, stimmte Hugh zu. »Obwohl ich niemals jemanden auf dem Feuer habe braten sehen, machen sie aber doch Sklaven aus den Gefangenen, für die kein Lösegeld gezahlt wird.«

Dewey kniete an Hughs Hocker. »Sie haben einen Sklaven aus Euch gemacht?«

»Und ließen mich das Mühlrad an ihrer Mühle drehen«, erklärte Hugh. »Ich lag in Ketten, und der Mann, der die Aufsicht hatte, sagte mir, ich sei besser als ein Pferd und dümmer als ein Ochse.«

»Er dachte, Ihr seiet dumm?«

Dewey wunderte sich nicht über das »besser als ein Pferd«, erkannte Hugh, und das war seiner Kraft geschuldet. »Aye, er dachte, ich sei dumm. Das war sein erster Fehler. Mich von der Kette zu lassen, damit ich in ihren Wettkämpfen antrat, war sein zweiter. Ich schlug jeden dort, und als der Laird mich in seine Burg aufnahm, musste der Müller sich einen Ochsen kaufen.«

Deweys Augen traten hervor. »Was geschah dann?«

»Ich diente dem schottischen Laird – Hamish Maxwell war sein Name –, bis ich ihm einen solchen Dienst erwies, dass er mich gehen ließ.« Hughs Männer scharrten mit ihren Füßen und räusperten sich, weil es ihnen seinetwillen peinlich war, dass er einer so niederen Kreatur wie einem schottischen Laird gedient hatte. Hugh war es gleichgültig. Zu Dewey gewandt, sagte er: »Das ist der Grund, warum ich bis heute Schottisch sprechen, Haggis essen und jedes Clan-Lied von Anfang bis Ende singen kann. Es ist immer gut, seine Feinde zu kennen, Dewey – vergiss das niemals.«

»Aye, Mylord.«

»Nun«, meinte Hugh, »rieche ich gebratenes Fleisch, und davon hatte ich im vergangenen Monat einfach zu wenig. Würdest du mir bitte etwas zu essen bringen?«

Dewey sprang auf die Füße, verlegen, weil man ihn an seine Pflichten erinnern musste. »Wie Ihr wünscht, Mylord. Wir haben ein Hochzeitsmahl für Euch und Eure neue Lady bereitet.«

Während der Knappe auf die Feuer zwischen den Zelten zueilte, meinte Sir Lyndon: »Zu betrüblich, dass Euer Weib nicht hier ist, um daran teilzuhaben.«

Hugh ignorierte seinen Berater und schaute wieder zum Wald hinüber. Hatte er einen Fehler gemacht, als er sie gehen ließ? Würde ihr Stolz sie dazu veranlassen, länger im Wald zu bleiben, als weise war? Sie hatte schon vorher ein Übermaß an Vertrauen in die Weisheit ihrer eigenen Entscheidungen bewiesen.

Aber gleichzeitig wusste er auch, dass er sich auf Wharton verlassen konnte, wenn es darum ging, auf sie aufzupassen.

»Also sind die Gerüchte wahr.« Sir Philip kämmte sich den Bart mit den Fingern. »Ihr habt bei den Schotten gelebt. Sind sie wahrhaftig die Barbaren der Legende, oder sind sie nichts weiter als ausgezeichnet kämpfende Männer?«

Hugh musste angesichts von Sir Philips Wortwahl grinsen. »Nichts weiter als ausgezeichnet kämpfende Männer«, sagte er. »Bevor Ihr in eine Schlacht mit ihnen geht, lasst Euch von einem Priester die Sterbesakramente geben und betet, dass Ihr sie nicht brauchen werdet.«

»Das tue ich immer, Mylord. Das tue ich immer.«

Hugh musterte Sir Philip. Der war ein stiller Mann, schon älter, so dass er keinesfalls mehr zu Hughs besten Kämpfern zählte. Er hatte seine jugendlichen raschen Reflexe verloren und besaß nur noch ein Auge. Und doch lebte Sir Philip noch, er kämpfte noch, und Hugh hatte seinen wohlbedachten Rat, sowohl vor der Schlacht als auch danach, zu schätzen gelernt. Hugh empfand die Notwendigkeit, Sir Philips Rang in der Hierarchie seiner Ritter zu erhöhen, aber für den Augenblick meinte er nur: »Wohin hat sich der Feind zurückgezogen?«

Sir Philip öffnete seinen Mund, aber Sir Lyndon beeilte sich, ihm mit der Antwort zuvorzukommen. »Die Barone, die Simon de Montfort unterstützen, haben sich zerstreut. De Montfort hält sich in der Gegend um seine Festung Kenilworth auf. Die meisten anderen haben sich in Richtung Norden begeben. Richard ist noch in der Nähe – er belagert Juxon Castle.«

»Ich habe Juxon gesagt, er solle seine Befestigungen verstärken. Ich hoffe, er hat auf mich gehört«, meinte Hugh nüchtern. Der Earl of Juxon gehörte zu der Art von Adligen, die er am wenigsten mochte. Juxon war mit Ländereien geboren worden und hatte sie durch seine eigene Nachlässigkeit verfallen lassen. Er verlangte lautstark, dass der Prinz ihn schützen solle, da er loyal geblieben sei, schickte aber nur das Mindestmaß an Rittern, zu dem er verpflichtet war, während er sich in seiner großen Halle lümmelte und seine Dienstmädchen schwängerte. Nein, von Hugh, der seinen Besitz auf dem harten Weg erworben hatte, hatte er keinerlei Unterstützung zu erwarten.

»Leichte Beute.« Sir Lyndon ging über Juxon Castle hinweg. »Richard ist der skrupelloseste Söldner, dem ich je das

Pech hatte zu begegnen, und der Earl – der ist ein Dummkopf.«

»Da werde ich nicht mit Euch streiten.« Eine Bewegung am Rande des Waldes erregte Hughs Aufmerksamkeit und brachte ihn auf die Füße. Wharton kam auf ihn zugerannt, und Wharton rannte niemals, es sei denn, es handelte sich um einen Notfall.

Lyndon beiseite schiebend, traf Hugh gerade außerhalb des Kreises seiner Ritter mit Wharton zusammen. Dieser keuchte schwer, sein Brustkorb hob und senkte sich wie ein Blasebalg. »Herr ... Herr ..., sie haben sie erwischt.«

Hugh überlief es kalt, als er den verzweifelten Ton der Panik in Whartons Stimme hörte, und fasste ihn an den Armen. »Wer hat sie erwischt?«

»Diebe. Schurken. Söldner. Haben sie erwischt. Haben sie mitgenommen. Richtung Süden.«

Hugh ließ Wharton fallen, als sei der eine kaltblütige Schlange. Gefangen? Edlyn war gefangen? Unmöglich! Sie war doch eine Frau, die unter seinem Schutz stand, und er hätte doch niemals so vollkommen an ihr versagt.

»Herr.«

Aber er hatte versagt. Angst loderte in seiner Brust auf. Seine Finger kribbelten vor Angst, sein Kopf schwoll ihm an.

»Herr.«

Und Wut kochte in ihm hoch – bei Gott, wie er seine Wut herausschreien wollte, auf dem Boden herumtrampeln, hinter ihr herjagen wollte.

»Herr.« Hugh schaute zu Wharton herunter.

»Ihr dürft mir die Kehle durchschneiden, weil ich versagt habe, wenn Ihr wünscht.«

Angesichts von Whartons entblößtem Hals gewann Hugh die Kontrolle über sich zurück. Herumzubrüllen, herumzutoben, seinen Gefühlen freien Lauf zu lassen würde gar nichts bewirken. Seine Männer hatten sich inzwischen alle erhoben, starrten Wharton und ihn an, bereit, auf seinen Befehl hin in den Kampf zu ziehen. Sie hatten das früher schon erlebt, diese plötzliche Vorbereitung darauf, anzugreifen oder zu verteidigen, und sie alle verstanden ohne Worte, was Hugh tun würde und was ihre Aufgaben wären.

So zuversichtlich, als habe ihn nie ein Gefühl berührt, sagte Hugh deshalb: »Dann lasst uns aufbrechen, meine Dame zu retten.«

Es kam Bewegung in sie. Jemand gab Wharton etwas zu trinken und seinen Hocker, während Dewey und Lyndon – normalerweise waren es Dewey und Wharton – Hugh sein Kettenhemd und seine Waffen brachten und ihn für den Kampf vorbereiteten. Er wusste, dass sich gleichzeitig auch jemand aufgemacht hatte, sein Pferd zu holen, und der Gedanke, im Sattel jenes verrückten Schlachtrosses zu sitzen, beruhigte ihn so, wie es nichts anderes fertig gebracht hätte.

Aber als man ihm stattdessen seinen sanften Zelter brachte, auf dessen Rücken er sonst reiste, stellte er fest, dass sich die Wut nicht allzu weit zurückgezogen hatte. Mit einer angespannten, mühsam beherrschten Stimme fragte er: »Was soll ich denn mit dem anfangen?«

»Wo wir hinmüssen, könnt Ihr kein Schlachtross reiten«, erklärte Wharton. Er war wieder zu Atem gekommen, ging aber trotzdem sparsam mit Worten um. »Und außerdem haben wir Euren Devlin in der Schlacht verloren.«

»Tot?«, verlangte Hugh zu wissen.

»Aye, Herr.«

Ein weiterer Schlag der Rebellen. Devlin war das beste Schlachtross, das er je besessen hatte, und er wollte jenes Gewürm fangen, das dieses fantastische Tier gemordet hatte. Aber da er das nicht konnte, würde er die Männer, die gewagt hatten, sein Weib zu stehlen, seinen Zorn spüren lassen.

Sein Weib. Seine Fäuste ballten sich. Edlyn.

Sobald Dewey damit fertig war, ihm das Schwert umzugürten, sagte Hugh: »Folgt mir also, Männer, denn ich werde jenen Abtrünnigen mit bloßen Händen das Herz herausreißen, und ihre blutigen Leichen werden eine Warnung für alle Männer sein, jemals eine Frau zu stehlen, aus Angst, sie wäre *mein* Weib.«

***

Auf der Lichtung flackerte das Feuer hell, trotz des Nieselregens, der mit Einbruch der Nacht begonnen hatte. Hugh kroch durch das Unterholz, kletterte über Felsen, jeder Sinn gespannt und auf das eine Licht im dichten Dunkel des Waldes gerichtet. Dort würde er sein Weib finden, und er fürchtete ihr Schicksal mit tiefer und anhaltender Angst.

Würde er sie finden, nachdem sie von einer endlosen Reihe von Männern vergewaltigt worden war, denen eine Frau weniger bedeutete als ein Schaf? Würde er sie geschlagen vorfinden, zurechtgewiesen wegen ihrer unendlichen Aufsässigkeit und dem Geschmack einer brutalen Männerfaust ausgesetzt?

Würde er sie tot vorfinden?

Um sich herum hörte er, wie sich seine Männer mit ihm voranbewegten, aber er hatte sie angewiesen, sich zurückzuhalten, bis er Edlyn befreit hatte. Er wollte die Chance haben, sie vor den Blicken der Männer zu schützen – und wenn es zu spät war, sie zu retten, wollte er die Chance haben, jeden einzelnen der Söldner zu töten, die für ihren Tod verantwortlich waren.

Die Lichtung vor ihm schien ungewöhnlich ruhig für ein Lager von acht Männern. Wharton hatte von dieser Zahl gesprochen, aber über dem Wald hatte sich Schweigen ausgebreitet. Hin und wieder erklang ein Stöhnen in der stillen Luft, und Hugh hörte, wie seine Männer murmelten, wenn sie auf diese unirdischen Geräusche reagierten. Das waren keine Elfen. Das war überhaupt nichts, was er verstand, aber es war ihm egal. Ihn interessierte nichts außer Edlyn.

In der Nähe der Lichtung teilte Hugh das Gestrüpp. Sich die Wassertropfen aus dem Gesicht wischend, musterte er das vor ihm liegende Gelände. Er konnte keine Gestalten sehen, die sich in der Nähe der Flammen bewegten, und doch musste sich noch kürzlich jemand um das Feuer gekümmert haben, sonst hätte der Regen es längst verlöschen lassen. Das Feuer und der Mangel an sichtbaren Zielen beunruhigten ihn. Hatten diese Männer Wachen aufgestellt? Wussten die Söldner, dass ihnen ein Angriff bevorstand? Und wo war Edlyn?

Liebe Mutter Gottes, wo war Edlyn?

Panik stieg in ihm auf, dunkel und alles erstickend. *Er* hatte sie gehen lassen. *Er* hatte die Entscheidung getroffen, ihr Zeit zu geben, damit sie sich an den Gedanken gewöhnen konnte, seine Frau zu sein. Wenn sie tot war, war es seine Schuld. Ganz allein seine.

Jene Haufen auf der anderen Seite der Lichtung mussten die Männer sein, die sich dort im Schatten verbargen, um seinen Angriff abzuwarten. Er würde ihnen geben, was sie haben wollten. Stahl erklang, als er sein Schwert zog. Mit einem wütenden Aufbrüllen sprang er aus dem Wald und ins Licht. Mit hocherhobener Klinge stürzte er auf die reglosen Gestalten zu. Hinter sich hörte er seine Männer, die von seinem unvorhergesehenen Ausfall überrascht waren, sich mit ihren Waffen abmühen und aus dem Gebüsch poltern. Er hatte noch nie etwas so Dummes, so Unüberlegtes getan, aber er war auch noch nie für den Tod seines Weibes verantwortlich gewesen. Er hatte noch nie die Frau verloren, die er zu retten versucht hatte.

Als er die Gestalten erreichte, schwang er sein Schwert und renkte sich fast den Arm aus, als er das Schwert zurückzuziehen versuchte.

Steine. Es waren nichts als Steine. Die Klinge schlug gegen einen Felsbrocken. Die Wucht des Schlages ließ sein Handgelenk erzittern, und er hörte das Geräusch, als der gute Stahl eine Scharte bekam.

Er fluchte, eine lange Kette von französischen und englischen Flüchen, und wirbelte wieder herum zum Feuer.

Seine Männer rannten ziellos umher, aber kein Feind war zu sehen, an dem Hughs Zorn sich hätte abkühlen lassen. Wo waren sie? Und wo war Edlyn?

»Sie sind weitergezogen, Herr, denke ich.« Wharton stand an der Seite, außerhalb der Reichweite von Hughs Schwert. »Wir sollten am besten …«

Eine Gestalt trat aus dem Schatten der Bäume, und wie ein Mann drehten sich alle Kämpfer herum und sahen –

»Edlyn!« Hugh stürzte auf sein Weib zu, ergriff sie und zog sie an sich. Er hielt das Schwert in der einen Hand und schützte sie sicher mit der anderen.

Sie stand in seinem Arm, ohne zu schwanken, und tätschelte ihn, als sei er es, der des Trostes bedurfte. Er zog sie zum Lichte des Feuers und starrte in ihr Gesicht. Eine lange Schramme beeinträchtigte die Vollkommenheit ihrer Wange, und er wischte mit seinem Daumen darüber.

»Mich hat ein Ast getroffen«, erklärte sie.

»Bist du … krank?« Er war ein Mann der deutlichen Worte, aber er stellte fest, dass er nicht mehr zustande brachte als ein Stammeln. »Haben sie …?«

»Nein.«

Er hob sein Schwert. »Ich werde sie trotzdem töten.«

Gelassen befreite sie sich aus seinem Arm. Ihr zerrissenes Gewand hatte dunkle Flecken am Saum, aber die Schnürung an den Seiten schien intakt. Sie ergriff sein Handgelenk und entwand ihm das Schwert, dann reichte sie es Wharton. »Nicht, solange du mich hältst, bitte ich dich.«

»Wie seid Ihr … ihnen entkommen?«, fragte Wharton. »Musstet Ihr sie verwunden …?«

Verlegen stockte er, und Hugh stellte fest, dass selbst sein abgebrühter Waffenmeister nicht von solch intimen Dingen sprechen konnte.

Edlyn versuchte, Wharton und die Männer, die sich um sie

gesammelt hatten, anzulächeln. »Ich habe sie krank gemacht«, erklärte sie.

»Was?« Hugh klang so dumm, wie er sich fühlte.

»Ich überzeugte sie davon, dass ich eine gute Köchin sei – was ich auch bin, wisst Ihr? Ich koche einen guten Eintopf und habe eine leichte Hand mit …« Etwas, das sie in seinem Gesicht sah, schien sie zu warnen, mit dem Geschwätz fortzufahren. »Sie ergriffen mich im Wald und nahmen mich mit. Sie hatten schon seit Tagen auf die Frau gewartet, die sie haben wollten, und sie waren schon halb verhungert, die armen Kerle.«

»Arme Kerle«, wiederholte Hugh.

»Ich sagte ihnen, dass ich die Kräuterkundige des Klosters sei und nicht die Dame, auf die sie gewartet hätten, aber sie waren nicht bereit, mich gehen zu lassen. Sie sagten, sie hätten den Befehl …«

Ein Knurren entrang sich Hughs Brust und fand sein Echo bei seinen Männern.

»Nun, es spielt keine Rolle, was sie sagten.« Rasch fuhr sie fort: »Ich überzeugte sie, dass wir mit vollem Magen schneller vorankämen. Also fing einer von ihnen ein paar Kaninchen, und ich sammelte Beeren und Kräuter, und als wir hier ankamen und sie der Meinung waren, dass wir sicher wären, ließen sie mich kochen.«

Hugh versuchte zu antworten, aber er konnte noch nicht einmal Worte formen, also fragte Wharton: »Und da habt Ihr sie krank gemacht?«

»Aye, mit Holunderrinde und Wurzeln. Wenn man das in ausreichender Menge gibt, dann führt das zu Krämpfen in den Eingeweiden, auf das ein unkontrollierbares Entleeren der Gedärme folgt.«

Wharton sah sich unter den Bäumen um, die dicht herumstanden. »Wollt Ihr damit sagen, dass diese Schurken da draußen sind und über einem Baumstamm hocken?«

»Könnt Ihr sie nicht stöhnen hören?«

Fassungslos wollte Wharton wissen: »Warum seid Ihr nicht zu uns zurückgekehrt?«

»Ich dachte mir, dass Ihr kommen würdet, um mich zu holen, und wenn Ihr das nicht getan hättet, wäre ich beim ersten Tageslicht zurückgekehrt. Ich traute mir nicht zu, im Dunkeln meinen Weg zurückzufinden.« Sie wandte sich zu Hugh und wies ihn zurecht. »Seht Ihr, dass es nicht bei jeder Gelegenheit nötig ist, zu kämpfen?«

Hugh konnte es nicht fassen. Er konnte es einfach nicht fassen. Er hatte einen Haufen von Felsbrocken attackiert, um diese Frau zu retten – und sie hatte sich schon selbst gerettet. Er hatte vor Angst geschäumt – und sie hatte gelassen darauf gewartet, dass er kam. Ganz alleine hatte sie ihre Angreifer überwältigt.

Er schaute seine Männer an; ihre Blicke waren in offensichtlichem Unglauben auf ihr Gesicht geheftet. Er schaute Wharton an, der dastand und sich mit der einen Hand den Kopf kratzte und in der anderen sein Schwert hielt. Und in leisem, beherrschtem Ton sagte Hugh: »Männer, treibt diese Schurken zusammen, wenn sie aus dem Wald zurückkommen, und bringt sie zum Vogt. Er wird wissen, was mit ihnen zu geschehen hat.«

»Aber sie sind hungrig.« Edlyn sagte das so, als ob das ihre Schurkerei entschuldigte.

»Möchtest du sie freilassen, damit sie irgendeine andere arme Frau gefangen nehmen und sie mit ihr machen, was sie mit dir nicht treiben konnten?«, verlangte Hugh zu wissen.

Sie zögerte.

»Ich würde mir über das Schicksal dieser Männer keine Gedanken machen, wenn ich du wäre.« Er riss sie scharf an sich. »Ich würde mir Gedanken über dein eigenes Schicksal machen – und meine Rache.«

Am Rande der Lichtung saß der adlige Ritter auf seinem Pferd und beobachtete das Geschehen.

Ihn ihm kochte es vor Wut. Nichts, *nichts* war so verlaufen, wie er es geplant hatte. Geduldig hatte er ein Jahr gewartet. Er hatte sie aus der Ferne beobachten lassen. Er war darauf vorbereitet gewesen, sie zu nehmen, wenn der Zeitpunkt gekommen war – und stattdessen bekam er eine Nachricht von seinen Leuten, dass sie verheiratet worden war.

Und auch noch mit seinem Feind! Mit Hugh de Florisoun! Mit dem Mann, der zu glauben wagte, er könne den Platz dessen einnehmen, der ihm über war.

Er hatte alles liegen gelassen, alle seine Pläne, und war, so schnell er konnte, zum Kloster geritten, nur um Gerüchte zu hören, dass die Braut entführt worden sei.

Von seinen eigenen Männern. Da hatte er gelacht, im Vertrauen darauf, dass selbst der Teufel auf seiner Seite war.

Aber nein: Edlyn hatte ihn besiegt, wie sie ihn schon so viele Male zuvor besiegt hatte. Sie wusste, wie er sich fühlte. Das war Verrat, nichts weniger.

Er würde seine Rache bekommen, und dann würde er sie bekommen – und Hugh de Florisoun würde in die Hölle gejagt werden mit der Spitze von Edmund Pembridges Schwert.

9

Edlyn wusste ja nicht viel über Hugh de Florisoun, aber sie wusste, dass er jetzt wütend war. Er marschierte mit ihr im Dunkeln durch den Wald, im Regen, drückte sie fest an sich und hielt die Zweige von ihrem Gesicht fern, als könne er die Schramme auf ihrer Wange durch seine Umsicht heilen.

Und doch war er so unnachgiebig, dass sie den Eindruck hatte, ein ordentlicher Wind könnte ihn über den Haufen werfen. Konnte sie die Stimmung aufhellen? Würden einige Worte, in einem normalen Ton gesprochen, sein Missfallen lindern? Sie konnte es wenigstens versuchen. »Laufen wir zurück zum Kloster?«, fragte sie.

»Du kehrst heute Nacht nicht ins Kloster zurück.«

Er hatte ihre Frage nicht beantwortet, die gewesen war, *wie* sie sich fortbewegen würden, aber durch seine Antwort hatte er eine Menge neue Fragen aufgeworfen. Sein abweisender Ton ließ sie jedoch zögern, und während sie das tat, hielt er an und hob die Hand vor seinen Mund. Eine Eule rief, und wenn sie nicht das Vibrieren seines Brustkorbs gegen ihre Schulter gespürt hätte, hätte sie niemals erkannt, dass er diesen Laut von sich gegeben hatte.

Sie weiterführend, ging er auf eine Lichtung zu. Sie hörte das Stampfen von Pferdehufen und das Schnauben, das sie zur Begrüßung von sich gaben, und ein junger Bursche sprach neben ihnen. »Mylord, ich habe Euren Ruf gehört. Habt Ihr sie zurückbekommen?«

»Aye, das habe ich.« Hughs Arm zog sich fester um sie. »Die Männer treiben die Söldner zusammen, und ich bringe sie zurück ins Lager.«

Ins Lager. Sie gingen also in sein Lager. Edlyn versuchte

sich selbst aufzumuntern. Wenn sie lange genug wartete, würde Hugh vielleicht jede Frage in dieser umständlichen Weise beantworten.

Der Junge brachte einen Zelter herbei, und Hugh ließ sie lange genug los, um in den Sattel zu springen.

»Soll ich Eurer Dame mein Pferd geben, Mylord?«, fragte der Bursche.

»Sie wird mit mir reiten.« Hugh klang schroff.

Da sie genau wusste, wie Sättel geformt waren, versuchte Edlyn sich hinter ihn zu begeben, aber Hugh beugte sich weit hinunter, ergriff sie unter den Achseln und hob sie mit einem Schwung vor sich auf das Pferd.

Sie konnte sich nicht verkneifen zu sagen: »Du wirst deinen Rücken verletzen.«

Die einzige Antwort, die sie darauf erhielt, war unterdrücktes Gelächter des Jungen am Boden.

Es war nicht sehr bequem. Sie wusste nicht, was sie mit ihren Beinen tun sollte – sollte sie sie auf eine Seite legen oder sich rittlings setzen? –, deshalb schob Hugh sie zurecht, indem er sie hochhob und so hinsetzte, wie er es wünschte. Sie saß schließlich seitlich aufrecht quer vor seinem Körper, sodass der Sattel nicht drückte.

Der Regen wurde stärker. Die Dunkelheit war so dicht, dass es keinen Unterschied machte, ob sie die Augen geöffnet oder geschlossen hielt. Einer von Hughs Armen hielt ihren Körper hoch, während seine Hand unter ihr einen Schutz gegen das harte Leder bot. Sein anderer Arm hielt sie unter den Oberschenkeln. Sie wollte ihn fragen, wer das Pferd führte, aber sein Körper bewegte sich so, als ob er den Zelter mit den Knien leitete. »Wer hat dieses Pferd ausgebildet?«, fragte sie.

»Sir Ramsden. Er war für meine Pferde zuständig.«

»Ist er das nicht mehr?«

»Er ist in der letzten Schlacht gefallen.«

Seine Wortkargheit überzeugte sie von Hughs Unzufriedenheit mit ihr. Deshalb nahm sie an, dass sie ihn nach dieser Schlacht fragen sollte, wenn sie seine Laune verbessern wollte. Männer liebten es, über Schlachten zu sprechen. Sie breiteten sich über jeden einzelnen Schwerthieb und über die Flugbahn eines jeden abgeschossenen Pfeils aus. Und wenn sie nicht über eine vergangene Schlacht sprachen, dann konnten sie dazu gebracht werden, über zukünftige Kämpfe oder sogar über eine Schlachtenlegende zu sprechen.

Leider hatte sie das alles aber schon gehört, und sie mochte Hughs Geschichten nicht auch noch hören. Sie hatte sich geschworen, niemals wieder Erzählungen über Schlachten zuzuhören, und dass sie einen Krieger geheiratet hatte – heilige Mutter Gottes, schon wieder einen Krieger –, bestärkte sie nur in ihrer Entschlossenheit.

Es musste doch noch einen anderen Weg geben. »Kann dein armes Pferd uns beide tragen?« Es war eine dumme Frage; ganz offensichtlich konnte es das.

Er ignorierte sie.

»Dein Arm muss doch schmerzen, weil du mich so lange gehalten hast. Möchtest du lieber, dass ich laufe?«

Er hielt sie auf, beinahe bevor sie noch begonnen hatte, sich aus seiner Umklammerung zu befreien. »Spar dir deinen Atem«, sagte er. »Du wirst ihn brauchen.«

Das gefiel ihr gar nicht. Was meinte er damit? Würde er sie schlagen? Hugh schien nicht der Mann zu sein, der eine Frau schlug, weil sie entführt worden war und ihm dadurch Unannehmlichkeiten bereitet hatte, aber was wusste sie schon wirklich von ihm?

Robin hatte sie im Zorn geschlagen, wenn sie sich über sein Herumstreunen beschwert hatte. Ihr Duke hatte sie vor Enttäuschung geschlagen, als er seine Männlichkeit nicht dazu bringen konnte, zu funktionieren. Jetzt war Hugh ihr Gemahl, und er hatte von Rache gesprochen.

Durch die Bäume leuchtete Licht. Als sie aus dem Wald hervorbrachen, sah sie vor sich das Kloster. Hugh hatte gesagt, sie würden nicht zum Kloster zurückkehren, aber … er wandte seinen Zelter zum Stall.

Natürlich. Er musste sein Pferd unter Dach und Fach bringen. Der Stalljunge kam herausgestürzt und hielt den Zelter, während Hugh Edlyn aus dem Sattel half. Als ihre Füße den Hocker zum Aufsteigen berührten, saß er ab und nahm ihre Hand. Dem Jungen eine Münze zuwerfend, zerrte er sie durch den Dreck auf eine Ansammlung von Zelten zu. Sie hockten um ein Feuer herum wie eine Versammlung von wohlbeleibten Mädchen, und Edlyn erinnerte sich, dass sie sie gesehen hatte, als sie in den Wald geflüchtet war. Sie war so aufgeregt gewesen, dass sie die Zelte nicht beachtet hatte und nicht erkannt hatte, dass Hughs Männer in ihnen wohnten.

Ein weiterer junger Bursche – derjenige, der für das Feuer zuständig war, vermutete Edlyn – trat aus dem Schatten hervor, als sie sich näherten. »Mylord, Ihr habt sie gefunden. Geht es ihr gut?«

Hugh achtete nicht auf seine Frage. »Bring ein Licht in mein Zelt.«

»Aye, Mylord.« Der Knabe verbeugte sich rasch und rannte davon.

In dem Bemühen, ihn zu beruhigen, rief Edlyn ihm hinterher: »Sie haben mir nichts getan.«

Wenn Hugh ein Bär gewesen wäre, hätte er gebrummt. »Er wird die Geschichte schon früh genug hören.«

Er strebte auf das größte Zelt zu, ein Ungetüm aus Filz und Seilen. Der Junge ging mit einer brennenden Kerze durch die Öffnung hinein und schoss mit leeren Händen wieder hinaus, und Hugh dankte ihm noch nicht einmal. Sie würde seine Manieren verbessern müssen – wenn er sie nicht schlug.

Edlyn hielt inne, um ihre Schuhe auszuziehen, bevor sie das Zelt betrat, aber Hugh sagte: »Dein Schicksal ist nicht mehr herauszuzögern, meine Dame«, und zerrte sie hinein.

Ihre Hausfrauenseele wand sich angesichts des Schmutzes,

den seine großen Stiefel auf dem gewebten Hanfteppich hinterließen.

Der große Innenraum war makellos. Truhen standen an den Wänden. Auf einem Tisch die brennende Kerze. Ein großes Polster aus Fellen war in der Ecke auf dem Boden ausgebreitet, an einem Rand einladend aufgedeckt ... sie riss ihren Blick davon los.

Offensichtlich war irgendjemand bemüht, das Zelt für seinen Herrn in Ordnung zu halten. Auf den Schlamm deutend, meinte Edlyn: »Das muss entfernt werden.«

Er schaute kaum hinunter. »Nicht heute Nacht. Heute Nacht kommt niemand hier herein.«

Er drehte sich und zum ersten Mal sah sie sein Gesicht.

Er *war* wütend. Er war so wütend. »Lass uns das jetzt aus dem Weg räumen«, sagte er. »Ich habe deinen Mann gefangen genommen und ihn nach London zu seiner Hinrichtung geschickt. Es ist ein Unglück, dass ich der Befehlshaber war, der das tat, aber Robin war reif dafür, gehenkt zu werden. Denn er ging Risiken ein, Edlyn, die kein Ritter hätte eingehen dürfen.«

»Ich weiß.« Sie wusste es wirklich. Robin hatte sich für unbesiegbar gehalten. Er hatte sich der Gefahr mit der gleichen Leidenschaft hingegeben wie den Frauen – wahllos und mit großem Appetit.

»Er hat sich beinahe in meine Hände geworfen.«

»Ich glaube dir.«

Er beugte sich so rasch über sie, dass ihr noch nicht einmal die Zeit blieb, zurückzutaumeln. »Warum bist du dann davongerannt?«

Würde er es verstehen? »Weil du genauso ein Krieger bist wie er.«

Er verstand es *nicht*. »Ich bin nicht genau wie er. Ich bin überhaupt nicht wie Robin of Jagger.«

»Außer dass du auch für den Kampf lebst.«

»Ich lebe nicht für den Kampf.«

»Was würdest du denn tun, wenn du nicht mehr kämpfen könntest? Wenn du ein Bein oder ein Auge verloren hättest und niemals wieder in die Schlacht reiten könntest?«

Er zuckte zusammen. »Das wird nicht passieren.«

»Selbst jetzt, nachdem du so schwer verwundet warst, kannst du es gar nicht abwarten, wieder ins Feld zu kommen? Es juckt deine Hände, wieder das Schwert zu ergreifen. Du konntest es doch gar nicht erwarten, jene Gesetzlosen heute Nacht anzugreifen!«

»Weil sie dich hatten.« Er legte seine Hände um ihr Kinn und hob ihren Kopf. »Es macht keinen Unterschied, warum du fortläufst oder wer dich gefangen nimmt, ich werde dich immer wieder zurückholen und Rache an jenen nehmen, die dich verletzen. Es tut mir Leid, dass ich deinen Mann gefangen genommen habe, aber das hat nichts mit uns beiden zu tun, also sag mir, dass du zornig bist, und ich werde deinen Zorn besänftigen, und dann machen wir mit unserer Ehe weiter.«

Er hatte Recht. Dass er Robin gefangen genommen hatte, hatte nichts mit ihnen zu tun, und sie machte ihm wegen Robins Tod keine Vorwürfe.

Sie hatte aber auch Recht. Er verstand nicht, warum sie nicht bereit war, ihn mit ihrer Liebe zu überschütten. »Ich bin nicht wütend.«

Er war so groß, und er lächelte sie so breit an. »Heute Nacht lasse ich dich mit dieser Lüge durchkommen. Denn – ich bin es.« Er wandte sich zu einer der Truhen und klappte sie auf. Dann nahm er einen Arm voll unterschiedlicher Tücher heraus und legte sie auf den Tisch. Danach verschwand er durch die Zelttür nach draußen.

Da stand sie nun mitten im Zelt und fröstelte und rang ihre Hände. *Würde* er sie verletzen? Sie konnte den Gedanken, dass sie in das Kloster gehen musste, um Hilfe dabei zu erbitten, ihre eigenen Wunden zu verbinden, nicht ertragen. Gab es ein Entkommen aus dieser Falle?

Ein Stoß frischer Luft machte sie auf seine Rückkehr aufmerksam, und sie sah ihn mit gehetztem Blick an.

Er war nackt.

Riesig und nackt.

Bereit und nackt.

Es war nicht sein Zorn, vor dem sie sich fürchten sollte. Es war seine Leidenschaft.

In ihrem Kopf überschlugen sich die Gedanken, als sie sich auf diese Lage einzustellen versuchte. Sie hatte sich vor ihm gefürchtet, aber soweit sie sehen konnte, war er nur genau wie jeder andere Mann. Er hatte nichts anderes im Sinn als seine Hochzeitsnacht.

Nun, nicht gerade wie jeder andere Mann. Und nicht gerade im Sinn. Aber sie war ja schon verheiratet gewesen. Was sollte es ihr also ausmachen. Es war doch nur ein Akt, schnell vorbei und ein Vergnügen nur für den Mann.

Ihr Körper spannte sich an, als sie Hugh betrachtete. Er musste draußen im Regen gestanden haben, denn jede Spur von Schmutz an seinem Körper war verschwunden. Das Blond seines Haares war durch das Wasser dunkel geworden, und an den Seiten seines Gesichtes sammelte sich Feuchtigkeit, wo sich sprießender Bart zeigte. Wassertropfen hingen an dem leichten Haarflaum, der seine Arme und Beine bedeckte. Sie sammelten sich an der Spitze des Pfeils aus Brusthaar und rannen in kleinen Bächen hinunter an seinem Nabel vorbei bis …

Wem machte sie etwas vor? Sie liebte diesen Teil der Ehe. Es war das Einzige, was sie daran vermisst hatte – und sie vermisste es schon länger, als sie sich eingestehen mochte.

»Zieh deine Kleider aus.«

Es war keine Bitte, es war ein Befehl. Seine raue Stimme ließ immer noch Wut erkennen, und sie konnte das nicht verstehen.

»Mein Knappe hat mir geholfen, mich zu entkleiden. Soll ich dir helfen?«

Er machte zwei große Schritte auf sie zu, und sie taumelte zurück. »Aber du bist ja zornig.«

»Aye.« Sie hatte ihren Schleier verloren, deshalb machte er sich daran, ihr das Gewand auszuziehen, indem er die Ärmel über ihre Schultern schob und das Kleidungsstück dann auf den Boden fallen ließ. »Ich habe heute beinahe zugelassen, dass jemand dich tötet.« Er trat zurück und starrte sie an, dann lächelte er. »Du bist ja nass bis auf die Haut.«

Sie sah an sich herunter. Das weiße Leinenhemd war vorher schon durchsichtig gewesen; jetzt machte es, an ihrer Haut klebend, jede Kurve, jedes Grübchen sichtbar. Ihre Brustwarzen, die sich durch die Kälte zusammengezogen hatten, hoben sich ihm entgegen wie zwei errötende Dirnen, die um Aufmerksamkeit bettelten. Der Stoff war zwischen ihren Oberschenkeln verrutscht und legte den Hügel aus braunem Haar frei. Unabhängig von ihrem Willen sprach ihr ganzer Körper, und es war zu offensichtlich, dass Hugh jede Silbe verstand.

»Es lag nicht an dir, dass ich davonrannte.« Sie hatte schon geschickter Gespräche eröffnet, aber niemals unter größerem Druck.

»Ich habe dich gehen lassen.« Er ergriff ihre Brüste und knetete sie sanft. Seine Zeigefinger rieben den höchsten Punkt und bereiteten ihr einen süßen Reiz. »Dir ist kalt.«

»Nein.«

Er gluckste lachend, das erste Mal, dass sie jenes gewöhnliche vergnügte Geräusch von ihm hörte. »Du zitterst, und deine Lippen sind blau.«

Nach unten greifend, schnappte er den Saum des Hemdes. Mit den Fingerspitzen auf ihrer Haut schob er das Hemd nach oben. Seine Augen glühten vor heftigem Genuss und jenem seltsamen Zorn. Er genoss es, sie in Unbehagen zu versetzen, er genoss es, sie auszuziehen, und deshalb schloss sie die Augen, um den Anblick seiner Zudringlichkeit auszusperren.

Als ob das half. Sie kannte jede seiner Bewegungen. Seine Berührung, mit der er an ihren Oberschenkeln, dann ihrer Hüfte, ihrer Taille entlangstrich, fesselte ihre Aufmerksamkeit. So körperlich wie seine Berührung musterte sein Blick die entblößten Teile ihres Körpers und weidete sich an ihnen, und sie wusste nicht mehr, ob sie vor Kälte oder Verlegenheit zitterte.

Plötzlich zog er ihr mit beiden Händen das Hemd über den Kopf. Ihre Augen sprangen wieder auf, als er erneut ihre Brüste umfasste.

»Schau sie doch an. Sie sind wunderschön, und sie sind *mein.*«

Sein Besitzanspruch entlockte ihr einen halb erstickten Laut der Belustigung. »Das sagtest du schon.«

Überrascht fragte er: »Wann?«

»Als du krank warst. Du packtest mich und sagtest: ›Mein‹.«

Den Kopf zurückwerfend, lachte er lauthals heraus. »Tat ich das? Tat ich das wirklich?« Das Wasser trocknete auf seiner Haut, jeder Tropfen wurde durch seine Hitze verdunstet. »Wenn du vorhattest zu flüchten, hättest du es dann tun sollen.« Er fiel vor ihr auf die Knie.

Sie versuchte zurückzuweichen, aber er erwischte sie mit einem Arm um ihren Rücken. In einem beruhigenden Ton meinte er: »Ich werde dir nur die Strümpfe ausziehen.«

Ihre Strümpfe. Das Einzige, was noch zwischen ihr und ...

»Ich glaube, ich kann das nicht.«

»Doch, das kannst du.«

Er sah zu ihr auf, und sie verfluchte den dummen Impuls, der sie ihre Angst hatte zeigen lassen, als er zu ihren Füßen kniete. Ihre Beine zusammenzupressen verminderte ihr Unbehagen nicht, genauso wenig, wie es half, in den Raum über seinem Kopf zu starren. Er prüfte sie, und er sah wahrscheinlich jeden Makel. Schließlich war sie nicht mehr fünfzehn.

Und dann sagte er dasselbe, nur in völlig anderem Tonfall.

»Du bist nicht mehr fünfzehn, nicht wahr? Du bist nicht mehr das magere kleine Mädchen, das mir immer hinterhergelaufen ist. Du bist eine Frau.«

Sie antwortete nicht. Sie wusste gar nicht, was sie sagen sollte.

»Aye, du wirst mir geben, was ich mir wünsche. Also kann man es eine Schuld nennen, die angemessen beglichen ist.«

Er sagte das in einem geschäftsmäßigeren Ton, und sie fragte sich, wie sie ihn wieder zu der anderen, eher verehrungsvollen Haltung zurückbringen könnte.

Er setzte sich auf seine Fersen. Mit seinen beiden Händen hinter ihr schob er ihre Beine auseinander.

»Hugh!« Sie schrie seinen Namen, als ob sie einen Heiligen um Hilfe anrief.

Sie versuchte, zurückzutreten, aber er hielt sie zu nah an sich gedrückt und nützte ihre wilde Reaktion aus, um ihre Beine weiter zu öffnen.

»Du schmeckst genauso, wie ich mich erinnere«, sagte er und sah an ihr hinauf, allerdings offensichtlich ohne jedes Interesse daran, ihr in die Augen zu schauen. »In jener Nacht, als du mir die Elfenmedizin gabst.«

Wenn irgendetwas, dann entsetzte sie das noch mehr als seine lüsternen Pläne. »Du erinnerst dich – woran erinnerst du dich?«

»An deinen Geschmack.«

»Du hast mich nicht geschmeckt!«

»Ich habe an einem Teil von dir gesaugt.«

»Meine Finger.« Sie keuchte auf, als die Wollust sie fester erfasste.

Er antwortete nicht. Er hatte eine Stelle in ihrem Fleisch gefunden, die sie dazu brachte, gleichzeitig dichter an ihn heran- und weiter von ihm wegkommen zu wollen. Und als ihre Beine zu zittern begannen, nahm er seinen Mund weg. Er war fertig, den Heiligen sei Dank. Wenn er nicht aufgehört hätte, hätte sie sich selber gedemütigt, indem sie zusammengebrochen wäre, ihn auf sich gezogen und gebettelt hätte. Er hatte ihr eine Gnadenfrist gegeben.

»Deine Finger.«

Sie brauchte einen Augenblick, bis sie sich erinnerte, wovon er sprach.

Dann nahm er ihre Hand und saugte an ihren Fingern. »Ein unterschiedlicher Geschmack, vielleicht, aber ganz bestimmt du. Aber kannst du mir sagen, warum ich dachte, wir seien in einer Scheune?«

Ihre zitternden Beine verrieten sie beinahe, aber sie machte ihre Knie steif. »Eine Scheune?«

»Ich liebte dich und sah hinauf und du warst über mir und bereitetest mir solches Entzücken …«

Er sah zu ihr hinauf und sie zu ihm hinunter. Er hatte die Erinnerungen durcheinander gebracht, aber irgendwie hatte er sie in ihren Kopf verpflanzt. Sie erinnerte sich jetzt – die Hitze, die Gerüche, die Bewegung, die Erregung. Sie erinnerte sich an etwas, das nie geschehen war.

»Du hast mich zu einem glücklichen Mann gemacht«, fuhr er fort. »Du gabst mir einen Geschmack von dir selbst, und mit diesem Geschmack verrietest du mir, was das Leben sein könnte. Du hast mein Leben gerettet, und dafür bin ich in deiner Schuld. Und, Lady Edlyn« – seine Hände hatten auf ihren Hüften geruht, aber nun nicht mehr – »ich bezahle immer meine Schuld.«

Sie konnte nicht mehr stehen. Sie musste es ihm sagen. Aber sie keuchte: »Ich kann nicht …«

»Du kannst.« Er schob ihre Beine noch weiter auseinander.

Zu intim. Zu beschämend. Zu *gut*.

Sie krampfte sich zusammen und schrie auf, und er drückte sie fest, um die exquisite Sinnlichkeit zu verlängern.

Nachdem er jeden Schauder, jedes Stöhnen aus ihr herausgeholt hatte, küsste er ihre Schenkel und hielt sie fest. Er barg sein Gesicht an ihrem Bauch und wartete geduldig, bis das

Zittern wieder aufhörte. Und als es das getan hatte, fragte er: »Kannst du jetzt wieder alleine stehen?«

Sie konnte nicht. Jetzt gerade konnte sie sich überhaupt nicht vorstellen, jemals wieder alleine zu stehen. Aber der Stolz stärkte ihr den Rücken. Sie biss die Zähne zusammen und nickte.

»Gut«, flüsterte er. »Gut. Ich könnte es nicht ertragen, wenn ich dich schon erschöpft hätte, bevor die Nacht wirklich begonnen hat.«

Was sollte sie dazu schon sagen?

Energisch begann er ihre Strumpfbänder aufzuschnüren. »Ich bin verrückt nach dir gewesen, Lady Edlyn.« Er schob die nassen Strümpfe, die an ihren Beinen klebten, über ihre Waden herunter.

»Steig aus«, wies er sie an.

Sie musste eine Hand auf seine Schulter stützen, um auf einem Bein zu balancieren, aber es schien ihm nichts auszumachen.

Ganz im Gegensatz zu der Sorgfalt, mit der die Stümpfe ausgewählt worden waren, warf Hugh sie zur Seite. »Du hast mein Leben gerettet. Ich habe es dir zurückgezahlt und werde das weiterhin jeden Tag unseres Lebens tun. Aber keine Frau macht mich vor meinen Männern lächerlich und kommt damit davon.«

»Ich verstehe nicht.«

Aufrecht stehend, schnappte er ein gefaltetes Tuch vom Tisch, schüttelte es aus und wand es um ihr Haar. »Trockne es.«

Ein einfacher Befehl, aber sie wollte vor ihm die Arme nicht heben.

»Trockne es«, wiederholte er, und mit einem weiteren Tuch machte er sich daran, ihren Körper abzutrocknen. Er rieb ihn ohne einen Funken der Leidenschaft, und ihre Haut wurde wieder warm durchblutet.

Seine nüchterne Art erlaubte es ihr, sich um ihre Haare zu

kümmern, und als sie diese nahezu trocken bekommen hatte, reichte er ihr ein weiteres Tuch.

»Jetzt trockne mich ab.«

In ihrem Körper klangen immer noch die Nachwirkungen seiner Verführung nach, und wenn sie ihn berührte, würde es wieder von vorne losgehen. Wie er zweifellos wusste, der elende Schuft. »Du bist schon trocken.«

»Nicht überall.«

Sie wollte nicht hinsehen.

»Trockne mich ab«, sagte er. »Es wird dein Schicksal noch ein wenig hinauszögern.«

Er hatte wieder diesen warnenden Klang in der Stimme, und sie legte das Tuch auf seinen Brustkorb. Nur seinen Brustkorb, denn wenn sie sich tiefer ans Werk machte, würde sich das Tuch verfangen, und ihre Neugier würde sie dazu verleiten, das anzuschauen, was sie bisher noch kaum mit einem Blick gestreift hatte.

Also trocknete sie seine Brust, dann seine Arme mit langsamen Strichen des Tuches ab. »Ich habe dich nicht lächerlich gemacht.«

»Ich bin losgezogen, um dich aus der Hand dieser Schurken zu befreien, die dich entführt hatten. Ich dachte, sie hätten dich vergewaltigt oder noch Schlimmeres.«

»Also war es deine Vorstellungskraft, die dich täuschte«, erwiderte sie triumphierend in dem Gefühl, die Schuld, die er ihr so dringend zuschieben wollte, wieder an ihn zurückgewiesen zu haben.

Er griff ihre Handgelenke und lenkte ihre Hände abwärts. »Du weißt doch, wie es ist, wenn deine Söhne davonlaufen, um zu spielen, und dann so beschäftigt sind, dass sie das Nachhausekommen vergessen?«

»Ja ...« Sein Bauch fesselte ihre Aufmerksamkeit. Und sie konnte Zeit gewinnen, indem sie seine Oberschenkel trocknete, auch wenn das schwierig war, ohne hinzusehen. Wenn sie sich doch nur auf das Gespräch konzentrieren könnte.

»Du machst dir Sorgen, die Sonne steht schon tief, und du stellst dir alle möglichen schrecklichen Dinge vor, die geschehen sein könnten.«

»Ja.« Allmählich begann sie zu verstehen, worauf er hinauswollte, und als sie seine Worte begriff, begriff sie auch seine Absicht.

»Dann kommen sie nach Hause gerannt, schmutzig, zerkratzt, vollkommen sorglos, und du bist so froh, dass sie in Sicherheit sind, dass du sie gleichzeitig in die Arme schließen und ohrfeigen möchtest.«

Sie schob ihre Unterlippe vor. Er wollte gar nicht, dass sie ihn abtrocknete. Er wollte, dass sie ihn streichelte, und vielleicht, da er sah, wie sie sich wand, befriedigte das seine Rachegelüste ein wenig.

»Ich stürzte davon und ruinierte deinetwegen meine beste Klinge auf einem Stein – und du hattest deine Entführer schon selbst überwältigt.«

In ihr stieg eine kleine Welle der Entrüstung auf. Er wollte, dass sie ihn liebkoste, und gleichzeitig beleidigte er sie? Schroff ging sie um ihn herum, so schnell, dass er nicht darauf reagieren konnte, und begann, seinen Rücken abzutrocknen. »Wäre es dir lieber gewesen, ich hätte nichts getan?«

»Nein. O nein, ich bin stolz auf dich, dass du dir so schnell etwas überlegt hast.«

Er klang ehrlich, und sie entspannte sich soweit, dass sie sich daranmachte, sein Hinterteil zu trocknen. Erst die eine Seite, dann die andere, beide von diesen feinen blonden Haaren bedeckt. Er hatte einen ziemlich attraktiven Hintern, muskulös wie der eines sehr aktiven Mannes.

»Aber während es stimmt, dass ich stolz auf dich bin, stimmt es auch, dass du mir doch Todesangst eingejagt hast.«

Er drehte sich um und stand vor ihr, und wieder durchfuhr es sie, als sie ihn in seiner ganzen Pracht sah. Seltsam, wie sein Rücken nicht halb so bedrohlich war wie seine Vorderseite.

»Ich werde von meinen Männern deswegen keine Ruhe bekommen, und dafür musst du jetzt zahlen.«

»Zahlen?«

Seine Hände packten ihre Schultern, und er zog ihren Körper nahe an seinen. Er war warm und, ja, an manchen Stellen auch ein wenig nass, aber seine Absicht war eindeutig.

Vollkommen verwirrt platzte sie heraus: »Wirst du mich schlagen?«

Er starrte sie an, und was er wahrnahm, ging weit über ihre begrenzte Bekanntschaft hinaus. »Ich schlage Frauen nicht. Es gibt bessere Wege, ihre Aufmerksamkeit zu erlangen.«

Sie entspannte sich.

Dann lächelte er, ein langsames, begieriges Lächeln, das einem hungrigen Raubier gut zu Gesicht gestanden hätte, und sie begriff, dass sie sich zu früh entspannt hatte.

»Aye, du solltest dir lieber Sorgen machen.« Er schob sie hinüber zu dem Fellpolster in der Ecke. »Es wird wohl ziemlich lange dauern, bis ich meine Rachegelüste befriedigt habe.«

Sie steckte in Schwierigkeiten. Sie steckte in großen Schwierigkeiten. Munter fragte sie: »Möchtest du mir nicht die Einzelheiten von deiner letzten Schlacht erzählen?«

Seine Antwort bestand in jenem hungrigen Lächeln.

10

»Wir haben sie, Herr. Acht ausgewachsene Gauner, reif dafür, gehängt zu werden.«

Hugh nahm Whartons Arm und lenkte ihn vom Zelt fort auf das Feuer zu. »Hattet ihr irgendwelche Schwierigkeiten?«

Whartons heiseres Gekicher ließ die anderen Männer aufblicken, die sich auf die Nachtruhe vorbereiteten. »Nein, Eure Dame hat sie wirklich drangekriegt. Die Räuber konnten kaum stehen, so stark waren die Krämpfe in ihren Gedärmen.«

Mit einem Blick zu den Sternen hinauf beschloss Hugh, dass die Belohnungen des Ehebettes seine Empörung gemildert hatten, und sagte stolz: »Sie ist ein schlaues Mädchen.«

»Ja, für ein Mädchen.« Wharton wischte ihren Einfallsreichtum mit Verachtung beiseite. »Das alles wäre nicht passiert, wenn sie nicht einfach so davongesaust wäre.«

Eine Spur der Besorgnis regte sich in Hugh. »Wie viele Frauen heiraten den Henker ihres letzten Ehemannes?«

»Ihr habt ihn nicht hingerichtet. Nicht wirklich. Und überhaupt, er hatte es verdient. Ich denke, Ihr bedürft meiner Dienste heute Nacht nicht?« Wharton schüttelte seine Schlafmatte aus.

»Nein. Ich brauche deine Dienste heute Nacht nicht.« Hugh blickte zurück zum Zelt. Er hatte Edlyn schlafend zurückgelassen. Aus irgendeinem Grund musste er sich ihr einprägen, und das musste heute Nacht geschehen. Mit den Gedanken nur halb bei den Worten, die er von sich gab, sagte er: »Lasst den Sheriff die Männer hängen, sobald wir Eastbury verlassen haben.«

Wharton hielt in der Bewegung inne, mit der er die Knappen treten wollte, damit sie ihm Platz machten. »Nicht als Erstes morgen früh?«

»Das wird meine Dame aufregen. Sie hat für diese Räuber einen weichen Fleck in ihrem Herzen entwickelt.«

»Macht Platz, ihr Knappen!« Wharton setzte erneut seinen Fuß ein, um Raum für seine Matte zu bekommen. »Das ist merkwürdig. Sie schienen sie besser zu kennen, als gewöhnliche Räuber das tun sollten.«

In Hughs Kopf läuteten die Alarmglocken. »Warum sagst du das?«

»Als wir ihnen sagten, dass sie hängen würden, weil sie versucht hätten, eine Dame zu vergewaltigen, begannen sie uns anzuflehen. Sie sagte, sie hätten sie doch niemals anrühren wollen.«

»Leichtfertiges Geschwätz.« Hugh wischte das beiseite.

»Ich dachte eher, dass sie es ganz ernst meinten.« Wharton kratzte sich, während er sich auf dem Boden niederließ. »Sie haben sie beobachtet, glaube ich. Es klang so, als hätten sie geplant, sie zu entführen. Nicht einfach irgendeine Frau, sondern Edlyn, Countess of Jagger.«

Das Gebrumm von Männerstimmen weckte Edlyn, aber ihre Augenlider waren so schwer, dass sie das Gefühl hatte, sie brauche eine Winde, um sie zu öffnen. Sie erwog, mit den Fingern nachzuhelfen, aber das hätte bedeutet, ihre Hand da wegzunehmen, wo immer diese ruhte.

Sie wackelte mit den Fingern.

Ah, ihre Hand lag unter ihrer Wange. Nahe bei ihren Augenlidern. Ganz nahe. Wie die Äbtissin immer sagte …

Ohne den Einsatz einer Winde oder der Finger öffneten sich Edlyns Augen ruckartig. Lady Corliss. Die Abtei. Sie nahm das schwache Sonnenlicht wahr, das durch die geöffnete Zeltklappe hereindrang. Sie hatte alles verpasst!

Das Gerede der Männer verstummte. Eine große schemenhafte Gestalt erhob sich vom Tisch, von dem her die Stimmen zu ihr drangen, kam über den Boden des Zeltes auf sie zu und kniete sich neben sie. »Du bist wach.« Hughs Stimme. Hughs inzwischen vertraute Berührung an ihrer Wange. »Ich fing schon an, mir Sorgen zu machen.«

»Wie spät …?« Ihre Stimme klang heiser.

Hugh schnalzte mit den Fingern. »Später Vormittag.« Eine weitere schemenhafte Gestalt trat an seine Seite und reichte ihm etwas, bevor sie sich wieder zurückzog. Hugh hob ihren Kopf und hielt einen Kelch an ihre Lippen. Gierig trank sie, und als sie fertig war, sagte er: »Du bist heute Morgen ganz heiser. Zu viel Stöhnen in der vergangenen Nacht, nehme ich an.«

Sie pflanzte ihre Hand auf seine Brust und schubste ihn, sodass er sich abrupt hinsetzte. Die Männer am Tisch lachten, und Hugh schloss sich ihnen an. Heute Morgen machte es ihm nichts mehr aus, wenn seine Männer über ihn spotteten. Er hatte seine Rache in der vergangenen Nacht gehabt.

Wenn sie diese doch nur nicht so durch und durch genossen hätte.

»Schlaf weiter«, meinte er. »Es ist ein nebliger Morgen, der für nichts anderes als Schlafen taugt.«

»Ich muss zur Abtei zurück.« Allerdings wusste sie nicht, wie sie sich mit all den herumsitzenden Männern anziehen sollte.

»Warum?«

Er klang nicht feindselig, aber das einzelne kurze Wort bedeutete nichts Gutes für ihre Pläne. »Wenn ich diesen Ort mit dir zusammen verlassen soll, muss ich meine Sachen zusammenpacken.« Dann fiel ihr auf, dass sie vielleicht zu viel voraussetzte. »Das heißt … werde ich denn mit dir gehen?«

»Du wirst mit mir gehen.« Er sammelte ihre Haare in seiner Hand und schob sie von ihrer Schulter, um diese mit seiner Handfläche zu bedecken.

Seine stumme besitzergreifende Geste machte sie unruhig,

weshalb sie herausfordernd fragte: »Darf man fragen, wohin?«

»Nach Roxford Castle. Ich werde sowohl Roxfords Ländereien als auch seinen Titel übernehmen.«

»Roxford.« Ein Gesicht blitzte vor ihr auf. Lang und schmal, ansehnlich, intelligent und … grausam. Edmund Pembridge, nun der frühere Earl of Roxford.

Robins Kumpan.

»Kennst du ihn?«

»Nein.« Ohne zu wissen, warum, leugnete sie es. Es war vielleicht die instinktive Reaktion einer Frau, die durch die Bewunderung eines Mannes in Unbehagen versetzt worden war.

»Ich bin überrascht. Ich dachte, du hättest einen solch wichtigen Anführer der Rebellion kennen müssen.«

Hatte Hugh etwas in ihrem Gesicht gelesen? Oder war es einfach nur eine logische Folgerung?

Sie heuchelte Verärgerung. »Ich kannte sie nicht alle.« Sie zog ihre Schulter unter seiner Hand weg, vergrub sich unter den Fellen und tat ihr Bestes, um das Thema zu wechseln. »Ist das der Grund, warum du mich geheiratet hast? Damit ich deine neuen Besitztümer verwalte?«

Mit ausdrucksloser Stimme antwortete er: »Das ist doch ein vernünftiger Plan, oder nicht?«

Es *war* ein vernünftiger Plan. Er hatte noch nie Grund und Boden besessen. Sie hatte Robins Besitz verwaltet und war dabei auch noch sehr erfolgreich gewesen. Und das alles rückte die vergangene Nacht in die angemessenen Dimensionen. »Dann muss ich …«

»Wharton hat deine Sachen bereits in deiner Kammer in der Abtei eingesammelt und in einem Sack hierher gebracht.«

Der Gedanke, dass Wharton an den paar Sachen herumgefingert hatte, die sie erwerben konnte, seit sie in das Kloster gekommen war, machte sie verlegen. Aber einige der Gegenstände waren wichtig, und sie fragte: »Hat er alles mitgebracht?«

»Alles«, bestätigte Hugh. »Obwohl er es auch genauso gut hätte verbrennen können.«

Entsetzt setzte sie sich auf. »Nein. Sag, dass du ihn das nicht tun lassen wirst!«

Die Männer am Tisch räusperten sich, als Hugh sich über sie warf, um sie zu bedecken. Als ob sie so dumm wäre, sich ihnen zu zeigen! Sie hielt eine dünne Decke vor sich und funkelte Hugh an. Er funkelte zurück, und mit einer kurzen, heftigen Kopfbewegung zu seinen Leuten befahl er scharf: »Raus!«

Kurz fragte sie sich, ob er wohl sie meine, dann fielen Hocker um, und die Männer verließen fluchtartig das Zelt. Hinter ihnen fiel die Zeltklappe zu.

Durch die Lücken drang genügend Licht, dass sie seine strengen Gesichtszüge erkennen konnte. »Sag mir, warum ich diesen erbärmlichen Haufen von trister Kleidung und abgenutzten Decken nicht verbrennen sollte.«

Ihm das sagen? Wohl kaum. »Es sind *meine* Sachen«, gab sie fest zurück.

»Ich bin dein Gemahl«, antwortete er. »Und sie gehören jetzt mir.«

Er ließ seinen Daumen an ihrem Schlüsselbein entlang, streichen. »Wie auch du, Mylady Roxford.«

Er hatte einen Ausdruck auf seinem Gesicht, den sie erkannte, denn sie hatte ihn in der vergangenen Nacht oft genug gesehen, bevor die Kerze niedergebrannt war und sie im Dunkeln zurückgelassen hatte. Sie fing seine Hand ein, als diese ihre Brust hinunterwanderte. »Ich werde mich deinen Anweisungen willig beugen, wie ein Weib das tun sollte, und werde die meisten meiner früheren Besitztümer aufgeben, wenn mein Lord das verlangt. Ich bitte nur darum, dass ich mir zwei Dinge herausnehmen kann, bevor du den Rest verbrennst.«

Seine Hand drehte sich in ihrer, und seine Finger kitzelten ihre Handfläche. »Bring mich dazu.«

»Ich soll dich dazu bringen?«

»Verzaubere mich. Verhexe mich. Bring mich dazu, deine Wünsche zu erfüllen.«

Sie hasste es, diese Spiele zu spielen. Sie hatte das schon früher getan, mit den allergrößten Hoffnungen. Sie hatte alles gegeben, jeden Kniff genutzt, und wenn sie fertig war, hatte Robin sie gepriesen und versprochen, das zu tun, worum sie ihn bat, und dann hatte er es vergessen oder einer anderen, besseren Geliebten seine Gunst erwiesen. Nein, sie würde sich Hughs Herausforderung nicht stellen. »Ich bin keine Zauberin«, erwiderte sie schroff.

»Ah, das bist du wohl.« Hugh beugte sich zu ihr und drängte sie zurück.

Sie weigerte sich, so leicht nachzugeben wie in der vergangenen Nacht. In der letzten Nacht hatte sie es ihm zu leicht gemacht, aber er hatte sie ja auch überrascht. Sie hatte zu lange keinen Liebhaber gehabt. Oder lag es daran, dass er einfach zu gut war, um ihm zu widerstehen?

Ihre Belohnung für ihre Zurückhaltung war ein Kuss auf die Schulter, die er zuvor liebkost hatte. »Siehst du, wie du mich verzauberst?«, flüsterte er. »Selbst nach einer Nacht wie der letzten erregt mich dein Anblick.«

Sie versuchte, einen nüchternen Ton in die sich rasch aufheizende Atmosphäre des Zeltes zu bringen. »Du wirst dich schnell genug an mich gewöhnen.«

»Werde ich das?«

Er versuchte, die Decke wegzuziehen, aber sie hielt sie fest. »Ich habe damit keine Erfahrung. Werden alle Männer ihrer Bräute müde?«

»Früher oder später.« Seine Hände krochen zu ihrem Rücken herum. Als seine Finger in die Haare an ihrem Hinterkopf glitten, kämpfte sie darum, ihren Realitätssinn zu bewahren. »Wahrscheinlich eher früher.« Aber sie sagte es mit einem Seufzer, und sie ließ zu, dass er sie auf das Kissen niederlegte.

»Dann sind sie nicht länger Braut und Bräutigam.« Er massierte ihre Kopfhaut. »Sondern Ehemann und Ehefrau.«

»Und er ist untreu.«

»Nicht ich, Mylady.« Er beugte sich über sie, einen Ellbogen auf jeder Seite ihres Kopfes aufgestützt, und sie gab sich der trunkenen Entspannung hin, die seine Hände ihr bereiteten. »Ich habe dir meine Treue versprochen, und ich halte meine Schwüre immer.«

Mit geschlossenen Augen lachte sie schwach.

»Glaubst du mir nicht?«

Seine Hände entfernten sich von ihr – als Strafe vermutlich –, und sie sehnte sich nach der Liebkosung, die sie verloren hatte. Dann waren seine Hände wieder da, spielten um ihre Ohren und auf ihrer Kopfhaut. »Du wirst mich dafür eines Tages um Verzeihung bitten«, versprach er.

»Bei allen Heiligen, das hoffe ich«, murmelte sie.

»Ich bin nicht Robin of Jagger.«

»Das weiß ich.«

»Ich werde dich nicht mit einer anderen Frau betrügen.«

Sie antwortete nicht, weil sie ihm nicht glaubte.

»Ich bin ganz und gar nicht wie er«, beharrte Hugh.

In einem plötzlichen Wutanfall riss sie sich aus seinen Händen los, so heftig, dass sich dabei einige Haarsträhnen loslösten. »Oh ja, das bist du doch! Du bist genau wie er. Ein Krieger, der sich aufmacht, um jedes Übel dieser Welt in Ordnung zu bringen, um jeden Feind zu bekämpfen.« *Und aus deinen Kleidern bist du genauso schnell heraus wie er*, hätte sie gerne noch hinzugefügt. Das behielt sie für sich, aber irgendwie hatte er es geschafft, sich zu entkleiden, während er sie streichelte. »Und du wirst genau wie er enden.«

»Ich werde nicht hängen!«

»Vielleicht nicht, aber du wirst genauso tot sein wie er. Auf einem Schwert aufgespießt oder von einer Keule erschlagen oder unter den Hufen des Pferdes eines anderen Ritters zertrampelt. Sie werden dich auf einer Bahre zu mir nach Hause bringen, und ich werde weinen, bis ich heiser bin, und dann bin ich wieder allein.«

Er lachte. Lachte! »Ich werde nicht getötet. Bessere Männer haben es schon oftmals versucht und waren nie erfolgreich – warum sollten sie es jetzt sein?«

Der dumme Tölpel spottete über ihre Angst und ihre Wut. Sie hatte diese Prahlereien schon früher gehört, und wieder einmal versuchte sie, sich vernünftig mit etwas auseinander zu setzen, mit dem das einfach nicht möglich war – mit dem Gehirn eines Mannes. »Je mehr Zeit vergeht, desto größer wird die Wahrscheinlichkeit, dass du getötet wirst.«

»Je mehr Zeit vergeht, desto größer wird meine Kunstfertigkeit in der Schlacht.«

»Schon das Glück arbeitet gegen dich.« Er lächelte, lächelte jenes herablassende »Ich weiß es besser«-Lächeln. Er versuchte, ihre Hand zu ergreifen, aber sie schlug auf seine Knöchel. Sie wollte kämpfen. Er wollte sie überwältigen. Er würde natürlich gewinnen, das wusste sie, aber sie würde ihn trotzdem herausfordern. »Du willst mich. Gut, du kannst mich haben. Ich werde dein Bett wärmen und dein Haus in Ordnung halten, und du wirst niemals wissen, was du nicht bekommst.«

Das brachte ihn zum Innehalten. Näher kommend, starrte er in ihr Gesicht, als ob ihm dieses ein Geheimnis verraten könnte. »Was werde ich nicht bekommen?«

»Ich werde dir nicht ... meine wahre Zuneigung geben.« Es hatte keinen Sinn, über Liebe zu sprechen. In ihrem Herzen liebte sie ihn noch nicht. Sie liebte in ihrem Herzen keinen Mann. »Ich werde nicht um einen Mann trauern, der nach einem Kampf Ausschau hält, wenn mit einem Lächeln Frieden geschlossen werden kann.«

Er verstand immer noch nicht, und sie konnte sich denken, warum.

Alles, was er wollte, war ihre Tüchtigkeit und ihren Körper, und das würde ihn zufrieden stellen. Gut und schön, sie würde ihm beides in großzügigen Mengen geben und das Wichtige für sich und ihre Söhne behalten.

Dann packte er sie, sein Gesicht erleuchtet von plötzlicher Erkenntnis. »Heißt das, dass du mir nicht geben wirst, was du Robin gegeben hast?«

»Ah.« Sie sprach in die Luft. »Er ist ein schlauer Bursche, das ist er.«

»Das ist das, was du denkst, meine Dame. Das ist das, was du denkst.« Er zog die Decken von ihr weg und schob sie nach unten. Er setzte seine Hände auf jede Seite ihrer Hüften und senkte sich auf sie hinunter.

Sie packte seinen Rücken und ließ ihn ihre Fingernägel spüren. Sie war für ihn bereit. Selbst die Wildheit der vergangenen Nacht konnte ihre Erregung nicht auslöschen.

Sie liebte diesen Mann vielleicht nicht, aber sie begehrte ihn, und das war genug. »Du wirst diese Schlacht nicht gewinnen«, schwor sie.

»Ich gewinne jede Schlacht«, antwortete er. In seinen Augen brannte die Überzeugung, und er wurde eins mit ihr.

Ihr Leib hieß ihn mit Wellen von Verlangen und Lust willkommen. Keine Kunstfertigkeit. Nichts als unmittelbares Verlangen, gefolgt von unmittelbarer Erlösung.

Er murmelte: »Ich nehme dich nicht. Du nimmst mich.«

Er gab das zu, also siegte sie. Sie siegte!

Sie bestimmte den Rhythmus, zwang ihn, ihr zu folgen, und als er sie anfluchte, warf sie ihren Kopf zurück und lachte.

Er hielt sie unter sich fest. Sie konnte nicht mehr gegen ihn kämpfen. »Du bist mein. Mein. Mein.«

Für sie klang es wie eine Beschwörung.

»Mein.«

Wie ein Zauber.

»Mein.«

Sie packte das Haar, das ihm über die Schultern hing, und ruckte daran, bis er die Augen öffnete und seine Aufmerksamkeit auf ihr Gesicht heftete. Heftig, gefangen in seinem Verlangen, dem Verlangen seines Körpers, stieß sie hervor: »Mein«, zerrte ihn herunter, sodass sie seine Lippen mit den ihren verschließen konnte.

Es war nicht weniger als eine Besitzergreifung, und er erkannte das. Er befreite seinen Mund, und mit einem lauten Ruf ergab er sich ihr. Sie fühlte, wie sich seine Muskeln anspannten und streckten. Sie sah, wie sich seine Lippen von den Zähnen zurückzogen und die Qual der Lust sich auf seinem Gesicht spiegelte. Sie hörte ihn ihren Namen rufen. »Edlyn. Edlyn.«

Sie fielen erschöpft aufeinander. Über diese Vereinigung und alles, was sie dabei von sich gegeben hatten, musste nachgedacht werden, aber Edlyn hatte jetzt weder die Energie noch die Neigung dazu. Nun wollte sie sich nur dahintreiben lassen.

Als er sich von ihr herunterbewegte, beschwerte sie sich mit einem leisen Wimmern.

»Ich zerdrücke dich«, flüsterte er und zog die Felle über sie. Sie wartete darauf, dass er zurückkam und sie wärmte. Das tat er nicht, und als sie die Augen einen kleinen Schlitz weit öffnete, sah sie, dass er sich anzog.

Zu schade, denn nackt gefiel er ihr besser.

Er sah, wie sie herüberlinste, und als er seinen Gürtel zurechtrückte, kniete er sich neben die Matte. »Siehst du? Du bist eine Zauberin.« Er grub sich unter die Decken. »Du kannst deine zwei Besitztümer haben, bevor ich den Rest von diesen … Sachen verbrenne.«

Er hielt nicht viel von den Dingen, die sie in der Abtei angesammelt hatte, das konnte sie klar erkennen, aber sie konnte es ihm nicht verdenken.

Seine Stimme wurde weicher, und er schmeichelte: »Ist da noch etwas anderes, was ich für dich tun kann?«

Gib das Kämpfen auf. »Nichts, wenn du nicht meine Söhne von ihrer Pilgerreise zurückbringen kannst«, murmelte sie.

»Sie kommen doch bald zurück, nicht wahr?«, fragte Hugh. »Es macht nichts aus, wir werden auf sie warten.«

Überraschenderweise war es ihr nie in den Sinn gekommen, dass Hugh *nicht* warten würde. »Ich weiß, aber ... ich will sie jetzt bei mir haben.« Sie jammerte wie ein Kind und erwartete, dass er über sie lachen würde.

Stattdessen stopfte er die Decken um ihre Schultern fest. »Schlaf einfach. Ich werde mich um alles kümmern.« Und flüsternd fügte er hinzu: »Und ich werde unsere Schlacht gewinnen, Mylady. Daran darfst du niemals zweifeln.«

Ihr Gefühl der Ruhe verflüchtigte sich. »Nicht vor dem Tag, an dem du den Frieden so sehr liebst wie das Klirren der Waffen.«

»Der Kampf für eine gute Sache ist ein edles Unterfangen«, beharrte er.

»Es gibt mehr als einen Weg, eine Schlacht zu gewinnen, Mylord. Warte nur ab.« Sie lächelte. »Und ich werde es dir beweisen.«

»Ah.« Edlyn grub in dem Sack mit ihrem Eigentum und zog die beiden Erinnerungsstücke, die ihr am meisten am Herzen lagen, hervor. Sie rieb ihr Gesicht an den zerlumpten Stoffstücken und atmete ihren Geruch ein. Dann faltete sie sie sorgfältig zusammen und legte sie zur Seite.

Sie musste etwas haben, mit dem sie ihren bloßen Körper bedecken konnte. Etwas mehr als das Oberkleid, das sie nachlässig über den Hocker geworfen vorgefunden hatte. Sie hatte Hugh versprechen müssen, nichts weiter aus dem Sack zu nehmen, aber dass sie nackt herumlief, wollte Hugh doch wohl auch nicht. Nachdem sie diese vernünftige Schlussfolgerung gezogen hatte, kleidete sie sich in das alte braune Hemdkleid, das sie Tag für Tag in der Pharmacia getragen hatte.

Nun war sie angekleidet und bereit für … was? Mittag war vorüber, deshalb brach sie ihr Fasten mit dem Brot und dem Bier, das sie auf dem Tisch vorfand. Dann stand sie unschlüssig da. Sollte sie gehen? Sollte sie bleiben? Wenn sie aufbrach, würden sich dann Hughs Männer über sie lustig machen, während sie das Lager durchquerte, und sie wegen ihres späten Aufstehens necken? Würden sie sie gar missbilligend ansehen und glauben, dass Robins Witwe unwürdig sei, ihren Befehlshaber zu heiraten?

Und was sollte sie sagen, wenn sie in der Abtei ankam? Sie breitete das einst so schöne Hochzeitskleid über eine Truhe und kratzte an einem Fleck am Saum. Schlimmer noch, was würden die Nonnen sagen? Wie sollte Edlyn die Grasflecken auf den weißen Strümpfen und den Schmutz auf den bemalten Lederschuhen erklären? Die Nonnen hatten ihr diese Kleidungsstücke fröhlich geliehen, mit großzügigem Herzen, und sie würde sie in Fetzen zurückbringen. Die Nonnen würden sie zurechtweisen. Vielleicht würden sie ihr sogar aus dem Weg gehen, und das zu Recht. Das Weben von Tuch, das Nähen von Kleidungsstücken beanspruchte jeden freien Augenblick im Alltag einer Frau, und sie hatte einige der schönsten Exemplare dieser Kunst in ihren mitternächtlichen Wanderungen durch den Wald ruiniert.

Hugh hatte vielleicht während der Nacht sein Rachegefühl befriedigt, aber sie konnte die Nonnen nicht mit gleicher Münze für den Schaden entschädigen, den sie angerichtet hatte, und andere hatte sie nicht. Geradeso wie zuvor war sie immer noch bettelarm.

»Mylady?«

Whartons raue Stimme vor dem Zelt ließ sie zusammenfahren. Sie hatte geglaubt, ihre Angst vor ihm überwunden zu haben, aber anscheinend lebten die Erinnerungen an seine früheren Drohungen noch in ihr weiter, und vielleicht, ganz vielleicht hatte ihre Entführung am Tag zuvor diese Erinnerungen in ihr wieder geweckt.

»Mylady?« Seine Stimme klang inzwischen ein wenig ungeduldig. »Ich habe Euch etwas zum Anziehen gebracht.«

Ihre Beklommenheit abschüttelnd, ging sie energisch zum Eingang. Hinter Wharton schien das Lager leer zu sein.

Er sah ihre Kleidung mit Abscheu an. »Ich dachte, Ihr hättet versprochen, nur zwei Sachen aus dem Beutel zu behalten.«

»Ich musste mich doch anziehen!«

»Wenn man das so nennen kann.« Ein wollener Beutel, der dem ersten ganz ähnlich sah, lag vor seinen Füßen, und er schob ihn ihr entgegen. »Hier. Von meinem Herrn mit seinen besten Grüßen.« Er klang ganz galant, bis er diese Wirkung dadurch verdarb, dass er hinzufügte: »Ihr zieht am besten das hässliche Hemd aus und werft mir diesen Sack heraus, bevor der Herr zurückkehrt, sonst tut er, wie ich ihm geraten habe, und sorgt dafür, dass Ihr nackt bleibt und schwanger.«

»Das habt Ihr gesagt?«

»Das wird wohl der einzige Weg sein, wie man eine Frau wie Euch vor Schwierigkeiten bewahrt, soweit ich das sehen kann.« Er drehte sich weg und brummte: »Noch keine Stunde verheiratet und schon lasst Ihr Euch entführen.«

»Das war nicht meine Schuld«, rief sie ihm hinterher.

Er zuckte die Achseln.

»Ich habe mich selbst befreit!«

Aus seinem Mund kam ein Laut, der seinem Hinterteil angemessener gewesen wäre.

»Wie kindisch«, sagte sie in herablassendem Tonfall, aber Wharton lachte nur höhnisch.

Ein Kopf tauchte hinter einem der anderen Zelte auf, und sie erkannte, dass einige der Knappen dageblieben waren. Aber wohin waren die Ritter verschwunden?

Egal. In ihr hielt sich immer noch ein Rest jener undeutlichen Verlegenheit, und sie zog sich lieber ins Zeltinnere zurück. Am Tisch leerte sie den Beutel aus. Sie schnappte nach

Luft. Juwelenfarben leuchteten im schwachen Licht. Irgendwie war Wharton an Kleider gekommen. Wunderschöne Kleider. Gewänder aus feiner Wolle. Schmale Strümpfe. Hemden, die alle so edel waren wie das, das sie in der vergangenen Nacht verschmutzt hatte. Und Schuhe. Schuhe in allen Größen.

Sie wich vor den Sachen zurück, als handele es sich um einen Haufen bösartiger Schlangen. »Wharton«, flüsterte sie. Dann lauter: »Wharton!« Sie rannte auf der Suche nach Hughs Diener nach draußen.

Sie fand ihn am Feuer hockend und damit beschäftigt, ein Loch in einem groben Männerstrumpf zu stopfen. Sie marschierte auf ihn zu und packte ihn an seinem Waffenrock. »Wie seid Ihr an diese Kleider gekommen?«

»Mylady, warum fragt Ihr?« Er grinste sie an. Er hatte auf sie gewartet. Er wusste genau, welchen Verdacht sie hatte.

»Habt Ihr diese Kleider von meinen *Nonnen* gestohlen?«

Er legte seine Hand in einer Geste der Unschuld auf seine Brust. »Von Nonnen stehlen? Welch entsetzlicher Gedanke.«

Sie beugte sich vor, bis ihr Gesicht auf einer Höhe mit seinem war. »Wie seid Ihr an diese Kleider gekommen?«

Er erhob sich, seine Augen fest auf ihre geheftet. »Mein Herr gab mir einen Beutel voller Geld und befahl mir, Euch eine Garderobe zu kaufen.«

»Oh.« Was konnte sie sonst sagen? »Oh. Gut ... *wollten* denn die Nonnen ihre Kleider verkaufen?«

»Lady Corliss ermutigte sie, ihre Truhen zu öffnen, und das Gold überzeugte sie.«

Sie taumelte zurück. »Oh.«

»Ein Dank wäre angemessen.«

»Natürlich«, murmelte sie. »Meinen Dank.«

»Nicht mir gegenüber.« Wharton sah angewidert aus. »Meinem Herrn.«

Froh darüber, den Blickkontakt brechen zu können, blickte sie sich um. »Wo ist er?«

»Zieht Euch an, um ihn zu erfreuen. Das ist der Dank, den er sich wünscht.«

Das erschien vernünftig. »Aber wo ist er?«

»Er kommt zurück.«

Dieses Gespräch brachte sie nicht weiter, und außerdem hörte sie die Kleider förmlich nach sich rufen. Zum Zelt zurückgehend, versuchte sie, nicht zu begierig auszusehen. Schließlich *hatte* sie schon früher edle Kleider getragen. Sie war das Weib eines Dukes und eines Earls gewesen. Aber – oh – wie sie die Seide, die feine Wolle, die leuchtenden Farben vermisst hatte. Es war seltsam, welchen Genuss ihr diese neuen Kleider bereiteten. Sie würde mit Lady Corliss über ihre übersteigerte Eitelkeit sprechen müssen.

Als sie aus dem Zelt trat, trug sie das grüne gestreifte Kleid, das die Nonnen sie nicht an ihrem Hochzeitstag tragen lassen wollten. Es gefiel ihr, mochte es nun ein Symbol für zweifelhafte Moral sein oder nicht. Ihr Haar steckte in einem Netz im Nacken. Bevor sie aus Robins Burg hinausgeworfen worden war, hatte sie mehrere solcher Haarnetze besessen, und sie hatte die Möglichkeit vermisst, ihr Haar zusammenzufassen. Nun hatte sie drei Haarnetze wie auch verschiedene Kopfbedeckungen in allen Formen und Größen.

Wharton und der schüchterne Bursche, der sie angestarrt hatte, saßen im Sonnenlicht auf Feldhockern, und es schien, als ob Wharton damit beschäftigt war, den jungen Mann in der Kunst des Strümpfestopfens zu unterweisen.

Edlyn konnte das nur gutheißen. Ihr gefielen Männer, die für sich selber sorgen konnten.

Sie schienen sie nicht zu sehen, aber ohne aufzublicken, verlangte Wharton: »Wohin geht Ihr?«

Sie stolperte leicht über den zu langen Saum. »Ich gehe zur Pharmacia.«

»Warum?«

Sie ließ den Sack mit ihren alten Besitztümern fallen und zeigte dann auf den Beutel, in dem er ihr die neuen Kleider gebracht hatte. »Ich muss einige Kräuter für meine Reise zusammensuchen und derjenigen, die meine Aufgabe übernehmen wird, mit Rat ...« Angewidert rief sie aus: »Oh, warum rechtfertige ich mich nur vor Euch?«

»Weil der Herr mir befohlen hat, ein Auge auf Euch zu halten und Euch aus Schwierigkeiten herauszuhalten. Das ist der Grund, warum ich nicht mit den Männern reiten durfte.« Whartons Stimme wurde lauter. »Ich spiele Kindermädchen für das Weib meines Herrn.«

»Oh.« Ganz offensichtlich hatte er mit den Männern reiten wollen. Sie schaute den jungen Burschen an. »Und bist du auch hier, um mich zu bewachen?«

Der Junge rappelte sich auf die Füße. »Nay, Mylady. Ich bin hier, um die Zelte vor Dieben zu bewachen.«

Er war größer und dünner, als sie vorher bemerkt hatte, und amüsiert lächelte sie. In ein paar Jahren würden ihre Söhne genauso aussehen. »Wie ist dein Name?«, fragte sie.

»Wynkyn of Convey.«

»Du bist weit fort von zu Hause«, meinte sie.

Sein Gesicht verzog sich zu dem schmerzhaften Ausdruck, der bei jungen Männern für ein Lächeln stand. »Nay, Mylady, dies ist mein Zuhause.«

Es durchzuckte sie, und sie schaute die Zelte an. »Meines wohl auch, nehme ich an.«

Da er Kritik spürte, warf Wynkyn hastig ein: »Die Männer sind freundlich, Mylady, und der Lord hat von allem das Beste.«

Wharton hob den schwarzen Strumpf hoch, den er in der Hand hielt. »Und ich zeige Euch, wie man diese Strümpfe stopft, wenn Ihr freundlich zu mir seid, Mylady.«

»Meinen Dank, Wharton, aber ich weiß schon, wie man das macht.«

Wharton tat so, als ob er ihr den Strumpf reichen wollte, und sie sprang zurück. »Ich vertraue Euren Fähigkeiten vollkommen.«

Rasch wandte sie sich in Richtung des Klosters, und Wharton rief hinter ihr her: »Sie gehören Eurem Gemahl.«

»Und Ihr wisst, wie er sie gerne mag«, rief sie zurück und grinste, als sie den groben Ausdruck hörte, aus dem seine Antwort bestand.

Sie näherte sich vorsichtig der Pharmacia, da sie sich schon jetzt diesem Ort fremd fühlte, an dem sie arm, keusch und um Anerkennung bemüht gewesen war. Alle Fenster und die Tür waren weit offen, und sie konnte jemanden vor sich hin reden hören. Sie klopfte auf die Fensterbank, und das Reden verstummte.

»Aye?« Die kräftige, ungeduldige Stimme ließ sofort erkennen, um wen es sich handelte.

Edlyn trat über die Schwelle. Sie roch den schwarzen, ekligen Geruch feuchter Holzkohle und sah die Kästen und Kräuter, die auf dem Tisch verstreut waren. »Lady Neville, was macht Ihr da?«

Die verwitwete Countess zog den Kopf aus dem Ofen und warf ihr einen wütenden Blick zu. »Ich versuche, ein Feuer zu machen; wonach sieht es denn aus?«

»Ist es ausgebrannt?« Edlyn lugte durch die kleine Öffnung. »Warum lasst Ihr es nicht von Eurer Dienerin entzünden?«

»Weil immer, wenn es ausbrannte, Ihr es selbst wieder entzündet habt; deshalb dachte ich: ›Wie schwierig kann das schon sein?‹«

Lady Nevilles offensichtliche Verärgerung brachte Edlyn zum Lachen. »Ich brauchte Monate, um es zu lernen, und glaubt mir, ich hätte es gern einer Dienerin überlassen. Das Wichtigste ist, es niemals ausgehen zu lassen.« Sie schaute in das Ofenloch und kratzte die Asche heraus. Dann zerbröselte sie eine Hand voll Zunder. »Verrottetes Holz kann man am besten zum Anzünden benutzen«, erklärte sie. »Ich bekomme das Feuer mit nichts anderem in Gang.« Sie nahm den Stahl aus Lady Nevilles schlaffen Händen und schlug ihn gegen den Feuerstein, bis Funken sprühten und schließlich den Zunder entzündeten. Vorsichtig blies sie auf die Flamme und fütterte dann Holzstücke nach, bis das Feuer lebhaft brannte.

Lady Neville schnappte Stahl und Feuerstein aus Edlyns Hand und legte sie auf den Tisch. »Den Rest kann ich tun«, sagte sie barsch.

»Ich weiß, dass Ihr das könnt«, meinte Edlyn beruhigend.

Sie sahen einander an, und Lady Neville gab nach und lachte. »Ich soll mich um die Pharmacia kümmern, jetzt, da Ihr fortgeht. Warum, meint Ihr, hat die Äbtissin so entschieden?«

»Wahrscheinlich aus demselben Grund, aus dem sie entschied, dass ich in der Pharmacia arbeiten sollte. Ich habe keine Geduld mit Männern wie Baron Sadynton und ihren unechten Krankheiten und ihren kleinlichen Beschwerden, und ich sage ihnen das auch.«

»Daran könnte es liegen«, gab Lady Neville zu. »Nach Eurer Hochzeit gestern rannte Sadynton in eine Faust.«

Entsetzt und überrascht fragte Edlyn: »Ihr habt ihn geschlagen?«

»Nicht ich.« Lady Neville lächelte. »Es war Euer Gemahl, der ihm diese Ehre erwies. Ich äußerte lediglich laut die Meinung, dass er im Schmutz des Platzes liegen und aus der Nase bluten sollte, bis sein Kopf leer sei.«

Voller Bewunderung starrte Edlyn die hoch gewachsene Aristokratin an, die wie eine Katze aussah, der man eine fette Maus präsentiert hatte. »Ich habe Euch immer gemocht.«

Der sarkastischen, scharfzüngigen Lady Neville war es immer schwer gefallen, Freunde zu finden, und sie wurde, als sie dieses Geständnis hörte, ganz steif. Doch dann, als sie Edlyns Aufrichtigkeit spürte, entspannte sie sich wieder. »Und ich Euch auch. Aber nach meiner Äußerung forderte die Äbtissin mich auf, sie in ihrem Amtszimmer aufzusuchen, und übertrug mir diese Aufgabe.«

Mit gespielter Ernsthaftigkeit meinte Edlyn: »Die Patienten werden ganz sicher erleichtert sein.«

Lady Neville biss sich auf die Lippen, um ein Grinsen zu unterdrücken. »Da habt Ihr sicher Recht, aber ich bin in einem Alter, in dem man sagt, was man meint, und kein Weichling von einem Baron wird mich daran hindern.« Sie legte ein paar weitere Zweige auf das wachsende Feuer und richtete sich dann auf. »Ich weiß, dass Ihr diesen Mann nicht heiraten wolltet, aber es war das Beste für Euch und Eure Kinder.«

Edlyn blinzelte verärgert. Dachte jeder Mann und jede Frau, sie hätten das Recht, ihre Meinung über ihre Angelegenheiten zu äußern?

»Ich habe Euch verletzt, nehme ich an, aber da ich keine Patienten mehr beschimpfen kann, muss ich mit Euch vorlieb nehmen.« Lady Neville ignorierte Edlyns überraschtes Auflachen. »Wenn Ihr von hier fortgegangen seid, dann erinnert Euch gelegentlich an mich und gönnt Eurem Gatten in meinem Namen hin und wieder eine zusätzliche Runde zwischen den Decken.«

»Ihr musstet doch auch keine Gelübde ablegen, als Euer Mann starb, das wisst Ihr doch?«, meinte Edlyn.

»Ich habe keine Kinder, kein Witwenerbe, und ich verspürte nicht den Wunsch, bei meinen mitleidigen Verwandten als Kindermädchen ihrer ungezogenen Nachkommen unterzukriechen. Lady Corliss hat mich ohne Mitgift aufgenommen, und dafür bin ich dankbar. Ich werde eine gute Nonne werden, und wenn ich dafür bis zu meinem Ende brauche.«

Lady Neville seufzte, als sie das Durcheinander von Kästen und Kräutern betrachtete, das sich durch den ganzen Raum verteilte. »Was wohl der Fall sein wird.«

Stolz hatte Lady Neville hierher gebracht, und Stolz war etwas, das Edlyn nachvollziehen konnte. »Ich kann Euch nicht helfen, eine gute Nonne zu werden, aber ich kann Euch die Kräuter zeigen und wofür man sie braucht. Dann werde ich so viel davon mitnehmen, dass es mir ausreicht, bis ich zu Hause bin.«

Lady Nevilles Stimmung heiterte sich auf. »Das ist ein angemessener Tausch, fürwahr.«

Den Rest des Nachmittags erklärte Edlyn Lady Neville die Pflichten, die mit ihrer Arbeit verbunden sein würden, und die verschiedenen Heilmittel. Dabei entdeckte Edlyn den anderen Grund, aus dem Lady Corliss Lady Neville dafür ausgewählt hatte, Edlyn zu ersetzen. Lady Neville mochte zwar vielleicht nicht in der Lage sein, ein Feuer zu entzünden, aber sie kannte viele Kräuter und erfasste die Anwendung der restlichen schnell.

Endlich richtete sich Edlyn auf und rieb ihren schmerzenden Rücken.

Lady Neville musterte sie mit einem Zwinkern. »Mein Haubenband steht Euch gut.«

Edlyn berührte das breite gelbe Leinenband, das unter ihrem Kinn verlief und auf ihrem Scheitel befestigt war. »Das ist Eures?«

»Es war meins, aber als dieser Mann kam und Gold für Kleider für Euch anbot, gab ich es gerne her. Es ist doch besser, wenn es Euren Gatten verführt, als dass es in meiner Truhe verrottet.«

Edlyn konnte den Schauer der Erwartung nicht unterdrücken, den der Gedanke an Hughs Zärtlichkeiten in ihr weckte.

»Meint Ihr, dass es ihn verführt? Ich hätte nicht gedacht, dass eine Kopfbedeckung das kann.«

»Für einen Mann wie Euren Gatten ist eine Kopfbedeckung eine Herausforderung. Er wird all seine Waffen in Bereitschaft versetzen, um Eure Kopfbedeckung zu überwinden, und den Weg zu Euren unbedeckten Locken in einem Triumphzug erobern.« Lady Neville richtete die Kästen mit den Kräutern in gerader Linie gegen die Mauer aus, um Edlyns Blick auszuweichen. »Ich kenne mich in diesen Dingen aus. Mein Gatte war ein dickköpfiger Narr von einem Ritter, geradeso wie Eurer.«

»Vermisst Ihr ihn?«, fragte Edlyn.

»Jede Nacht«, antwortete Lady Neville.

Edlyn zog den Korken aus einer Tonflasche und schnupperte an ihrem Inhalt. »Ich vermisse Robin nicht.«

»Das ist kein Wunder«, gab Lady Neville nüchtern zurück.

Edlyn drehte sich überrascht herum und blickte sie verblüfft an.

»Nun, wirklich, meine Liebe, dachtet Ihr, seine Heldentaten seien nur Euch bekannt gewesen? Der Mann konnte doch nicht an einem Astloch vorbeigehen, ohne mit ihm Unzucht zu treiben. Er hatte Bankerte von einem Ende Englands bis zum anderen und dumme Mädchen, die sich um die Chance rissen, in seinem Bett zu landen.« Mit einem wissenden Lächeln fügte Lady Neville hinzu: »Ich habe ihn getroffen.«

»Habt Ihr wirklich?« Und war sie auch in seinem Bett gewesen?

»Ich bin nicht in sein Bett gestiegen, aber wenn mein Neville nicht gewesen wäre, hätte ich es getan. Und das, obwohl ich es besser wusste! Ich kannte seinen Ruf, und ich verachtete all die Frauen, die um ihn herumzwitscherten. Sein Charme, seine Männlichkeit, seine ansehnlichen Gesichtszüge. Pah!« Lady Neville verzog spöttisch ihr Gesicht. »Eine erwachsene Frau sollte es besser wissen. Aber als ich ihn traf …«

»Ich weiß.« Lady Nevilles Erinnerungen hatten einen Schmerz in Edlyns Innerem geweckt. »Wer besser als ich? Als ich ihm begegnete, war ich eine frisch verwitwete Frau, eine Jungfrau, fern von allen, die mich liebten, aber so vorsichtig. Ich war schon mein ganzes Leben herumgestoßen worden, und ich traute niemandem.« Sie schüttelte ihren Kopf, als sie sich erinnerte. »Und ich fiel schon in der ersten Nacht in sein Bett.«

Lady Neville sah sich nach einem Stuhl um und zog sich

auf den Tisch, als sie keinen finden konnte. »Wenigstens hat er *Euch* geheiratet.«

»Ich hatte Land geerbt.«

»Unsinn!« Die Füße der würdevollen Dame baumelten, und sie schwang sie hin und her. »Es gab Erbinnen überall in diesem Land, die nur darauf warteten, ihre Herzen – und ihren Wohlstand – zu seinen Füßen zu legen.«

Edlyn beäugte den Abstand des Bodens bis zur Tischplatte. Lady Neville war größer, aber sie war auch älter. Sicherlich konnte Edlyn sich auch hinaufziehen. Ihre Hände flach auf der Tischplatte, sprang sie hoch. Und schaffte es nicht.

»Ihr seid verweichlicht«, bemerkte Lady Neville. »Das passiert, wenn man sich nicht um die Krankenpflege kümmert, nehme ich an.«

Verärgert wischte Edlyn ihre Hände am Rock ab. »Dann werdet Ihr auch bald verweichlicht sein.«

»Das gebe Gott.« Lady Neville legte ihre Hand unter Edlyns Ellbogen. »Kommt, ich helfe Euch.«

Dieses Mal schaffte sie es. Der hohe Tisch vermittelte ihr einen neuen Blick auf die Pharmacia, die ihr doch so vertraut erschienen war. Gab es vielleicht auch mehr als nur eine Ansicht von ihrer Ehe? »Es ist wahr, Robin hätte eine ganze Vielzahl von Frauen heiraten können«, gab Edlyn zu. »Nach der Geburt unseres Sohnes wollte er selten mehr von mir als Geld, aber zumindest am Anfang liebte er mich, glaube ich.«

»Ich glaube, dass er Euch immer geliebt hat, soweit seine Unreife es zuließ, irgendjemanden zu lieben.«

»Er hatte so viele Gaben.«

»Und er hat sie alle vergeudet.«

»Aye. Immer war er etwas Besserem hinterhergejagt, als doch das Beste bereits zu Hause auf ihn wartete. Zu der Zeit, als die Männer des Prinzen kamen, um uns aus der Burg zu werfen, hatte ich das Warten längst aufgegeben. Meine Liebe für ihn war eine Flamme, und sie verlosch, weil niemand sich um sie kümmerte.«

Edlyn dachte, sie hätte es gut ausgedrückt, aber Lady Neville schrie bestürzt auf und sprang so schnell vom Tisch, dass Edlyn meinte, sie habe sie gekränkt.

»Das Feuer.« Lady Neville legte ihre Hand auf den Ofen. »Ich habe das Feuer vergessen!«

»Das sollte in Ordnung sein«, beruhigte Edlyn sie.

»Er ist warm«, meinte Lady Neville hoffnungsvoll. Kniend blickte sie durch das Türchen. »Es glüht.«

»Legt ein paar Zweige nach und blast sanft. Ihr werdet sehen, sie werden sofort Feuer fangen.«

Lady Neville neigte ihren Kopf zur Seite und blickte zu Edlyn hinüber. »Dann legt ein paar Zweige auf das Feuer Eurer Gefühle für Lord Hugh und seht, ob die nicht auch Feuer fangen.«

Edlyn schnitt eine Grimasse. Sie hatte mit diesem Unsinn angefangen, und nun richtete Lady Neville ihn gegen sie.

Lady Neville lachte, als sie Edlyns säuerlichen Gesichtsausdruck sah. »Vergesst nicht, sanft zu blasen«, neckte sie. »Das ist es, was die Flammen entfacht.«

»Ihr seid verdorben.«

Als sie einen Tumult vor der Tür hörte, sprang Edlyn vom Tisch. »Kein Wunder, dass Lady Corliss wünscht, dass Ihr alleine arbeitet.« Aber sie konnte sich ein Grinsen nicht verkneifen, als sie die Tür öffnete.

Zwei Jungen in Miniaturmönchsgewändern warfen sie um. »Mama«, jubelten sie, »wir sind wieder zu Hause!«

11

Hugh wollte vorstürzen und sie retten, aber Edlyn, die unter den zwei sich windenden Burschen lag, tat das mit offensichtlichem Entzücken. Sie umarmte die Jungen, zerwühlte ihr Haar, küsste sie und wischte die Küsse wieder fort, als sie stöhnten, und benahm sich in jeder Hinsicht so erfreut, ihre Söhne zu sehen, dass er sich wünschte, dass sie diese Freude eines Tages auch ihm gegenüber zeigen würde.

Dann begann Parkin damit, Fragen zu stellen. »Werden wir wirklich in eine eigene Burg ziehen? Werden wir mit Hugh und seinen kämpfenden Männern gehen?«

»Ja«, erwiderte sie. »Das ist so, weil ...«

Er wartete die Erklärung nicht ab, sondern feuerte eine neue Reihe von Fragen auf sie ab. »Werden wir in die Schlacht ziehen? Werde ich auch kämpfen? Wird Allyn auch kämpfen? Dürfen wir ein Schwert benutzen?«

Edlyn rollte ihn von sich herunter und brachte Parkin mit ihrer Hand zum Schweigen. »Wir werden später darüber sprechen«, antwortete sie mit einem Stirnrunzeln.

Hugh bewegte sich, sodass sein Schatten auf sie fiel, und sie sah erschrocken auf. Er streckte seine Hand aus, und sie starrte sie nur an, ohne die Hilfe anzunehmen.

Was war denn mit dieser törichten Frau jetzt schon wieder los? Er hatte ihre Söhne zurückgebracht, genau wie sie gewünscht hatte. Sich vorbeugend, ergriff er ihr Handgelenk und zog sie auf die Füße. Er lächelte warm in ihr Gesicht.

Sie lächelte nicht zurück.

Nicht viele Frauen schafften es, gefährlich auszusehen, aber Edlyn gelang es in diesem Augenblick. Es war ihm vorher noch nicht aufgefallen, aber das tief stehende Licht der

Abendsonne brachte alle möglichen seltsamen Flächen in ihrem Gesicht zum Vorschein, die hervorragten und ohne Beziehung zueinander zu sein schienen. Ihr Kinn war breit, und sie hatte die Angewohnheit, es vorzuschieben, als ob sie seine Überlegenheit anzweifeln wollte. Ihre Wangenknochen waren so geschnitten, dass sie die äußeren Winkel ihrer Augen nach oben schoben und ihr einen eigenartigen, hexenhaften Blick verliehen – einen Blick, den sie jetzt auf ihn richtete, als sei er einer ihrer Söhne, den sie zurechtweisen konnte.

Dann sprang Parkin auf und brachte ihre Gereiztheit zum Überschäumen. »Werden wir wirklich zu Rittern ausgebildet?«

»Nein!«, schnappte sie, und Hugh erinnerte sich schuldbewusst an ihre Entschlossenheit, dass ihre Söhne Männer des Friedens sein sollten.

»Aber Mama, Hugh hat das gesagt«, jammerte Parkin.

Sie richtete ihren wütenden Blick auf Parkin und sagte: »Nicht Hugh ist verantwortlich für euch – ich bin es.«

Allyn erhob sich vom Boden und stieß mit dem Kopf gegen ihren Arm, bis sie ihn an sich zog. Schon mit acht Jahren reichte sein Scheitel ihr bis an die Schulter. Mit seiner ruhigen Stimme fragte er: »Ist es wahr, dass du Hugh geheiratet hast, während wir fort waren?«

Betroffen und etwas hilflos musterte Edlyn ihren Sohn.

Hugh antwortete für sie: »Aye, das hat sie wirklich getan, aber sie wollte nicht.«

Allyn heftete seinen nachdenklichen Blick auf Hugh. »Warum nicht?«

»Ich wollte auf euch warten.« Edlyn warf Hugh einen warnenden Blick zu, den dieser nicht verstand, und ließ ein warmes Lächeln für Allyn folgen. »Aber wir konnten nicht länger warten, also haben wir gestern geheiratet.«

Eifersüchtig auf seinen Bruder, schmiegte Parkin sich an die andere Seite seiner Mutter. Er war nicht ganz so groß wie Allyn, aber Hugh hatte schon früher Zwillinge wie diese erlebt. Sie sahen nicht völlig gleich aus, und ihre Persönlichkeiten zeigten wenig Ähnlichkeit, aber dass sie einen gemeinsamen Vater hatten, daran gab es keinen Zweifel.

»Warum konntet ihr nicht länger warten?«, wollte Parkin wissen.

»Manchmal müssen Menschen Dinge tun, die sie nicht wollen«, erklärte Hugh. »Du wirst das herausfinden, wenn du erwachsen bist.«

»Oh.« Zum ersten Mal, seit Hugh Parkin getroffen hatte, wurde dieser ruhiger, und es schien, als ob er um Jahre alterte. »Ich kenne Dinge, die Ihr gar nicht kennen wollt.«

Wie aus der Burg Eures Vaters geworfen zu werfen, konnte Hugh ihn beinahe hinzufügen hören.

Edlyn ging auf den Trubel auf dem Platz zu und nahm die Jungen mit. Als sie aus dem Schutz des Zaunes um die Pharmacia trat, entdeckte sie eine Ablenkung. »Schaut, ihr Jungen, da ist Sir Gregory, der euch auf eure Pilgerreise mitgenommen hat. Lasst uns gehen und ihm danken.«

Ihre Söhne stöhnten, und Hugh dachte, Sir Gregory müsste es ihnen eigentlich gleichtun. Als Hugh ihn hatte die Straße entlangwandern sehen, mit den zwei Burschen im Schlepptau, war er so dankbar gewesen für das Angebot, zum Kloster zurückreiten zu dürfen.

Aber der Mönch lächelte tapfer, als Edlyn ihn umarmte und sagte: »Ich hoffe, die Jungen waren keine allzu große Last für Euch.«

»Keineswegs, Lady Edlyn.« Sir Gregory zuckte bei dieser Lüge zusammen. »Sie waren vorbildliche Knaben und eine Ehre für Euren Namen.«

»Meint Ihr, sie sind bereit, in das Noviziat einzutreten?«

Parkin sagte: »Maaaama!«

Sie zupfte an seinen Locken. »Sind sie das?«

»Vielleicht in einigen Jahren.« Sir Gregory zog sich unauffällig in Richtung des Klosters zurück. »Jetzt noch nicht ganz, aber bald.«

Edlyn sah enttäuscht aus, die Jungen erleichtert, und Hugh musste sich kneifen, um ein Lachen zu verhindern. Leider wusste Edlyn, dass er sich amüsierte, ohne dass sie es sah, und sie machte sich hastig auf den Weg ins Lager zurück.

Hugh bereitete es keine Schwierigkeit, mit ihr Schritt zu halten. »Wirst du dich nicht bei mir bedanken?«

»Für die Kleider? Vielen Dank.« Sie ging weiter. Die Jungen hüpften an ihrer Seite einher.

»Dafür, dass ich deine Söhne geholt habe«, entgegnete Hugh.

Sie blickte ihn an, dann wurde sie zögernd langsamer. »Du hast sie geholt?«

»Was hast du denn gedacht, wo ich den ganzen Tag war?«

»Ich wusste es nicht. Dein wortkarger Diener wollte es mir nicht sagen.«

»Er hat uns an der Kreuzung gefunden.« Parkin trug fröhlich seinen Teil bei. »Wir hätten noch zwei Tage gebraucht, um hierher zu kommen, weil Sir Gregory so langsam geht.«

»Vielleicht war er müde«, meinte Edlyn.

»Warum?«

Die Jungen konnten sich nicht ausmalen, welches Stehvermögen es verlangte, mit ihnen mitzuhalten, und Hugh und Edlyn teilten sich ein Lächeln. Dann wischte sie das Lächeln von ihrem Gesicht, als ob solch eine gemeinsame Belustigung sie in irgendeiner Weise verraten hätte.

Hugh kam nahe an sie heran und stieß sie leicht mit dem Arm an. »Es ist schwierig, mir böse zu bleiben, nicht wahr?«

»Dein Charme wird sehr überschätzt.« Die Hitze war aus Edlyns Stimme verschwunden. »Aber meine Söhne werden keine Ritter.«

»Wir werden sehen.« Hugh wusste so gut wie sie, wie man aufreizende Sätze von sich gab. »Fürs Erste werden sie uns begleiten.«

»Ich würde sie doch niemals zurücklassen!«

Hugh war plötzlich verwirrt. »Ich hatte das nie vorgeschlagen. Ich dachte nur, du wolltest, dass die Mönche sie großziehen, und dafür müssten sie wohl hier bleiben.«

»Noch nicht«, antwortete sie entschieden. »Sie sind noch nicht alt genug, um mich zu verlassen.«

»Sie sind schon über das Alter hinaus, in dem die meisten Jungen ihre Mütter verlassen«, meinte Hugh mit – wie er meinte – unwiderlegbarer Logik.

»Die meisten Jungen ...« Sie hielt inne und starrte den geschäftigen Trubel rund um die Zelte an. »Was ist los?«

»Wir brechen das Lager ab.«

»Aber warum?«

Weil ich dich so schnell wie möglich von diesem Ort fort und ganz für mich haben möchte. »Ich habe mich schon zu lange hier aufgehalten«, erwiderte er.

»Das ergibt doch keinen Sinn.« Sie bemühte sich, vernünftig zu klingen, aber heraus kam ein verärgerter Tonfall. »Es ist schon Abend! Wie weit können wir heute denn noch kommen, bevor wir das Lager wieder aufbauen müssen?«

Nun grinste er. »Ich reise schnell.«

»Nicht, wenn du mit zwei Kindern beladen bist, dann nicht!«

»Ach, Mama.« Parkin schüttelte sich angesichts dieser Demütigung. »Wir sind doch keine Kinder. Wir können mithalten.«

Allyns Verlegenheit, wenn auch leiser, saß genauso tief. »Niemand wird durch uns aufgehalten, Mama.«

Hugh wandte Edlyn ein selbstgefälliges Gesicht zu. »Wenn jemand nicht mithalten kann, wirst du das wohl sein.«

Er musste ihr zugute halten, dass sie nicht andeutete, dass die Buben ihr Durchhaltevermögen überschätzten. Aber sie funkelte ihn wütend an. Dann blickte sie auf und sah, dass Wharton das Abbrechen von Hughs Zelt überwachte. »Wartet! Wo ist der Inhalt des Zeltes?«

Wharton wies mit dem Daumen auf die Packpferde und Wagen. »Dort.«

»Ich habe genau zwei Decken auf dem Tisch liegen gelassen.«

»Ihr meint die zwei Lumpen?« Whartons Verachtung hätte Milch sauer werden lassen. »Ich habe sie in den Beutel mit Stoffresten geworfen.«

»Das waren die beiden Dinge, die ich von meinem Eigentum behalten wollte!«

»Der Lumpensack ist auf jenem Wagen.« Sich wieder seinen Pflichten zuwendend, sagte Wharton so laut, dass es jeder hören konnte: »Weiber!«

Neugier ließ Hugh abwarten, als Edlyn auf den Wagen stieg und begann, den Inhalt zu durchsuchen. Für welche Überreste hatte sie so hart verhandelt? Welche Erinnerungen waren mit ihnen verbunden? Edlyn sprang vom Wagen, wedelte mit verblassten Stoffstücken, in jeder Hand eines, und ihre Söhne sprangen mit einem lauten Ausruf zu ihr. Jeder schnappte sich den zerfetzten Rest einer Decke und hielt ihn verstohlen an die Wange. Dann schob Parkin seins unter seine Jacke, während Allyn seins mit der Hand rieb. Edlyn sah mit dem Lächeln zu, das Mütter zeigen, wenn sie viel geopfert haben und dafür reichlich belohnt werden.

»Was ist das?«, fragte Hugh sie.

»Decken, die vor ihrer Geburt für sie gemacht wurden. Sie wurden in ihnen eingewickelt und getragen, sie hatten sie jede Nacht bei sich, wenn sie schliefen, außer auf dieser Pilgerreise, und es sind die einzigen Dinge, die ich aus Jagger Castle retten konnte, als wir hinausgeworfen wurden.«

Hugh hatte schon von so etwas gehört, aber seine Kriegerseele konnte es kaum begreifen. »Du hast ihre Babydecken gerettet?«

»Sie sind die einzige Verbindung zu ihrem früheren Leben. Ihre eine unmittelbare Verbindung zu ihrer Kindheit. Sie geben ihnen Sicherheit.«

»Sie sind doch zu alt für solche Dinge.«

Sie drehte ihren Kopf und sah ihn mit einem Verständnis an, das ihn schaudern ließ. »Du bist auch zu alt zu nuckeln, aber als du krank warst, schien es ganz gewiss so, als ob es dir gefiele.«

Sie ging weg, bevor er seinen Verdruss weit genug im Griff hatte, um zu rufen: »Das ist doch überhaupt nicht dasselbe!«

Sie winkte nur spöttisch mit der Hand, und er wusste, dass er verloren hatte. Die Jungen würden ihre Decken behalten.

»Ich bringe Euch heute Nacht nicht mehr hinüber.« Der zerlumpte Fährmann schaute verärgert Hughs ganze Truppe an. »Seid Ihr verrückt? Es ist Zeit zu schlafen, nicht zu reisen.«

Edlyn stimmte ihm aus ganzem Herzen zu, aber sie konnte erkennen, dass Hugh diese Kritik persönlich und übel nahm. Aus irgendeinem Grund wollte Hugh so weit wie möglich vom Kloster fort, und das so schnell wie möglich. Aber angesichts des Flusses Avon, der durch Frühlingshochwasser angeschwollen war, blieb ihm nichts anderes übrig, als die Fähre zu nutzen, um Männer und Pferde überzusetzen. Der Fährmann wollte nichts davon wissen, und sie folgte der in grobem Englisch geführten Unterhaltung, so gut sie konnte.

»Der Herr wünscht, dass du uns jetzt übersetzt.« Wharton erwartete ganz offensichtlich, dass der Fährmann das Vernünftige an dem Gedanken erkennen würde, diesen zornigen Ritter und sein Gefolge so weit wie möglich von seinem jämmerlichen Haus aus Lehm und Zweigen fortzubringen.

Dem dürren, mürrischen Fährmann schienen der Ritter, seine Leute oder die Böswilligkeit, mit der sie sich an seinem Eigentum auslassen könnten, gleichgültig zu sein. Wharton nachäffend, gab er zurück: »Der Herr wird warten müssen.«

»Es ist noch Zeit, uns überzusetzen, bevor es vollkommen dunkel ist, und es wäre in deinem Interesse, das zu tun.« Hugh saß aufrecht im Sattel und sprach mit seiner tiefsten, gebieterischsten Stimme, aber eine Drohung war es trotzdem.

Der Furunkel auf der Wange des Fährmanns verfärbte sich dunkelrot. »Aye, Ihr gelangt noch bei Tageslicht hinüber, aber *ich* muss dann im Dunkeln wieder zurück, und die Strömung ist schon während des Tages tückisch genug. Ich würde das noch nicht mal für den Prinzen tun, wenn er mich darum anflehen würde.«

Teil des Problems, wie Edlyn es sah, war die Tatsache, dass Hugh es nicht ertragen konnte, dass ein gewöhnlicher alter Kleinbauer ihn vor seinem neuen Weib und seinen Männern herausforderte. Herausforderungen waren nur etwas für Ritter und Edelleute. Kleinbauern taten, wie ihnen geheißen – außer diesem. Nicht ans Reiten gewöhnt, war Edlyn abgesessen, um ihre verkrampften Beine zu lockern. Und jetzt, als sie ihre Reithandschuhe auszog, schob sie sich unauffällig näher heran. Ihr gefiel der Ton der Auseinandersetzung nicht.

Wharton befreite behutsam eine Münze aus dem Saum seines Waffenrocks. »Es ist ein Extrashilling für dich drin, wenn du es jetzt tust.«

»Nay!« Der Fährmann humpelte auf seine Hütte zu. »Macht es Euch einfach bequem, und ich bringe Euch morgen früh hinüber.«

Edlyn sah den genauen Augenblick, in dem Hugh seine Beherrschung verlor. Er saß mit wehendem Mantel ab, marschierte auf den Fährmann zu, riss ihn am Arm herum und funkelte ihn wütend an, ein Krieger, so zornig er nur sein konnte. »Du wirst uns *jetzt* übersetzen.«

Der Fährmann schob sein Gesicht geradewegs auf Hughs zu. »Ich fahre Euch am Morgen ... falls ich mich wohlgestimmt fühle.«

Hugh suchte nach seinem Messer, und Edlyn stürzte herbei. Hughs Arm ergreifend, fragte sie in normannischem Französisch: »Würdest du einen alten Mann deswegen töten?«

Hugh antwortete in derselben Sprache: »Nein, aber ich würde ihm sicherlich ein wenig Angst einjagen.«

Der alte Mann bewies seine Schlauheit, als er Hugh in seinem ungeschliffenen Englisch entgegnete: »Ihr könnt mir keine Angst machen: Ich habe schon größere Männer als Euch abgewiesen.«

»Ich bin sicher, dass Ihr das getan habt.« Edlyn schob sich zwischen die beiden störrischen Dummköpfe.

Hugh versuchte, sie an die Seite zu schieben. »Frau, kümmere dich um deine Nadeln und lass mich das hier regeln.«

Sie nutzte seinen Schwung und ihr Gewicht, um Hugh zu sich herumzudrehen. »Wie? Indem du ihn verwundest? Er wird nicht nachgeben, und am Morgen haben wir dann eine Fähre, alles Licht, das wir uns nur wünschen können, und keinen Fährmann, der uns hinüberbringen kann. Bei allen Heiligen, Hugh, manche Dinge kann man doch ohne Gewalt regeln!«

Wenn seine folgsamste Hündin ihn gebissen hätte, hätte Hugh nicht erstaunter aussehen können. Edlyn drehte ihm den Rücken zu und flocht ihren Arm durch den des alten Mannes. Langsam und die für ihre Zunge ungewohnten englischen Wörter sorgsam sprechend, sagte sie: »Kommt. Mir ist ganz kalt, jetzt, wo die Nacht hereinbricht, und Ihr habt ein Feuer. Hättet Ihr etwas dagegen, wenn sich eine unbedeutende Frau an Eurem Feuer wärmt?«

»Überhaupt nicht.« Der Fährmann, der wie ein Misthaufen roch und kaum größer als sie war, tätschelte ihre Hand und warf den verblüfften und entsetzten Männern der Truppe einen selbstgefälligen Blick zu. »Es ist lange her, dass eine so hübsche Dame an meinem Feuer gesessen hat.«

»Das kann ich kaum glauben.« Sie lächelte in sein Gesicht und ignorierte den stinkenden Atem, der ihr entgegenschlug. »Ein ansehnlicher Mann wie Ihr.«

Schon um Hugh zu ärgern, ließ sich der Alte gern auf diese Neckerei ein.

»Was macht Mama denn?«, hörte sie Allyn von dem Wagen fragen, auf dem die Jungen saßen.

»Sie macht sich wichtig«, schnappte Hugh barsch.

Das ließ sie den Fährmann noch viel liebenswürdiger anlächeln.

»Aye, zu meiner Zeit war ich recht ansehnlich, aber seit ich mein letztes Weib verloren habe, kommen Frauen nur noch auf die Fähre.«

»Aye, um die Fähre zu besteigen.« Edlyn blinzelte ihm zu, als sie dem Satz einen schlüpfrigen Klang gab, und der Alte krümmte sich beinahe vor Vergnügen. »Wie ist Euer Name, wenn ich fragen darf?«

»Ich bin Almund, Mylady.« Er hob die Hand zum Gruß an den kahlen Kopf. »Euch zu Diensten.«

Mit einer schwungvollen Armbewegung zeigte er ihr seinen Platz auf dem Baumstamm. Er hatte die Rinde schon abgewetzt, so lange lebte er schon dort, und sie setzte sich, ohne die Männer, die Pferde, die Wagen, ihre Söhne oder ihren neuen Ehemann zu beachten, die alle am Wegesrand aufgereiht auf ihre Aufmerksamkeit warteten. Sie hatte gerade keine für sie übrig, denn sie musste sich ganz auf Almund konzentrieren. Ihre Hände nach dem schwachen Feuer ausstreckend, meinte sie: »Almund, ich habe auf Eurer Wange einen Furunkel bemerkt.«

Er betupfte ihn zaghaft. »Aye.«

»Er sieht schmerzhaft aus.«

»Ich hab schon alles versucht. Eine Kröte bei Neumond getötet und die ganze Nacht mit dem Viech auf dem verdammten Furunkel geschlafen, aber dadurch ist es nur noch schlimmer geworden.«

Edlyn berührte den Beutel, der an ihrem Gürtel hing. »Ich bin eine Kräuterheilkundige von einigem Ansehen. Wenn Ihr es mir gestattet, würde ich gerne einen meiner Umschläge ausprobieren, um das Gift herauszuziehen.«

»Wenn die Kröte nicht hilft, warum sollte Euer Unschlag das tun?«, fragte Almund.

»Es schadet doch nichts, es zu versuchen.«

Almund hätte abgelehnt, wenn Hugh nicht genau in diesem Augenblick am Feuer erschienen wäre. »Frau, geh zurück zu deinem Pferd.«

»Sie kann nicht«, schnappte Almund, »sie macht mir einen Umschlag.«

Hugh stöhnte auf und breitete seine Arme zum Himmel aus, wo gerade der Abendstern am Horizont auftauchte. »Gott gebe mir Geduld.«

Der Alte kicherte boshaft, und Edlyn sagte bissig: »Ich habe um Rettung gebetet, und Gott hat mir dich geschickt. Hugh of Roxford, sei vorsichtig mit dem, um das du betest.« Stehend fragte sie: »Haben wir Met dabei?«

»Willst du auch noch mit ihm trinken?«, wollte Hugh wissen.

»Beherrsch dich«, ermahnte sie ihn. »Der Met ist eine gute Grundlage für den Umschlag, und der Rest der Kräuter ist im Wagen bei meinen Jungen. Würdet Ihr Herren mich freundlicherweise entschuldigen?«

Sie bewegte sich fort, und Hugh stierte wütend auf ihren Rücken.

Almund hockte sich hin und schürte das Feuer. »Frauen. Man kann mit ihnen nicht leben, und man bringt sie auch nicht dazu, irgendetwas Vernünftiges zu tun.«

Das war das Erste, was Hugh vom Fährmann hörte, dem er zustimmen konnte. »Wir haben gerade erst geheiratet«, hörte er sich herausplatzen.

»Hab ich mir gedacht. Ihr schaut sie an, als sei sie ein fremdes Land, das Ihr erst noch erobern müsst.«

»Oh, ich habe sie erobert.« Hugh erinnerte sich daran, wie sie schlafend ausgesehen hatte, nachdem er sie aus seinen leidenschaftlichen Umarmungen entlassen hatte. »Wie oft muss ich sie so erobern, bevor sie mein bleibt?«

»Warum solltet Ihr das wollen? Sie hat doch diese Schönheit, die bis auf die Knochen reicht. Ich meine, schaut sie doch nur an. Sie will sichergehen, dass ich am Leben bleibe, also stellt sie sich vor Euer Messer. Und sie will sicherstellen, dass Ihr bekommt, was Ihr wollt, also bietet sie an, dass sie meinen Furunkel kuriert.« Er nickte weise. »Ich schätze, ich werde Euch bei Mondaufgang übersetzen.«

Hughs gesammelter männlicher Stolz erhob sich bei den Worten des alten Mannes. »Du weißt, dass sie dich so behandelt, um ihren Willen zu bekommen, und du hast nichts dagegen?«

»Warum sollte ich? Ich werde meinen Furunkel geheilt bekommen, Ihr werdet von hier wegkommen, und sie wird glauben, dass sie Frieden nach einem Streit geschaffen hat. Was ja auch stimmt, Gott segne sie.«

Hugh starrte den Mann in stummer Bewunderung an. Almund sah mehr als Hugh selbst, und trotz Edlyns Meinung hielt Hugh sich für einsichtig.

»Setzt Euch, ich bekomme ja einen steifen Nacken.«

Als er sich niederhockte, spürte Hugh plötzlich ein unangenehmes Kratzen. Er grunzte und stampfte den einen Fuß auf, bis Weizenkörner aus seinem Strumpfband herausrieselten und sich auf dem Boden um ihn herum verteilten. »Sie lebte bisher im Kloster, und dort hat man uns ordentlich verabschiedet, als wir spät am Nachmittag aufbrachen. Sie haben geläutet und die Töpfe geschlagen und uns mit Weizen überschüttet.«

Der alte Mann sah nicht halb so überrascht aus, wie Hugh sich fühlte. »So muss man das nach einer Hochzeit doch machen.«

»Die Hochzeit war gestern. Da hätte man das machen müssen, aber ich ließ sie weglaufen und sie wurde entführt und ...«

Warum nur beichtete er sein Versagen diesem alten Mann?

»Anstatt den Weizen gestern zu werfen, taten sie es heute, als wir das Kloster verließen. Ich glaube, sie taten es, weil sie mein Weib mögen.« Finster erinnerte Hugh sich an die anzüglichen Blicke der Leute, die sie wegen ihrer Verderbtheit hatten verurteilen wollen, weil er ihnen allen diese vorgetäuscht hatte. »Vor der Hochzeit hatten sie sie nicht so gut behandelt.«

»Eure Schuld, wette ich.«

Wie konnte der alte Schurke das wissen? Und warum empfand Hugh solche Schuldgefühle wegen seines Handelns? Er hatte das Richtige getan, da war er sich sicher. Edlyn brauchte einen Gatten, und niemand stand so tief in ihrer Schuld wie Hugh. Sie hatte seine Hilfe zurückgewiesen, deshalb hatte er sie gezwungen, sie anzunehmen. Das war so, wie es sein sollte. Ein Mann traf die Entscheidungen. Eine Frau richtete sich danach.

Wenn sie ihm nur nicht gesagt hätte, dass sie sich niemals ganz in seine Hand begeben würde. Er wies niemals eine Herausforderung zurück, und er gestand sich auch keinerlei Zweifel zu, aber ... er war noch nie einer Frau begegnet, die nicht bereit war, sich ihm mit Leib und Seele zu überlassen. Schlimmer noch, er hatte sich auch nie vorgestellt, dass es ihm etwas ausmachen würde.

Er rieb sich den angespannten Muskel in seinem Brustkorb. Es ging nur um die Herausforderung. Ihn interessierte nur die Herausforderung.

»Wenn der Weizen sich unter Euren Kleidern auf Eurer Haut verbirgt, dann bedeutet es, dass Euch bald und häufig Nachwuchs beschieden ist.«

Hugh starrte den Mann an und bekämpfte den Wunsch, seinen Umhang zu heben und nach Körnern zu suchen.

»Wenn er sich unter ihren Kleidern und auf ihrer Haut wiederfindet, dann wächst in ihr schon der Samen.«

Der Fährmann dachte kurz nach, schüttelte dann seinen Kopf, und ein paar wilde Haare wehten über seinem nahezu blanken Schädel hin und her. »Nay, sie hat noch nicht dieses Leuchten an sich.«

»Hat sie nicht?«

»Die da wird erst empfangen, wenn sie Euch auch im Innersten ihres Herzens zum Mann genommen hat.«

Hugh machte es sich etwas bequemer, indem er seinen Stiefel auszog. Dabei versuchte er den Worten des Alten nicht zu viel Bedeutung beizumessen. »Woher wollt Ihr das wissen?«

»Wenn Ihr erst ein wenig schlauer geworden seid, werdet Ihr auch ein paar Dinge wissen.«

Dagegen konnte Hugh kaum etwas sagen. Ihm war erst am letzten Tag allmählich klar geworden, wie viel er nicht wusste.

»Wohin wollt Ihr denn so eilig?«, wollte der Fährmann wissen.

Das verkrampfte Gefühl in Hughs Brust ließ sofort nach, und er antwortete stolz: »Zu unserem neuen Zuhause. Nach Roxford Castle.«

»Ihr habt Euer Land wohl gerade erst bekommen?« Der Alte wischte sich seine Nase am langen Ärmel seines Kittels ab. »Und habt hart dafür gearbeitet, wette ich.«

Niemand wusste, wie hart, außer vielleicht Wharton und vielleicht Sir Lyndon, aber noch nicht einmal diese beiden konnten das Begehren erfassen, das in Hughs Innern wühlte, wenn er an eine Burg, seine Burg, und einen Gutsbesitz, seinen Gutsbesitz, dachte.

»Da bin ich.« Edlyns helle, musikalische Stimme unterbrach seine Gedanken, und Hugh sah zu ihr auf.

Ein Weib. Sein Weib.

Er wollte sie dort haben, in seinem Heim, ein Symbol all dessen, was er erreicht hatte. Er brauchte die Zuneigung nicht, die sie ihm vorenthielt, solange er ihren Körper haben durfte, der seine Burg und seine Ländereien aufrechterhalten sollte.

Dann, ungewollt, glitt der Gedanke an ihren nackten Körper in seinem großen Bett durch seinen Kopf, und er wusste, dass er ihren Körper wegen mehr als nur seiner Fähigkeit zu arbeiten brauchte. Er wollte ihn zum Vergnügen haben – seinem Vergnügen und ihrem.

Der Fährmann fing an zu fluchen, sobald sie den dampfenden Wickel auf sein Gesicht auflegte, und gab einen stetigen Strom grober englischer Wörter von sich, der eine Frau, die in einem Kloster gelebt hatte, zum Erröten hätte bringen sollen. Sie schienen Edlyn aber nicht die Ruhe zu rauben, vielleicht verstand sie sie auch ganz einfach nicht. Hugh schüttelte den Weizen von seinen Strümpfen und fegte ihn von seinen Füßen, während er zuhörte, und grinste. Obwohl er sich mit dem alten Mann eben noch so gut unterhalten hatte, wünschte er ihm doch Unwohlsein, denn schließlich hatte dieser ihm vor seinen Männern getrotzt.

Er erlebte die Befriedigung, den Alten vor Schmerz aufheulen zu hören, als Edlyn den Furunkel aufstach, und ihn verlegen mit den Füßen scharren zu sehen, als sie ihm Salbe gab und ihn über deren Gebrauch belehrte. Schließlich tätschelte sie den kahlen Kopf des Alten und versprach ihm, dass nun, da der Furunkel vollständig entleert sei, er sich am Morgen wieder besser fühlen würde, sodass all seine heimlichen Verehrerinnen ihn mit ihrer Liebe überhäufen könnten.

»Hab doch keine heimlichen Verehrerinnen außer Euch, Mylady, und das soll mir reichen.« Der Alte berührte den Verband auf seiner Wange. »Aber es pocht so stark darinnen, dass ich heute Nacht ohnehin nicht schlafen könnte. Und der Mond geht auf. Könnte sein, dass ich Euch jetzt über das Wasser bringe.«

Edlyn warf Hugh einen triumphierenden Blick zu und sagte dann zu dem alten Mann: »Ihr seid wirklich großzügig.«

Angewidert zog Hugh seine Stiefel wieder an und rief nach seinen Männern. Dreimal musste die Fähre übersetzen, um alle Leute hinüberzubringen. Die meisten seiner Ritter gingen zuerst und mit ihnen Edlyns Söhne, die noch wach und so ungestüm waren, dass beschlossen wurde, sie auf der anderen Seite herumtollen zu lassen, bis die Fähre alle übergesetzt hatte. Wynkyn bekam die Aufsicht über die Jungen, und Hugh tat sein Page ein wenig Leid. Parkin und Allyn, so dachte er, könnten die straffe Hand eines Mannes gebrauchen, und wenn sie erst auf Roxford Castle eingerichtet waren, würde er dafür sorgen, dass sie diese zu spüren bekamen.

Ungefähr die Hälfte ihrer Besitztümer wurden als Nächstes hinübergebracht, von Wharton und den Knappen bewacht, die sich unter Almunds Aufsicht auf der Fähre so verteilten, dass sie im Gleichgewicht blieb.

Zuletzt kamen Edlyn, Hugh, die restlichen Ritter und die übrige Ausrüstung. Während sie im Schein des Mondes dahinschaukelten, nahm Almund Hugh beiseite. »Dass ich die Dame heute Nacht noch übersetze, hat zum Teil auch mit jenem Schurken zu tun.«

Hughs Gedanken flogen sofort zur Besetzung seiner Burg. »Edmund Pembridge?«

»Wer ist denn Edmund Pembridge?«

»Der frühere Earl of Roxford«, antwortete Hugh.

»Ach, der. Nay, der nicht, obwohl ich gehört habe, dass er auch ein recht elender Schurke sein soll. Nay, ich meine den, der Juxon Castle genommen hat.«

Hughs Puls beschleunigte sich. »Richard of Wiltshire nahm sie doch.«

»Aye, und nach allem, was man hört, hat es noch nie einen nichtsnutzigeren Räuber gegeben.«

»Dagegen habe ich nichts zu sagen«, meinte Hugh. »Ihm fehlt Ehrgefühl.«

»Ehrgefühl?« Der Alte lachte, bis ihn ein Husten überfiel. Er packte den Riemen und beugte sich darüber, bis er wieder zu Atem gekommen war, und meinte dann: »Er ist nichts als ein Dieb, der Eure gezierte Sprache spricht und Reisende unterhält, während er ihnen all ihre Münzen und Wertsachen abnimmt.«

Hugh verzog finster sein Gesicht. »Er ist ein Ritter, ein jüngerer Sohn, der in die Welt hinausmusste, um sein Glück zu machen. Keine angenehme Aussicht, natürlich, aber ein doch recht verbreitetes Schicksal. Deshalb werden die Meisten nicht gleich zu Dieben.«

»Er macht sich aber gut darin.«

»Aye, er hatte schon eine Menge Übung.« Hugh hatte Richard of Wiltshire bereits getroffen und verachtete ihn aus tiefstem Herzen, und Richard hatte sich darüber nur amüsiert.

Richards Ruf als ungezwungener und fröhlicher Herr hatte eine Truppe von unzufriedenen Rittern angezogen, und diese verdingten sich als Söldner. Sie kämpften für jeden, der sie bezahlte. Sie hatten nichts zu verlieren und konnten nur gewinnen, und nun hatten sie eine Burg erobert. Wenn die Rebellion erst vorüber war, würde der König jene verlorenen Ländereien zurücknehmen und neu ordnen, aber bis dahin würden Richard und seine Männer lachen und herumhuren und die Burgkeller leer trinken.

»Es hat ein paar gegeben, die er wieder hat ziehen lassen, ohne ihre edlen Kleider und ohne ihr Gold natürlich, und sie sind hier vorbeigekommen. Ich würde Eure Lady – oder irgendeine Dame – nicht gerne in seinen Händen sehen, wenn Ihr versteht, was ich meine.«

Der Alte warf einen bedeutungsvollen Blick auf Edlyn, und Hugh schwor: »Ich werde sie sicher vor ihm bewahren.«

12

Der Sog der Strömung an der Fähre fühlte sich für Hugh wie die Hand Gottes an. Almund griff nach dem Riemen, aber der Griff wand sich gleich wieder aus seinen Händen. Die Fähre schlingerte, dann kippte sie langsam, unaufhaltsam auf die Seite. Hugh versuchte, sich an der Reling festzuhalten, aber das verrottete Holz brach, als er sich dagegenlehnte, und mit einem Ausruf fiel er über Bord.

»Hugh!« – Er hörte Edlyn schreien, bevor das Wasser über seinem Kopf zusammenschlug.

Er kämpfte sich an die Oberfläche, aber ein Treibgut drückte ihn wieder unter Wasser. Zum zweiten Mal tauchte er auf und blieb oben und beobachtete, wie die Fähre in den Fluten zerbrach. »Edlyn«, brüllte er, im Wasser auf der Stelle tretend und sich verzweifelt umschauend.

»Hugh.«

Ihre Stimme erklang von der Seite. Sie kletterte mit der Hilfe seiner Ritter gerade das Ufer hinauf.

»Hugh!«

Sie deutete auf etwas zu seiner Linken, und er sah einen Teil ihrer Besitztümer vorbeitreiben.

Erwartete sie, dass er sie rettete? In dieser Strömung konnte er von Glück sagen, wenn er sich selbst retten konnte. Der Fluss erwischte ihn in einem Strudel, und er sah eine schmale Gestalt vorbeitreiben.

»Hugh, das ist Almund.«

Er hörte Edlyn im selben Augenblick, als er die erschlaffte Gestalt des Alten erkannte, und begann auf ihn zuzuschwimmen.

»Du musst ihn retten«, rief sie.

Natürlich würde er ihn retten, dachte Hugh gereizt. Glaubte sie, dass er ohne ihre Anweisungen nicht zu mitfühlendem Handeln fähig sei? Als er Almund erreichte, schlang er die Arme um ihn und schleppte ihn ans Ufer. Die tückische Strömung drehte sie mehrmals im Kreise, und einmal trieb ein Balken hinter Hugh heran und versetzte ihm einen solchen Schlag gegen den Kopf, dass er beinahe das Bewusstsein verlor.

Aber etwas hielt ihn in Gang – die Vorfreude auf Edlyns Dankbarkeit. Wenn er den alten Mann ans Ufer schleppte, würde sie in ihm den Helden erkennen, der er schließlich war, und das wäre doch der erste Schritt dahin, ihre Zuneigung zu gewinnen. Ihre *wahre* Zuneigung.

Hände streckten sich ihm entgegen, als er sich dem Ufer näherte, aber er schüttelte sie ab und tastete mit den Füßen nach dem Grund. Keuchend zog er Almund hinter sich her, dann hob er ihn auf, legte ihn über die Schulter und trug ihn zu einer weichen Stelle im Gras. Behutsam legte er ihn ab, dann richtete er sich auf und erwartete seine Belohnung.

Genau wie er gehofft hatte, kam Edlyn auf ihn zugestürzt. Er öffnete seine Arme weit – und sie schoss an ihm vorbei, um sich an Almunds Seite zu knien.

»Atmet er noch?« Sie rollte den Alten herum. »Press das Wasser aus ihm heraus!«

Hastig senkte Hugh seine Arme und hoffte, dass niemand sein peinliches Betteln nach Edlyns Aufmerksamkeit bemerkt hatte. »Er ist ein zäher alter Bursche.« Er stand tropfend da, bis Wharton ihm ein Leinentuch aus den Vorräten reichte, die bereits an Land geschafft worden waren. »Er wird es überleben.«

Edlyn drückte auf Almunds Rücken, bis er Flusswasser erbrochen hatte. »Wenn er es nicht tut, ist es deine Schuld«, schimpfte sie. »Wenn du es nicht so eilig gehabt hättest, noch in der Nacht über den Fluss zu kommen, dann wäre das hier niemals geschehen.«

Durch den Schleier seines eigenen Zorns hörte Hugh Wharton sagen: »Sprecht nicht so mit dem Herrn! Es ist nicht an Euch, seine Befehle infrage zu stellen!«

»Wenn hin und wieder jemand mal seine Befehle infrage stellte, würde er vielleicht nachdenken, bevor er sie gibt!«, gab Edlyn mit so viel Feuer zurück, wie Hugh je von ihr erlebt hatte.

Auf eigenartige Weise beruhigten Whartons Entrüstung und Edlyns Ärger Hugh. Er hatte *wirklich* eine dumme Entscheidung getroffen, und das würde Edlyn ihn wissen lassen. Das war so, wie es sein sollte. Mir der Ehe hatte ein Weib das Recht, seinen Ehemann zu erziehen, und Edlyn hatte sich diese Aufgabe der Ehefrau ganz offensichtlich zu Eigen gemacht. »Ich werde es nicht wieder tun«, meinte er sanftmütig, und alle Gespräche verstummten.

Er drehte sich zu seinen verblüfft starrenden Männern um. »Nun?« Er schnalzte mit den Fingern. »Habt ihr alles aus dem Fluss gerettet?«

Die Knappen kletterten hastig das Flussufer hinunter. Mit einem Ausruf schlossen Parkin und Allyn sich ihnen an, und Wynkyn eilte ihnen hinterher. Hugh wandte sich an den immer noch trockenen Sir Lyndon. »Sind alle dem Fluss entkommen?«

Sir Lyndon öffnete den Mund, aber es war nicht seine Stimme, die antwortete.

»Das will ich doch wohl hoffen.« Ein fremder Mann stand im Schatten am Rand des Weges, der von der Anlegestelle wegführte. »Es wird das Lösegeld für Euch um so viel wertvoller machen.«

Hugh schoss überrascht und bestürzt herum. Eine Reihe von Schwertern blinkte im Mondlicht, und sie zeigten genau auf ihn.

»Wer wagt es, den Befehlshaber des Prinzen im Westen zu bedrohen?«, rief Sir Lyndon.

Wharton knurrte, und Hugh spürte den scharfen Stich der

Verzweiflung. Wie dumm von Sir Lyndon, ihn vor seinem Feind zu identifizieren!

Ein warmes Lachen des Fremden bestätigte Hughs Unbehagen. »Der Befehlshaber des Prinzen? Ich habe den Befehlshaber des Prinzen gefangen genommen?«

Hughs Herz wurde schwer, als er die Stimme erkannte.

»Hugh de Florisoun selbst.« Richard of Wiltshire trat ins Mondlicht und machte eine schwungvolle Bewegung mit dem Schwert. »Ihr seid es tatsächlich, Hugh! Es ist ja viele Jahre her, dass ich die Ehre Eurer Bekanntschaft hatte, aber ich bewundere Euch und Eure erhabene Ehre jetzt noch genauso, wie ich es je tat.« Seine Stimme wurde sanft und grausam. »Das soll heißen – überhaupt nicht.«

»Haben sie alle gefangen genommen?« Hugh saß, umringt von seinen Männern, im Kerker auf Juxon Castle und befragte sie so energisch, als könnte er sie sehen – was er nicht konnte. Draußen schien die Sonne, aber kein Lichtstrahl war in der Lage, jemals in diese feuchte und stinkende Zelle tief unter dem Erdboden vorzudringen.

»Sie haben alles und jeden erwischt«, antwortete Sir Lyndon, der entmutigt und erschöpft klang. »Mein Zelt. Meine Rüstung. Mein Schlachtross.«

»Mein Weib.« Hugh konnte Sir Lyndons litaneiartige Aufzählung seiner Verluste nicht ertragen, wenn Edlyns Reinheit und ihr Leben auf dem Spiel standen.

»Euer Weib«, stimmte Sir Lyndon zu, aber in einem solch trüben Tonfall, der deutlich erkennen ließ, dass er das ganze Ausmaß des Verlustes, den Hugh erlitten hatte, nicht begriff.

Wenn nur Richard of Wiltshire nicht in dem Durcheinander über sie hergefallen wäre, das nach dem Untergang der Fähre geherrscht hatte.

»Sie haben nicht alle Diener erwischt«, meinte Wharton.

»Na, dann erwarte ich ja wohl, dass sie die Burg belagern und uns sofort hier herausholen«, schnappte Sir Lyndon.

»Lasst das Gekläffe, Lyndon.« Hugh lauschte mit einem Gefühl der Befriedigung in die verblüffte Stille hinein. »Ihr habt aufgegeben, und das gefällt mir nicht. Welcher Ritter gibt denn auf, nur weil seine Chancen überwältigend schlecht zu sein scheinen?«

»Einer, der Vernunft besitzt«, gab Lyndon abwehrend zurück.

Diese Gefangenschaft hatte Hugh eine neue Seite an seinem obersten Ritter gezeigt, und die gefiel ihm gar nicht. Ihm missfiel die rasche Bereitschaft Lyndons, mit der dieser die Niederlage hinnahm, besonders da es Lyndon gewesen war, der versäumt hatte, eine Wache aufzustellen. Ihm missfiel Lyndons Einstellung zu Frauen, und ganz besonders missfiel ihm Lyndons Respektlosigkeit gegenüber seinem Weib.

Hughs Männer scharrten und husteten, während sie sich zwischen den Ratten und den Hinterlassenschaften anderer Gefangener einigermaßen bequem einzurichten versuchten, und Hugh wünschte sich, er hätte diesen Aufenthalt wenigstens in trockenen Kleidern begonnen, denn die Feuchtigkeit des Kerkers drang durch bis auf seine Haut, und immer wieder packte ihn der Schüttelfrost. »Wo ist Wynkyn?«

Keiner antwortete.

»Er hatte den Befehl, Edlyns Söhne zu bewachen. Könnte es sein, dass er sie vor der Gefangennahme gerettet hat?«

»Ich habe die Burschen nirgendwo in der Reihe der Gefangenen gesehen«, meinte Wharton nachdenklich. »Mylady hätte sie sicher bei sich behalten, wenn sie das gekonnt hätte.«

»Es wäre besser gewesen«, fügte Lyndon an, »wenn sie Richard nicht erzählt hätte, dass sie Euer Weib ist.«

Das war nun leider wahr. Richard of Wiltshire hatte befohlen, Hugh alle Waffen abzunehmen, während er sich unbeirrt an die Seite der einzigen Frau in der Gesellschaft begab, sie unter das Kinn fasste und zu wissen verlangte, wem sie gehöre.

Hugh würde die hochmütige kleine Antwort nicht so schnell vergessen. »Ich bin das Weib von Hugh, Earl of Roxford, aber ich gehöre niemandem.«

»Aber jetzt tut Ihr es.« Richard hatte seinen Arm unter den ihren geschoben und ihr boshaft mitten ins Gesicht gelächelt. »Aber jetzt tut Ihr es.«

Wenn Edlyn verstand, was das heißen sollte, hatte sie es mit keiner Miene verraten. Sie wies lediglich Richards Männer an, Almund auf einen Wagen zu legen, damit er in eine Schlafkammer transportiert werden konnte, und nach einem Nicken Richards hatten seine Männer hastig gehorcht.

Hugh ließ den Kopf auf die Knie sinken und unterdrückte ein Stöhnen. All die Verachtung, mit der er Richard in früheren Begegnungen überhäuft hatte, spukte ihm nun im Kopf herum. Welch schändlichen Handlungen würde Richard Edlyn nun aussetzen als Rache gegenüber Hugh?

Die kleine Tür öffnete sich knarrend, und ein flackerndes Licht durchstach den Raum mit kleinen Stacheln des Schmerzes. Seine Männer standen fast wie einer auf und schützten ihre an die Dunkelheit gewöhnten Augen vor dem Licht, aber Hugh verharrte auf dem Boden sitzend und gegen die Wand gelehnt. Ein bewaffneter Soldat steckte seinen Kopf durch die niedrige Öffnung und sagte barsch: »Mein Herr will Hugh of Roxford, und er will ihn gleich.«

Hughs Männer wandten sich um und schauten ihn an, und Hugh wartete ein paar Herzschläge lang, bevor er aufstand, um seine Gleichgültigkeit zu zeigen.

Der Soldat trat zurück und richtete mit geübten Händen sein Schwert gegen Hugh, bevor er sagte: »Ich habe Befehl, Euch zu töten, wenn Ihr irgendetwas tut, was unangemessen ist, und ich würde zu gerne einen Earl töten, also bitte, Mylord, versucht nur, mich und meine Männer zu überwältigen.«

Hugh hob seine Hände, um seine Wehrlosigkeit zu beweisen, und beugte sich, um den Kerker zu verlassen. Während er sich aufrichtete, musterte er den schmalen, kurzen Korridor, der zur Treppe führte, dann das Dutzend Männer, die an verschiedenen Punkten standen und mit Schwertern, Morgensternen und Spießen bewaffnet waren, die alle auf ihn zielten.

Hugh empfand es als schwachen Trost, dass Richard wenigstens seine Kampfkraft respektierte.

Die Soldaten nahmen ihn in die Mitte, dann schritten sie auf die Vorratsräume zu, die sich im fensterlosen Erdgeschoss befanden. Hier eilten Diener hin und her und zapften Wein aus den Fässern. Sie alle traten zurück, als Hugh und seine Wächter vorbeikamen.

Sie stiegen die gewundenen Treppen hinauf und bewegten sich auf Licht und Wärme und Lärm zu. In Hughs Nase drang der Duft von bratendem Fleisch und Brot und der scharfe, aufdringliche Geruch von verschüttetem Bier, und sein Magen knurrte laut hörbar. Der Soldat, der ihn beaufsichtigte, lachte bei dem Geräusch. »Wenn Ihr es dem Herrn recht macht«, sagte er, »dann lässt er Euch vielleicht etwas essen – bei den Hunden.«

Hugh wartete ab, bis sie in der großen Halle waren, bevor er antwortete. »Die Hunde wären bessere Gesellschaft als die, in der ich mich im Moment befinde.«

Der Soldat blieb abrupt stehen, wirbelte herum und hob sein Schwert.

»Halt!« Richards Stimme erklang über dem Stimmengewirr. »Du wirst diesen Mann nicht töten, solange sein Leben an meiner Barmherzigkeit hängt.«

Hugh gönnte sich ein boshaftes Lächeln, als der Soldat sein Schwert senkte. Er wusste, dass er sich auf eines verlassen konnte – darauf, dass Richard ihm eine angemessene Chance geben würde.

In dieser massiv gebauten großen Halle waren die groben Tische in U-Form aufgestellt, und die Essenden saßen an der Außenseite, damit die Diener ihnen bequem aufwarten konnten. Wie üblich war die kurze Seite erhöht, wo die Adligen aßen, und dort sah er Richard auf dem Ehrenplatz sitzen – mit Edlyn an seiner Seite.

Hugh machte einen Satz auf diesen Tisch zu. Klingen blitzten auf, als sie aus jeder Scheide gezogen wurden, die sich in dieser Halle befand.

Es herrschte gespannte Stille, als Herausforderung der Herausforderung begegnete und jeder auf den nächsten Schritt wartete.

»Bei allen Heiligen, Ihr Männer seid solche Kinder.«

Edlyns Stimme durchbrach die Spannung, und sie erhob sich anmutig von der Bank neben Richard. »Ich muss meinen Gemahl begrüßen und ihn zu seinem Platz an diesem Tisch geleiten.«

Richard betrachtete sie finster, bis sie ihn anlächelte. Er gab nach und meinte: »Dann geht und holt ihn.«

Hugh knirschte mit den Zähnen bei dem Anblick, wie der bösartige Richard mit dem rabenschwarzen Haar dem Charme Edlyns, *seiner* Countess of Roxford, nachgab.

Das Sonnenlicht strömte durch die schmalen Schlitze in den massiven Steinmauern. Es fiel auf die dunklen Köpfe, die hellen Köpfe, die ritterlichen Köpfe und die Köpfe der Diener mit gleicher Großzügigkeit. Der überfüllte Saal hallte wieder von maskulinen Zoten und Rivalitäten, und Hugh wartete darauf, dass einer der Männer eine Hand ausstreckte, als Edlyn vorbeischritt, um sie zu kneifen oder ihre Brust zu umfassen. Er hielt sich bereit, wie ein Wolf zu ihrer Verteidigung loszuspringen.

Keiner tat etwas. Die Meisten wandten den Blick ab. Einige wenige erwiderten ihr Lächeln. Ein paar wurden scharlachrot im Gesicht und vergruben es im Trinkhorn. Und Hugh stellte fest, dass er sich fragte, wie diese Frau es wohl angestellt hatte, diese Bande zu zähmen.

Sie erreichte ihn, bevor er auch nur anfangen konnte, wirklich darüber nachzudenken. Sie breitete ihre Arme aus, um ihn zu umarmen, hielt dann aber inne und hielt sich die Nase zu. »Was hast du denn mit dir angestellt?«

Er sah an sich herunter auf dem Schmutz, der ihn bedeckte. »Der Fluss und der Kerker sind eine tödliche Verbindung, Mylady.«

»Zu wahr.« Sie wedelte mit ihrer freien Hand nach ihm und wandte sich dann zu dem aggressiven Soldaten um, der mit gezogenem Schwert neben ihr stand. »Wie könnt Ihr es nur ertragen, so nah bei ihm zu stehen?«

Der Mann starrte erst sie, dann Hugh an. »Mir ist gar nichts aufgefallen.«

Edlyn lachte, ein sorgloses Trällern, das ganz anders als ihre sonstige Fröhlichkeit klang. »Ihr seid zu höflich, guter Mann.« Sie griff vorsichtig mit zwei Fingern nach Hughs Ärmel, als ob er eine eklige Kröte wäre, die sie verachtete, und meinte: »Tretet zurück, und ich führe ihn zu Richard.«

»Richard?«, murrte Hugh. »Du rufst diesen Schurken bei seinem Vornamen?«

Mit einem Zug drängte sie ihn weiter. »Ich nenne ihn so, wie er es wünscht. Ich tue, was immer er wünscht. Ich habe ihm von meiner Kunst des Geschichtenerzählens berichtet, und er möchte heute Nacht eine Geschichte hören.«

Hugh nahm den bedeutungsvollen Ton in ihrer Stimme nicht wahr. Er hörte nur *Ich tue, was immer er wünscht* und knurrte: »Wenn er wünscht, dass deine Zunge ihn auch in noch intimerer Weise unterhält, wirst du das dann auch gleich tun?«

Die Ritter und Freisassen, die an den Tischen saßen, hörten ihn und lachten, bis sie ihn schlug. Einmal, hart, ins Gesicht.

Wieder wurde es still, eine verblüffte und erwartungsvolle Stille dieses Mal, und alle warteten auf die Richtung, die sein Zorn einschlagen würde.

Er führte ihn nirgendwo hin. Sein Kopf war leer. Geschockt. Sie hatte ihn geschlagen. Edlyn hatte ihn geschlagen, und er hätte geschworen, dass diese Frau niemals jemanden schlagen würde, solange sie lebte.

Weshalb also ...?

»Ich hasse dumme Männer«, sagte sie.

Dumm. Er war dumm gewesen. Sie hatte ihm etwas mitgeteilt, und seine Eifersucht hatte ihn abgelenkt.

Während er seinen Kopf entschuldigend senkte, bemühte er sich, den Gang ihrer Unterhaltung zurückzuverfolgen, und nachdem er tief Luft geholt hatte, meinte er: »Du wirst ihm eine Geschichte erzählen.«

In ihr entspannte sich etwas. Also verstand er, dass sie ihm etwas mitteilen wollte, wenn er sich nur bemühte, richtig zuzuhören.

»Richard möchte, dass ich ihn mit einer meiner berühmten Geschichten aus vergangenen Zeiten unterhalte, und ich habe ihm versichert, dass ich ihn und alle seine Männer so faszinieren werde, dass sie gefesselt« – sie warf ihm einen bedeutungsvollen Blick zu – »und hilflos sein werden.«

Richard sprang auf und über den Tisch zu ihnen hin, bevor Hugh antworten konnte. Er nahm ihre Hand und küsste sie. »Schmiedet Ihr Pläne zu fliehen, Mylady?«

Sie ließ langsam ihren Blick durch die große Halle wandern, die mit Banditen, Dieben und blutdürstigen Söldnern gefüllt war. »Fliehen? Nicht einmal mein Lord ist stark genug, um diese Armee allein zu bekämpfen.«

»Ich bin froh, dass Ihr das erkannt habt.« Richard wandte sich Hugh zu und schlug ihm auf die Schulter. »Mein Freund! Willkommen in meiner Burg.«

Hugh wusste nicht, wie er antworten sollte, und das gefiel ihm nicht. Wenn er höflich antwortete, wäre Richard erfreut, denn es wäre die stillschweigende Anerkennung seiner unrechtmäßigen Besitztümer. Aber ihm seine Verachtung zu zeigen brächte Edlyn und seine Männer in Gefahr.

Richard verstand die Zwickmühle, in der Hugh sich befand, und er weidete sich daran. Seine leuchtend weißen Zähne blitzten aus dem schwarzen Bart, der sein Gesicht bedeckte, und Hughs Hass auf ihn verstärkte sich. Er hob den Saum seines Waffenrocks, der jetzt feucht und schmutzig war, und meinte: »Euer Willkommen ist eines, das ich nie vergessen werde.«

»Nächstes Mal«, antwortete Richard, »solltet Ihr Euch ein wenig besser kleiden.«

Edlyn trat so rasch zwischen die beiden, dass Hugh noch nicht einmal die Zeit blieb, die Fäuste zu heben. »Burschen. Das hier ist ein zivilisiertes Mahl, denkt daran!«

Die einzige Befriedigung, die Hugh aus der Bezähmung seines Ärgers ziehen konnte, war der Anblick von Richards Gesichtsausdruck, der sich in dem mütterlichen, ermahnenden Ton angesprochen fand, den Edlyn so meisterhaft beherrschte.

»Gewöhnt Euch daran«, riet Hugh ihm.

Richard ließ noch einmal jungenhaften Trotz aufblitzen, bevor er sich mit einem bezaubernden Lächeln an Edlyn wandte. »Ich werde tun, wie Ihr befehlt, Mylady. Ich werde sogar den Abfall aus dem Kerker heraufbringen, wenn Ihr das wünscht.«

»Wenn Ihr Eure Kerker sauberer hieltet, müsstet Ihr Euch keine Gedanken über Abfälle machen.« Mit leichter Hand zerschlug sic seine Überheblichkeit. »Nun benehmt Euch.«

Hugh bemerkte eine geschwollene dunkelrote Beule auf Richards Stirn am Rande seines Haars, die vorher dort nicht zu sehen war. Hatte Edlyn ihm auf diese Weise Respekt beigebracht? Und was hatte Richard getan, um eine solche Behandlung zu verdienen? Die beiden Männer wechselten wütende Blicke, und jeder wünschte, der andere möge sich über die Bande hinwegsetzen, die Edlyn ihnen auferlegt hatte, und angreifen.

Dann bemerkten sie, dass Edlyn weitergegangen war. Sie eilten hinter ihr her, jeder bemüht darum, ihre Aufmerksamkeit zu erlangen, aber sie missachtete sie, bis sie am Tisch angelangt waren. Dort wartete sie in königlich gleichgültiger Weise, während sie darum wetteiferten, ihre Bank hervorzuziehen. Sie ließ sich nieder, dann setzten sich die Männer zu beiden Seiten der einzigen edlen Dame im Raum.

Die Männer hätten ein eisiges Schweigen bewahrt, hätte sich Edlyn nicht von Hugh weggelehnt. »Du stinkst ja noch übler als Almund in seinem schlimmsten Zustand.« Sie wandte sich zu Richard. »Ich esse nicht mit ihm neben mir, solange er so riecht.«

Richard beugte sich um sie herum und grinste. »Ihr habt es gehört. Bewegt Euch.«

Hugh konnte ihre Frechheit kaum fassen. »Du möchtest, dass ich dich hier mit diesem Dieb am Tisch sitzen lasse?«

Sie winkte mit der Hand. »Setz dich nur ein wenig weiter zurück, sodass der Geruch nicht ganz so aufdringlich ist.«

Was tat sie da? War sie verrückt? Hugh starrte Edlyn an, aber sie schob ihn. »*Geh* schon.«

Richard grinste hämisch, und seine Männer spotteten, als Hugh seinen Teil der Bank zurückschob und sich erhob.

»Oh, guck doch nicht so wie ein geprügelter Hund«, schalt sie. Sie erhob sich ebenfalls und trat mit ihm vom Tisch weg. »Den Rittern macht es nichts aus, wenn du dich zu ihnen setzt.« Sie senkte die Stimme. »Und während ich sie mit der Geschichte fessele, möchte ich, dass du ihre Waffen stiehlst und uns hier herausholst.«

Erleichterung und Entrüstung mischten sich in seiner Brust. Erleichterung, dass sie Gründe dafür hatte, ihn so davonzuscheuchen. Entrüstung, dass sie plante, ihn so zu benutzen. Entrüstung … nun die Entrüstung überwog die Erleichterung. »Du willst, dass ich uns hier heraushole? Mit einem Schwert? Nicht alles kann mit Gewalt gelöst werden.«

Sein Sarkasmus verletzte sie, aber sie tat nichts weiter als ihn kneifen, während sie auf eine weit entfernte Bank am Ende des Haupttisches deutete.

»Parkin? Allyn?«, fragte er.

Mit ganz leiser Stimme antwortete sie: »Sind entkommen.«

Das beruhigte ihn. Frauen und Kinder zu befreien war bekanntlich schwierig, und je weniger Dinge es gab, um die er sich sorgen musste, desto besser.

Als er die Besorgnis sah, die einen Augenblick lang ihr Gesicht zeichnete, verstand er, dass sie das anders sah, und er berührte ihre Hand.

Sie packte seine für einen Moment ganz fest und trat dann zurück. »Almund ist wieder auf den Beinen und schweift in der Burg umher. Er wird den Rest deiner Männer befreien.«

»Das ist eine Hilfe«, sagte Hugh ermutigend, als er sich setzte.

Sie nickte und lächelte und kehrte an ihren Platz zurück.

Natürlich hatte er gelogen. Ein greiser alter Mann hatte keine Chance gegen die Wächter im Kerker.

Dennoch musste Hugh eingestehen, dass Edlyn einen Plan gemacht hatte. Keinen guten Plan, aber immerhin einen Plan. Leider hing alles von ihrer Gabe ab, Geschichten zu erzählen, und als er seinen Blick über die raubeinigen Söldner schweifen ließ, aus denen Richards Truppe bestand, setzte er nicht viel Vertrauen in ihre Bereitschaft zuzuhören.

Sein Nachbar, ein so heruntergekommener Ritter, wie er nur je einen gesehen hatte, drehte sich zu ihm und meinte mit einem Schwall metgesäuerten Atems: »Nettes kleines Schürzchen habt Ihr Euch da eingefangen, Mylord.« Gierig starrte er auf Edlyns anmutig schwingende Hüften, als diese sich entfernte. »Davon werden wir später alle noch einen Happen abbekommen.«

Schweigend stand Hugh auf, ergriff den Lüstling bei der Kehle und hob ihn von der Bank. Der Ritter trat um sich und versuchte zu quietschen, aber Hugh überragte ihn, und sein Griff um den Hals des Schuftes wurde fester, als dieser sich wehrte.

In einem großen Haufen sprangen Richards Männer auf die Füße und kamen auf Hugh zu. Hugh schleuderte den Kerl in einem Kreis um sich herum. Die schlaffen gestiefelten Füße schlugen ein halbes Dutzend Männer nieder. Diese rappelten sich wieder auf und schwangen ihre Fäuste. Zunächst schlugen sie sich versehentlich gegenseitig, dann absichtlich. Schreie des Zorns und des Schmerzes klangen in Hughs Ohren – sein Schreien, das der anderen, er wusste es nicht. Es war ihm egal. In einem Haufen miteinander ringender Körper ging er unter. Er wollte diesen Pöbel töten. Er ließ seine Knöchel in ihre Gesichter krachen. Er wich einigen Schlägen aus, andere trafen wuchtig in sein Gesicht und seinen Leib.

Dann verschob sich das Geschehen irgendwie. Er hörte Wutgeschrei und sah Körper durch die Luft fliegen – fort von ihm. Er kämpfte sich wieder auf die Füße und fand sich Rücken an Rücken mit jemandem, der wie ein Verrückter kämpfte.

Sie gewannen. Gewannen!

Dann ergaben die Rufe des Mannes in seinem Rücken plötzlich einen Sinn. »Ich bring euch um, ihr Esel! Er gehört mir!«

Hugh fuhr herum, und Richard tat desgleichen. Sie starrten einander an, Feinde, die einander verachteten.

Ebenbürtige Kämpfer.

Dann grinste Richard durch aufgeplatzte Lippen. »Außerdem«, fuhr er fort, »wird er uns entweder ein großes Lösegeld einbringen – oder großes Vergnügen.«

Seine Ritter murrten und wischten sich das Blut aus den Gesichtern. Gerade jetzt machten sie sich nichts aus dem Lösegeld. Wenn sie sich selbst überlassen gewesen wären, hätten sie Hugh zu Tode geprügelt, aber sie waren dazu erzogen, Richard zu gehorchen, und das legte ihrem Temperament Zügel an.

Die Diener schleppten die bewusstlosen Kämpfer hinaus, und als der Ritter, der die Auseinandersetzung ausgelöst hatte, sich regte, traten sie ihn und schleppten auch ihn hinaus, Hugh hatte keine Vorstellung, wohin.

Hugh wischte sich das Blut aus dem Gesicht und zuckte zusammen, als er die Schwellung berührte, die seine Finger erkundeten. Edlyn würde sie untersuchen müssen. Edlyn ... sie schritt auf sie zu mit ihrem Kräuterbeutel in der Hand.

Sie sah nicht glücklich aus.

Weise trat Hugh zurück und deutete auf Richard. »Kümmere dich zuerst um ihn.«

»Das werde ich«, gab sie zurück. »Du verdienst es, noch ein wenig länger zu leiden.«

Richard saß brav da und wartete auf ihre liebevolle Fürsorge, aber die ganze Zeit redete er auf seine Ritter ein. »Noch nicht einmal Schafe sind so dumm wie ihr. Denkt doch nach! Der Earl of Roxford ist der Befehlshaber des Königs. Der Prinz wird ihn wiederhaben wollen. Simon von Montfort wird ihn hängen wollen. Wir können mit ihm so viel Geld machen wie in einem ganzen Jahr.«

Er zuckte vor Edlyns unerwartet heftiger Hand zurück, als sie Salbe auf seine gebrochene Nase auftrug. »Und was habt Ihr mit mir vor?«, fragte sie.

Er sah überrascht aus.

»Über heute Nacht hinaus habt Ihr einfach nicht nachgedacht, nicht wahr?« Sie ergriff sein Ohr und drehte es. »Ich bin nichts als ein Ding, das man benutzt, um meinem Gemahl Hugh eins auszuwischen – was auch immer der Grund dafür sein mag.«

»Au«, klagte Richard, »au, au, au!« Seine Stimme erhob sich in einem Crescendo, als er von der Bank auf den Boden glitt, um ihrer grausamen Hand zu entkommen.

Hugh hatte sie noch nie großartiger aussehend erlebt. Durch die Flamme des Zorns erleuchtet, forderte sie Anbetung, wie eine Göttin der alten Religion.

Richard hatte diese Art der Strafe seit Jahren nötig gehabt, und Hugh gackerte vor Vergnügen, als er Richard winseln hörte.

Ein Fehler.

Edlyn ließ Richard los und fuhr ihn an. »Wenn du denkst, dass das hier lustig ist, dann warte, bis ich *deine* Wunden säubere.«

»Mir geht es gut.« Hughs Kiefer schmerzte, und die Haut über seinen Rippen – jene frisch verheilte Wunde – ließ Wellen von Schmerz durch seinen Körper laufen, aber sein Auge pochte am heftigsten. Mit seiner Hand bedeckte er es. »Mir geht es gut!«

Sie zog seine Hand herunter und spähte auf die riesige Schwellung. »Steck deinen Kopf in einen Eimer mit Wasser. Das wird die Schwellung zurückgehen lassen.«

Sie ging zum Tisch, und niemand trat ihr in den Weg.

»Wenn Ihr das tut, werdet Ihr ertrinken.« Richard sprach von seinem Platz unter der Bank.

Hugh starrte hinunter auf seinen Erzfeind, der von der Hand einer Dame zu Boden geworfen worden war. »Und Ihr wolltet sie besitzen.«

»Sie geht mit Euch.« Richard lachte leise in sich hinein und kam mühsam wieder auf die Füße. »Es kann nicht leicht sein, mit dieser Frau zusammenzuleben.« Er kratzte sich am Kinn. »Besonders wenn ...«

Seine Stimme wurde leiser, aber auf seinem Gesicht machte sich ein Ausdruck solch teuflischen Vergnügens breit, dass es Hugh eisig durchfuhr. Was hatte Richard denn nun schon wieder vor?

Mit einem spekulierenden Blick erst auf Hugh, dann auf Edlyn nahm Richard wieder seinen Platz neben Edlyn am Kopf des Tisches ein. Hugh machte sich für eine Katastrophe bereit, aber obwohl er die beiden genau beobachtete, sah er nichts Ungehöriges in Richards Benehmen. Sie aßen vom selben Schneidebrett, aber berührten sich nie. Sie sprachen miteinander, aber lächelten nie. So kühl, wie sie miteinander umgingen, hätten sie schon seit Jahren unglücklich verheiratet sein können, und Hugh stellte fest, dass er Mitleid für Richard of Wiltshire empfand.

Nach ungefähr der Hälfte des Mahles aus Wildbret, das in den Wäldern des Königs geschossen worden war, erhob sich Edlyn und zog eine Laute unter dem Tisch hervor. Alle Augen waren auf sie gerichtet, als sie in die Mitte der Halle schritt und dabei eine Saite der Laute anschlug. Alle Gespräche verstummten, und Hugh meinte, dass die Diebe fast ängstlich auf Edlyns nächsten Schritt warteten.

Edlyn ließ ihre Finger über die Seiten gleiten und spielte dann eine dramatische Folge von Tönen. »Auf den Wunsch meines Gastgebers erzähle ich nun die Geschichte von Fulk Fitzwarin, dem Geächteten.«

Nicht diese Geschichte!, wollte Hugh rufen. *Jede andere außer dieser!* Es war doch nicht nötig, Richard und seine Männer im Kampf gegen die Autorität des Königs auch noch zu bestärken.

Aber als ihre süße, leise Stimme mit der Erzählung begann, beugten sich Richards Männer vor, bereit, der Erzählung über den Gesetzlosen zu lauschen, der ihnen so ähnlich war.

Es schien, als wisse Edlyn, was sie tat.

Mit langsamen und vorsichtigen Bewegungen, um keine Aufmerksamkeit auf sich zu ziehen, glitt Hugh zurück in die Schatten, bereit, jede Waffe zu greifen, die er bekommen konnte, und die anderen zu stehlen. Edlyn mochte vielleicht zornig auf ihn sein, aber sie brauchte ihn, damit er sie vor dem Schicksal retten konnte, das sie hier erwartete.

Langsam und begleitet von gelegentlichen dramatischen Akkorden auf der Laute und einem angeborenen Gespür für Dramatik spann Edlyn die Geschichte von Fulk Fitzwarin und seinem mächtigen Kampf gegen den bösen König John. Sie berichtete, wie er sein Geburtsrecht durch Verrat verlor.

Hugh zog behutsam Schwert um Schwert aus ihren Scheiden, die in Griffweite auf dem Boden neben jedem von der Erzählung gebannten Ritter lagen.

Edlyn berichtete, dass Fulk niemals jemanden bestahl außer den König selbst.

Hugh hob ein Tranchiermesser von einer der Fleischplatten auf.

Edlyn berichtete, wie Fulk die bezaubernde und edle Lady Matilda heiratete, um sie vor den lüsternen Absichten des Königs zu retten.

Hugh entdeckte einen gegen die Mauern gelehnten Schild und verbarg seinen Vorrat an Waffen darunter. Dann ergriff er das Schwert, das er für sich selbst auserkoren hatte. Er würde in einem günstigen Augenblick angreifen – aber erst wollte er die Erlösung von Sir Ardulf abwarten. Das war sein Lieblingsabschnitt dieser Geschichte.

Die Männer um Hugh herum vergaßen zu essen, sie vergaßen sich zu kratzen, sie vergaßen zu furzen. Sie taten nichts, als Edlyn anzustarren, während sie mit ihren Gefühlen spielte. Sie lachten, als Edlyn beschrieb, wie Fulk den feinen Stoff des Königs benutzte, um daraus Gewänder für die Kaufleute zu machen, und diese dann zum König schickte, damit sie diesem für seine Großzügigkeit dankten. Sie hielten den Atem an, als Edlyn beschrieb, wie Fulk seinen Bruder auf tollkühne Weise rettete. Sie weinten, als zwei seiner treuen Gefolgsleute durch die Pfeile des Königs fielen.

Sie hörten bis zum Schluss zu, so gebannt durch Edlyns Erzählung, dass sie durch Zeit und Raum getragen wurden und sich in den edlen Fulk Fitzwarin hineinversetzten.

Und als sie am Schluss angekommen war, würdigten sie ihre Gabe mit verblüffter und andächtiger Stille.

Hugh schloss sich ihnen an, bis sie ihm in die Augen blickte, und er erwachte mit einem Ruck wieder aus dem Zauber.

Er schaute das Schwert an, das er fest in seiner Hand gepackt hielt.

Es war tatsächlich sein eigenes Schwert.

Er hatte es dem räudigen Kerl abgenommen, der es ihm gestohlen hatte – und er hatte vergessen, es zu gebrauchen. Edlyn hatte ihre Stimme, ihre Gabe, ihre Klugheit eingesetzt, um die Diebe zu fesseln, und sie hatte sie so fest gebunden, dass er jedem die Kehle hätte durchschneiden können und jeder mit einem seligen Lächeln auf den Lippen gestorben wäre. Aber gleichzeitig hatte sie auch ihn gefesselt.

Er war sich in seinem Leben noch niemals so dumm vorgekommen. Bei allen Heiligen, noch nie in seinem Leben war er so dumm *gewesen*.

Vom Haupttisch hörte er ein zitterndes Seufzen. Richard of Wiltshire erholte sich wieder.

Hugh und Edlyn wandten ihre Aufmerksamkeit ruckartig ihrem Gastgeber zu und sahen, wie er sich die Augen am speckigen Tischtuch abwischte. Die anderen Männer hoben schniefend und sich räuspernd ihre Becher in stummem Tribut.

Sich erhebend, neigte Richard demütig den Kopf vor Edlyn. »Mylady, Ihr habt in der Tat Euer Versprechen, uns zu unterhalten, auf edelste Weise erfüllt. Ich lege Euch meine Hand, mein Herz, mein Eigentum zu Füßen.«

Sie antwortete mit einem Knicks. »Edler Ritter, ich danke Euch für Euer Lob meiner schwachen Bemühungen.«

»Es gibt nichts, das ich nicht geben würde, um Euren Herzenswunsch zu erfüllen. Und jener Herzenswunsch ist ... die Freiheit.« Er wand sich ein wenig, als er das sagte, aber als er das Entsetzen sah, mit dem Hughs Mund aufklappte, wurde seine Stimme kräftiger. »Aye, Freiheit für Euch, Eure Männer, Euer Eigentum.« Seine Männer unterbrachen ihn mit lautem Geschrei, aber er deutete mit dem flachen Schwert und zwang sie zur Ruhe. »Euer Eigentum«, wiederholte er. »Und Euren Gemahl.« Sein Blick fiel auf das Schwert, das Hugh hielt, und er lächelte amüsiert. »Aye, lasst Euren Gemahl wissen, dass er seine Freiheit und sein Leben seiner Braut verdankt.«

13

Edlyn wartete schreckerfüllt darauf, dass Hugh Richards Angebot ablehnen würde. Sie konnte sehen, wie der Stolz in ihm arbeitete, und konnte genauso gut erkennen, dass Richard zuversichtlich mit Hughs Herausforderung rechnete.

Hier ging es nicht um sie oder um ihre Gabe des Geschichtenerzählens, sondern um zwei Männer, welche die Gelegenheit sahen, eine alte Rechnung zu begleichen.

Aber sie hatte Kinder, die draußen in der Wildnis um Juxon Castle verloren gegangen waren, und Hugh hatte sich von ihrer Erzählung einer alten Legende einfangen lassen. Sie räusperte sich bedeutungsvoll, und Hugh löste mühsam seinen wütenden Blick von Richard. Sie formte mit dem Mund lautlos die Worte: »Danke ihm.«

Hugh verzog die Lippen. »Wir nehmen mit Dankbarkeit an, Richard of Wiltshire.« Er neigte sich, als wolle er eine tiefe Verbeugung machen, und hob stattdessen schwungvoll eine Schwertscheide vom Boden auf.

Richard trat erschrocken zurück, aber als Hugh keinerlei feindselige Bewegung machte, grinste er spöttisch. »Ihr seid nicht zum Befehlshaber des Prinzen geworden, weil Ihr dumm seid, nicht wahr?«

Hugh schaute Edlyn an. Er wusste, wie er sich verhalten musste, aber wie ein Kind wandte er sich an sie um ihr Mitgefühl.

Sie konnte seinen Widerwillen verstehen. Wenn Richard so grinste wie gerade, dann wollte selbst *sie* ihm wehtun.

Richard ausdruckslos ansehend, schnallte Hugh die Scheide um seine Taille.

»He!« Der Ritter, der in Hughs Nähe saß, deutete auf ihn.

»Das sind *meine* Scheide und *mein* Schwert! Ich habe sie ehrlich gestohlen!« Er warf sich auf Hugh und versuchte, die Scheide zurückzubekommen.

Hugh nahm den Schurken als Ersatz für Richard und schlug ihn fast ohnmächtig.

Das Grunzen und das Geschrei der Prügelei machten Edlyn zu schaffen, aber sie gab vor, nichts zu bemerken.

In der Zwischenzeit brüllte Richard seine Männer an, bis sie sich endlich in Bewegung setzten, um die Gegenstände, die sie Hughs Truppe gestohlen hatten, zurückzubringen. Was schon verstaut worden war, wurde nun mit weiterer Beute von anderen Reisenden aufgehäuft, und Edlyn seufzte leise, als ihr die bevorstehende Aufgabe bewusst wurde, die Karren erneut zu beladen.

Zufrieden, dass man ihm gehorcht hatte, erschien Richard an ihrer Seite. »Mylady.« Er nahm ihre Hand und küsste sie. »Solltet Ihr jemals in irgendeiner Notlage sein, so sendet nur eine Nachricht, und wir kommen sofort.« Er küsste die Innenfläche ihrer Hand, dann leckte er mit seiner Zunge darüber.

Sie riss ihre Hand los und ohrfeigte ihn.

Richard zuckte noch nicht einmal zusammen. Er ließ nur sein gewohntes großspuriges Grinsen aufblitzen und deutete auf den immer noch kämpfenden Hugh. »Zu ärgerlich, dass er Euch zuerst gefunden hat. Ihr hättet eine fantastische Gesetzlose abgegeben.«

»Das bezweifle ich.« Sie rieb ihre schmerzende Hand und wunderte sich über sich selbst. Sie hatte noch nie jemanden geschlagen – und heute, im Verlaufe eines einzigen Nachmittags, hatte sie gleich zwei Männer geohrfeigt. Nicht, dass sie es nicht verdienten. »Meine Söhne wären damit nicht einverstanden.«

Richards schwarze Augenbrauen hoben sich. »Ihr habt Söhne? Nicht in meinem Kerker, hoffe ich.«

»Irgendwo im Wald«, antwortete sie.

Der Gesetzlose war nicht dumm. Er spürte ihre Besorgnis, und zum ersten Mal, seit sie ihm begegnet war, war jeglicher Humor aus seinem Gesicht verschwunden. »Ich werde meine Männer losschicken.«

Während er Anweisungen gab, kam Hugh zu ihr, nahm ihre Hand, betrachtete sie und warf dann einen wütenden Blick auf Richard. Sie wusste nicht, wie er mitten im Kampf gesehen hatte, dass Richard sie geküsst hatte, aber jetzt rieb er ihre Hand zwischen seinen beiden, als könnte er so den Kontakt auslöschen.

Bei seiner Berührung entspannte sie sich. Es war doch wirklich lächerlich, Erleichterung darüber zu spüren, dass er sie hielt, und zu meinen, dass er dadurch allein schon zeigte, dass er sie immer noch mochte. Das tat er wahrscheinlich nicht; er hatte so verdrossen ausgesehen, als sie die Geschichte von Fulk beendet hatte, und sie wusste ja, wie Männer dachten. Wahrscheinlich gab er ihr die Schuld, dass sie seine Aufmerksamkeit so gründlich gefesselt hatte, dass er seine Pflicht vergessen hatte. Aber die Wärme seiner Haut schien ihr mitzuteilen, dass sie bei Hugh in Sicherheit war, und sie lehnte sich an ihn und legte den Kopf auf seine Brust.

Hugh umfing ihren Nacken mit seiner großen Hand, zog sie näher an sich heran und drehte ihren Kopf so, dass sie gegen ihn ruhte und seine Arme sie halten konnten. Seine Stimme brummte in ihr Ohr. »Ich werde nie wieder an deiner Gabe, Geschichten zu erzählen, zweifeln.«

Sie nahm einen selbstironischen Ton in seiner Stimme wahr und hob den Kopf. Sein Gesicht war böse zugerichtet. Seine Lippen waren aufgeplatzt, seine Wange dick. Ein Auge war beinahe zugeschwollen, aber das andere blinzelte sie an. Ihre Finger hörten auf, seinen Leib zu umklammern, wanderten über Brust und Hals zu seinem Gesicht und berührten sanft jede blutige Stelle.

Er fing ihre Hand ein und küsste ihre Fingerspitzen.

Diese Berührung hatte keinerlei Ähnlichkeit mit Richards

Kuss. Sie hatte keinerlei Ähnlichkeit mit irgendetwas, das sie je erlebt hatte. Sie löste einen Funken aus, der nur durch zwei einfache Berührungspunkte entstand, wie Feuerstein und Stahl. Dann presste sich sein Körper noch fester an ihren, und ihre Verbindung war mehr als ein Funke. Es war ein ganzer Holzstapel, der in hellen Flammen stand. Es war ein Waldbrand, der durch Blitzschlag entstanden war.

»Wenn ich dich nicht bald alleine für mich habe …«

Neben ihnen räusperte sich Richard. Er hatte sie in leidenschaftlicher Umarmung erwischt wie zwei heimliche Liebende, und Edlyn trat hastig einen Schritt zurück. Dann wünschte sie, sie hätte es nicht getan. Sie waren ja schließlich verheiratet. Nur … noch nicht lange. Noch nicht lang genug, um sich miteinander wohl zu fühlen.

»Mylady.« Richard nahm ihre Hand, dieselbe, die Hugh geküsst hatte.

Sie ballte sie zur Faust.

Er hielt die Faust hoch, sodass Hugh sie sehen konnte. »Eine Botschaft, meint Ihr nicht?«

Hugh hob ebenfalls eine Faust, größer, zerschlagen und blutig, und erwiderte: »Eine Botschaft, die Ihr wohl beachten solltet.«

»Aber lasst uns doch Höflichkeit bewahren, solange wir noch beieinander sind.« Richard legte ihre Faust auf seinen Arm. »Wir werden gehen und die Männer Eures Gemahls aus dem Kerker befreien.«

»Geht mit unserem Gastgeber, teures Weib«, meinte Hugh. »Ich halte mich direkt hinter Euch.«

Es wäre dumm, Einwände zu erheben, wie sie wusste. Richard konnte schließlich immer noch seine Meinung ändern und sie alle gefangen halten. Dennoch konnten die Männer sich doch wohl um sich selbst kümmern. »Ich würde lieber nach meinen Kindern suchen.«

»Meine Männer werden sie finden«, erwiderte Richard. »Wenn Eure Kinder ihrer Mutter nur im Entferntesten ähneln, haben sie wahrscheinlich schon einen Plan, die Burg anzugreifen und Euch zu befreien.«

»Da sei die heilige Maria vor!«, schrie Edlyn erschrocken auf, fragte sich aber gleichzeitig, ob es wohl stimmen mochte.

Während Richard sie auf die Stufen zuführte, rief er: »Ihr kommt auch, Lord Roxford.«

»Ich würde es nicht versäumen wollen.«

Als Richards Soldat die Kerkertür öffnete, schlug Edlyn ein Schwall abgestandener Luft entgegen.

»Kommt«, rief Richard leutselig. »Es ist Zeit für euch, meine Gastfreundschaft aufzugeben.«

Vorsichtig taumelten Hughs Männer einer nach dem anderen heraus. Sie blinzelten im ungewohnten Lichtschein.

Wharton eilte auf seinen Herrn zu. »Ach, Euer Gesicht!« Auf den Zehenspitzen stehend, untersuchte er Hugh. »Wie geht es dem anderen Mann?«

In fürsorglichem Ton fragte Sir Lyndon: »Die Bastarde haben Euch geschlagen, nicht wahr, Mylord?«

Unter ihrer Hand spürte Edlyn, wie Richard zusammenzuckte. Sie umklammerte seinen Arm und meinte: »Wir haben keine Zeit für noch eine Prügelei.« Sie wies auf Richards Wunden und sagte zu Sir Lyndon: »Wenn irgendjemand geschlagen worden ist, dann scheint es doch so, als hätte auch Richard of Wiltshire seinen Teil abbekommen.«

Sir Lyndon starrte bedeutungsschwer auf ihre Hand, die auf Richards Arm ruhte, und wollte etwas erwidern, aber Almund krabbelte auf den Knien aus dem Kerker.

Mit einem Schreckensruf eilte Edlyn auf ihn zu, um ihm aufzuhelfen.

»Was macht der denn hier unten?«, fragte Richard. »Als ich ihn zuletzt sah, lag er oben und stöhnte, er werde sterben, während er seine Lungen heraushustete.«

Der wachhabende Soldat erwiderte: »Der Mann da versuchte mir mit meiner Streitaxt über den bloßen Schädel zu schlagen.«

»Das tat er?« Richard sah Edlyn wissend an. »Eine erstaunliche Leistung für einen so geschwächten Menschen.«

»Ich hätte es auch wirklich getan.« Almund erlaubte Edlyn, ihn gegen die Mauer zu lehnen.

»Aye, nur dass du umgekippt bist, als du sie hochgehoben hast«, gab der Soldat zurück.

Alle lachten. Alle außer Sir Lyndon. Der sah sich verärgert um. »Der alte Fährmann behauptete, Lady Roxford hätte den Plan gemacht, uns zu befreien. So etwas Törichtes kann ja nur einer Frau einfallen.«

»Ihr seid doch draußen, oder etwa nicht?«, fragte Wharton säuerlich.

Edlyn erkannte plötzlich, dass Wharton Sir Lyndon nicht mochte. Und natürlich mochte sie Wharton nicht – und was sollte das dann alles bedeuten?

»Die Pläne von Lady Roxford haben sich für Euch alle gut genug ausgewirkt«, antwortete Richard. »Stellt Euch an der Mauer auf. Stellt Euch auf!«

Hughs Männer blickten auf Hugh, und er winkte sie voran.

Richard rieb sich die Hände und verkündete: »Ich möchte, dass Ihr alle wisst, dass ich Euch freilasse, und ich möchte, dass Ihr wisst, warum. Eure Dame hat Euch die Freiheit gewonnen, sie und Euch alle ziehen zu lassen.«

Hughs Männer sagten nichts. Sie musterten Edlyn von oben bis unten, dann Richard, und Edlyn schrumpfte innerlich zusammen, als sie erkannte, was sie dachten.

Richard erkannte es auch, und sie sprach ihn frei davon, ihren Namen entehren zu wollen, als er hinzufügte: »Sie erlangte die Freiheit für Euch durch ihre Gabe des Geschichtenerzählens.«

»Geschichtenerzählen?«, höhnte Sir Lyndon. »Ich habe noch nie gehört, dass man es *so* nennt.«

Richard und Hugh stießen fast zusammen, als sie versuchten, an ihn heranzukommen, aber Richard war schneller. Das

Messer erschien so selbstverständlich in seiner Hand, dass er es wohl im Ärmel gehabt haben musste, und er drückte es gegen Sir Lyndons Kehle. »Ihr seid unverschämt, Bursche, gegenüber den Leuten, die über Euch stehen.«

»Über mir?«, meinte Sir Lyndon. »Sie ist doch nur eine Frau und eine …«

Richard rasierte ein Stück Haut von Sir Lyndons Adamsapfel. »Ihr seid auch noch dumm.« Blut schoss in einem scheußlichen roten Strom hervor. »Aber Ihr seid nicht mein Mann, Gott sei Dank, und es ist nicht an mir, Euch zu töten.« Er blickte Hugh an. »Darf ich seine Kehle durchschneiden, Mylord?«

»Hugh.« Edlyn stieß ihn an, und als er sie ansah, schüttelte sie den Kopf.

»Nay«, lehnte Hugh zögernd ab. »Mein Weib wünscht, dass ihm das Leben geschenkt wird.« Seine Stimme wurde kräftiger. »Aber Ihr könnt ihn in Eurem Kerker lassen, bis die Ratten seine abscheuliche Zunge verschlungen haben.«

»Sollte irgendjemand anderes das Verlangen verspüren, Lady Roxford zu beleidigen, lasst Euch gesagt sein, dass ich das mit Missvergnügen aufnehmen würde.«

Richard warf Sir Lyndon seinen Wachen in die Arme, die ihn grob wieder durch die Tür des Kerkers stießen. »All mein Mitgefühl ist von diesem ungehobelten Schurken verbraucht worden, also sage ich es Euch nur einmal – Lady Edlyn hat uns die Geschichte von Fulk Fitzwarin mit solcher Fertigkeit erzählt, dass sie uns alle verzauberte, und als Belohnung für ihre Freundlichkeit lasse ich Euch alle frei. Alle!« Er machte eine ausladende Geste, das Messer noch immer in der Hand, und Hughs Männer wichen zurück. »*Mit* Eurem Eigentum. Also dankt Eurer Dame und verschwindet aus meiner Burg.«

Sie dankten ihr in der Tat. Sie dankten ihr, als sie auf dem Weg in den Burghof in einer Reihe an ihr vorbeiwanderten. Sie dankten ihr, als sie die Karren mit ihren durcheinander geworfenen Habseligkeiten beluden. Sie dankten ihr, bis Richard Hugh süffisant anlächelte. Sie dankten ihr selbst dann noch, als Richard sie alleine gelassen hatte, um die Verteilung der Sachen zu beaufsichtigen.

Mit Hugh auf den Stufen des Wohnturms stehend, musterte Edlyn die offene Zugbrücke.

»Ich weiß, was du gerade denkst«, sagte Hugh.

»Ich habe doch gar nichts gesagt.« Hatte sie auch nicht. Sie hatte Wichtigeres im Kopf.

»Wharton, diese Truhe gehört *mir.*« Hugh rief zu seinem Diener hinüber, als die Ritter halb verpackte Besitztümer auf die Karren schoben. Wharton machte eine Geste zum Zeichen, dass er gehört hatte, und ließ die Truhe zu Hughs Wagen tragen.

Sich zu ihr zurückwendend, meinte Hugh: »Aber ich kann hören, was du denkst.«

»Das bezweifle ich.« Männer liefen durcheinander und brüllten, während sie Pferde aus den Ställen holten und sich um Sättel rauften. Dumme Männer.

»Du glaubst, dass ich dich dort drinnen im Stich gelassen habe. Dass du dich nicht auf mich verlassen kannst.«

»Keineswegs.« Sie sprach ganz knapp.

»Ich habe geschworen, dass ich dich beschützen würde, und das werde ich tun. Ich schwöre …«

Sie wandte sich heftig zu ihm um. »Hörst du endlich auf zu schwatzen?«

Er erstarrte.

»Ich denke an meine Söhne. Das ist alles. Meine Söhne. Ich will meine Söhne zurück, und zwar jetzt gleich. Wenn du dir also unbedingt Sorgen um etwas machen musst, dann sorge dich darum.«

»Deine Söhne. Aye.«

Ein halbes Lächeln spielte um seinen Mund. »Ich habe dir deine Söhne schon einmal gebracht. Das kann ich auch wieder tun.«

Hugh schnappte sich sein Pferd, fand seinen Sattel und war

schon auf halbem Wege zum Tor, als Richard ihn einholte. Sie sprachen kurz miteinander, dann ritt Hugh davon.

Mit einem missvergnügten Gesichtsausdruck erschien Richard an ihrer Seite. »Er sagte, er werde Eure Söhne holen.«

»Ich bete, dass er Recht hat.«

»Ich wollte ebenfalls suchen gehen.«

Sanft antwortete sie: »Ich glaube nicht, dass das klug wäre.«

»Genau das hat Hugh auch gesagt. Ah, aber ich nenne ihn jetzt am besten Lord Roxford, nicht wahr? Er sagte, ich solle lieber hier bleiben, sonst würden vielleicht Kämpfe ausbrechen.« Richard wippte auf seinen Fersen vor und zurück. »Er hat auch noch Recht, der verdammte Kerl.«

Ohne ihre Besorgnis hätte Edlyn über diese Rivalität, die zwischen zwei kleinen Jungen angemessener gewesen wäre, gelacht.

»Natürlich, wenn man ihn fragt, hat er immer Recht«, meinte Richard. »Wie haltet Ihr das nur aus?«

Loyalität ließ sie schweigen.

Dieser Mann konnte *tatsächlich* ihre Gedanken lesen. »Aye, es ist lästig«, fuhr Richard fort. »Das ist der Grund, warum ich mit diesem Mann kaum zusammen sein kann, ohne jene herrische Haltung zerstören zu wollen.«

»Das ist auch der Grund, aus dem Ihr uns gehen lasst.« Es war so einfach, die schlichte Denkweise eines Männerhirns zu durchschauen. »Euch war die Geschichte vollkommen gleichgültig. Ihr wolltet nur, dass Hugh wusste, dass er seine Freiheit mir verdankt.«

»Mir gefiel die Geschichte. Außerdem ist er nun zu Dankbarkeit verpflichtet.« Richard zwinkerte ihr zu.

»Ihr seid ein Mann.« Die Verärgerung ließ sie in scharfem Ton sprechen. »Glaubt Ihr das wirklich?«

Er blickte auf seine Schuhe und scharrte mit den Füßen.

»Oh, gut. Ihr wisst es besser.«

»Ich weiß, dass Euer Lord ein gerechter Mann ist.« Er

sprach heftig und sah ihr dabei direkt in die Augen. »Dass er seine Freiheit Euch verdankt, mag ihn ärgern, aber er wird es Euch niemals spüren lassen. Er wird sein Möglichstes tun, um es Euch zu entgelten. Ihr werdet sehen. Er wird Eure Söhne finden.«

»Ich weiß«, meinte sie weich. »Ich weiß.«

Damit trat sie hinunter in das Durcheinander von Männern und Gegenständen im Hof und machte sich daran, das Packen und Aufladen zu ordnen. Richard hatte seine Männer dazu gezwungen, die großen Dinge wieder herzugeben – Pferde, Sättel, Zelte, Rüstungen und Waffen. Aber Hugh würde niemals alle Habseligkeiten aus den Truhen zurückbekommen.

Während sie damit beschäftigt war, alles in Hughs Wagen zu verstauen, hörte sie einen Ruf. Hugh ritt über die Zugbrücke mit nur einer Gestalt hinter sich im Sattel. Edlyn ließ alles fallen und stürzte zu ihm hin. Wynkyn klammerte sich an Hughs Gürtel, und sein weißes Gesicht jagte ihr noch mehr Angst ein als das Fehlen der Jungen.

Bevor er das Pferd noch zum Stehen gebracht hatte, rief Hugh schon: »Es geht ihnen beiden gut. Sie kommen mit den Gesetzlosen hinter uns her.«

»Den Heiligen sei Dank.« Nie war ein Gebet ehrlicher gemeint gewesen, doch jetzt erkannte sie die Anzeichen des Schmerzes in Wynkyns Gesicht und sah, wie der Page seinen Arm auf das Knie stützte. »Was ist mit ihm?«

»Er hat sein Schlüsselbein gebrochen«, erwiderte Hugh, »als er beim Versuch, die Burg auszukundschaften, von einem Baum gefallen ist. Sie haben einen Angriff geplant.«

Hinter ihr unterdrückte Richard ein Lachen und rief nach einer Trage. Mit der, die rasch herbeigeschafft wurde, war Edlyn sehr zufrieden. Es handelte sich um eine Decke, die zwischen zwei Stangen gespannt worden war, und sie war damit genau wie die Tragen beschaffen, die auch von den Nonnen in der Krankenstube benutzt wurden.

»In unserem Geschäft gibt es häufig Verwundete«, erklärte Richard. »Und wir müssen sie dauernd herumtragen.«

»Helft mir, ihn da herunterzubekommen«, wies Edlyn die beiden Männer an, und sie manövrierten Wynkyn so, dass er am Boden auf der Trage lag.

Hugh und Richard hielten Wynkyn, während sie ihn untersuchte und dann die Knochen mit Verbandstreifen wieder in die richtige Stellung zwang. Wynkyn schrie auf, dann verwandelte ein überraschter Ausdruck sein Gesicht. »Es fühlt sich besser an!«, sagte er.

»Das tut es immer.« Edlyn befestigte seinen Arm und seine Schulter durch weitere Verbände, sodass der Knochen ruhig gestellt war. »Aber heute Abend kann er nicht von hier fort.«

Obwohl er offensichtlich wenig erfreut war, stimmte Hugh dennoch zu: »Natürlich nicht. Wir werden bis zum Morgen hier bleiben müssen.«

Richard verkniff sich den Spott, und Edlyn erkannte ihm das hoch an. »Wenn Ihr meine Gastfreundschaft noch länger annehmen könnt, wären meine Männer und ich erfreut, Euch noch bei uns zu behalten.«

Edlyn hätte gerne gesehen, wie Hugh darauf reagierte. Würde er genauso liebenswürdig akzeptieren, wie Richard seine Einladung ausgesprochen hatte? Doch in diesem Augenblick kamen weitere Reiter über die Zugbrücke geritten, und sie hörte den Ruf: »Mama, Mama.«

Sie raffte ihre Röcke und rannte auf die beiden Jungen zu, die im Sattel hinter zweien von Richards Männern hockten, und Hugh und Richard sahen ihr hinterher.

»Ich stehle, was ich haben will«, meinte Richard. »Aber wenn ich *sie* von Euch stehlen würde, hätte ich sie immer noch nicht.«

Richard wollte reden! Hugh bebte vor Erwartung. Sein Gegner würde ihm sagen, was während der langen Stunden geschehen war, in denen Hugh im Kerker eingesperrt gewesen war!

Hugh wartete atemlos, und Richard sah ihn finster an. »Ach, schaut doch nicht so begierig. Ihr wisst doch, dass sie nur an Euch hängt.« Er rieb sich die Beule auf der Stirn, als ob er sich daran erinnerte, wie er sie bekommen hatte. »Ihr werdet hier heute Nacht sicher sein, genau wie sie, wenn sie sich auch über den Zustand der Damengemächer beschwert hat. Deshalb bezweifle ich, dass sie dort wird schlafen wollen.«

Hugh hob seine Augenbrauen.

»Juxon war ein Schwein«, sagte Richard unverblümt. »Dieses Gut hat Besseres verdient als einen Mann, der sich nur den Bauch voll schlug und herumhurte und alles andere vor die Hunde gehen ließ.«

Als er sich den Schmutz in der großen Halle wieder vor Augen führte, fragte Hugh: »Ihr meint, hier sah es schon so schlimm aus, bevor Ihr kamt?«

»Es ist schon besser als zuvor. Wir haben schon harte Arbeit geleistet.« Richard nahm Hugh am Ellbogen und drehte ihn so, dass er den Wohnturm ansah. »Seht Ihr die losen Steine in der Mauer im zweiten Stockwerk? Wir haben da ein Loch aufgefüllt. Juxon hatte anscheinend ein Fenster dort haben wollen und deshalb einen Teil der Mauer der großen Halle herausgeschlagen.«

»Nay.« Hugh konnte gar nicht glauben, dass der Mann so dumm gewesen war.

»Aye.« Richard nickte bestätigend. »Das war natürlich gut für uns. Als wir einmal durch das Tor gedrungen waren – das Holz war verrottet und gar kein Hindernis –, lehnten wir ein paar Leitern gegen den Turm und nahmen ihn durch das Fenster ein.«

Hugh konnte die Idiotie nicht fassen. Sogar eine so kleine Burg wie diese war es wert, verteidigt zu werden. »Er hatte diesen Ort nicht verdient.«

»Keiner von ihnen verdient irgendetwas.« Richards Lippen zogen sich von seinen Zähnen in einer schrecklichen Parodie seines gewohnten Grinsens zurück. »Die älteren Söhne, sie werfen ihr Erbe fort, während wir jüngeren Söhne verhungern müssen.«

Hugh antwortete nicht. Er war mit Richard nicht einer Meinung. Wie konnte er es sein? Und doch konnte Hugh seinen Zorn nur zu gut verstehen.

Richard schüttelte Hughs Arm. »Wenn dieser Aufstand vorbei ist, werden ohne Zweifel die Königstreuen gesiegt haben. Der König wird freigelassen werden, und er wird irgendjemanden – Euch wahrscheinlich – schicken, um uns diese Burg wieder abzunehmen. Er wird sie Juxon zurückgeben, und dieser Ort wird in zwanzig Jahren eine Ruine sein.«

Es war wahr. Hugh wusste, dass es wahr war.

»Mylord Roxford, Ihr findet das Gehör des Prinzen. Sprecht mit ihm.« Richard schüttelte Hugh erneut. »Sprecht mit ihm! Es gibt schlimmere Lehnsleute als mich und meine Männer, und wir würden dem König Treue schwören und niemals schwanken.«

»Der Prinz würde ein Gut nie einer Bande von Gesetzlosen überlassen«, erwiderte Hugh. »Er würde sich nicht darauf verlassen, dass Ihr nach seinem Willen handelt.«

»Ihr vertraut mir.« Richard grinste diesmal mit echtem Vergnügen. »Ihr vertraut mir, dass ich Euch und Eure Leute und Eure Reichtümer am Morgen ziehen lasse.«

Hugh musterte erneut das Loch im Burgturm, damit er Richard gegenüber nichts zugestehen musste.

»Sprecht mit dem Prinzen«, sagte Richard. »Das ist alles, um was ich bitte.«

Wynkyn schlief tief und fest auf dem Boden neben dem Feuer in der großen Halle von Castle Juxon, trotz der leisen Laute des Unbehagens, die er im Schlaf von sich gab. Edlyn stopfte die Decke fester um seinen Hals und sah in sein Gesicht, das sogar im Schatten der Nacht so glatt aussah. Allyn und Parkin schliefen zu beiden Seiten. Er war ihr neuer Held, und sie konnten es nicht ertragen, von ihm getrennt zu sein.

Er war auch Edlyns neuer Held; er hatte ihre Söhne beschützt und auf sie aufgepasst, und er würde immer einen Platz an ihrer Seite haben.

Um das Feuer lagerten in immer größeren Kreisen schnarchende, zuckende Körper. Am dichtesten zur Wärme lagen die Männer, die verwundet oder krank waren. Dahinter die Gesunden, die Jungen und die Kräftigen. Aus irgendeinem Grunde schien es nur wenige von diesen unter Richards Männern zu geben. Als sie früher am Abend die Kranken aufgefordert hatte, sich in einer Reihe aufzustellen, um sie zu behandeln, hatte eine immer größer werdende Zahl von Männern über Schmerzen in Kopf, Brust oder Gelenken geklagt – alle natürlich vollkommen unerklärlich.

Edlyn hätte sie wohl als Schurken und Übeltäter betrachten sollen, böse Männer, die hilflosen Reisenden auflauerten und ihnen ihre weltlichen Güter abnahmen. Stattdessen erinnerten sie Edlyn an ihre Söhne. Jene um Mitleid heischenden Augen, jenes gut verborgene Wimmern, jene Geschichten von Beschwerden, die sie nur ihr offenbarten. Und egal was sie ihnen gab – Kräuter, einen gewärmten Wein oder nur eine kühle Hand auf ihrer Stirn –, alle behaupteten, sie seien geheilt und dankten ihr mit Geschenken.

Sie überreichten ihr Stoffballen, Ringe und einen Damensattel. Alles von jenen unglücklichen Reisenden gestohlen, aber dennoch wertvoll, und alles wurde mit ehrlicher gestammelter Dankbarkeit dargeboten. Sie nahm die Gaben mit einem Lächeln und Dank entgegen. Die Not dieser Männer verstand sie nur zu gut. Sie hatten keine Frauen, die sich um sie kümmerten. Sie hatten sich durch ihr Räuberleben von ihren Müttern und Schwestern abgeschnitten. Sie hatten keinen Platz in der Gesellschaft, also hatten sie sich selber einen geschaffen, und dieser Ort – so fürchtete Edlyn – würde schließlich auch die Heimat für ihre eigenen landlosen Söhne werden, wenn man ihnen erlaubte, die Ausbildung zum Ritter zu durchlaufen.

Hugh und Richard, sich einig in der Abscheu über solch unmännliches Verhalten, hielten am anderen Ende der Halle Hof, und Edlyn hätte viel darum gegeben zu wissen, welches Thema ihre Unterhaltung so angeregt werden ließ. Politik wahrscheinlich. Sie schnaubte. Für Männer war dieses Thema immer wichtiger als das Wohlergehen ihrer Ritter.

Auch als ihr eigenes Wohlergehen, denn Hugh trug immer noch die Spuren des Kampfes in seinem Gesicht und hatte sie noch nicht um Hilfe gebeten.

Aber nun lagen alle zu Bett: Hugh in den Damengemächern, Richard in einer Ecke in der großen Halle. Sie sollte auch in das Damengemach gehen, mit seiner zerbrochenen Tür und dem muffigen Bett, und sich neben ihren Ehemann ins Bett legen. Nur war sie zu müde, um sich ihm hinzugeben, und Hugh war ein zu frisch gebackener Ehemann, um das nicht von ihr zu erwarten.

»Mylady.«

Eine heisere, zittrige Stimme rief nach ihr, und sie trat vorsichtig über die Jungen, um an Almunds Seite zu gelangen. Sein tapferer Versuch, sie zu retten, hatte seinen Zustand nur verschlechtert. »Was kann ich für Euch tun?« Sie legte eine Hand auf seine allzu warme Stirn.

»Ich wollte Euch nur sagen, Mylady, dass ich Euch morgen nicht begleiten werde.«

»Wie meint Ihr das?« Er zitterte immer noch, trotz der zahlreichen Decken, mit denen sie ihn umhüllt hatte, und der eingeflößte Honig hatte seinen Husten nur wenig gelindert.

»Ich bin zu krank, um weiterzugehen, und ich muss hier bleiben.«

Sie schaute sich um und sah die verrotteten Binsen auf dem Boden, das zugestopfte Loch in der Außenmauer, die Hunde, die sich Essensreste vom Boden holten, die Katze, die mit einer toten Maus im Maul über die Schläfer hinwegsprang.

Er fuhr fort: »Es ist eine feine Burg. Ich bin noch niemals in einer gewesen.«

Sie schloss ihre Augen. Wenn er dieses hier für eine feine Burg hielt, wie mochte es dann in seiner Hütte aussehen?

»Sir Richard hat mir gesagt, dass ich ihm willkommen sei und bleiben dürfe.«

»Hat er das?« Das überraschte sie.

»Schien ganz besorgt wegen eines alten Mannes.«

»Ich frage mich, warum.«

»Ach, Mylady, ich bin schon so manches Jahr hier, und jener Sir Richard ist nicht so schlecht, wie die Leute sagen. Er hat ein gutes Herz – er hält es nur gut versteckt.«

Seltsam, aber wenn Richard sie nicht gerade reizte, dachte sie fast dasselbe.

»Diese Banditen wissen doch genug, um mir die Medizin zu geben, und Ihr wisst doch selbst, dass ich zu krank bin, um mitzukommen.«

Sie wusste es, und sie hatte sich deswegen Sorgen gemacht. Sie dachte, dass er mit Gottes Hilfe diese Krankheit vielleicht überstehen konnte, aber nur, wenn sich jemand um ihn kümmerte. Nun hob die fröhliche Gelassenheit, mit der er seine Lage hinnahm, eine schwere Last von ihren Schultern. »Vielleicht wäre es am besten so«, räumte sie ein.

Seine knochige Hand fasste ihre in einem überraschend festen Griff. »Aye, aber wenn Ihr mich je braucht, müsst Ihr das nur denken, und ich werde zu Eurer Rettung kommen.«

Seine glänzenden Augen, schwarz und unergründlich tief, schienen hin und wieder durch eine orangefarbene Flamme aufzuleuchten. Hier, in der Stille der Nacht, konnte sie sich beinahe vorstellen, dass er die Macht hatte, ihre Gedanken zu lesen. »Wenn ich Eurer je bedarf, werde ich an Euch denken.«

Als sie durch die große Halle auf die Damengemächer zuschritt, sagte sie sich, dass sie seiner nie bedürfen würde, denn sie war ja verheiratet. Mit einem großen Krieger verheiratet, der sich für unbesiegbar hielt.

Es schien so, als ob sie solche Männer anzog.

An der Tür zögerte sie. Dunkelheit füllte die Kammer, nur wenig erhellt durch das entfernte Feuer.

»Edlyn?« Hugh klang überhaupt nicht schläfrig. »Komm herein.«

Natürlich war er nicht schläfrig. Er hatte auf sie gewartet. Er hatte ihr ja schon vorher gesagt, wie sehr er sie begehrte.

Männer. Wer war es wohl seiner Meinung nach gewesen, der hier Salben aufgetragen, Stirnen geglättet und für die Heilung der Verwundeten gebetet hatte? Hugh dachte wahrscheinlich, dass die Elfen kämen und sich darum kümmerten. Sicherlich wusste er nur ihre Mühen und ihre Fähigkeiten im Bett zu würdigen.

Sie zuckte zusammen, als seine Hand ihr Handgelenk umfasste.

»Es ist dunkel, nicht wahr?« Er führte sie zum Bett. »Sei vorsichtig, wo du hintrittst. Bist du fertig damit, dich um die Männer zu kümmern?«

»Ja.«

Er hob sie auf und setzte sie auf die Matratze. »Es riecht nicht besonders gut hier, fürchte ich. Wenn der Prinz Richard tatsächlich das Recht gibt, die Burg zu behalten, dann wird er ein Weib brauchen, das die Dinge hier in Ordnung bringt.«

Sie murmelte Zustimmung, während er ihr die Schuhe von den Füßen zog und sie der Länge nach hinbettete. Er rutschte neben sie. Das Kissen war nichts anderes als ein Sack mit Federn von einer Gans, die ganz gewiss an Altersschwäche eingegangen war. Die Decken strotzten wahrscheinlich von Ungeziefer. Das ganze Bett war kalt und feucht, und sie machte sich innerlich wie eine echte Märtyrerin für Hughs Kuss bereit. Stattdessen hörte sie kalten Stahl aus der Scheide fahren.

»Wer ist da?« Hugh schoss von der Matratze hoch.

»Mylord, verletzt mich nicht.« Im trüben Licht stand ein Mann mit erhobenen Armen. »Ich bin's, Sir Lyndon, gekommen, um Gnade zu erbitten.«

»Warum haben sie Euch aus dem Kerker gelassen?«, fragte Hugh, und Edlyn durchlief es kalt, als sie seinen eisigen Tonfall hörte.

»Sie wollten mich aus der Burg werfen.« Sir Lyndon machte ein paar Schritte in die Kammer hinein, und Hugh stellte sich zwischen sie und den Ritter. »Aber ich habe mich versteckt und kam zu Euch. Bitte, Mylord, schickt mich nicht fort. Ich bin doch seit Jahren bei Euch gewesen, habe an Eurer Seite gekämpft, und Ihr werdet mich doch nicht wegen eines geringen falsch gewählten Wortes ablehnen.«

»Gering? Ihr verleumdet mein Weib und nennt das gering?«

Beide Männer waren jetzt nur noch Silhouetten, die das Lichtrechteck der Tür verdeckten. Edlyn beobachtete, wie sie ihre Haltung veränderten und dadurch erkennen ließen, wer hier der Bittsteller und wer der Herr war.

»Nay, das habe ich doch nicht gemeint«, stammelte Sir Lyndon, und Edlyn hätte geschworen, dass ihm der Schweiß ausgebrochen war. »Es war die Hitze des Gefechts und die Peinlichkeit der Niederlage, die mich beide dazu veranlassten, in der Wahl meiner Worte nachlässig zu sein. Niemals würde ich schlecht von dem Weib sprechen, dass Ihr Euch erwählt habt.«

Hugh antwortete nicht.

Sir Lyndon versuchte ihn zu beschwatzen, der fröhliche Kamerad zu sein. »Wir haben doch gute Zeiten miteinander gehabt, Hugh.« Dann, schon verzweifelter: »Ich habe Euer Leben mehr als einmal gerettet.«

»Wie ich das Eure gerettet habe. Sind wir da nicht quitt?«

»Es ist doch gut, jemanden zu haben, der Euch den Rücken freihält und dem Ihr trauen könnt.«

Hugh schien hart, unbeweglich, ohne Mitleid.

Edlyn konnte es nicht ertragen. »Hugh«, flüsterte sie. »Lass ihn bleiben.«

Sie dachte, dass keiner der Männer sie gehört hätte.

Doch Hugh sah zu Edlyn zurück. »Werdet Ihr das Erbarmen aus der Hand meines Weibes annehmen?«

Sir Lyndon drehte seinen Kopf zur Seite, und Edlyn konnte an seiner Silhouette erkennen, wie er sich mit der Zunge über die Lippen fuhr. Hugh hatte es ihm so schwer gemacht, wie er nur konnte, und das war nicht ihre Absicht gewesen. Sie hätte Hugh diese Angelegenheit alleine regeln lassen sollen, statt sich einzumischen. War Hugh denn nicht bewusst, wie sehr Sir Lyndon sie verabscheuen musste?

Langsam, als ob ihn jedes Wort schmerzte, das er sagen musste, antwortete Sir Lyndon: »Ich werde das Erbarmen Eures Weibes annehmen.«

»Nun gut. Ihr könnt mit uns nach Roxford Castle kommen, aber Sir Philip wird nun mein oberster Ritter sein.«

Sir Lyndon sprang auf Hugh zu. »Aber Ihr habt versprochen ...«

»Ich weiß, was ich versprochen habe, aber ich versprach es einem Mann, den ich für würdig hielt.« Seine Hand fiel auf Sir Lyndons Schulter. »Wenn Ihr Eure Würdigkeit wieder bewiesen habt, werde ich Euch gerecht entschädigen.«

Sir Lyndon atmete hörbar ein, und Edlyn fragte sich, wie Hugh seinen Zorn so gar nicht bemerken konnte.

»Wie lange wird diese Probe dauern?«, fragte Sir Lyndon mit erstickter Stimme.

»Nicht sehr lang. Wie Ihr schon sagtet, seid Ihr schon seit Jahren mein getreuer Begleiter.« Er schüttelte Sir Lyndon, dann ließ er ihn los. »Es wird nicht lange dauern. Ihr werdet sehen.«

»Meinen Dank. Ich werde Euch nicht wieder enttäuschen.« Sir Lyndon schritt aus der Kammer und Edlyn vermeinte in der Mitte seiner Silhouette ein Feuer glühen zu sehen.

»Das ist gut verlaufen«, meinte Hugh vergnügt, als er seinen Dolch wieder in die Scheide unter ihrem Kissen schob und zurück ins Bett kletterte.

»Ist es das?«

»Aye. Er gehört wieder zur Truppe und weiß, dass er dir als meiner Dame Ehrerbietung erweisen muss.«

»Ich möchte nicht der Grund für Missstimmung zwischen dir und einem deiner getreuen Ritter sein.«

»Das bist du nicht.« Hugh hob sie so, dass sie gegen ihn ruhte. Seine Wärme vertrieb die Kälte aus den Decken um sie herum, und sie versuchte, sich noch näher an ihn zu schmiegen.

»In meinem Geist wuchs schon länger ein Unbehagen über Sir Lyndon, und diese Frechheit von seiner Seite hat es nur verstärkt.«

»Seid ihr schon seit langem Freunde?«

»Aye, seit vielen Jahren. Wir trafen uns bei verschiedenen Turnieren immer wieder und taten uns schließlich zusammen, und seitdem sind wir immer miteinander gereist. Er war damals glücklicher, bevor es offensichtlich wurde, dass ...«

Sein Zögern machte sie neugierig. »Bevor was offensichtlich wurde?«

»Es war ihm zuerst nicht bewusst, dass ich der mächtigere Ritter war. Einige Männer, weniger taktvoll als ich ... «

Sie erstickte ein Lachen an seiner Brust.

»... machten in Wort und Tat klar, dass sie ihn für einen Ritter in meinen Diensten hielten.«

»Ist er das denn nicht?«

»Damals war er es nicht! Wie konnte er denn in meinen Diensten sein, wenn ich noch nicht einmal einen Nachttopf mein Eigen nannte, ganz zu schweigen von einem Fenster, aus dem ich ihn hätte werfen können?«

»Aber du wusstest immer, dass du einst einen Titel und Land gewinnen würdest, und er wusste, dass ihm das nicht gelingen würde.«

Hughs Schweigen sprach Bände über Sir Lyndons Mangel an Ehrgeiz.

»Also wurde er vom Kameraden zum Bittsteller«, fuhr Edlyn fort.

»Ich glaube nicht, dass seine Schlechtigkeit nicht zu ändern wäre. Er war immer ein Ehrenmann.«

Ein Ehrenmann, der im Laufe der Jahre, in denen Hughs Stern immer heller leuchtete und sein eigener an Glanz verlor, bitter geworden war, dachte Edlyn. Aber diesen Gedanken behielt sie für sich, als Hughs Finger ihr Kinn hoben und sein Kopf sich ihrem näherte. Sie bereitete sich auf seinen Kuss vor, aber er berührte nur leicht ihre Lippen mit den seinen.

Weiter machte er keine Regung, und sie fragte: »Werden wir …«

»Nein!« Er lehnte so rasch und mit einer Heftigkeit ab, die vielleicht bedeutete, dass er sich anderes wünschte. Dann meinte er sanfter: »Du bist müde.«

»Nun, ja, aber …« Seit wann spielte der Zustand einer Frau denn eine Rolle für einen Mann? Soweit sie wusste, hatte eine Frau einfach nur da zu sein, um einem Mann Vergnügen zu bereiten.

»Es tut mir Leid.« Er berührte leicht ihren Kopf. »Ich weiß, dass du nach mir verlangst, aber du hast einen langen, harten Tag hinter dir. Wenigstens für heute wirst du deinem Verlangen abschwören müssen.«

Ein Soldat kann immer schlafen, überall, und Hugh tat es, während Edlyn wach neben ihm lag und nicht wusste, ob sie lachen oder fluchen sollte.

14

Sie war riesig. Riesiger als Hugh sie sich je vorgestellt hatte, selbst in seinen kühnsten Träumen. Roxford Castle erstreckte sich in der üppigen grünen Landschaft wie ein gigantischer Haufen feindseligen Steins. Im trockenen Burggraben wiesen gespitzte Stangen nach außen. Die Breite der Zugbrücke ließ es zu, dass zehn Mann nebeneinander hermarschierten, wenn sie heruntergelassen war. Das Torhaus war um die Zugbrücke herumgebaut wie eine Wölfin, die ihr verletzliches Junges eifersüchtig bewacht. Seine Zinnen bissen in den Himmel wie graue Zähne, und jeder Zoll der Außenmauern war so gebaut, dass er die Verteidigung erleichterte.

Es war die großzügigste Gabe, die der Prinz je gemacht hatte.

»Ich frage mich, ob es da drinnen irgendwo ein Federbett gibt.«

Hugh wandte den Kopf und starrte Edlyn an. Ein Federbett? Sie konnte diese imposante Burg ansehen und an ein Federbett denken?

Sie rieb sich den Rücken. »Ich habe es satt, auf dem Boden zu schlafen wie in den letzten Nächten. Nicht, dass ich es dir verübele, dass du es eilig hattest, von Juxon Castle fortzukommen, aber eine Nacht mit einem Dach über dem Kopf und ein paar sauberen Fellen als Decke wird doch angenehm sein.«

Sie warf Hugh einen Blick zu. »Wirst du denn nicht deinen Herold schicken, um Einlass zu erbitten?«

Seinen Herold? Musste er das? Er hatte in den vergangenen Jahren so viele Burgen eingenommen, dass es ihm zu einfach schien, sich einfach nur ankündigen zu lassen und dann hineinzuspazieren. Er wollte um diesen Besitz kämpfen. Erst auf diese Weise konnte er ihn sich wirklich zu Eigen machen.

Edlyn wurde des Wartens müde und sagte zu Dewey: »Geh hinauf und verkünde, dass Hugh, Earl of Roxford, eingetroffen ist, um von seinen neuen Ländereien Besitz zu ergreifen.« Dewey zögerte und blickte zu Hugh, aber sie drängte: »Beeil dich. Beeil dich, Bursche.«

Hugh gab mit einem Nicken seine Erlaubnis, und sein Knappe ritt auf die Burg zu. Mit einer Stimme, die mitten im Wort brach, rief er seine Botschaft zur Mauerkrone hinauf.

Die Ketten rasselten, als sie über das quietschende Zahnrad liefen, und die schwere hölzerne Zugbrücke landete mit einem dumpfen Krachen auf der gegenüberliegenden Seite des Burggrabens. Kein Laut war aus dem Innern der Burg zu hören.

»Was ist denn los mit ihnen?«, fragte sich Edlyn.

Hugh sah sich nach seinen Männern um. Wharton, der schon zu viele Feldzüge hinter sich gebracht hatte, als dass man sie noch zählen konnte, zuckte die Achseln. Er hatte schon alles gesehen und wollte jetzt kein Urteil abgeben. Sir Lyndon hatte sich unter die anderen erfahrenen Ritter gemischt, die die mächtige Burganlage mit zusammengekniffenen Augen beobachteten. Die Knappen und Pagen machten es ihnen nach, sogar Wynkyn, der neben seinem Pferd herlief, statt darauf zu reiten, um seine Schulter zu schonen. Parkin und Allyn leisteten ihm Gesellschaft, und wie Edlyn schienen sie von der Stille, die sie begrüßte, verwirrt.

»Sie haben Angst.« Mit einer Geste wies Hugh die Männer an, ihre Stellung beizubehalten, und trieb dann sein Pferd voran. »Und sie haben Recht.«

Er bewegte sich auf das Tor zu, hielt aber dabei immer Ausschau nach einer Hinterlist. Hier handelte es sich schließlich um die wichtigste Burg des früheren Earls of Roxford. Die Familie von Edmund Pembridge hatte diese Burg besessen, seit William England eroberte, und alles, was sich in ihr befand, war das Eigentum Edmunds gewesen. Wenn einer von Pembrokes Soldaten seinem früheren Herrn treuer war als seinem König, dann könnte ein gut gezielter Pfeil diese Übernahme beenden – wenn auch nur vorübergehend.

Hugh überquerte die Zugbrücke ohne Zwischenfall. Die Mauern des Torhauses schlossen sich um ihn. Es war als tödlicher Korridor für die Angreifer geschaffen, denen es irgendwie gelungen war, den Burggraben zu überwinden und die Zugbrücke zu zerstören. Die Mauern waren mit Schlitzen versehen, durch die Soldaten gut geschützt den Feind erledigen konnten. Todbringende Löcher, durch die kochendes Pech geschüttet werden konnte, durchsetzten die Decke.

Hugh betrachtete es wohlwollend.

Doch sein Nacken kribbelte, und er wünschte, er könnte irgendjemanden sehen, der ihm von drinnen eine friedliche Geste entgegenbrachte.

Dann kam er aus dem Tor heraus in den äußeren Burghof. Die große, offene Fläche zwischen den äußeren und den inneren Mauern enthielt einen Obst- und andere Gärten und weit mehr Gebäude, als Hugh sich ausgemalt hatte. Und doch rührte sich nichts. Nichts außer …

Hinter sich hörte er Hufschlag auf der Zugbrücke. Edlyn kam durch das Torhaus geritten und sah sich um. »Wo sind denn alle?«

»Ich weiß es nicht, und ich will dich hier nicht haben.«

Sein strenger Ton schien sie gar nicht zu beeindrucken. »Du erwartest doch sicher keinen Angriff?«

»Ich weiß es nicht, und bis ich es weiß, möchte ich, dass du in Sicherheit bleibst.«

»Schau doch.«

Sie deutete auf eines der äußeren Gebäude, und Hugh zog sein Schwert, als er sich umdrehte.

»Ich sah jemanden aus der Tür schauen. Sie wissen nicht, was sie erwartet.«

»Damit sind wir schon zu zweit«, murmelte Hugh. Er

hatte noch nie eine Burg als sein Eigentum beansprucht, und seine Anspannung und Unsicherheit überraschten ihn.

»Wenn sie angreifen wollten, hätten sie es doch längst getan«, meinte Edlyn bestimmt. Sie ging zurück zum Torhaus, winkte durch den Korridor und rief: »Kommt weiter. Sie werden Euch nichts tun.«

Unwillkürlich grinste Hugh. Er konnte sich vorstellen, wie seine Ritter es empfanden, von einer Frau über ihre Sicherheit beruhigt zu werden.

Nun, da sie ihn auf die Zeichen hingewiesen hatte, konnte er die verstohlenen Bewegungen der Diener sehen, die versuchten, einen Blick auf ihren neuen Herrn zu werfen. Selbstbewusster bewegte er sich auf das zweite Tor zu. Ein weiteres Torhaus schützte diesen viel kleineren Durchlass durch die innere Burgmauer. Er musste sich fast bis auf den Hals seines Pferdes beugen, um hindurchzureiten, und als er sich wieder aufrichten konnte, entglitten ihm fast die Zügel.

Nichts hatte ihn auf die Großartigkeit des Innenhofes vorbereitet. Jahre sorgfältiger Pflege hatten einen üppigen Anblick von Gärten, Ställen und Bäumen geschaffen, und in der Mitte erhob sich im Schmuck von kleineren und größeren Mauertürmen der Wohnturm.

Hugh hatte noch niemals einen Wohnturm wie diesen gesehen, so groß und hoch, gemildert durch den grünen Vorhang aus Efeu, der bis zu den höchsten Steinen hinaufreichte, und doch beeindruckend genug, um ihm durch seine Erhabenheit Ehrfurcht einzuflößen. Neben sich hörte er Edlyn verblüfft nach Luft schnappen.

»Der Prinz muss dich wirklich sehr lieben.« Edlyn verdrehte ihren Hals wie ein Bauerntrampel in einer Kathedrale. »Diese Burg ist ja noch feiner als George's Cross.«

Hugh bemühte sich, seine Ehrfurcht zu bezwingen und mit den Gegebenheiten umzugehen. »Die Verteidigung könnte ein Problem sein.«

»Verteidigung?« Sie starrte ihn an. »Du ergreifst Besitz von diesem edlen Gut und du machst dir Sorgen um die Verteidigung?«

»Ich müsste mir wohl kaum Sorgen machen, wenn es nicht meines wäre, oder nicht?«, fragte er kühl. »Zu ebener Erde gibt es natürlich keinen Weg hinein, aber die Treppen in das zweite Geschoss sehen sehr stabil aus.«

Edlyn ließ den Kopf in die Hände fallen.

»Vielleicht gibt es einen Weg, wie man sie vom Gebäude trennen kann.« Er musterte den Wohnturm erneut. »Es gibt auch Fenster, wenn auch nur wenige und nur in der Höhe. Hauptsächlich ist es eine Frage der Größe. Wo soll ich meine Verteidigung konzentrieren?«

»Ich weiß es nicht.« Edlyns Tonfall wurde diplomatischer. »Warum fragen wir nicht *sie* da drüben?«

Ein Mann und eine Frau in besten Gewändern waren aus der Türöffnung zum zweiten Geschoss getreten und sahen zu Hugh und Edlyn und dem Strom von Männern und Wagen, die allmählich durch das Tor kamen, hinunter. Die Frau neigte ihren Kopf, der Mann nahm sie aber bei der Hand und führte sie, nachdem er ihr etwas zugeflüstert hatte, die Stufen hinunter.

»Wer sind sie?« Hughs Feindseligkeit musste sich durch die Zügel übertragen haben, denn sein Pferd tänzelte umher und verursachte mit den Hufen eine feine Staubwolke.

Edlyn beugte sich hinüber und tätschelte den Hals des Pferdes, bis es sich wieder beruhigte. »Der Haushofmeister und seine Frau, vermute ich. Sie kommen, um uns zu begrüßen und die Burg zu übergeben.«

Sie zog die Handschuhe aus und saß ab. Hugh folgte ihrem Beispiel nicht. Diese Leute waren Pembrokes Diener, die Verwalter seines großen Gutes, die Aufseher über Haus und Felder.

Sie würden gehen müssen.

Es war offensichtlich, dass sie es wussten. Während sie näher kamen, kämpfte die Frau mit den Tränen, und der Mann biss die Zähne fest aufeinander. Es waren keine jungen Leute mehr; beide in einem Alter, in dem man Enkelkinder hat, und das hatten sie wahrscheinlich auch. Die Enkel würden auch gehen müssen. Jedes noch so kleine Überbleibsel von Pembroke würde vom Anwesen verschwinden müssen, damit Hugh mit seinen eigenen Leuten neu anfangen könnte, die nur ihm loyal waren.

»Mylord.« Die Stimme des Mannes zitterte. »Ich bin Burdett, der Haushofmeister von Roxford, und heiße Euch im Namen der Bewohner von Roxford Castle willkommen.«

»Burdett.« Hugh bellte den Namen des Mannes und sah, wie Edlyn zusammenzuckte. Seine Frau, die sich in alles einmischte, begann auf sie zuzugehen, aber er lenkte sein Pferd zwischen sie und den Haushofmeister und versperrte ihr so den Weg. »Burdett!«, bellte er erneut. »Ihr habt diesen Besitz für den Verräter Edmund Pembroke verwaltet, deshalb verbanne ich Euch von meinem Land.«

»Was?« Edlyn klang entrüstet.

Hugh beachtete sie nicht. »Verschwindet hier. Nehmt Eure Angehörigen und verschwindet mit nichts als Euren Kleidern auf dem Rücken und seid dankbar, dass ich Euch nicht am höchsten Baum aufknüpfe.«

Burdett war alle Farbe aus dem Gesicht gewichen, und seine Frau weinte ganz offen.

Edlyn wiederholte: »*Was?*«

Dieses Mal sprach sie laut genug, dass sich Köpfe zu ihr drehten. Die Frau verkniff sich die Tränen, und Burdett wandte ihr das Gesicht zu.

»Bist du verrückt geworden?« Edlyn griff nach Hughs Steigbügel. »Du kannst doch diese Menschen nicht hinauswerfen!«

»Ich kann.« Hugh lenkte sein Pferd von ihr weg. »Ich habe es schon getan.«

Sie hängte sich an den Steigbügel. »Sie werden verhungern – oder Schlimmeres.«

»Sie haben einem Mann gedient, der sich unserem König und unserem Prinzen gegenüber unloyal verhalten hat.«

»Sie haben nur ihre Versprechen ihm gegenüber gehalten. Und dafür sollen sie sterben?«

Er konnte nicht fassen, dass sein eigenes Weib ihm vor seinen Männern und – er sah sich um – den mutigsten der Burgdiener entgegentrat. Er wollte sich niederbeugen und Edlyn auf die Finger schlagen, bis sie losließ, aber das passte nicht zu dem würdevollen Bild der Gerechtigkeit des Königs. In einem Tonfall, den er für vernünftig hielt, sagte er: »Ich verurteile sie nicht zum Tode. Wenn ich das täte, würden sie schon hängen. Ich werde einfach ...«

»Sie in die Welt hinausjagen nur mit den Kleidern, die sie am Leibe tragen, und ohne die Möglichkeit, einen Lebensunterhalt zu finden. Sie werden sterben, oder sie werden zu Gesetzlosen.« Sie senkte ihre Stimme. »Sie sind schon älter und werden nicht gut darin sein, und dann werden sie sterben.«

»Das ist nicht meine Sorge.« Er versuchte wieder, das Pferd von ihr wegzubekommen.

Sie folgte ihm. »Sieh dich doch einmal um, Hugh. Diese Burg ist perfekt in Ordnung gehalten, und das muss daran liegen, dass Burdett und seine Frau hart gearbeitet haben. Das ist nicht der Earl of Pembroke, der die Arbeit getan hat – er hat nur den Haushofmeister ausgewählt, und er hat eine gute Wahl getroffen, wie mir scheint. Burdett und sein Weib haben ihren ganzen Stolz darein gesetzt, die Burg zu pflegen, weit über das hinaus, was sonst üblich ist, und sie verdienen die Chance, sich vor dir zu beweisen.«

»Es ist nicht möglich.« Er riss an den Zügeln und trieb das Pferd von ihr weg.

Der Steigbügel wurde aus ihrer Hand gezerrt, und sie schloss die Finger und drückte sie an sich, als ob er ihr wehgetan hätte. Aber sie kam hinter ihm her, ihr Gesicht erleuchtet wie von einer Flamme. »Erzähl mir nicht, dass es nicht möglich ist. Du bist der Herr. Dir ist alles möglich.«

Seinerseits verärgert, schnappte er: »Der Prinz erwartet eine rasche Demonstration der Gerechtigkeit.«

»Du sitzt auf deinem Pferd in all deiner Herrlichkeit, und du weidest dich an deiner absoluten Macht.« Sie starrte ihn an, als sei er ein ungewöhnliches großes Exemplar eines Ungeziefers. »In all deinen Jahren des Kämpfens hast du nie etwas anderes in Betracht gezogen als den Sieg. Aber die Welt ist übersät mit Rittern, die nie etwas anderes in Betracht gezogen haben als den Sieg, und nur weil sie ein Bein oder ein Auge verloren haben, sind sie dazu verurteilt, in den Straßen zu betteln. Die Friedhöfe sind voll mit Haushofmeistern, die ihren Herren treu gedient haben, nur um von ihnen verstoßen zu werden. Ist das Gerechtigkeit?«

»Was willst du? Willst du, dass ich den Lauf der Welt ändere?« Er vergaß seine Männer und die zuschauenden Diener. Er vergaß alles außer Edlyn und ihren schlichten Vorstellungen. »Und wenn ich schon einmal dabei bin, kann ich ja gleich auch noch die Sonne im Westen aufgehen lassen und die Flut nur einmal am Tag kommen lassen.«

»Ich will Gerechtigkeit!«

»Der Prinz entscheidet, was Gerechtigkeit ist!«

»Der Prinz.« Sie sagte es in dem Tonfall, in dem ein Priester vom Satan sprechen würde. »Die Gerechtigkeit des Prinzen hat mich getroffen. Ich habe im Dreck gesessen vor meinem Zuhause und habe den Eindringling gehasst, der mich hinausgeworfen hat. Ich habe in der Wildnis auf meine Kinder aufgepasst und um ihr Leben gefürchtet. Ich habe mich gefragt, ob ich mich den Gesetzlosen anschließen oder eine Hure werden sollte, um sie auf dem Weg zum Kloster zu ernähren. Ich habe um einen Brocken Brot gebettelt und mich für eine Decke erniedrigt. Ich habe die Gerechtigkeit des Prinzen gespürt, und sie hat sich für mich nicht gerecht angefühlt.«

Hugh wusste nicht, was er sagen sollte. Er wusste nicht, was er denken sollte, außer dass er unglaublich dumm gewesen war. Edlyn war störrisch und trieb ihn zum Wahnsinn, weil sie das, was dem Haushofmeister und seinem Weib bevorstand, selbst schon erlebt hatte. Er konnte weibliches Mitgefühl ausschließen – wie er es bei den Gesetzlosen, die sie entführt hatten, getan hatte –, denn hier ging es um Persönliches.

Und doch erwartete der Prinz, dass Hugh seine Pflicht ganz und gar erfüllte.

Er blickte in Edlyns entschlossenes, zorniges Gesicht.

Der Prinz war weit fort und kämpfte, und sie war hier und konnte sein Leben auf ewig zur Hölle machen.

Er stieg langsam vom Pferd und gab ihr einen Augenblick, um über ihre Unverschämtheit nachzudenken. Er ging gemessenen Schrittes auf sie zu.

Sie wich nicht zurück. Sie funkelte ihn nur aus diesen Hexenaugen an.

Er nahm ihre Hand und betrachtete sie. Ein Fingernagel war eingerissen, und die Haut an der Innenseite ihrer Finger war aufgeschürft vom entrissenen Steigbügel. Sie hatte nicht geweint und versucht, ihren Willen durchzusetzen, indem sie ihn sich schuldig fühlen ließ. Sie hatte ihn wütend gemacht und versucht, sein Mitgefühl zu wecken. Ihm waren Burdett und seine Frau egal, aber sein Wohlergehen war ihm nicht egal. Und ... nun ... Edlyn war ihm auch nicht egal.

Wie seltsam zu erkennen, wie wenig ihm die Verehrung bedeutete, mit der die Ritter und die Knappen ihn überhäuften, und sich gleichzeitig zu wünschen, dass Edlyn gut von ihm dachte. Er wollte, dass Edlyn ihn genauso verehrte wie alle anderen, nur machte sich Edlyn nichts aus seinen kämpferischen Fähigkeiten, und Kämpfen war das Einzige, was er kannte.

»Es soll sein, wie Ihr wünscht, Mylady.« Er hielt seine Stimme gesenkt. »Ich überlasse Euch Burdett, den Haushofmeister, und sein Weib, damit sie Aufsicht über die Ländereien führen.«

Ein Lächeln kam in ihr aufsässiges Gesicht, und sie sprang vor, um ihn zu umarmen.

Er hielt sie mit einem festen Griff an den Armen auf. »Aber, Mylady, sollten sie uns verraten oder betrügen, werde ich mich an deiner Haut schadlos halten.«

Sie grinste immer noch, obwohl er sie von sich abhielt. »Ich bin doch keine Närrin, Hugh. Ich kann doch Bücher lesen und prüfen. Wenn sie bisher betrogen haben, werde ich das sofort herausfinden, und dann kannst du sie hinauswerfen. Und wenn sie versuchen sollten, uns zu betrügen« – die Haltung ihres Kinns wurde energischer – »werden sie das nur einmal tun.«

Er glaubte ihr und fühlte sich gleich ein wenig besser. Wenn er es jetzt nur noch vor dem Prinzen geheim halten könnte ...

»Gute Leute«, verkündete er. »Ich gebe den Bitten meines Weibes um Nachsicht nach und werde Burdett und seinem Weib gestatten zu bleiben, bis sie bewiesen haben, ob sie es wert sind.«

Burdetts Frau brach in den Armen ihres Mannes zusammen. Burdett versuchte etwas zu sagen, konnte aber das Jubeln der Diener nicht übertönen.

»Sie mögen sie«, meinte Edlyn. »Das ist ein gutes Zeichen.«

Burdetts Frau machte sich aus den Armen ihres Mannes los, rannte auf Hugh zu und warf sich zu seinen Füßen nieder. »Mylord, Mylord! Ich danke Euch.« Sie ergriff seinen Stiefel und küsste diesen. »Gott wird Eure Großherzigkeit segnen. Ich werde jeden Tag für Euren Leib und Eure Seele beten. Wir werden Euch niemals betrügen. Niemals.«

15

»Neda hat deinen Stiefel geküsst.«

»Aye.«

»Das ist *ekelhaft.*«

Hugh hielt inne und dachte kurz darüber nach. »Mir hat es ganz gut gefallen.«

»Dir schon.« Edlyn war die Vorstellung ganz offensichtlich zuwider, aber Hugh grinste.

Er und Edlyn waren dem Haushofmeister und seiner Frau stundenlang durch die Burg gefolgt, lächelnd, nickend, und die ganze Zeit hatte in Edlyn die Entrüstung gebrodelt. Ihm war das ganz recht gewesen. Nach der Szene draußen hatte sie das verdient. Aber schließlich konnte sie sich nicht länger beherrschen, und ihr Zorn platzte heraus.

Das verdiente sie auch, und er verspottete sie. »Du bist nur wütend, weil sie nicht *deinen* Stiefel geküsst hat.«

»Ich wollte nicht, dass sie meinen Stiefel küsst!«

»Mylady?«

Neda blieb stehen, als sie bemerkte, dass Hugh und Edlyn nicht mehr dicht hinter ihnen waren.

Hugh warf Neda einen strengen Blick zu, aber als sie zurückwich, zwang er sich zu einem Lächeln. Er widerstand der Versuchung, seinen Verdruss darüber zu zeigen, dass er Edlyns Wünschen nachgegeben hatte, aber dennoch musste er ein wenig sticheln.

Burdett eilte zu ihnen. »Gibt es ein Problem, Mylord und Mylady?«

Der Haushofmeister und sein Weib würden lernen müssen, sich nicht einzumischen, bevor er nicht ganz und gar seine Rachegelüste befriedigt hatte.

»Ich glaube, Mylady hat etwas gesagt.« Nedas Stimme zitterte vor Sorge.

Edlyn tätschelte Nedas Hand. »Nichts von Bedeutung. Bitte führt uns weiter.«

Der Haushofmeister wechselte einen unglücklichen Blick mit seiner Frau, dann nickte er, und Neda hielt die nächste Tür auf. »Dies ist die Speisekammer.«

Burdett winkte sie hinein. Wie alles andere war die Kammer, in der die Getränke aufbewahrt wurden, in tadellosem Zustand. Auf der anderen Seite des Flures befand sich die Anrichtekammer mit den nötigen Gerätschaften.

Als sie diese Kammer verließen, erwischte Hugh Edlyn am Arm und drehte sie zu sich um. »Du hast dir vielleicht nicht gewünscht, dass sie deine Stiefel küsst, aber ich habe den Blick auf deinem Gesicht gesehen. Du warst eifersüchtig.«

»Das war ich nicht.«

Ihr scharfes Kinn war vorgestreckt, die Haut über ihren Wangenknochen straff gezogen, und ihre Augenbrauen formten zwei braune Striche über der Stirn. Sie war keine hübsche Frau, aber der Schnitt ihres Gesichtes forderte einen Mann so sehr heraus, wie eine Stechpuppe auf einem Holzpfosten einen unerfahrenen Knappen herausforderte.

Hugh fühlte sich herausgefordert, aber er war nicht unerfahren. Er wusste genau, wie er seine Lanze in ihr landen würde. Sie waren enthaltsam gewesen, seit sie das Klostergelände verlassen hatten, und er war fast zu beschäftigt gewesen, um es zu bemerken.

Jetzt war er nicht mehr beschäftigt.

»Aber sie hätte sich bei mir bedanken können!«, meinte Edlyn.

Ihr Groll ließ Hugh blinzeln. »Wofür?«

»Wofür? Dafür, dass ich dich überredet habe, sie bleiben zu lassen.«

Das konnte er nicht verstehen. »Das war doch nicht deine Entscheidung.«

»Das weiß ich, aber du hättest sie ohne Geld oder Güter hinausgeworfen, wenn ich nicht so beharrlich gewesen wäre.«

»Beharrlich?« Nichts konnte seine gute Laune beeinträchtigen, und er schlang seinen Arm um ihre Schultern. »Du hast gebettelt.«

Sie riss sich von ihm los. »Ja, ich bin gut darin.«

Er sah verwirrt auf ihren Rücken, als sie abrupt weiterging. Was meinte sie denn damit?

Er versuchte sich zu erinnern. Das einzige Mal, dass er sie hatte betteln hören, war im Bett gewesen. Er strich sich über das Kinn. War es das, was sie meinte? Er beobachtete sie, wie sie mit jenem Schwingen der Hüften vor ihm herging, das ihn so anzog. Das war wahrscheinlich, was sie meinte. Sie wusste, dass es ihm gefiel, und bewegte sich deshalb so, und das war der Grund, warum sie ihn an ihr Zusammensein im Bett erinnerte.

Warum sie allerdings so verbittert klang, konnte er nicht verstehen.

Wahrscheinlich war es eine Frauensache. Wahrscheinlich erinnerte sie sich daran, wie gut ihre Hochzeitsnacht gewesen war. Die Heiligen wussten, dass er sich jedenfalls daran erinnerte.

Besonders wenn sie so ging wie gerade jetzt. Und sie hatte ihren Umhang auch noch ausgezogen. Sie hatte gemeint, es sei warm genug ohne ihn, aber jetzt wusste er es besser. Wahrscheinlich wollte sie, dass er sie in dem Reisekleid sah, das er ihr gekauft hatte. Sie trug es für ihn, damit er wusste, dass er sie genauso besaß wie das Gewand und alles andere, was sie hatte. Und das erschien ihm wichtig. Er glaubte daran, dass es besser sei, ein Weib zu haben, das in allem von ihm abhängig war. Er hatte so viele Ehen von Edelleuten gesehen, bei denen das Weib Land besaß und mit großen Männern verwandt war und der Mann nie wusste, ob das Weib bei ihm bleiben würde, wenn er in Schwierigkeiten steckte.

Edlyn hing wirklich in allem von ihm ab, und tatsächlich –

nun sandte sie auch noch deutliche Signale aus, dass sie ihn wollte. Das war recht so und folgte der guten Ordnung der Dinge.

Neda war weitergegangen, aber er fiel zurück, und nun eilte sie wieder zu ihm hin. »Ihr seid erschöpft von Eurer Reise.«

Hugh blinzelte. Erschöpft? Reisen tat ihm gut. Er hatte sein ganzes Leben kaum etwas anderes getan.

»Ich hätte es sofort bemerken sollen.« Neda schüttelte den Kopf. »Mylady sieht auch ermattet aus.«

Wenn der Haushofmeister und sein Weib ihren Posten behalten sollten, würde Hugh ihnen die schreckliche Angewohnheit abgewöhnen müssen, immer zu unterbrechen, wenn Edlyn ihn gerade verführen wollte.

»Folgt mir und ich zeige Euch die Schlafkammer.«

Andererseits hatten Burdett und Neda vielleicht doch ein paar kluge Gedanken.

Jetzt meldete sich Burdett zu Wort. »Wir haben unsere Diener mit Eurem Knappen – Dewey heißt er wohl – zusammenarbeiten und Eure Sachen in die Damengemächer bringen lassen, Mylord. Ich bitte um Vergebung für alles, was fehlen mag. Wir werden unser Möglichstes tun, um es zu finden, aber euer Diener Wharton hat uns von dem Vorfall auf der Reise berichtet, und die meisten Dinge scheinen in der willkürlichsten Weise verpackt worden zu sein. Neda wird sich morgen früh darum kümmern.«

»Aye.« Hugh interessierte sich im Augenblick überhaupt nicht dafür.

Edlyn hatte in ihm ein Feuer entfacht, und ihn verlangte danach, von diesem verbrannt zu werden. »Haben die Damengemächer eine Tür?«

Burdett schien das nicht zu verstehen. »Aye, Mylord, das ... das haben sie.« In dem Bemühen, irgendwelche anderen merkwürdigen Fragen vorwegzunehmen, fügte er hinzu: »Sie sind sehr geräumig, wie Ihr sehen werdet, mit einem Kamin, vielen edlen Wandteppichen, um die Zugluft abzuhalten, und Glasfenster, worauf wir besonders stolz sind.«

»Gibt es ein Bett?«, verlangte Hugh zu wissen.

Verständnis dämmerte auf Burdetts Gesicht, und er wechselte ein verschwörerisches Lächeln mit seinem Weib. »Ein sehr großes, Mylord, und es ist gelüftet und bereit für die Benutzung.«

Mit federndem Schritt folgte Hugh Edlyn die Wendeltreppen hinauf in das Geschoss über der großen Halle.

Der lang gestreckte, breite Treppenabsatz beherbergte nur eine einzige große hölzerne Tür. Neda öffnete sie schwungvoll und fragte: »Wünschen der Lord und die Lady in der Abgeschiedenheit der Damengemächer zu speisen?«

»Nein«, sagte Edlyn.

»Ja«, sagte Hugh.

Neda beugte ihren Kopf vor Hugh. »Es soll sein, wie Mylord befiehlt.«

Edlyn trat in den Raum und murmelte: »Es tut mir schon Leid, dass ich mich je für sie eingesetzt habe.«

Hugh antwortete nicht. Er war zu sehr damit beschäftigt, sich umzusehen.

Burdett hatte das Gemach noch nicht einmal annähernd beschrieben. Es war so groß wie manche große Halle einer Burg. Goldene Becher und Krüge warteten auf glänzenden Holztischen. Die rautenförmigen Fenster glitzerten sogar noch, wenn der Regen gegen sie schlug wie gerade jetzt. Die Öffnung des Kamins gähnte in der Mauer wie das Maul eines Drachen und spie Wärme und Licht.

Das Bett … ah, das Bett. Es befand sich auf einem Podest, mit hohen Pfosten, die zur Decke ragten und jeder mit einem Adler geschmückte waren. Die Bettvorhänge waren aus weichem rotem Stoff, dick und schwer genug, um die Winterzugluft abzuhalten, und sie waren zurückgezogen und ließen zahllose Felle in jeder Farbe und Dichte auf der Matratze sehen.

Hugh betrachtete die Felle, dann betrachtete er Edlyn, dann stellte er sich die Felle auf Edlyn und sie auf ihnen vor.

Edlyn schien seinen Gedankengängen nicht zu folgen. Sie ließ ihren staunenden Blick noch immer umherwandern. »Was für eine überwältigende Kammer.«

Ihre Bewunderung befreite Hugh aus seiner Starre, sodass er sagte: »Edmund Pembridge hat eine schlechte Wahl getroffen, als er beschloss, Simon de Montfort zu unterstützen.«

Er meinte Burdett sagen zu hören: »Verdammter Narr«, aber als er sich umsah, drehte sich Burdett gerade zu seinem Weib um.

»Lassen wir unsere neuen Herrschaften alleine, damit sie Ruhe finden nach der Reise.«

Edlyn trat vor. »Wo werden meine Söhne sein?«

»Sie haben sich geweigert, den jungen Mann Wynkyn zu verlassen, und schlafen mit den Knappen und den Pagen in der großen Halle.« Neda lächelte. »Ich werde auf sie aufpassen und dafür sorgen, dass sie sicher sind.«

»Gerade wo sie sein sollten«, meinte Hugh. »Mit anderen edlen Burschen, die mit dem edlen Geschäft des Kämpfens beschäftigt sind.«

Edlyn antwortete nicht. Anscheinend war sie der Ansicht, dass sie ihn an diesem Tag schon genug herausgefordert hatte, und das war Hugh ganz recht.

Neda gab sie aber eine Antwort. »Wenn Ihr ein Auge auf sie haben und sie zu mir bringen könntet, wenn sie nach mir verlangen, wäre ich sehr dankbar. Veränderungen machen sie häufig ... unruhig.«

Neda sah überrascht aus. »Davon konnte ich nichts erkennen, Mylady. Sie sind nur aufgeregt, weil sie hier sind und sich um Wynkyn kümmern müssen, und sie nehmen ihre Pflichten sehr ernst.«

»Nun« – Edlyn schürzte ihre Lippen – »gut. Gut, da bin ich froh.«

Burdett und Neda bewegten sich unter Verbeugungen zur

Tür. Bevor sie die Tür schlossen, meinte Neda: »Wenn Ihr eine Zofe benötigt, Mylady, ruft mich nur, und ich werde Euch helfen.«

»Sie wird keine Zofe brauchen.« Die Tür hatte sich bereits geschlossen, aber Hugh war es egal. Er stampfte auf Edlyn zu. »Ich werde mich selbst um sie kümmern.«

Als ob sie nicht wusste, worüber er gerade sprach, als ob sie ihn nicht mit voller Absicht verführt hatte, warf sie ihm einen erschrockenen Blick zu. Dann seufzte sie hörbar. »Hugh, ich bin ganz wund vom Reiten.«

»Ich werde ganz vorsichtig sein.«

Sie wehrte sich nicht, als er ihren Schleier und ihr Haarnetz entfernte und ihr das Gewand über den Kopf zog.

Er starrte auf die dunklen Stellen unter ihrem Hemd, wo sich die Brustwarzen gegen den dünnen Stoff abzeichneten. Er stellte fest, dass er plötzlich heftig erregt war, als ob sein Körper sich für diesen Moment aufgespart hatte.

Ihre Brüste hoben und senkten sich schnell, und ihre Wangen waren dunkelrot überflutet. War sie nur zornig, oder war sie ebenfalls erregt? Er hob sie an der Taille hoch, und sie hielt sich steif. Ihre Hände ballten sich zu Fäusten, und ihre Zehen rollten sich ein. Sie hatte diesen störrischen »Du bist ein Mann und du bist ein Schwein«-Gesichtsausdruck, und er fragte sich, was er denn diesmal getan hatte, um ihn zu verdienen.

Mehr als das, er fragte sich, was er tun konnte, um ihn von ihrem Gesicht zu wischen und durch das sanfte Glühen der Leidenschaft zu ersetzen.

Er hatte in seinem ganzen Leben noch niemals um etwas gebettelt, aber er war verzweifelt. »Edlyn, ich bitte dich ... bitte.«

Er konnte es kaum glauben, aber es funktionierte. Es funktionierte! Sie legte die Hände auf seine Schultern und betrachtete ihn misstrauisch. Er wusste nicht, was sie sah. Qualen, vielleicht, oder seinen deutlich erregten Körper –, aber sie antwortete: »Ja«, und schlang ihre Beine zärtlich um seine Taille.

»Mein Gott.« Er warf sie auf das Bett, hob seinen Wappenrock und ließ seine Hosen fallen.

»Du bist ... mein.« Er vergrub sich in ihr.

Dann brach Hitze wie aus einem Brennofen hervor und verschlang sie beide für lange Zeit, bis sie verschmolzen und zu einem gebrannt wurden.

Aber er konnte nicht entspannen und diesen Augenblick genießen. Er musste es ihr jetzt sagen. Er musste hören, wie sie es eingestand.

Er schlang seine Hände in ihr Haar. Er hielt ihren Kopf so, dass er ihr in die Augen blicken konnte. »Du bist mein.«

»Nein.«

Das eine Wort löschte sein Feuer wie ein Schwall eisigen Wassers. Sie wagte es, Nein zu sagen? Nach der fantastischsten Erfahrung seines Lebens wagte sie es, ihm zu widersprechen? Verstand sie denn nicht, mit wem sie es zu tun hatte?

Er schwang sich so rasch von ihr herunter, dass die Hälfte der Felle des Bettes auf dem Boden landete. Vor dem Bett stehend, zog er sie an der Decke, die unter ihr lag, zu sich. »Nein? Nach dem, was wir gerade getan haben, kannst du immer noch Nein sagen?«

Ihre Augen sahen erschöpft aus. Ihre breiten Lippen waren aber geschwollen, als ob sie gegen die Laute der Lust angekämpft hatte, bevor sie ihnen nachgab. Ihr Haar breitete sich über das Bett aus. Sie sah aus wie das Sinnbild erschöpfter Vereinigung. Und dennoch wiederholte sie: »Nein.«

Er musste sie noch einmal nehmen. Er erkannte das jetzt. Er hätte sie nie so abrupt verlassen dürfen. Wenn er sie weiter liebte, dann konnte er sie dazu bringen zu sagen, sie sei sein. Sie würde es gestehen, wenn er sie oft genug gehabt hatte, das wusste er – und, gelobt seien alle Heiligen, sein Körper war bereit.

Sie stützte sich auf die Ellbogen und schob sich das Haar

aus der Stirn. »Ich habe dir gesagt, ich würde dir nicht alles geben. Sei zufrieden mit dem, was du hast.« Sie schaute in sein Gesicht und sah dort etwas, was sie verärgerte, und schob ihr Haar wieder zurück, als sei sie aufgebracht. »Ich hätte dir nie sagen sollen, was ich dir vorenthalte. Du hättest es nie bemerkt.«

Hätte er das nicht? Er starrte sie an. Vielleicht wirklich nicht. Nicht am Anfang jedenfalls. Anfangs wäre er zufrieden gewesen mit dem Tanz der Körper, den sie so gut beherrschte. Und er war noch nie verheiratet gewesen. Wahrscheinlich war er auch noch nie geliebt worden. Wie konnte man etwas vermissen, das man noch nie gehabt hatte?

Aber er hätte es doch gemerkt. Er war doch kein dummer Mann, egal was Edlyn dachte, und er hatte Erinnerungen an Edlyn …

»Du warst in dieser Scheune, nicht wahr?«

Sie sprang so rasch aus dem Bett, dass sie die restlichen Felle herunterriss. »Was?« Auf dem Boden schnappte sie nach ihrem Gewand. Sie hielt es vor sich, als habe sie Angst, ihre Arme zu heben und es über den Kopf zu ziehen.

Ihre Reaktion überzeugte ihn davon, dass jene vagen Erinnerungen die Wahrheit waren, und er stolzierte auf sie zu. »Du warst in der Scheune. Du hast mir nachspioniert, und du sahst mich mit dieser Frau.«

»Sie hieß Avina«, schnappte Edlyn. Dann lief sie dunkelrot an.

»Ich erinnere mich jetzt.« Erinnerungen trieben an die Oberfläche seines Gedächtnisses. Bruchstücke, die viele andere Gedanken nach sich zogen, erstaunliche Gedanken, Gedanken, die so von Lust und Zauber durchtränkt waren, dass er seine Erregung kaum im Zaum halten konnte. »Ich war krank, und ich erinnere mich daran, dass ich deine Stimme hörte. Du hast die alten Zeiten heraufbeschworen. Du hast mir von Avina erzählt und davon, dass du uns beobachtet hast …«

Sie versuchte, zur Tür zu eilen, doch er war ihr voraus und legte seinen Arm über das Holz wie einen lebendigen Riegel, der ihre Flucht verhindern sollte.

»Du sagtest, dass du mich liebtest.«

Sie huschte quer durch die Kammer hinüber zum Fenster, als ob seine Öffnung hoch oben über dem Hof einen Ausweg bot. »Du hast geträumt.«

Er folgte ihr. »Nein, das habe ich nicht.«

Sie versuchte jetzt, das Gewand über den Kopf zu bekommen, und er hielt sie auf, genau wie sie es befürchtet hatte – er fing sie ein mit hocherhobenen Armen und verhülltem Kopf. Vorsichtig befreite er ihren Kopf und sah ihr ins Gesicht, während er sie gefangen hielt. »Ich habe dich gehört. Du hast mir erzählt, dass du mich liebtest, als du ein Mädchen warst.«

»Du warst krank.«

»Ich war mehr als krank, ich lag im Sterben.«

Sie presste ihre Lippen fest aufeinander, um jede Antwort zu verhindern, deshalb schüttelte er sie. »Oder stimmt das etwa nicht?«

»Ich weiß es nicht.« Tränen sprangen ihr in die Augen, aber er wusste nicht, ob vor Ärger oder vor Schmerz. »Ich bin doch nicht Gott.«

»*Ich* weiß es aber. Ich habe die andere Seite gesehen, und nur eines hat mich zurückgeholt.« Seine Hände glitten ihre Arme hinunter und hinauf, während er sie über ihrem Kopf festhielt. »Du warst es, Edlyn, du warst es.«

Inzwischen zitterte sie.

»Du siehst also, ich kann dir nicht widerstehen.« Er lächelte immer noch, aber nun zärtlich, als ob er mit ihrer Verlegenheit fühlte. »Genauso wenig, wie du mir widerstehen kannst.«

Sein Gesicht senkte sich zu ihrem, und sie schlängelte sich abwärts, bis er nur noch ihr Gewand hielt und sie auf dem Boden saß. »Und ich kann es doch.«

Sie versuchte davonzukriechen, aber er erwischte ihr Hemd am Rücken und hielt sie fest, bis er die Arme um ihre Taille schlingen und sie hochheben konnte.

»Du hast nach einem Federbett gefragt«, sagte er. »Nun lass es uns genießen.«

Würde sie ihm wieder alles geben, was er sich wünschte? Würde sie wie irgend so ein schwaches, bedürftiges weibliches Wesen zusammenbrechen, das meinte, es brauche einen Mann, um sein Leben zu vervollständigen?

Sie würde es nicht tun. Nicht wenn sie wusste, dass er keine Frau brauchte, um *sein* Leben zu vervollständigen. Nicht wenn sie nicht mehr als ein nützliches Werkzeug für ihn darstellte.

Er drängte sie vor sich her zum Bett.

Sie kreischte: »Ich will nicht!« und versuchte, davonzuspringen, bevor er sie noch abgesetzt hatte.

Er setzte sein Knie in ihren Rücken und stieß sie auf den Bauch.

»Ich sage, du wirst.«

Sie stieß das Wort mit so viel Abscheu hervor, wie ihr nur möglich war: »Du ... *Gemahl.*«

»Ich werde dich dazu bringen, es zu mögen.«

Er lachte nicht. Er war nicht gemein. Er klang so ruhig und entschlossen, wie sie ihn sich bei einer Belagerung vorstellte. Er hatte ihr schon vorher versprochen, dass er die Schlacht zwischen ihnen beiden gewinnen würde, und nun schien es so, als habe er seine Waffen gewählt.

Es würde natürlich nicht funktionieren. Sie konnte das nicht zulassen, nicht ohne den Schmerz wieder zuzulassen, der käme, wenn der Prinz ihn wieder in den Krieg rufen würde.

»Ich werde das nicht tun.« Sie wand sich und versuchte nach ihm zu schlagen. Er benutzte den Schwung, um sie auf den Rücken zu werfen. Mit einer Hand auf ihrem Bauch hielt er sie fest und wich ihr aus, während sie nach ihm schlug. Ein

Fuß landete schmerzhaft nah an seiner Leistengegend, und er fing ihn gerade noch rechtzeitig ab.

»Unsere ungeborenen Kinder!«, schalt er. Er schnappte ihr Handgelenk und streckte es zum Kopfende hin.

»Was …?«

Er schlang eines seiner Strumpfbänder um ihr Handgelenk und befestigte es am Pfosten.

»Was!« Mit der anderen Hand schlug sie nach seinem Kopf.

Er ergriff sie und band sie über die andere Hand.

Sie starrte ihre Handgelenke an, die fest an die Bettpfosten gebunden waren, und versuchte zu verstehen. Sie hatte von Männern gehört, die so etwas wie das hier taten. Es war eine der Sachen, über die Frauen flüsterten – Ehemänner, die sie banden und unerträglich misshandelten. Aber Hugh?

Sie schwang sich herum und sah Hugh an. Hugh würde sie nicht verletzen.

Dann sah sie ihn wirklich an. Er hockte auf seinen Fersen und betrachtete sein Machwerk mit der Befriedigung eines echten Künstlers.

Nein, Hugh würde sie nicht verletzen. Es mochten ihr Qualen bevorstehen, aber keine schmerzhaften Qualen.

Er schob seine Hand unter ihr Hemd und berührte den oberen Rand ihrer Strümpfe. »Nun«, meinte er, »lass uns beginnen.«

»Womit beginnen?«

»Zunächst lass uns über diese Scheune sprechen und warum du mir dahinein gefolgt bist.«

16

»Ich werde dir ein neues Hemd machen lassen müssen.« Hugh fuhr mit seinen Fingern über Edlyns Bauch. Er wusste, dass sie das mochte. Sie hatte gesagt, dass es sich wie tröpfelndes Wasser anfühlte, und wenn er es richtig machte, fiel ihr Bauch in sich zusammen. Er starrte befriedigt auf ihren Leib.

»Warum?«

Sie klang schläfrig, gerade so, als hätte sie nicht den ganzen Abend und die ganze Nacht im Bett verbracht, und diese warme Schläfrigkeit brachte ihn dazu, sich vorzubeugen und sie zu küssen. Sie rieb seine Schultern mit ihren Händen – er hatte sie schon längst befreit –, und er streckte sich mit Wohlbehagen.

»Weil ich das andere Hemd abgeschnitten habe.«

»Ich habe noch eins. Ich habe tatsächlich noch mehrere.«

»Oh. Die, die ich dir in der Abtei gekauft habe?«

»Nein.«

Sie hatte noch nicht gesagt, dass sie ihn liebte. Sie hatte noch nicht einmal zugegeben, dass sie ihn geliebt hatte, als sie beide zusammen in George's Cross aufgewachsen waren. Doch in der Leidenschaft der Nacht hatte er sich damit abgefunden. Der Versuch, sie dazu zu bringen, es zu sagen, bereitete ihm fast genauso viel Vergnügen, wie sie es sagen zu hören.

Sie streckte sich und zog die Decke herauf. »Ich habe Hunger.«

»Ich auch.«

Er rieb seine Beine an ihren. Sie hatte ihn geliebt, als sie ein Mädchen war, und das verstand er. Alle Mädchen des Dorfes hatten ihn angebetet, und mehr als eine Edelfrau hatte ihn in ihr Bett gelockt. Und sie musste ihn doch immer noch lieben, denn er hatte sich ja nicht sehr verändert. Wenn überhaupt, dann war sein Körper kräftiger geworden, und andere Frauen hatten behauptet, dass die Narben in seinem Gesicht ihm Charakter gäben. Er lebte immer noch, um zu gewinnen, und wenn er sich jetzt darauf konzentrierte, statt eines Vermögens eine Frau zu gewinnen ... nun, so waren Männer eben.

Er dachte wieder über die Hemden nach und runzelte dann die Stirn. »Was meinst du mit nein?«

»Ich glaube nicht, dass ich noch mehr Hemden von den Nonnen bekam, aber ich habe von Richards Männern mehrere bekommen.«

Er setzte sich auf und schleuderte seine Zufriedenheit mit den Decken fort. »Von *Richards* Männern? Richard of Wiltshire?«

Sie gab einen leisen Laut des Ärgers von sich und versuchte, die Felle wieder zu fassen. Er bremste sie mit der Hand auf ihrem Arm.

»Was meinst du damit, Richards Männer haben dir Hemden gegeben?«

Sie starrte ihn an, als hätte er den Verstand verloren, und lachte dann leise und berührte dabei seine Wange. »Es gibt keinen Grund zur Eifersucht. Es waren nicht nur Hemden. Sie gaben mir alles Mögliche – Fächer und Handschuhe und Ringe und ein entzückendes goldenes Spielzeug mit einer Glocke darin. Ich weiß nicht, von wem sie das alles gestohlen haben, aber es muss jemand sehr reiches gewesen sein.«

Eine riesige Welle irgendeines Gefühls, er wusste nicht, welches, ließ ihn scharf fragen: »*Warum* gaben sie dir Geschenke?«

»Sie behaupteten, es sei aus Dankbarkeit für die Geschichte, aber ich glaube, zum Teil taten sie es, weil ich mit ihnen sprach, als seien sie normale Männer und nicht Gesetzlose.« Sie setzte sich auf, zog die Knie an und schlang die Arme um sie. »Oh, und ich gab den Kranken Medizin und tätschelte ihnen die Wangen und versprach, für sie zu beten.«

Hugh musste noch nicht einmal nachdenken, bevor er sagte: »Ich will, dass du alles zurückschickst.«

»Was?«

Er mochte es nicht, wie sie ihn anstarrte, als sei er unvernünftig, wenn doch tatsächlich einige Rüpel ganz offensichtlich sich seiner Verantwortlichkeiten bemächtigt hatten. Er sprang vom Bett und tappte zu seiner Truhe. »Ich will, dass du alles zurückschickst. Alles, was sie dir gegeben haben.«

»Das kann ich nicht!« Edlyn klang unsicher, als könne sie seine Stimmung nicht verstehen. »Es würde sie verletzen.«

»Verletzen? Es ist doch nur ein Haufen Diebe.« Mit einer heftigen Bewegung schlug er seine Truhe auf und wühlte durch seine Kleidung.

»Hugh.« Sie holte hörbar Atem. »Ich weiß, dass das alles gestohlen wurde, und vielleicht trägt es dadurch einen Makel, aber die armen Frauen, die es verloren haben, werden es nie zurückbekommen. Einige dieser Dinge lagen seit Jahren dort in Truhen herum. Das Leinen ist schon vergilbt, und die Männer mussten den Staub von den Schuhen blasen!«

Er kleidete sich so hastig an, wie er nur konnte. Er wollte nicht darüber reden. »Schick … es … zurück.«

»Ich sage dir etwas.« Sie versuchte ihn zur Vernunft zu bringen. »Ich werde dem Kloster Geld schicken, zum Ausgleich für die Sünde, gestohlene Güter zu besitzen.«

Er wollte nicht vernünftig sein. Noch vor zwei Tagen war sie mittellos gewesen, und nun besaß sie schon mehr, als ihr Herz begehrte.

Er hatte es nicht so geplant. Er hatte sich ein Weib gewünscht, das voll und ganz an ihn gebunden war, eine Frau, die wusste, dass sie ihren eigenen Vorteil davon hatte, wenn sie sich für seine Sache einsetzte. Als Edlyn wieder in sein Leben getreten war, hatte er sich gesagt, dass sie diese Frau sei.

Er stellte seinen Stiefel auf den Boden und stampfte seinen Fuß hinein, dann zog er den Schaft am Rand hoch.

Vielleicht war er närrisch gewesen. Er hatte die Tatsache außer Acht gelassen, dass es Edlyn gelungen war zu überleben – nein, zu blühen – unter Bedingungen, welche die meisten Frauen zu Boden geworfen hätten. Er hatte vorgegeben, ihre Fähigkeiten, ihren Trotz, ihre Hartnäckigkeit nicht wahrzunehmen. Er hatte sich gesagt, dass sie ihren Weg in das Kloster durch die Gnade Gottes gefunden hatte, dass Wharton durch Gottes Hand dahin gelenkt worden war, ihn in dieses Kloster zu bringen, und dass ihre Ehe Teil eines himmlischen Plans war. Gott hätte ihm doch kein Weib gegeben, das ihm nicht angemessen war.

Er setzte den anderen Stiefel auf den Boden und stieß heftig mit seinem Fuß auf die obere Öffnung zu.

Hätte er doch?

Hugh traf den Stiefel nicht richtig. Die Sohle rutschte weg – und er stolperte zur Seite.

»Hast du dir wehgetan?« Edlyn kam auf ihn zu und zog dabei eine wollene Decke hinter sich her.

Er warf ihr einen Blick zu. Ihre Grübchen leuchteten, eine in jeder Wange, geformt wie kleine Strudel in dicker Sahne. Ihr rechtes Bein streckte sich durch die Öffnung der Decke hervor, und ihre Wade bewegte sich in einer Weise, die ihn daran erinnerte, wie sie seine Hüften umschlang, wenn er ...

Das war genau das, was ihm jetzt noch fehlte. Dass ihn die Erregung aufs Neue packte.

Er streckte seine Hand in einer Geste aus, die sie zum Halten brachte, und sagte in einem verärgerten Ton: »Ich kann meine Stiefel alleine anziehen.«

Sie schürzte ihre Lippen in jener aufgebrachten Art, die ihn so reizte: »Ich glaube, ich werde mich jetzt anziehen.«

Als ob das etwas nützen würde.

Er schnappte sich den Rand seines Stiefels und hielt ihn dieses Mal fest, sodass sein Fuß hineinrutschte.

Das Problem war doch, dass *er* Edlyn alles hatte geben wollen. Er hatte derjenige sein wollen, der ihr Vergnügen bereitete. Er wollte nicht, dass sie ihr Lächeln an andere Männer verschwendete. Ganz sicher wollte er nichts davon wissen, dass sie einem Gesetzlosen die Beute abschmeicheln konnte. Denn wenn sie alleine überleben konnte, wofür sollte sie ihn dann noch brauchen?

»Wirst du das anziehen?«, fragte sie.

Sie klang nur leicht neugierig, aber er bemerkte, dass er dort stocksteif gestanden und den Umhang in der Hand angestarrt hatte.

»Er gehört um deine Schultern«, meinte sie hilfreich. Vollständig angekleidet stand sie vor ihm, die Füße etwas auseinander, die Arme in die Seiten gestützt. »Also. Muss ich meine Freunde beleidigen und ihre Geschenke zurückschicken?«

Sein Umhang wirbelte herum, als er ihn um die Schultern schwang. »Behalt sie.« Er ging zur Tür, entschlossen, sie zu ignorieren, dann kam er wieder zurück. »Ich möchte nur eines wissen.« Er hob seinen Zeigefinger. »Hast du mich wirklich geliebt, als du jung warst?«

Sie starrte mit einem störrischen Gesichtsausdruck auf seinen Finger, dann sah sie ihn direkt an. Ein leichtes Lächeln spielte um ihre Lippen. »Ja. Ja, das tat ich.«

»Dann kannst du verdammt nochmal wieder lernen, es zu tun.«

»Seid Ihr mit der Küche nicht zufrieden?«, fragte Neda mit zitternder Stimme.

»Doch, doch, sie ist wunderbar. Eine der besten, die ich je gesehen habe.« Edlyn blickte sich unzufrieden im Küchenbau mit seiner riesigen Feuerstelle, den sauberen Gerätschaften und seinem ausgezeichneten Koch um. »Ich hatte nur vergessen, wie engstirnig und störrisch Männer sind.«

Der Koch, ein großer, muskulöser Mann, sah entsetzt aus,

und Neda meinte: »Es ist schwierig, das zu vergessen. Sprechen wir über irgendeinen … bestimmten Mann?«

Ihr diskretes Innehalten machte Edlyn auf das Unbehagen des Kochs aufmerksam, und sie riss sich zusammen, um ihn anzulächeln. »Die Küche ist ganz offensichtlich das Zuhause eines Künstlers.«

Er seufzte erleichtert auf, und Edlyn meinte zu Neda: »Ich sprach von Ehemännern im Besonderen.«

»Der Koch brät gerade einen Ochsen zur Feier Eures Eintreffens.« Neda schob Edlyn mit einer Hand voran. »Würdet Ihr gerne die Folge der Speisen überprüfen?«

Edlyn war es egal. Das Essen war bis jetzt ausgezeichnet gewesen, aber nun standen die Küchenbediensteten für ihre Inspektion aufgereiht, und sie erkannte deren Bedürfnis, begrüßt zu werden und die Zustimmung der neuen Countess zu bekommen. Das war ihr zwar nicht unbekannt, aber noch nie war sie dabei von einer solchen Expertin wie der Frau des Haushofmeisters geführt worden.

Sie begrüßte jeden einzelnen Bratspießdreher und lernte jeden Namen, und als sie die Küche verließen und hinüber zum Kuhstall gingen, meinte Neda: »Ihr habt sie alle für immer in Euren Bann gezogen. Sie werden Euch mit Freuden dienen.«

»Genau *so* soll es doch sein«, sagte Edlyn ungeduldig und kehrte dann zum Thema zurück, das in der letzten Zeit ihre Gedanken beherrschte. »Ich habe in einem Kloster gelebt. Ich habe seit einem Jahr kaum einen Mann gesehen, und dann auch nur Mönche.«

Neda zog ihren Umhang gegen den Regen zurecht. »Ich sehe Eure Schwierigkeit. Wenn man ein Jahr lang nur Mönche sieht, dann kann man vergessen, wie Männer wirklich sind, denn bei allen Heiligen, ich habe noch nie einen Mönch getroffen, den ich als normalen Mann betrachtet hätte.«

»Normal?« Edlyn gefiel das Wort nicht. »Sie sind doch normal.«

Neda meinte hastig: »Sie sind heilig! Es sind großartige Männer. Sie leisten einen wunderbaren Dienst. Aber ...« Sie öffnete die Tür zur Scheune, und die Milchdirn eilte geschäftig auf sie zu. »Einen Gruß, Judith, dieses ist unsere neue Herrin, die gekommen ist, um die Milchkühe zu inspizieren.«

Edlyn wollte keine Milchkühe inspizieren. Sie wollte hören, was Neda über Mönche zu sagen hatte. Stattdessen musste sie das Fell jeder einzelnen Kuh streicheln und jeden geschrubbten Holzeimer begutachten.

Aber sobald Neda und sie wieder aus der Scheune hinausgetreten waren, fragte sie: »Aber was?«

»Ich möchte Euch nicht verletzen, Mylady. Ich bin sicher, dass es viele Mönche gibt, an denen Ihr hängt. Auch ich habe einen Onkel, der ein Mönch ist, und einen Bruder, und ich verehre sie sehr.«

»Aber?«, beharrte Edlyn.

»Ich habe sie beide verloren. Sie sind nicht tot, aber sie haben gelitten, um eins mit Gott zu werden. Sie sind gute Mönche – wie sie es auch sein sollten –, und sie haben für mich kein Gefühl mehr übrig.« Neda blickte über den Burghof. Der Regen troff vom Strohdach der Scheune und klatschte vor ihre Füße, und sie wich zurück, bis sie mit dem Rücken an der Scheunenwand lehnte. »Ich bin sicher selbstsüchtig, aber ich erinnere mich, wie eng mein Bruder und ich als Kinder miteinander verbunden waren, und manchmal wünsche ich ihn mir zurück.«

»Wenn Euer Bruder ein Ritter geworden wäre, dann hättet Ihr ihn auch nicht mehr. Dann wäre er wahrscheinlich tot.«

»Wie Gott es bestimmt.« Neda schob ihre Hände in die Ärmel. »Aber vielleicht würde er noch leben, und manchmal käme er zu Besuch und er würde mich umarmen, wie er es früher zu tun pflegte. Darüber hinaus hätte er sicherlich geheiratet, und so hätte ich an seiner Stelle seine Kinder, wenn er gestorben wäre.«

In der Mitte des Burghofes spielten in einer Pfütze einige Bauernjungen, die nicht älter aussahen als Edlyns Söhne. Wenn Edlyn ihren Söhnen nicht ausdrücklich verboten hätte, draußen zu spielen, hätte sie gedacht, es *seien* ihre Söhne. Einer von ihnen hob einen Stock auf und forderte den anderen heraus. Sie kämpften, als seien die Stöcke Schwerter, so in ihr Spiel vertieft und wild wie alle Jungen.

Edlyns Hand schlich sich zu ihrem Herzen. Sie wollte nicht, dass ihre Söhne Ritter würden. Sie wollte, dass sie Mönche würden und damit sicher waren. Aber wünschte sie sich das um ihrer Söhne oder um ihrer selbst willen? Wünschte sie sich das, damit sie nicht Todesängste ausstehen musste, wenn sie wusste, dass die Jungen in eine Schlacht ziehen und vielleicht nie wieder zu ihr zurückkehren würden?

Wenn das, was Neda sagte, wahr war, dann käme der Tag, an dem ihr jungenhaftes Feuer verlosch. Alle ihre Liebe würde Gott gehören, und sie würde nie wieder das Aufleuchten in Allyns Gesicht sehen, wenn er sie sah, oder den Stoß von Parkins Kopf spüren, wenn er auf seine unbeholfene Art eine Umarmung von ihr einforderte.

»Wir müssen weiter, Mylady. Wir werden in diesem Tempo niemals fertig, und die Diener, die wir heute nicht gesehen haben, werden verletzt sein, wenn die anderen sich mit Eurem Besuch brüsten.« Neda ging voraus und suchte sich vorsichtig einen Weg über Grasflecken den schlammigen Hof entlang. »Was die Männer anbelangt, die wir heiraten – die sind tatsächlich engstirnig. Euer Gemahl ... nun gut.«

Wenn Neda etwas Schlechtes über Hugh sagte, wusste Edlyn, dass sie die Frau mögen würde. »Was ist mit meinem Gemahl?«

»Es ist natürlich nichts. Nichts, was nicht auch jeder andere Mann getan hätte.« – »Aber hätte irgendeine *Frau* versucht, den Haushofmeister und seine Frau hinauszuwerfen, vor allem, wenn der Besitz so offensichtlich gut gepflegt ist, ohne vorher zu fragen, wem die Treue hier gilt?«

Edlyn beeilte sich, ihr beizupflichten. »Gerade das, was ich auch denke!«

»Burdett hat mir vorhergesagt, was geschehen würde. Und ich meinte, dass es nicht notwendigerweise so sein müsste. Wenn der neue Lord Verstand besäße – und ich hatte mich über Euren Gemahl, unseren neuen Herrn, erkundigt, und nach allem, was man hört, ist er ein kluger Mann –, dann war ich sicher, dass er uns behalten oder uns zumindest eine Chance geben würde.«

Edlyn drängte sie weiterzusprechen. »Was meinte Burdett dazu?«

Neda blieb mitten auf dem Hof stehen. »Burdett hat mich ausgelacht. Mich! Wir sind schon seit dreißig Jahren verheiratet, und er sagt mir, ich sei ein dummes Weib. Was ist dumm daran, die fachkundigen Leute zu behalten, die das Geld für einen machen, frage ich Euch?«

»Das habe ich Hugh zu sagen versucht.«

»Und er hat nicht zugehört, nicht wahr? Logik bedeutet diesen Männern nichts. Nur die Welt der verwickelten Loyalitäten hat eine Bedeutung für sie. Und sie behaupten, wir seien unvernünftig!«

Neda gefiel Edlyn immer besser. »Ich musste mich meiner weiblichen Reize bedienen, um ihn zu überzeugen, Euch zu behalten.«

»Oh, Mylady« – Neda ergriff Edlyns Hand – »ich danke Euch dafür. Ich weiß nicht, was aus uns geworden wäre, wenn Ihr uns nicht geholfen hättet. Ich habe seine Stiefel geküsst, aber ich weiß, wer wirklich verantwortlich ist. Wir werden Euch das niemals vergessen, das schwöre ich!«

»Ich weiß, dass Ihr das nicht tun werdet.« Edlyn erwiderte Nedas Händedruck energisch. »Wenn Hugh auch besorgt ist über irgendwelche Treuegefühle, die Ihr ... Edmund of Pembridge gegenüber noch hegen könntet.«

Wenn sie hörte, wie Hugh über Pembridge sprach, war es tatsächlich so, dass Edlyn um ihre eigene Sicherheit fürchtete, wenn er herausfand, dass sie ihn kannte. Warum hatte sie nur gelogen, als Hugh gefragt hatte, ob Pembridge ein Gast Robins gewesen sei? Es wäre so leicht gewesen, Ja zu sagen. Aber dann hätte Hugh sie über ihn ausgefragt, und sie hätte zugeben müssen, dass Pembridge Robins liebster Freund gewesen war.

Sein liebster Freund und, wenn sie es zugelassen hätte, der Geliebte seines Weibes. Noch heute wich sie der Erinnerung an Pembridges Bewunderung aus. Er hatte Gedichte über ihre Schönheit verfasst, ihre Anmut besungen und, am allerschlimmsten, ihre standhafte Zuneigung zu ihrem Gatten gepriesen, während die ganze Zeit sein Blick sie verspottete.

Pembridge hatte die ganze Zeit in einem verwirrenden Durcheinander der Gefühle gelebt. Liebe zu Robin, Liebe zu ihr. Verehrung ihrer Treue und jedes Mal wieder Spott, wenn Robin eine weitere Geliebte nahm. Er wartete darauf, dass sie ihm in die Arme fiel, und doch wusste sie gleichzeitig um seine Verachtung, wenn sie Robin betrogen hätte.

»Pembridge.« Neda sprach den Namen mit Verachtung aus, und Edlyn zuckte schuldbewusst zusammen. »Nur immer auf seinen eigenen Gewinn aus. Nie hat er daran gedacht, was mit seinen Leuten geschehen würde, wenn er sich Simon de Montfort anschlösse und verlöre.«

»Simon de Montfort hat noch nicht verloren.« Wie ein schmerzender Zahn, der Edlyn wieder und wieder quälte, kehrte das Bewusstsein zurück, dass sie hier nur eine vorläufige Pause der Rebellion erlebte.

»Die Gerüchte sagen, dass die Unterstützung für ihn unter den Baronen zurückgegangen ist.« Neda nickte weise.

»Dennoch muss er noch endgültig besiegt werden«, antwortete Edlyn. Um das zu erreichen, musste Hugh wieder in den Kampf ziehen, und Edlyn würde wieder einmal alleine zurückbleiben und sich sorgen und weinen.

Nur hatte sie sich geschworen, Hugh nicht zu lieben. Sie hatte sich geschworen, dass sie nie wieder in den Spiegel schauen und ihre Augen trüb vor Vorahnung sehen würde. Bisher hatte sie ihren eigenen Schwur noch nicht gebrochen.

Oder doch?

Neda meinte energisch: »Aber Pembridge hat dieses Land schon verloren, und das muss ihn doch schmerzen. Dieser Besitz ist seine Haupteinnahmequelle, und ich hatte erwartet, dass er uns mit ein wenig mehr Weisheit schützen würde.«

Neugier veranlasste Edlyn zu fragen: »Er hat im vergangenen Jahr nicht geheiratet?«

»Nein. Er wollte nicht heiraten, obwohl er sonst seinen Leidenschaften gefrönt hat, wo er nur konnte.«

»Es war doch seine Pflicht, zu heiraten und die Linie seiner Familie fortzusetzen.«

»Er war ein zielstrebiger Mann. Er wollte die eine, die er sich in den Kopf gesetzt hatte, und sonst keine, und ich glaube, dass die, die er wollte, unerreichbar war. Obwohl ...« – Neda scheuchte Edlyn in den Schutz der offenen Schmiedewerkstatt – »als er das letzte Mal hier war, sagte er, er werde innerhalb dieses Jahres sein Weib hierher bringen.«

Hatte Pembridge sie im Kloster beobachtet und darauf gewartet, dass ihr Trauerjahr vorüber war?

Das war dumm. Er hätte doch nie geglaubt, dass irgendeine Frau solch einen Aufwand wert war. Edlyn brachte das leichte Zittern ihrer Hände unter Kontrolle. »Wo ist Pembridge denn jetzt?«

»Er jagt wohl Montfort hinterher, nehme ich an.«

Edlyn seufzte erleichtert auf. Der Gedanke behagte ihr gar nicht, dass er sich im Wald herumtrieb und über seine Enteignung nachgrübelte. Und darüber, dass er sie verloren hatte.

Neda fügte hinzu: »Es sei denn, er ist wieder zur Besinnung gekommen und zum Prinzen gegangen, um ihm immerwährende Treue zu schwören.«

»Dafür ist es wohl zu spät.« Edlyn betete, dass es so sein mochte. »Hugh hat nun Land und Titel Pembridges in Besitz genommen, und der Prinz wird doch nicht so närrisch sein, seine Meinung zu ändern. Dann würde Hugh revoltieren.«

Nedas Mund verzog sich amüsiert und ließ ein bisher verborgen gebliebenes Grübchen sichtbar werden. »Was ich bislang von Eurem Gemahl gesehen habe, ließe das wirklich als tollkühn erscheinen. Nein, Pembridge hat Roxford verloren, genau wie er es verdient hat, und mein Gemahl wird nicht zögern, Lord Hugh Treue zu schwören.«

»Das werde ich meinem Gemahl versichern. Er wird sich freuen, das zu hören.« Sie stöhnte auf, als ihr etwas bewusst wurde. »Oh, Neda, wir werden eine Zeremonie organisieren müssen, damit Hughs Vasallen ihm Lehnstreue schwören können.«

»Das kann ich tun.«

Nedas gelassene Antwort überraschte Edlyn. Jeder Lord kannte die Bedeutung der Zeremonie des Treueschwurs. Jeder Vasall, jeder Diener kam vor seinen Lord, brachte Geschenke und schwor vor Priester und Zeugen, dass er seinen Herrn unterstützen und ihm gehorchen würde. Wenn das einmal geschehen war, würde jeder Verrat mit Verurteilung und Tod bestraft.

Hugh machte sich Sorgen, dass Burdett ihm nicht treu sein würde, denn trotz der Tatsache, dass der Prinz Pembridges Leuten befohlen hatte, sich Hugh in Treue zuzuwenden, nahmen manche Männer ihre eigenen Eide ernster als die Befehle des Prinzen. Hugh konnte nicht wissen, ob Burdett zu diesen Männern gehörte.

Langsam und in eindrücklichem Tonfall meinte Edlyn: »Diese hochwichtige Zeremonie sollte durch eine saubere Burg und durch ein umfangreiches Fest geehrt werden, damit die Vasallen durch Ehrfurcht und Dankbarkeit an uns gebunden sind. Ihr könnt die Zeremonie für das ganze Gut organisieren?«

»Das ist doch meine Pflicht, Mylady.«

Edlyn holte tief Luft, um mit ihr darüber zu reden, aber

Neda stand ungerührt da, wie eine Frau, die schon Hunderte Zeremonien organisiert hatte. Was wahrscheinlich der Fall war. Edlyn atmete mit einem langen Seufzer aus. Nedas Versprechen, ihr eine weitere Sorge abzunehmen, gab ihr den Freiraum, sich auf ihre neue Stellung als Burgherrin zu konzentrieren – und ihre neue Stellung als Ehefrau. »Welcher Tag wäre denn der beste?«

»Der Dorfvogt muss dabei sein, genau wie der Sheriff. Hat der Lord noch weitere Güter, die beteiligt werden sollen?«

»Nein. Keine weiteren Güter.« Obwohl, angesichts von Hughs Ehrgeiz ... »Noch nicht.«

»Dann ... sollen wir sagen ... in vier Tagen?«

»In vier Tagen.« Um genügend Essen zuzubereiten für die hundert hungrigen Menschen, die kommen würden, um den neuen Lord und seine Lady anzustarren.

Selbst jetzt schien Neda immer noch unbekümmert. »Tretet zurück, Mylady.« Sie schnalzte angeekelt mit der Zunge und deutete auf einen grünen Pflanzenspross, der sich um die Pfosten der Schmiedewerkstatt rankte. »Das ist eine Blasenranke und eine wirkliche Plage.«

»Widerliches Zeug.« Edlyn trat zurück. Sie hatte die Wirkung dieser Pflanze schon oft genug erfahren, wenn sie nach Kräutern gesucht hatte.

Neda deutete auf den Wohnturm. »Sie kriecht die Mauern der Burg bis ganz auf die Zinnen hinauf und wurzelt dabei zwischen den Steinen. Ich kämpfe andauernd damit. Ich werde sie herausziehen und verbrennen lassen.«

»Seid vorsichtig«, warnte Edlyn. »Selbst der Rauch ist giftig und verbrennt die Haut und schmerzt in den Augen.«

»Dann werde ich sicherstellen, dass wir diese Arbeit noch vor der Zeremonie erledigt haben.« Neda lächelte. »Wir wollen doch unsere Gäste nicht vergiften, bevor sie Lehnstreue schwören können.«

17

»Wir werden als Nächstes zum Schmied gehen.«

»Aye, lasst mich den Mann sehen, der mein Pferd beschlagen wird.« Hugh sagte es leutselig, aber in seinen wildesten Vorstellungen hatte er nie daran gedacht, dass er einmal seinem Haushofmeister folgen würde, mit einem Dutzend seiner neugierigen Ritter auf den Fersen. Bisher hatte er morastige Felder, Dorfhütten und Vorratsscheunen besichtigt, und die ganze Zeit war ihm Regen in den Nacken getropft. War dies das Leben eines Lords?

Er schritt langsam voran, bis Sir Lyndon ihn eingeholt hatte. »So etwas kann einen fleißigen Ritter wohl schnell ermüden.«

Es war nur eine witzige Bemerkung, die Sir Lyndons Missfallen beseitigen sollte, aber sie verfehlte ihren Zweck. Sir Lyndons Mundwinkel hoben sich nur kurz, und er meinte reserviert: »Aye, Mylord, das ist wahr.«

Hugh schritt rasch weiter und versuchte, sich etwas anderes zu überlegen, was er sagen könnte, aber Sir Lyndon schmollte wie ein Weib. Nein, wie ein Kind; denn Hugh hatte noch nie erlebt, dass Edlyn sich so widersinnig benahm.

»Ach, lasst doch den neuen Earl in Ruhe, Ihr altes Maultier!«, krähte die Stimme einer Frau.

Hugh blickte auf und sah sie in der Tür einer Hütte stehen, ihren üppigen Busen nur leicht in ein dünnes Hemd gehüllt.

Sie winkte zu Burdett hinüber. »Er will doch von meinem Bier trinken.« Sie grinste Hugh an und zeigte dabei mehrere Zahnlücken. »Nicht wahr, Mylord?«

»Bier.«

Hugh hörte Wharton das Wort wie das letzte Gebet eines Sterbenden hauchen. Wharton war zweifellos gelangweilt und alle von Hughs Männern hatten den gleichen glasigen Gesichtsausdruck. Nur Sir Lyndon schaute höflich, und Hugh konnte es gar nicht erwarten, seiner Gesellschaft zu entkommen.

Hugh traf eine Entscheidung, die Burdett missfallen würde. »Aye«, sagte er, »ich möchte einen Krug Bier, um meine Kehle anzufeuchten.«

Wie Hugh erwartet hatte, sah Burdett schockiert aus. »Aber wir sind doch noch nicht fertig mit der Inspektion des Dorfes, Mylord, und danach ...«

»Bier.« Hugh strebte auf die Schenke zu, und seine großen Füße stampften durch den schwarzen Matsch, den Burdett als so fruchtbar bezeichnet hatte. »Jetzt.«

Der warme Schwall säuerlicher Luft aus der Hütte roch für Hugh wie der Himmel, und er stupste die Wirtin der Schenke unter das vorderste ihrer üppigen Kinne mit der Aufforderung: »Bringt uns allen einen Krug Bier.«

»Aye, Mylord.« Sie eilte davon, und ihre Körperfülle wogte dabei, während die Männer sich um den Tisch vor dem Feuer verteilten und mit einem Seufzer entspannten. Sie überließen das Tischende Hugh. Er nahm einen Hocker und setzte sich breitbeinig darauf, dann wies er auf das gegenüberliegende Tischende und meinte: »Setzt Euch, Burdett.«

Der Haushofmeister suchte sich einen Hocker. Noch fühlte er sich in dieser verwobenen Gemeinschaft von Rittern und Knappen nicht wohl.

Seinen Arm um die Wirtin schlingend, als sie einige Krüge voll Bier auf den Tisch stellte, fragte Wharton: »Wie ist Euer Name, Ihr junges hübsches Ding?«

Die Wirtin schlug ihm auf die Finger und meinte: »Ich werde es Euch nicht sagen. Ich spare mich für den Lord auf.«

»Für Lord Hugh?« Wharton brach in Gelächter aus. »Da werdet Ihr lange warten müssen, meine Hübsche. Er ist frisch verheiratet, und er und seine schöne Braut haben in der letzten Nacht die Balken zum Beben gebracht, als sie die Matratze erprobten.«

Die Männer schüttelten sich vor lärmendem Gelächter, während die Wirtin die Arme in die Seite stemmte und sich erkundigte: »Spricht er die Wahrheit, Mylord?«

Hugh zog einen Hornkrug über das grobe Holz des Tisches zu sich. »Ich bin frisch verheiratet«, räumte er ein.

»Dann«, sagte sie und schlang ihre Arme um Wharton, »ist mein Name Ethelburga.«

Diesmal brüllten die Ritter vor Vergnügen, und Burdett schloss sich ihnen an. »Die leichtfertige Ethelburga, so nennen wir sie hier im Dorf.«

Ethelburga schüttelte ihren Finger gegenüber Burdett. »Verratet doch nicht alle meine Geheimnisse.«

»Das ist doch kein Geheimnis.« Burdett nahm den Krug, den Sir Philip ihm gereicht hatte. Er wartete ab, bis jeder der Männer einen in der Hand hatte, dann erhob er sich. »Ich bringe einen Trinkspruch aus. Auf Hugh, Earl of Roxford, mit meinem Dank und dem Versprechen meiner ewigen Dankbarkeit.«

Hugh legte Wharton eine Hand auf den Arm, als der aufstehen sollte, um den Trinkspruch zu erwidern. Er wollte herausfinden, wie Burdett dachte, und hielt jetzt den Augenblick für gekommen. »Dankbarkeit? Wofür, so verratet mir, seid Ihr mir dankbar?«

»Dafür, dass Ihr mir gestattet, als Haushofmeister auf Roxford zu bleiben.« Burdett senkte seinen Krug und sprach mit großem Ernst. »Mylord, ich bin zutiefst dankbar.«

»Aber seid Ihr auch loyal?«, wollte Hugh wissen.

»Euch gegenüber, Mylord? Dessen könnt Ihr sicher sein.«

»Warum sollte ich Euch trauen?«, forderte Hugh ihn heraus. »Habt Ihr nicht Pembroke Treue geschworen? Spürt Ihr nicht ein kleines bisschen Schmerz über seinen Verlust?«

Burdett sah vor sich zu Boden. Seine Worte mit Bedacht

wählend, sagte er: »Der frühere Earl war lange Jahre mein Herr, und ich habe ihm treu und gut gedient. Deshalb würde ich niemals verächtlich von ihm sprechen.« Über die wachsamen Blicke der Ritter hinweg blickte er Hugh an. »Aber Pembroke hat Roxford unbekümmert aufs Spiel gesetzt, und es ist Roxford Castle, die Burg, der ich mich wirklich verpflichtet fühle. Mein Vater war hier Haushofmeister und vor ihm mein Großvater. Wenn Prince Edward befohlen hätte, dass ich Pembroke treu bleibe, dann hätte ich auch das getan. Aber der Prinz hat befohlen, dass ich meine Treue auf Euch übertrage, und deshalb tue ich das.«

Hugh gefiel die Ernsthaftigkeit in Burdetts Stimme. Ihm gefiel, dass Burdett sich vor allem Roxford verpflichtet fühlte, aber ... »Das bedeutet ja nichts Gutes für mich, sollte ich Roxford in irgendeiner Weise Schaden zufügen.«

»Ich kenne Euch ja nicht gut, Mylord, aber Ihr scheint mir nicht der Mann zu sein, der die Quelle seines Titels und seines Adels aus Ehrgeiz und Gier missachtet.«

»Wenn der Prinz ruft, werde ich gehen«, erwiderte Hugh.

»Das ist Eure Pflicht, Mylord.« Burdett stützte die Fingerknöchel auf den Tisch. »Vielleicht bin ich ein altertümliches Relikt, aber ich glaube an den Vorrang der Pflicht vor dem Ehrgeiz und dem der Loyalität vor der Gier. Kurz gesagt, wenn Edmund Pembridge seinen Schwur gegenüber König Heinrich und Prinz Edward gehalten hätte, dann würde ich jetzt nicht hier mit Euch trinken. Ich würde Euch draußen vor den Toren der Burg in Schach halten, und Ihr würdet Roxford nicht einnehmen, solange ich noch atme.«

»Gut gesprochen.« Hugh zeigte ihm seine Zustimmung und gab Whartons Arm frei, und Wharton schob Ethelburga zur Seite und erhob sich, um sich Burdett anzuschließen.

»Also schließe ich mich Eurem Trinkspruch auf Lord Hugh an, lang mögen sich seine Nachkommen vermehren!« Und in etwas leiserem Ton meinte er zu Hugh: »Ich bin froh, dass ich diesen Tag erleben darf.«

Der Rest der Männer erhob sich ebenfalls und schlug die Krüge zusammen, und während sie tranken, stellte Hugh fest, dass er bei all diesen guten Wünschen errötete wie eine Jungfrau in ihrer Hochzeitsnacht. Zum Glück für ihn war es dunkel und rauchig in der Stube, sonst wäre er auch noch geneckt worden wie eine Jungfer. »Meinen Dank, gute Männer.« Hugh hob seinen Krug als Antwort. »Das alles wäre nie geschehen ohne Eure unerschütterliche Gefolgschaft.«

Er achtete darauf, Sir Lyndon nicht zu bevorzugen, und alle nahmen diesen Tribut mit gleicher Würde entgegen. Dann kam die Zeit zum Nachschenken.

Immer noch auf den Beinen, hob Wharton seinen Krug. »Auf Roxford Castle, möge es der Burg immer wohl ergehen und sie der Eckstein unseres Glücks sein!«

Die Männer tranken, und Dewey gab einen Rülpser von sich, der so laut war, dass er Ethelburga zum Kichern brachte.

Sir Philip hob seinen Krug. »Auf unseren König, möge er Simon de Montfort entkommen und wieder regieren!«

Ein paar Köpfe drehten sich zu Burdett, um zu sehen, wie er das aufnahm, aber er rief gemeinsam mit allen anderen: »Auf den König!«

Sie tranken erneut, und Ethelburga schenkte noch einmal nach.

Immer noch stehend, sagte Sir Philip: »Und auf Prinz Edward! Möge er mit der Hilfe von Lord Hugh über die königlichen Feinde triumphieren, und mögen wir alle die Schlachten unversehrt überstehen!«

»Auf den Prinzen!«

Die meisten Männer hatten sich inzwischen wieder auf den Bänken niedergelassen, aber Burdett war immer noch auf den Beinen geblieben. Seinen Krug erhebend, rief er: »Und auf Lady Edlyn. Möge ihr Leib immer fruchtbar sein und ihr Bauch immer gefüllt, und möge sie weiterhin in Anmut und Mitgefühl leben!«

Hughs Männer jubelten lautstark, und Hugh hob seinen Krug mit dem Rest in die Höhe.

Dann knallte er ihn auf den Tisch. »Sind alle Frauen so unbesonnen?«

Das Gelächter und die Kumpanei erstarb, und die Ritter sahen sich verwirrt an.

Nur Burdett, dem der Alkohol schon etwas zu Kopf gestiegen war, dachte ernsthaft über die Frage nach. Während er sich schwerfällig wieder hinsetzte, meinte er: »Ich weiß nicht, wie unbesonnen Lady Edlyn ist, Mylord, aber meiner Erfahrung nach sind Frauen sehr ... schwierig.«

Sir Philip nickte weise. »Meine Frau war mehr als schwierig, sie war unmöglich.«

Mit einem Schnauben meinte Wharton: »Meine Weiber waren immer hoffnungslos. Sie redeten und redeten und redeten, selbst wenn wir im Bett waren, und dann beschwerten sie sich darüber, dass es zu lange dauerte oder zu kurz oder nicht oft genug war.« Er bemerkte die Verwunderung auf den ihm zugewandten Gesichtern und verstummte in sein Bier hinein.

Ethelburga tätschelte seinen Kopf und schenkte ihm nach.

»Mein Vater pflegte immer zu sagen, er hätte nie geheiratet, wenn er nicht seiner eigenen Hand müde geworden wäre.« Alle Köpfe hatten sich zu Dewey gedreht, und seine blasse Haut wurde rot. »Nun, das hat er gesagt!«

Hugh sagte: »Edlyn war zornig, weil Neda meinen Stiefel geküsst hat.«

»Wessen Stiefel hätte sie denn sonst küssen sollen – ihren?« Wharton lachte kurz auf und las dann in Hughs Gesicht die Antwort. »Nay, Ihr scherzt!«

Burdett stöhnte auf. »Frauen. Immer machen sie das Geschäft der Männer zu ihrem eigenen Geschäft.«

»Sie versucht, den Dank für die Großzügigkeit des Lords für sich zu beanspruchen«, meinte Sir Lyndon und klang dabei säuerlich.

»Aber Ihr hättet doch nicht gesagt, dass sie bleiben könnten, wenn Lady Edlyn Euch nicht darum angefleht hätte«, wandte Dewey ein. Alle drehten sich wieder zu ihm um, und er wurde noch röter als zuvor. »Nun, das hättet Ihr doch nicht!«

»Es war aber nicht ihre Entscheidung«, sagte Wharton.

»Macht Euch keine Sorgen, Mylord.« Burdett sah Ethelburga zu, wie sie die Kannen wieder füllte und auf den Tisch stellte. Dann goss er Bier in jeden Krug, den er erreichen konnte. »Mein Weib wird Eure Gemahlin wieder versöhnen. Sie hat gesagt, dass sie das tun würde.«

Hugh hob seinen grübelnden Blick von dem Schaum in seinem Krug. »Wie?«

»Nun …« Burdett wand sich auf seinem Hocker. »Mein Weib ist eine stolze Frau. Als sie Euren Stiefel küsste, war ich überrascht. Ich fragte mich, ob sie es … ah … ich fragte mich … das heißt, ich glaube, sie hat es für … mich getan.«

Niemand lachte. Wenn überhaupt, waren sie entsetzt über die Gefühle, die seine unüberlegten Sätze offenbarten.

Burdett beeilte sich mit seiner Rede, und einige der Worte waren undeutlich. »Ihre öffentlich zur Schau gestellte Dankbarkeit wollte sie durch einen wärmeren, echteren Dank gegenüber Lady Edlyn im Privaten ergänzen. Und ich bete, Mylord, dass dies Lady Edlyns Verärgerung lindern wird und dadurch auch Euer Unbehagen.«

»Das ist doch nicht gerecht!«, wandte Wharton ein.

»Ach, lasst doch.« Sir Philip drehte seinen Krug in den Händen herum und herum. »Frauen sind doch machtlos. Keine von ihnen kann so vernünftig sein wie ein Mann, aber trotzdem kann es für sie doch nicht leicht sein.«

»Was sollte eine Frau denn mit Macht anfangen?«, verlangte Sir Lyndon zu wissen. Dann beantwortete er seine Frage selbst. »Vergeuden würde sie sie, das ist alles.«

Wharton stand auf der Bank und deutete mit finsterer Miene in dem kleinen Raum herum. »Eine Frau weiß doch gar nicht, was sie mit der Macht anfangen sollte. Die meisten Frauen wissen doch noch nicht einmal, was sie mit einem Kochtopf anfangen sollen. Ich sage euch, wenn wir Frauen erlauben, über unser Leben zu bestimmen, dann bringen sie einfach alles durcheinander. Wir sollten sie so behandeln, wie sie es verdienen, ihnen hin und wieder einen Klaps versetzen, den Stock nehmen, wenn …«

Hugh hörte den dumpfen Schlag, bevor er erkannte, dass irgendetwas nicht stimmte.

Wharton flog nach oben, seine Beine zappelten hilflos, er schlug mit dem Rücken auf den Boden, und all sein Atem verließ den Körper mit einem Grunzen.

Wo eben noch Wharton gestanden hatte, stand Ethelburga.

Ihre Augen funkelten vor Empörung, wie die eines Igels angesichts eines Wolfsrudels. »Ihr seid doch alle ein Haufen von Eseln und Speichelleckern.«

»Ethelburga!« Burdett rappelte sich erschrocken auf die Beine.

Ethelburga wies mit dem Finger auf ihn, und als ob ihr Finger Macht ausüben könnte, setzte er sich wieder hin.

Sie sagte: »Jedes Mal, wenn Eure Armeen durch dieses Dorf marschieren und meine Bierschenke niederbrennen, wünsche ich mir, dass Männer endlich lernen würden, was jede Frau weiß. Vernünftig ist, immer und überall Frieden zu halten, nicht Euer ewiges Streiten. Wenn einer von Euch so viel Verstand hätte, wie Gott jedem neugeborenen Mädchen gibt, dann würdet Ihr alle Euch daranmachen, Euren Weibern zu danken für alles, was sie Euch über Freundlichkeit beigebracht haben.«

Dewey murmelte etwas, von dem Hugh den Eindruck hatte, dass es wie respektvolle Zustimmung klang.

»Was unsere neue Lady erwartet, ist nur, dass man ihre Weisheit anerkennt, und Ihr Männer seid vor Stolz zu blind, als dass Ihr solche Anerkennung geben könntet.«

Sir Philip konnte vor Ärger kaum sprechen. »Ihr könnt doch mit dem Earl nicht so sprechen.«

»Ich denke doch, dass sie das kann.« Hugh erhob sich und schlang sich seinen Umhang fest um die Schultern. »Was soll ich schon tun? Die Wirtin der Dorfschenke an meinem ersten Tag hier wegen Unverschämtheit töten?«

»Manche Männer würden das tun«, erwiderte Ethelburga.

»Ihr habt gut gewettet.« Hugh machte sich auf den Weg zur Tür. »Was auch immer Ihr von mir halten mögt, solch ein Esel bin ich sicher nicht.«

»Dann geht und dankt Eurer Lady dafür, dass sie tat, was Ihr wünschtet, als sie Euch heiratete, denn damit kommt Ihr in den Genuss ihrer Erfahrung beim Verwalten von Gütern.«

Hughs Kopf schoss herum, und er hielt inne. »Woher wisst Ihr das?«

Burdett verbarg seine Augen hinter seiner Hand. »Ethelburga weiß alles.«

»Nicht alles, aber ich weiß, wer Eure Lady ist und was sie meinem früheren Lord bedeutet hat«, gab Ethelburga zurück.

Hugh hörte, was sie sagte, während er hinausging, mit Ethelburga im Gefolge. Sobald er aus der Tür war, ergriff er ihren fleischigen Arm. Sie versuchte sich loszuwinden, aber er umklammerte das Fett, das hin und her wabbelte. »Meine Lady kannte Euren früheren Lord nicht.«

Er schleppte sie zur Seite der Schenke, wo seine Männer ihn nicht hören konnten.

Sie hörte gar nicht auf zu reden. »Niemand kannte den Lord wirklich, aber er hatte eine Art, Frauen zu verfolgen, die Furcht einflößend war.«

Er glaubte es einfach nicht. Er hatte Edlyn gefragt, ob sie Pembridge kannte, und sie hatte es verneint. Und doch erinnerte er sich, dass sie seinem Blick ausgewichen war, als er sie befragte. Deshalb sagte er nun: »Warum glaubt Ihr, dass er meine Lady verfolgt hat?«

»Er pflegte immer nach Jagger Castle zu gehen, und wenn er zurückkehrte, hatte er jenen wilden Blick in den Augen.« Ethelburga riss sich von ihm los. »Und all die Mädchen mit braunen Haaren und grünen Augen versteckten sich und zitterten vor Angst.«

»Das ist doch wohl kein Beweis dafür, dass meine Lady sich unziemlich verhalten hat!«

»Ich bin doch kein böses Klatschmaul, Mylord.« Ethelburgas Augen blitzten böse auf, und sie stieß ihren pummeligen Finger in seine Brust. »Ich habe nicht behauptet, dass es ein Fehlverhalten gab. Wenn es das gegeben hätte, hätte ich Euch nichts davon erzählt. Es war ein wandernder Spielmann, der mir das alles erzählte. Er sagte, die Leute auf Jagger Castle redeten von nichts anderem als der Tugend der Lady angesichts der ehebrecherischen Seitensprünge ihres Gemahls, und als ich sagte, mir seien Leute, die so weit weg lebten, egal, erwiderte er, das sollten sie lieber nicht sein, denn schließlich sei es mein eigener Lord, der hinter ihr herschnüffelte.«

»Warum hat sie mir nichts davon gesagt?«, fragte Hugh mehr sich selbst als Ethelburga.

»Weil es nichts ist, mit dem man prahlt, wenn Edmund Pembridge hinter einem her ist, Mylord.« Sie senkte die Stimme. »Ich sage Euch das, weil Burdett nicht auf mich hören wollte. Er sagt, ich sei nur ein Weib, das lieber seinen Kessel umrühren und das Denken den Männern überlassen sollte, aber ich sage Euch, Mylord, Pembridge hat noch nie etwas aufgegeben, das er gerne haben wollte. Solange er lebt, habe ich Angst um Roxford, und Ihr solltet Angst um Eure Lady haben.«

Ernsthaftigkeit leuchtete aus ihrem Gesicht, und Hugh nahm sich ihre Worte zu Herzen.

Dann hob sie ihre Stimme wieder. »Ein wenig öffentliche Dankbarkeit würde Eurer Lady sicher nicht missfallen. Versucht es, Mylord, und Ihr werdet schon sehen.«

Hugh blickte auf. Seine Männer stolperten aus der Schenke. Ethelburga wollte nicht, dass sie von diesem Skandal erfuhren.

Genauso wenig wie er. Er passte seine Lautstärke der ihren an. »Vielleicht werde ich das tun.«

»Versucht, ihr die gleiche Loyalität zu erweisen wie dem König.«

Hugh warf ihr einen wütenden Blick zu und stampfte auf die Burg zu.

»Oder noch mehr!«, rief sie hinter ihm her.

Er gab vor, nichts zu hören.

Hugh und Edlyn trafen am Fuß der Treppe, die zum Wohnturm hinaufführte, aufeinander. Da standen sie, zwei nasse, unglückliche Menschen, die nun einmal miteinander verheiratet waren, und starrten sich an, weil sie nicht wussten, was sie sagen sollten, da ihnen die Worte fehlten. Hinter ihnen kamen Burdett und Neda, Wharton, Dewey, Sir Philip, Sir Lyndon und der Rest von Hughs Gefolge, und alle starrten das Paar mit einer Neugier an, die durch die jüngsten Enthüllungen noch angefacht worden war.

Edlyn wollte sprechen, dann fragte sie sich, ob sie nicht Hugh das erste Wort überlassen müsste, als Zeichen ihres Respekts.

Hugh wollte sprechen, aber er wusste nicht, was er zu einer Frau sagen sollte, mit der er seit dem Tag ihrer Hochzeit entweder gestritten hatte oder im Bett gewesen war.

Schließlich, getrieben durch den scharfen Westwind, den zunehmenden Regen und ein starkes Gefühl, dass irgendjemand etwas unternehmen müsse, trat er mit einer leichten Verbeugung zurück und deutete auf die Stufen.

Sie lächelte, eine leichte Kurve in ihren Lippen, und machte sich vor ihm auf den Weg.

»Mama! Mama!«

Die Rufe der Jungen ließen sie herumfahren.

»Ich habe mit dem Schwert gegen Allyn gekämpft und gewonnen!« Ein schlammbedeckter Bursche – war das Parkin? – hüpfte in der Pfütze neben der Treppe auf und ab.

»Das hat er nicht!« Allyn, genauso schlammbedeckt, spritzte seinen Bruder mit Wasser nass. »Ich habe ihn gewinnen lassen.«

Edlyn stand reglos da. Die zwei Bengel, die im Matsch mit Stöcken gekämpft hatten, waren tatsächlich ihre Söhne gewesen. Ihre Söhne!

»Wirklich?«, fragte Parkin.

»Wirklich«, antwortete Allyn.

»Lügner!«

»Petze!«

»Burschen!« Edlyn wusste vielleicht nicht, was sie zu Hugh sagen sollte, aber sie wusste genau, was sie ihren Söhnen sagen wollte. »Hört sofort auf.«

»Aber ...«

»Er hat gesagt ...«

»Kein weiteres Wort.« Sie machte sich wieder auf den Weg die Treppen hinunter, aber Hugh stand ihr im Weg und ging nicht zur Seite.

»Macht es dir denn etwas aus, wenn ich das hier für dich regle?«, fragte er.

Seine tiefe Stimme erschreckte sie, und die Vorstellung erschreckte sie noch mehr. Seit dem Tag, an dem die Jungen geboren wurden, hatte sie allein die Verantwortung für ihr Verhalten und ihre Erziehung. Und nun bot dieser Mann, ihr Ehemann, an, ihr zu helfen.

»Ich habe schon so manchen Pagen und Knappen ausgebildet.« Er schien aus ihrem Zögern mehr als nur Überraschung herauszulesen. Er schien zu glauben, dass sie ihm nicht traute. »Ich werde ihnen nicht wehtun, aber ich werde diese Streitereien beenden und sie wieder sauber bekommen, ohne dass du dich darum kümmern musst.«

Sie musterte Hugh und sah ihn nicht als Ehemann, Geliebten oder Gegner, sondern als einen Ritter, der ihre Söhne zügeln konnte, wie sie es nicht selber konnte. Ihm zu erlauben, ihre Jungen zu züchtigen und zu erziehen, wäre mehr als ein Zeichen des Vertrauens. Es wäre eine unglaubliche Erleichterung. Eine spontane Entscheidung treffend, antwortete sie: »Du hast meinen Segen dafür.«

Die Jungen waren verstummt. Sie starrten sie aus weit aufgerissenen Augen an, als hätte sie sie verraten. Gut, sollten sie doch erkennen, dass die Umwälzungen in ihrem Leben, die sie so begrüßt hatten, ihre Erwartungen uneingeschränkter Freiheit zunichte machen würden.

Hugh bellte sie an: »Raus aus diesen Kleidern! Wascht euch draußen im Regen. Wascht eure Kleider im Pferdetrog!«

Die Jungen begannen zu stottern, dann zu weinen.

»Mylady.« Neda nahm Edlyns Ellbogen. »Lasst uns hineingehen.«

Edlyn hatte nichts dagegen. Sie wandte sich von ihren heulenden Kindern weg, und das Einzige, was sie dabei empfand, war Zufriedenheit. Sie stieg die Stufen gelassen hinauf, denn sie wusste, dass Hugh die Jungen nicht misshandeln, wohl aber erziehen würde.

Mit Nedas Hilfe zog sie sich trockene Kleider an – keine von Richards Männern, darauf achtete sie –, und als Hugh eintrat, saß sie mit der Spindel in der Hand vor dem Feuer, während die Diener damit beschäftigt waren, die Tische für das Essen aufzustellen.

Sie erhob sich sofort von ihrem Stuhl. »Gelobt seien die Heiligen, dass du zurückgekehrt bist, Mylord.« Sie zog ihm seinen nassen Umhang aus und reichte sie dem Mädchen, das an ihrer Seite aufgetaucht war. »Du hast mich vor einem Schicksal bewahrt, das ich verabscheue. Meine Künste im Spinnen haben sich in der Zeit, in der ich im Kloster lebte, nicht gerade verbessert.«

»Dann überlass doch das Spinnen den Mädchen«, sagte er, durch ihre Gelassenheit offensichtlich verwirrt. Er musterte die umhereilenden Dienerinnen und meinte: »Es sind doch genug davon da.«

»Vielleicht werde ich das tun.« Sie lächelte ihn an, entschlossen, nicht zu fragen, was er mit ihren Söhnen gemacht hatte.

Hugh wartete gar nicht auf ihre Frage. Er erzählte es ihr einfach. »Sie sind sauber und bald auch trocken, und sie werden gleich hier erscheinen, um dich um Verzeihung zu bitten, weil sie ohne deine Erlaubnis hinausgegangen sind und gestritten haben.«

»Ich danke dir.« Noch nie hatte sie es so ernst gemeint wie jetzt. Er hatte ihr eine Last von den Schultern genommen, eine Last, die sie niemals zu teilen gehofft hatte, und sie war dankbar. »Wenn du gestattest, Mylord, ich habe mir die Freiheit erlaubt, dir in unserem Gemach trockene Kleidung bereitzulegen.«

Von seinen Kleidern begann Dampf aufzusteigen, während das Feuer ihn aufheizte. »Noch nicht. Ich denke, wir sollten zuerst über deine Söhne sprechen ...« Er sah auf sie hinunter, etwas verlegen, aber fest entschlossen. »Unsere Söhne.«

Sie hatte die Bereitschaft erkennen lassen, die Kinder mit ihm zu teilen, und nun übernahm er Verantwortung für sie und nannte sie seine eigenen. Das Band zwischen ihnen – das Band der Elternschaft – trug dazu bei, das Gefühl der Hilflosigkeit, das sie seit ihrer Hochzeit befallen hatte, zu zerstören. Neugierig fragte sie: »Du könntest doch ganz einfach deinen Willen über Allyn und Parkin durchsetzen, aber das tust du nicht. Warum ist das so?«

Er starrte sie an, als habe sie ihn ganz offen als Tyrann bezeichnet. In schockiertem Tonfall erwiderte er: »Du bist doch ihre Mutter, während mir die Rolle des Vaters erst spät zugefallen ist. Ich beuge mich deiner größeren Erfahrung.«

Er *war* ein Tyrann, aber keiner, der sich durch Grausamkeit oder Gemeinheit leiten ließ, und er hatte sich verändert, ohne dass er es selbst gemerkt hatte. »Ich war vorher auch schon ein Weib, und doch hast du mich gezwungen, dich zu heiraten, als sei ich ein Kind, das der Führung bedürfe.« Sie meinte eine Bewegung Hughs wahrzunehmen. Konnte es sein, dass er nervös geworden war? »Zu der Zeit glaubte ich, du meintest es ernst.«

Er sah ihr direkt in die Augen. »Wenn ich es wieder tun müsste, würde ich es wieder genauso tun. Obwohl ich es vielleicht aus anderen Gründen tun würde.«

»Du würdest mich immer noch zwingen, dich zu heiraten?«

»Ich hatte keine Zeit, um dich zu werben, und wie du schon sagtest, glaubte ich, dass du einen bemerkenswerten Mangel an Klugheit zeigtest, als du mich nicht heiraten wolltest.«

Sie wollte lachen, aber er schien es ernst zu meinen.

»Inzwischen hast du allerdings deine überlegene Klugheit wieder und wieder gezeigt. Und deshalb muss ich annehmen, dass dein Zögern keinen anderen Grund hatte als die natürliche Vorsicht einer Frau, wenn sie einer folgenschweren Veränderung gegenübersteht.«

Er konnte sie sogar verärgern, wenn er versuchte, ihr ein Kompliment zu machen! »Könnte es nicht einfach auch – wie ich auch sagte – der ernsthafte Wunsch sein, das Leid zu vermeiden, das eine Ehe mit einem Krieger unweigerlich mit sich bringt?«

»Das wäre doch nicht vernünftig, und du bist eine vernünftige Frau.«

Ein weiteres Kompliment, eine weitere Irritation. Konnte er denn nicht verstehen, dass manche Gefühle sich der Vernunft nicht unterwarfen?

Sie starrte ihn an, wie er so ernst, so feierlich vor ihr stand.

Natürlich konnte er das nicht. Er lebte in seiner Männerwelt und war da selbst das beste Beispiel des Erfolgs, und unlogische Gefühle hatten in dieser Welt keinen Platz. Edlyn konnte bis zur nächsten Woche auf ihn einreden, und solange er nicht den Schmerz der Sorge fühlte, den man empfand, wenn ein geliebter Mensch sich in Gefahr befand, würde er es nie verstehen.

Sich ihre Niederlage eingestehend, sank sie auf eine Bank und deutete auf den Platz neben sich. »Sag mir, was du über unsere Söhne denkst.«

Statt sich neben sie zu setzen, zog er einen Hocker heran und platzierte ihn ihr gegenüber. Im Niedersetzen nahm er ihre Hände in seine. Sofort ließ die Geschäftigkeit in der Halle nach, und alle Diener fanden einen Grund, sich in der Nähe herumzutreiben.

Nedas Stimme rief sie zur Ordnung. »Macht euch an eure Arbeit!«

Sie stoben wieder auseinander und Hugh sprach. »Ich halte wenig von deinem Plan, die Burschen in ein Kloster zu stecken.« Sie versuchte, ihn zu unterbrechen, aber er meinte nur: »Lass mich ausreden. Während ich weiß, dass du deine Gründe hast, sehe ich das Feuer und den Geist Robins in beiden der Jungen. Parkin ist ein wilder Bursche, und er muss dazu erzogen werden, diese Wildheit zu meistern. Und Allyn ist freundlich und nachdenklich, aber auch er hat ein Temperament, das er zu kontrollieren lernen muss. Ich fürchte, dass der Geist und das Feuer ihres Vaters ausgelöscht würde, wenn man sie in ein Kloster steckte. Ganz sicher würde die Linie ihres Vaters ausgelöscht, und ich weiß, dass du Robin zu sehr geliebt hast, um das geschehen zu lassen.«

Sie wusste, was er damit sagen wollte, und sie sprach um den Kloß, der sich in ihrer Brust geformt hatte, herum. »Du möchtest, dass sie zu Rittern ausgebildet werden.«

»Es ist das Richtige und Angemessene für sie.«

Sie wusste einfach nicht mehr, was richtig und angemessen war. Sie hatte die Entscheidung getroffen, sie Mönche werden zu lassen, aber Allyn und Parkin hatten den Gedanken beide gehasst. Und obwohl sie zuvor Hughs Rat in dieser Angelegenheit zurückgewiesen hatte, machte sie sein echtes Entsetzen über dieses Schicksal, selbst für die Söhne eines Feindes, nachdenklich. Und die Mönche selbst schienen auch Zweifel an der Eignung der Jungen für das kontemplative Leben zu haben.

Ihre Unentschlossenheit ließ Hugh umso eifriger werden. »Lass sie doch hier leben«, sagte er, »und diesen Ort als ihr Zuhause annehmen. Und dann, wenn sie wissen, dass wir hier sein werden, wenn sie zurückkehren, werden wir sie als Pagen in Dienst geben.«

Hugh verstand die Unmöglichkeit dessen, was er da vorschlug, nicht. Ihre Worte mit großer Vorsicht wählend, erwiderte sie: »Die Söhne von Edelleuten werden aus einem bestimmten Grund in fremde Haushalte geschickt, um dort von anderen Männern großgezogen und ausgebildet zu werden, und nur aus einem einzigen Grund – um die Bande zwischen diesen Familien zu stärken. Wenn ein Ritter einmal einen Burschen großgezogen hat, ist jener fast sein Pate. Die Familien kommen einander nah. Ihr Einfluss ist wie einer.«

»Das ist wahr.«

»Allyn und Parkin sind die Söhne eines Verräters am König.«

Als Hugh verstand, dass sie die Angelegenheit tatsächlich in einer vernünftigen Weise mit ihm besprach, kannte sein Eifer keine Grenzen. »Du misst der Tatsache, dass sie die Söhne eines Verräters sind, zu viel Bedeutung bei. Durch meine Stellung können wir jeden Mann im Königreich dazu bringen, unsere Söhne aufzunehmen.«

Ihr Kopf sauste, als sie sich darum bemühte, alte Vorurteile und lähmende Angst beiseite zu schieben und sich zu verhalten, wie eine reife Frau das tun würde. »Ich habe keinerlei Zweifel daran, dass du einen Platz für Allyn finden könntest, aber wer würde schon Parkin aufnehmen? Wer wird sich um meinen wilden Burschen kümmern?«

»Nun, nur weil er so temperamentvoll ist …«

»Nicht weil ...« Sie holte tief Luft. Sie musste es ihm sagen, aber eine solche Offenbarung fiel ihr nach Jahren der Verschwiegenheit schwer. »Den Sohn eines Verräters werden sie vielleicht aufnehmen, aber den Bastard eines Verräters?«

Hugh starrte sie einfach nur an. Er benahm sich so, als spreche sie plötzlich eine andere Sprache oder als ob sie die Regeln, nach denen die Welt geordnet war, geändert habe. »Ein Bastard?«

»Parkin ist nicht wirklich mein Sohn. Er ist der Sohn meines ... des Earls of Jagger und meiner Zofe.« Sie beobachtete den Moment, in dem für Hugh alles klar wurde, und sie konnte seinen gescheiten Gesichtsausdruck nicht ertragen.

»Er ist der Bastard mit einer Nichtadligen«, meinte er.

»Robin wurde es langweilig, darauf zu warten, dass ich kalbte, wie er es so liebenswürdig ausdrückte, und sie schlief doch sowieso neben unserem Bett, deshalb ...« Sie hatte diesen Schmerz so lange nicht mehr gespürt. Sie hatte geglaubt, sie hätte ihn endgültig überwunden. Aber Hughs Reaktion brachte ihn wieder zurück.

Er ließ ihre Hände fallen und erhob sich. Er ging um sie herum, und das Wasser tropfte aus seinem Umhang, während er sie umkreiste.

Sie konnte sein Bedürfnis nach Bewegung nachvollziehen. Genau jetzt hätte sie alles darum gegeben, wenn sie jene Spindel hätte halten können, wenn sie irgendetwas hätte haben können, mit dem ihre Hände und Augen beschäftigt wären, während Hugh sie anstarrte. Aber die Spindel lag auf der anderen Seite des Kamins, und sie glaubte nicht, dass sie sich gerade jetzt erheben konnte.

Sie hasste es, dass Hugh sie bemitleidete, aber die Frau, die sie jetzt war, bemitleidete das Mädchen, das sie einmal gewesen war, inzwischen auch. Robins Weib, mit geschwollenen Knöcheln und dem unförmigen Leib und dem Gemahl, der sie so abstoßend gefunden hatte. Sie war jung und so dankbar gewesen, dass Robin sie geheiratet hatte, aber die Dankbarkeit war geschwunden, als sie das Stöhnen seiner Lust und die Schmerzenslaute ihrer Zofe gehört hatte. Die Scham und die Schuldgefühle ihrer Zofe hatten Robin in einem neuen Licht erscheinen lassen, und ihre Liebe zu ihm war einen langsamen Tod gestorben.

Fürwahr, Edlyn war ein armes, seltsames Geschöpf gewesen, als er sie geheiratet hatte, aber selbst *sie* verdiente einen Ehemann, der sich aus ihrer Schlafkammer begab, wenn er seine übervollen Lenden erleichtern wollte. Deshalb wand sie sich zwar, als sie sich an ihre frühe Verzweiflung erinnerte, aber sie sprach weiter. »Deshalb wusste ich, dass das Baby Robins war, gleich von Anfang an. Als Parkins Mutter unter der Geburt starb, war Allyn erst vier Monate alt.«

»Sie sind also keine Zwillinge.« Hugh kämpfte immer noch mit dieser neuen Wirklichkeit.

»Ich hatte genügend Milch, und Allyn ging es nicht gut. Jeden Tag musste ich befürchten, dass er nicht wieder aus dem Schlaf erwachen würde. Ich erinnerte mich immerzu daran, wie sie an der Geburt gelitten hatte, und ich konnte Parkin nicht zum Tod verurteilen, wenn doch der Tod gleichzeitig meinem eigenen Kind so nahe war.« Sie blickte zu ihm auf. Er war inzwischen stehen geblieben und sah sie nur noch an. »Das hätte es nämlich bedeutet, wenn ich ihn einer der anderen Frauen überlassen hätte.«

»Ist Parkin der einzige Bastard, den Robin hinterlassen hat?«

Sie lachte. »Du lieber Himmel, nein. Er hat seine Samen überall verstreut, wie ein Bauer, der im Wind steht. Aber soweit ich weiß, leben die anderen Mütter noch.«

»Und wissen es die Jungen? Weiß Parkin ...«

»Natürlich. Glaubst du, irgendjemand, der auf Jagger Castle lebte, hätte das für sich behalten?« Hughs Erstaunen hatte nachgelassen, und sie erklärte rasch: »Das ist der Grund, warum Parkin so viel Aufmerksamkeit sucht und Allyn ihn lässt. Diese Wichtigtuer haben Parkin erzählt, dass er nicht wirklich mein Kind ist, und das macht ihm Sorgen. Allyn fühlt sich sicherer, und er liebt seinen Bruder.«

»Du behandelst sie so gleich, dass sie sich nicht hassen werden wie jene Nonnen. Wie Lady Blanche und ihre Schwester Adda.« Hugh wischte sich das feuchte Haar aus dem Gesicht. »Kein Wunder, dass dein Vertrauen so brüchig ist.«

»Ich vertraue dir«, gab sie sofort zurück. »Höre ich nicht deinen Ratschlägen über meine Söhne zu?«

Er setzte sich wieder und sah ihr wieder direkt ins Gesicht. »Aye, du vertraust mir mit deinen Söhnen, aber nicht mit dir selbst.«

Tat sie das? Stimmte das? Was war das für eine Mutter, die einem Mann das Wohlergehen ihrer Söhne anvertraute, aber nicht ihr eigenes Glück? Oder vertraute sie ihm, und war ihre abwehrende Haltung nichts als ein zerbrechliches Bollwerk, hinter dem sie sich in Wirklichkeit danach sehnte, dass er es durchbrach?

»Du könntest mir doch alles sagen, und ich würde es verstehen.«

Er klang seltsam eindringlich, als ob er ihre Geheimnisse kannte.

Er flüsterte: »Was muss ich denn noch tun, um zu beweisen, dass ich deine Liebe niemals missbrauchen werde, wenn du sie mir schenkst?«

»Ich ... du ...« Sie sah sich um auf der Suche nach einer Fluchtmöglichkeit.

Er sah sich ebenfalls um und sah ein Dutzend Gesichter, die sie anstarrten. »Wenn ihr nichts zu tun habt, dann gebe ich euch etwas zu tun!«, brüllte er und klang so sehr wie Sir David of Radcliffe, dass Edlyn zusammenbrach und kicherte. Angewidert sagte er: »Sie haben es geschafft, nicht wahr? Sie haben dich abgelenkt.«

Neda schimpfte, die Diener flüchteten und Edlyn versuchte vorzugeben, dass sie nicht wusste, dass er auf eine

Aufgabe wartete, einen Weg, auf dem er ihr Vertrauen erwerben konnte. Er erkannte nicht, dass er Stärke und Ehrenhaftigkeit gezeigt hatte, die sie vor allem anderen wertschätzte. Schwach sagte sie: »Unsere Söhne. Wir müssen unsere Söhne unterbringen.«

Er seufzte, aber ging auf das Thema ein, wie sie es wünschte. »Ich habe Einfluss unter den Adligen, das ist wahr. Aber noch mehr als das – ich habe auch Freunde. Ich habe Männern das Leben gerettet, und manche haben meins gerettet. Ich habe mit Dukes und Earls getrunken und ihre Gastfreundschaft akzeptiert, genau wie sie auch meine. Das ist einer der Gründe, warum der Prinz an mich dachte, als Roxford Castle zu vergeben war. Meine Freunde bei Hof erinnerten ihn an meine Verdienste.« Er deutete auf den Haupttisch, an dem Wynkyn die Kelche füllte und die Schneidebretter inspizierte. »Mein Page, der mir zur Pflege und zur Ausbildung anvertraut worden ist, ist der Sohn des Earls of Covney. Wenn wir nichts anderes finden, dann kann ich Parkin nach Covney geben und weiß, dass er dort angemessen aufgezogen wird, und Allyn wird nicht der erste Sohn eines Verräters sein, der auszieht und sich einen Namen macht.« Er musterte Edlyn. »Stellt dich das zufrieden?«

Zufrieden? Nein, zufrieden stellte es sie nicht. Ihr Kopf sauste, wenn sie nur daran dachte, und alles Blut wich aus ihrem Gesicht. Sie hatte sich geschworen, dass dieses niemals geschehen würde. Sie wollte nicht, dass ihre Söhne Ritter würden, dass sie ihr Herz brechen sollten, wenn sie auf Bahren nach Hause getragen würden.

Und doch hatte Neda, ohne es zu wissen, ihr eine Antwort darauf gegeben. Wenn sie gute Mönche würden, dann verlöre Edlyn sie allmählich durch ihre Liebe zu Gott. Und wie konnte sie ihre Jungen Gott geben und dann beten, dass sie in dieser Liebe versagen sollten?

»Aye.« Sie sagte es, bevor sie wieder ihre Meinung ändern konnte. »Das ist mir recht.«

Als sie sprach, wurden ihre Augen wieder klar, und sie sah das breite Lächeln, mit dem Hugh sie bedachte. »Das ist meine Lady!« Er schlug ihr auf die Schulter, wie er es mit irgendeinem seiner Ritter getan hätte, dann hielt er sie erschrocken fest, bevor sie umfallen konnte. »Edlyn! Ich bitte dich um Verzeihung.«

Sie hielt ihren schmerzenden Arm und begann zu lachen.

»Du bist nicht verletzt?«

Sie schüttelte ihren Kopf. »Überhaupt nicht, aber jetzt erkenne ich, warum du die Jungen so gut verstehst. Du bist ja selbst nichts als ein übergroßer Bursche.«

»Na ja.« Er lächelte sie bedeutungsvoll an. »Manchmal.« Bevor sie darauf antworten konnte, drehte er sie um, seine Hände auf ihren Armen. »Hier sind unsere Söhne, die um Verzeihung bitten wollen, weil sie dir Kummer gemacht haben.«

Allyn und Parkin konnten es nach diesem Hinweis wohl kaum versäumen, ihren Pflichten nachzukommen. Edlyn musterte sie, wie sie vor ihr standen, sauber und trocken, und ihre Entschuldigungen stammelten. Sie waren beide Robin so ähnlich, und das machte ihr Angst. Aber mit Hugh als Vorbild könnten sie Beständigkeit, Integrität und all die Tugenden der Ritterschaft erwerben. Sie entspannte sich, weil sie jetzt wusste, dass sie die richtige Entscheidung getroffen hatte.

»Ich habe entschieden ...« Sie hielt inne. Dann ergriff sie eine von Allyns und eine von Parkins Händen. »Wir haben entschieden, dass ihr beide zu Rittern ausgebildet werden sollt. Würde euch beiden das gefallen?«

Parkin sprang vor Begeisterung in die Höhe. »Jetzt? Mit einem Schwert? Kann ich eine Rüstung bekommen? Wann fangen wir an?«

Allyn, ruhiger, aber mit einem Leuchten wie von einem frisch polierten Edelstein in seinem Gesicht, wiederholte nur: »Oh, Mama. Oh, Mama!«

»Wenn sie Ritter werden sollen«, meinte Hugh, »dann müssen sie erst Pagen sein.« Er schnalzte mit den Fingern, und Wynkyn, den Arm noch in der Schlinge, und Dewey, groß und mit strengem Blick, tauchten hinter den Jungen auf. »Nehmt sie mit und bringt ihnen bei, wie man bei Tisch richtig bedient.«

»Bei Tisch?« Parkin hätte nicht entsetzter aussehen können. »Warum müssen wir bei Tisch bedienen?«

»Weil das ist, was Pagen tun«, erwiderte Allyn. »Und wenn wir Knappen werden, dann müssen wir die Rüstungen polieren. *Du* wolltest ja ein Ritter sein, weil du meintest, das sei einfacher, als Mönch zu sein.«

»Wollte ich nicht.«

»Wolltest du wohl.«

»Man streitet sich nicht vor Leuten, die über einem stehen.« Dewey versetzte ihnen beiden eine Kopfnuss, und als sie dastanden und sich die Köpfe rieben, fuhr er fort: »Kommt mit mir, dann zeige ich euch, was ihr tun sollt.«

Hugh und Edlyn sahen ihnen nach, als sie hinausgeführt wurden.

»Es sind gute Burschen«, versicherte Hugh ihr. »Sie werden sich einleben und ihre Pflichten lernen.«

»Das weiß ich.«

Er holte hörbar Atem und machte seine Stimme tiefer, als wolle er ihr noch verdeutlichen, wie ernst es ihm war. »Als ich heute alles besichtigte, konnte ich sehen, dass ich auch noch viel zu lernen habe.« Er scharrte mit seinen Füßen in den Binsen. »Es gehört mehr dazu, als nur auf dem Hintern zu sitzen und darauf zu warten, dass eine Magd mir ein Bier bringt.«

So wie er roch, schien er ihrer Meinung nach schon reichlich Bier gehabt zu haben. Es schien ihn nicht zu beeinträchtigen, außer der Tatsache, dass er sich so wand. »Hugh, wenn du dich erleichtern musst, warte ich gerne.«

»Ich muss nicht!«

Er schien vollkommen entrüstet, und sie murmelte eine Entschuldigung.

»Wenigstens nicht sehr.«

Sie grinste.

»Ich versuche nur ... das heißt, ich möchte dir danken für ...«, stammelte er.

Seine Unsicherheit ließ sie ihren Ernst zurückgewinnen. Was wollte er nur?

»Meinen Dank dafür, mir bei der ... richtigen Entscheidung über Roxford Castle geholfen zu haben.«

»Lauter!«, flüsterte jemand laut, und Edlyn sah sich um. Alle Bediensteten hielten inne, um zu lauschen, aber dieses Mal scheuchte Hugh sie nicht fort.

»Ohne deine liebenswürdige Anleitung« – seine Stimme tönte so laut, dass sie zusammenzuckte – »hätte ich einen schweren Fehler gemacht, indem ich den Haushofmeister und sein Weib entlassen hätte, und ich danke dir voll gutem Mut und möchte dich ermutigen, mir weiterhin die Weisheit deiner Ratschläge zukommen zu lassen.«

»Oh, Hugh.« Sie musste blinzeln, um die Tränen zurückzuhalten, und beugte sich impulsiv vor und küsste ihn. »Du bist zu gut.«

Er hielt sie fest, als sie sich wieder zurückziehen wollte. »Noch nicht gut genug. Noch nicht. Aber ich werde es sein, und du wirst mir dann alles geben.«

Sie umarmte ihn, und die Bediensteten ließen leise ihre Freude hören, bevor sie sich wieder an ihre Arbeit machten, als erwarteten sie, dass Hugh gleich wieder brüllen würde.

Das würde er nicht, jetzt nicht. Nicht, wenn er sich gerade so ... liebebedürftig fühlte.

»Edlyn?«

Und einfühlsam. Aus irgendeinem Grunde hatte er das Beben gespürt, das Edlyn bis in ihre tiefste Seele erschüttert hatte. Das Mädchen, das sich in Hugh verliebt hatte, war begraben worden, und Edlyn hatte es für tot gehalten. Und nun schien es so, als sei sie nur hinter den isolierenden Mauern abgeschottet gewesen, die Edlyn errichtet hatte, um die Schmerzen der Erinnerung unter Kontrolle zu halten. Eine Mauer war heute bereits gefallen – würde noch eine weitere einstürzen?

»Edlyn?«, fragte er wieder, sein Gesicht begierig, sein Körper voller Erwartung.

Sie zog sich von ihm zurück, nur so weit, dass sie sein Gesicht erkennen konnte. Wenn sie ihr Herz in seine Obhut gab, würde sie das größte Risiko ihres Lebens eingehen. Denn wenn er ihr gegenüber scheiterte, müsste sie dahinwelken. Und wenn sie ihm ihr Herz nicht anvertraute, würde sie nicht ohnehin dahinwelken?

»Hugh.« Sie nahm sein Gesicht in ihre Hände. »Hugh …«

»Mylord!« Whartons Ruf rief ein allgemeines Zischen hervor, das ihn zum Schweigen bringen sollte. Aber er ließ sich nicht beirren. »Mylord, ein Bote des Prinzen ist da.« Seine Augen leuchteten vor Erwartung. »Er bringt Neuigkeiten vom Krieg. Wir werden bald wieder kämpfen!«

18

Sie hätte beinahe einen Fehler gemacht.

Edlyn bewegte sich durch die große Halle, als sie das Packen beaufsichtigte.

Sie hätte Hugh beinahe ihre Liebe gestanden.

Sie blickte durch die große gewölbte Halle auf ihren Gatten. Er saß am Tisch auf der erhöhten Seite und gab seinen Männern Anweisungen, schrieb Notizen, hörte dem Boten zu und benahm sich ganz allgemein wie der Befehlshaber der königlichen Truppen im Westen.

Sie hätte Hugh beinahe ihre Liebe geschenkt, und das wäre noch schlimmer gewesen, denn bei dem einen handelte es sich nur um Worte, aber die Liebe selbst bildete einen Teil ihrer Seele.

Sie umfasste eine der Säulen, als sie ein krampfhafter Schmerz durchzuckte.

Sie hatte ihm nicht ihre Liebe geschenkt.

»Wir werden morgen früh aufbrechen«, hörte sie ihn sagen. »Der Regen hat aufgehört, und die Sonne ist herausgekommen.«

Schien die Sonne? Edlyn hatte es nicht bemerkt.

Er fuhr fort: »Ganz offensichtlich ist Gott auf unserer Seite.«

Für diesen lachhaften Unsinn erntete er ein verächtliches Schnauben von Edlyn. *Das* hatte sie schon früher gehört. Bevor Robin zu seiner letzten Schlacht aufgebrochen war, hatte er genau dasselbe gesagt.

Aber Hugh war es ja egal, was sie dachte. Hugh machte sich einfach auf, seine Pflicht zu erfüllen, und es war ihm gleichgültig, dass sie innerlich starb.

Oder dass sie qualvoll sterben würde, wenn sie ihn liebte.

»Edlyn.«

Er rief nach ihr quer durch die Halle, und sie musste sich erst wieder fassen, bevor sie ihn ansehen konnte. Um sich einen Augenblick Aufschub zu geben, wies sie das Dienstmädchen neben sich an. »Du musst die Decken gut lüften, bevor du sie in die Truhe legst, damit sie nicht schimmeln.«

»Aye, Mylady.« Das Mädchen, das gerade damit beschäftigt war, die Decken zu lüften, machte ohne eine Miene zu verziehen einen Knicks.

Zweifellos hielt sie Edlyn für verrückt, aber Edlyn war es egal. Sie hatte ihre Gleichgültigkeit Hugh gegenüber bewiesen, indem sie ein wenig zu lange mit ihrer Antwort gewartet hatte.

»Edlyn?«

Seine Hände schlossen sich um ihre Schultern, und sie zuckte erschrocken zusammen.

»Komm und begrüße den Boten des Prinzen. Er ist ein alter Freund von mir.« Er schob sie vor sich her auf den erhöhten Teil der Halle zu. »Ralph Perrett of Hardwell.«

Ralph Perrett, ein versöhnlich aussehender Mann, erhob und verbeugte sich, bevor sie ihn noch erreicht hatte.

Sie hasste ihn. All diese Höflichkeit, die von ihm ausströmte. Dieses zuvorkommende Gemurmel über Dankbarkeit für ihre Gastfreundschaft. Das unaufdringliche, aber anerkennende Aufleuchten seiner Augen, als er sie anschaute.

Was meinte er wohl, wen er damit täuschte? Sie wusste doch, wer er war. Der Handlanger des Prinzen.

Ralph Perrett ließ sich auf die Bank sinken, als sie eine entsprechende Geste machte, und sie fand sich selbst neben Hugh wieder, der sie mit einer energischeren Hand dorthin gesteuert hatte, als ihr lieb war.

»Er hat mir Informationen über Truppenbewegungen im Land gebracht. Prinz Edward und die Marcher Barone halten das Tal des Flusses Severn. Simon de Montfort und seine

Truppen sind nach Südwales zurückgedrängt worden. Sein Sohn bringt Truppen vom Südosten heran.« Hughs Augen leuchteten. »Wir werden bald auf die aufständischen Barone treffen und sie vollständig besiegen.«

»Mit dem Segen Gottes«, meinte Perrett.

»Das schon wieder«, murmelte Edlyn. Sie zuckte zusammen, als Hugh sie mit dem Ellbogen stieß.

Edlyn nahm an, dass sie sich ganz ähnlich wie ihre Kinder vorher verhielt, aber sie war zu müde, um sich noch erwachsen zu benehmen. Sie war es müde, sich einzuleben, zu glauben, ihre Lage zu verstehen, sich dementsprechend anzupassen und dann alles wieder vollkommen durcheinander gewirbelt zu bekommen. Sie war einfach müde.

»Wir haben alles vorbereitet«, sagte Hugh. »Es gibt heute für mich nichts mehr zu tun, als vor einem warmen Feuer ein gutes Essen zu genießen.«

Als deutlich wurde, dass Edlyn nicht antworten würde, meinte Perrett: »Aye, das ist wahr. Es wird Herbst werden, bevor du wieder vor etwas anderem als der schwachen Flamme eines Lagerfeuers sitzen wirst.«

»Ich muss mich um das Essen kümmern.« Edlyn versuchte sich zu erheben.

Hughs Hand auf ihrer Schulter schob sie wieder auf die Bank zurück. »Neda macht das. Der Regen war ein Fluch für die Aufständischen, aber ein Segen für mich. Er gab mir die Gelegenheit, mich von der Verwundung bei Eastbury zu erholen.«

»Ich hörte, du seiest getötet worden.« Perrett erlaubte Allyn, seinen Becher mit gewürztem Wein nachzufüllen. »Es gab die wildesten Gerüchte!«

Hugh lächelte grimmig und nahm den Becher, den Dewey ihm reichte.

»De Montfort muss gedacht haben, er erlebe eine Glückssträhne.«

»Warum ist es Glück, wenn die Schlacht für Simon de

Montfort gut verläuft, und Gottes Segen, wenn dasselbe bei dir der Fall ist?«, fragte Edlyn.

Hugh schob den Becher unter Edlyns Nase. »Trink.«

Als ob sie eine Wahl hätte. Er schüttete ihr das Getränk beinahe über das Kleid, um ihr den Mund zu füllen – und sie davon abzuhalten, noch mehr zu sagen. Nun, wenn es ihm nicht gefiel, dann sollte er sie doch gehen lassen.

»Es ist heiß!«, beschwerte sie sich, als er sie endlich zu Atem kommen ließ.

»Es wird noch heißer«, warnte er leise. Zu Perrett gewandt, erklärte er: »Mein eigenes geliebtes Weib hat mich von dieser Wunde geheilt. Ich nahm das als Zeichen, dass ich sie heiraten solle.«

»Ein Zeichen von Gott natürlich?«, fragte Perrett geschmeidig.

Edlyn hätte beinahe gelacht. Wenn Perrett sich als unterhaltend erweisen würde, würde es ihr schwer fallen, ihn nicht zu mögen.

»Natürlich.«

Hugh hatte ihr unterdrücktes Beben des Vergnügens wohl gespürt, denn sein fester Griff lockerte sich.

»Wie lange wirst du fortbleiben?« Sie hoffte auf eine Antwort, die Art solider Auskunft, auf die sie sich verlassen konnte.

De Montforts Truppen sind schon fast aufgerieben, hörte sie Hugh in ihrer Vorstellung antworten. *Alles, was ich noch tun muss, ist, sie bis ins Meer zu jagen.*

Sie konnte es fast hören. *Ich werde noch vor Neumond zurück sein,* würde er sagen. *Versuch nicht, dir die ganze Verantwortung für Roxford Castle alleine aufzuladen. Lass mir auch etwas übrig.*

Am besten von allem – *Ich könnte doch nicht ohne dich sein. Wenn ich fortmüsste, würden meine Schritte stolpern und meine Augen würden trüb. Nein, Perrett, du musst zu Prinz Edward gehen und ihm das sagen. Sag ihm, dass ich nur mit meinem Weib zusammen sein möchte, das mir mein Herz gestohlen hat.*

Stattdessen sagte er: »Wir müssen erst einmal den Feind aufspüren. Vielleicht stoßen wir auf den Prinzen und kämpfen eine Schlacht mit ihm gemeinsam. Die Schlacht wird nur einen Tag dauern, aber wir müssen de Montfort und seinen Sohn töten oder gefangen nehmen. Wir werden sie jagen müssen, wenn sie sich zurückziehen, und sie in eine weitere Schlacht verwickeln.«

Ihm gefiel der Gedanke, so viel war klar. Seine Augen funkelten, sein Lächeln, das er so selten auf sie richtete, erschien und blieb.

Wharton knallte einen Laib Brot auf den Tisch. »Dann befreit Ihr den König, und dann werden wir alle an den Hof gehen müssen.« Er schüttelte sich. »Ich hasse den Hof.«

Das tat Wharton sicher, dachte Edlyn. Niemand konnte dort stärker fehl am Platze sein als Hughs Diener.

»Simon de Montfort hat unter den Baronen die meiste Unterstützung verloren«, sagte Perrett.

»Dann werde ich zurück sein, bevor der erste Schnee fällt.« Hugh lehnte sich mit einem Seufzen zurück, das ganz niedergeschlagen klang.

Edlyn schoss so schnell von der Bank auf, dass seine Hand, als er nach ihr griff, ins Leere fuhr.

»Edlyn«, brüllte er. »Edlyn, komm sofort zurück!«

Edlyn wollte nicht weinen. Sie wollte jemanden verprügeln. Sie wollte sich verstecken. Sie wollte ... weinen.

Es gab keinen Instinkt, der ihr sagte, wohin sie sich flüchten konnte. Sie lebte noch nicht lang genug auf Roxford, um blindlings einen Zufluchtsort zu finden. Aber sie rannte auf die Stufen zu, die nach draußen führten, hörte Hughs Schritte hinter sich und hastete stattdessen zu ihrem Gemach hinauf. Der Riegel, der sich an der Tür befand, konnte genauso gut Hugh aussperren wie irgendwelche Eindringlinge in das eheliche Privatleben, und außerdem, wie viel Mühe würde er sich schon geben, hier hereinzukommen? Was er wirklich wollte, war doch, mit Ralph Perrett, dem königlichen Wiesel, Schlachtenpläne zu entwerfen.

Sie schoss die Stufen hinauf und warf sich mit aller Kraft gegen die Tür, dann schob sie sie zu. Sie griff nach dem Riegel, aber bevor sie ihn vorlegen konnte, wurde sie zurückgestoßen, als Hugh die Tür mit all seiner Kraft aufstieß.

Er nahm noch nicht einmal wahr, dass sie sich hart auf die Binsen niedersetzte. Er stampfte nur herüber und stand über ihr. »Was hast du gedacht, was du da unten tust? Du hast jede Regel der Gastfreundschaft gebrochen.«

»Oh, Gastfreundschaft.« Sie rutschte zurück. »Er verdient meine Gastfreundschaft nicht.«

»Er ist ein Gast. Unser erster Gast.« Er schritt von ihr weg. »Und mein Freund!«

Wieder auf den Füßen, rieb sie sich ihr schmerzendes Hinterteil und fragte sich, was sie darauf nun antworten sollte.

Die Regeln der Gastfreundschaft waren sehr fest. Da es nur wenige Gasthäuser gab, die meist schmutzig und verkommen waren, und da es Männer wie Richard of Wiltshire auf den Straßen gab, öffneten Burgherren immer erschöpften Reisenden ihre Speisekammern und gaben ihnen einen Platz zum Schlafen. Sie kannte die Regeln. Sie hatte nach diesen Regeln gelebt, diese Regeln sogar genossen, ihr ganzes Leben lang. Aber Ralph Perrett gegenüber höflich zu sein hatte sie einfach überfordert.

»Nun?« Hugh tappte ungeduldig mit dem Fuß.

Zum ersten Mal erkannte sie, warum er so gereizt reagierte, wenn sie ihn so behandelte wie einen ihrer Söhne.

»Es war mir nicht danach, Ralph Perrett willkommen zu heißen.«

»Warum nicht?«

Weil er gekommen ist, um dich mitzunehmen.

Der Gedanke durchfegte sie mit der Eiseskälte eines Wintersturms, und sie wich davor zurück.

»Warum bist du so nervös?«, verlangte Hugh zu wissen. »Ich habe dir doch schon gesagt, dass ich Frauen nicht schlage. Obwohl du diesen Entschluss heute Abend wahrhaftig auf die Probe gestellt hast. Nun komm wieder mit herunter.«

»Das werde ich nicht tun.« Sie ging zum Feuer und wärmte sich die Hände. »Geh du hinunter und entschuldige mich deinem Freund gegenüber. Sag ihm, ich werde rechtzeitig auf sein, um mich von ihm zu verabschieden. Ihn und dich und ... nimmst du meine Söhne mit?«

Ihre Söhne? Für Hugh fühlte sich das, was er hörte, wie ein Hieb auf seine Knöchel an. Was meinte sie damit – ihre Söhne? Heute Morgen noch waren es ihrer *beider* Söhne gewesen. »Ich würde doch zwei unerprobte Burschen nicht mit in die Schlacht nehmen. Sie wissen ja noch nicht einmal, wie man einen Braten aufschneidet, geschweige denn, wie man einen Ritter aufspießt!«

»Wenigstens dafür sei dir Dank.«

Ihre Stimme war leiser geworden und hatte nicht mehr den schrillen Ton der Verzweiflung und des Ärgers. In seinen Ohren klang sie angenehmer, aber irgendwie hatte er den Verdacht, dass es weder für ihn noch für sie besser war.

»Es geht darum, dass ich für den König in die Schlacht ziehe, nicht wahr?«

»Die Tiefe deines Verständnisses verwundert mich.«

Niemand wagte es sonst, ihn zu verspotten, aber trotzdem bemerkte er es.

»Hattest du gedacht, ich würde nicht gehen, wenn der Prinz mich ruft?«

»Ach, nein, ich habe immer gewusst, dass du gehen würdest.«

»Warum bist du dann so zornig?«

»Ich bin nicht zornig.«

Sie schien es wirklich nicht zu sein, aber etwas war nicht in Ordnung, und er wusste auch, was. »Der König ist der Herr, dem ich Treue geschworen habe, und er braucht die

Hilfe aller wahren englischen Lords. Ich kann ihn nicht im Stich lassen!«

»Deine Pflicht ruft. Ich werde dich nicht aufhalten.«

Aber sie tat es doch. Sie unterdrückte ein mächtiges Gefühl, und als er sich an den Augenblick an diesem Morgen erinnerte, den Augenblick, an dem er gedacht hatte, sie werde sich ihm schenken, fühlte er sich ganz krank. War alles eine Lüge gewesen? »Du hast gesagt, er sei dir gleichgültig gewesen, als er gestorben ist. Du hast gesagt, er habe deine Liebe getötet.«

»Wer?«

»Robin. Um den geht es hier doch, oder nicht?«

»Nein!«

»Ich habe deinen Mann gefangen genommen, deine eine wahre Liebe, und habe ihn zu seiner Hinrichtung geschickt, und du dachtest, du könntest mich davon abhalten, meinem König gegenüber meine Pflicht zu tun, indem du versprichst, mich zu ... zu ...«

»Lieben. Das Wort heißt lieben.«

Er gürtete seine Lenden. »Indem du versprichst, mich zu lieben.«

»Das ist nicht wahr.«

»Was ist dann wahr?«

»Ich habe Robin geliebt. Diese Liebe ist tot. Sie war schon tot, als er starb. Das alles hat mit dem hier nichts zu tun.«

»Warum benimmst du dich dann so? Ein geringerer Mann würde sich schuldig fühlen, weil er dich allein lässt, um seine Pflicht zu erfüllen.«

»Und du bist kein geringerer Mann.«

Sie verspottete ihn, und das gefiel ihm nicht.

Sie versuchte zu sprechen, und die Worte schienen ihr zu fehlen. Schließlich sagte sie: »Du könntest getötet werden.«

Sie hatte ganz sachlich geklungen, also versuchte er sich ihrem Ton anzupassen. »Darüber haben wir schon gesprochen. Ich werde nicht getötet werden.«

Die Fassade ihrer Vernunft bröckelte. »Das hat Robin auch gesagt.«

»Ich … bin … nicht … Robin.«

»Ich habe schon die Witwen anderer Männer getroffen, die mit genau der gleichen Einstellung in die Schlacht gezogen sind.«

»Also geht es *doch* um Robin. Der Schatten Robins sucht unsere Ehe heim.«

»Nein!«

»Welchen anderen Grund könnte es für dich sonst geben, zu wünschen, dass ich zurückbleibe, wenn die anderen in die Schlacht ziehen?« Sie starrte ihn finster an und rang die Hände, und er wagte etwas, das er vor diesem Morgen niemals versucht hätte. »Willst du sagen«, fragte er vorsichtig, »dass du nicht willst, dass ich gehe, weil du Angst vor Pembridge hast?«

»Pembridge?«

»Ja, Pembridge. Du hast ihn doch getroffen, als du mit Robin zusammenlebtest, nicht wahr?«

Ihre Augen öffneten sich so weit, dass das Weiß überall um ihre Iris zu sehen war, und ihr Schrecken sprach für sich. Sie hatte ihn angelogen. Er hatte sie gefragt, ob sie Pembridge kenne, und sie hatte es verneint. Was verbarg sie nur vor ihm?

»Ich habe ihn getroffen«, gab sie zu.

Er taumelte fast vor den Schmerzen, die ihr Betrug ihm bereitete. »Hatte ich Unrecht? Geht es in Wirklichkeit um *ihn?*«

»Nein!« Sie schoss hoch und stand vor ihm, sichtbar zitternd. »Ich habe es dir nicht gesagt, weil er … Ich mochte nicht, wie er … Ich habe Angst vor Edmund Pembridge.«

»Angst?«

»Er hat mir nie wehgetan, aber ich glaube, dass er ein grausamer Mann ist.«

Hugh gab ihr innerlich Recht.

»Ich war Robin immer treu.«

»Aber wolltest du das auch sein?« – »Ich wollte Pembridge nie.« Ihr Zittern wurde stärker.

»Was ist mit mir?« Seine Unzufriedenheit und seine Sorge wurden mit jedem verzweifelten Augenblick stärker. »Willst du denn mich?«

Ihre Augen funkelten, als sie zur Antwort ansetzte.

Er hatte die falsche Frage gestellt. »Nein, warte, *liebst* du denn mich?«

»Du ... ich ...« Sie schien mit einem großen Gefühl zu ringen, das ihr auf der Seele lag und ihre Augen in ein trübes Grün verdüsterte.

Er wollte, dass sie Ja sagte. Sie würde Ja sagen, er wusste es.

»Ich ... nein.«

Er stieß langsam den Atem aus. »Nun. Dann ist das also klar.«

»Nein.« Sie wiederholte es – falls er es das erste Mal nicht gehört hatte, nahm er an. »Ich liebe dich nicht. Aber ich bin dein treues und loyales Weib, und ich schwöre dir, Mylord, dass ich dich niemals betrügen und verraten werde.«

Sie schaute ihn ohne Zögern und ohne Angst an, und er erinnerte sich an das, was Ethelburga gesagt hatte. Dass keine Frau damit prahlen würde, dass Edmund Pembridge hinter ihr her sei. Sich an den Mann und seine verschlagenen Umtriebe erinnernd, hoffte Hugh, dass das die ganze Wahrheit sein möge. Mit einem Seufzen sagte er: »Wenigstens dafür danke ich dir.«

Hugh zögerte auf den Stufen, als er wieder zurück in die Halle schritt. Er wusste nicht mehr, was er glauben sollte. Er konnte Edlyn nicht verachten, so sehr er sich das auch wünschte. Sie hatte sich als klug, fähig und freundlich erwiesen, und er begehrte sie. Bei allen Heiligen, er begehrte sie.

Beinahe wäre er umgekehrt und die Stufen wieder hinaufgestiegen, als er Wharton, Sir Lyndon, Sir Philip und Ralph Perrett um den Tisch sitzen sah, an dem sie auf ihn warteten.

Es hätte ein Kriegsrat sein sollen, stattdessen konnte er aus ihren Gesichtern ablesen, dass es sich um eine Predigt handeln würde, die er zu hören bekäme.

Wharton grinste süffisant. »Wird sie Euch gehen lassen?«

Seine Hände auf den Tisch stützend, setzte sich Hugh nieder.

»Sie ist überreizt.« Ganz offensichtlich missbilligte Sir Philip Edlyns Verhalten.

»Dieses Weib braucht eine straffe Hand.« Sir Lyndon stieß die Worte abgehackt hervor.

In beruhigendem Ton meinte Perrett: »Ich habe das schon Dutzende Male erlebt. Wenn ein Weib hört, dass der Mann in die Schlacht zieht, muss es weinen.«

Hugh merkte, dass er sich auf die Zunge biss. Die meiste Zeit seines Lebens war er in allem immer der Beste gewesen – im Reiten, im Kampf, im Kommandieren. Heute hingegen hatte er Burdett gegenüber durch seine dummen Fragen wieder und wieder seine Unwissenheit gezeigt. Während Burdett seine Überraschung gut verborgen hatte, hatte Hugh sich über sein mangelndes Wissen geärgert.

Schlimmer noch war das Bewusstsein, dass er ihre Kommentare durch seine Bemerkungen in der Bierschenke an diesem Nachmittag hervorgerufen hatte. Und heute Abend würde er vielleicht auf den Rat dieser Männer hören – ja, das würde er vielleicht –, wenn er sich nicht an Ethelburga und ihre rechtschaffene Empörung erinnern würde. Sie hatte Sir Philip, Sir Lyndon und Wharton mit Verachtung überhäuft – Wharton wies über seinem Auge immer noch die Beule auf, die diese Verachtung bewies – und Hugh einen anderen Rat erteilt. Einen Rat, den er in die Tat umgesetzt hatte und der ihm fast das gewünschte Ergebnis gebracht hätte. Edlyn hatte ihm beinahe gestanden, dass sie ihn liebte. Beinahe. Sie war so nahe daran gewesen.

Vielleicht wussten Frauen besser, was sie wollten, als Männer wussten, was sie brauchten.

»Also werdet Ihr mich hier zurücklassen, damit ich die Verantwortung übernehme«, schloss Sir Lyndon.

»Was?« Hugh hatte etwas verpasst, und er kniff seine Augen zusammen, als er Sir Lyndon musterte.

»Ihr werdet mich hier lassen, damit ich auf Roxford Castle aufpasse, während Ihr in die Schlacht zieht«, wiederholte Sir Lyndon bereitwillig. »Das ist doch nur vernünftig. Ich bin der Ritter, der schon am längsten bei Euch ist, und irgendjemand muss doch hier bleiben, um Verrat zu verhindern.«

»Wessen Verrat?«, fragte Wharton.

Sir Lyndon machte eine kleine Geste hinüber zu dem Platz, an dem der Haushofmeister und sein Weib beschäftigt waren.

»Ha.«

Wharton schien keinen Verdacht gegen Burdett und Neda zu hegen, und Hugh nahm das zu Kenntnis. Wharton hatte seine bemerkenswerte Menschenkenntnis über die Jahre immer wieder bewiesen.

Tatsächlich war es so, dass Wharton Sir Lyndon noch nie hatte leiden können.

Hugh schmerzte die Erkenntnis noch immer, dass Edlyn ihn über Pembridge belogen hatte, deshalb beugte er sich zu Wharton hinüber und fragte ihn leise: »Magst du Lady Edlyn?«

Wharton bäumte sich beleidigt auf. »Ob ich sie *mag?*«

Hugh versuchte es noch einmal. »Traust du ihr?«

»Oh.« Wharton nickte. »*Trauen* tue ich ihr. Ja, ich traue ihr.«

Das tat Hugh auch. Vielleicht war er ein Narr, aber er vertraute ihr. Sie hatte gesagt, dass sie Pembridge nicht liebte, und er glaubte ihr. »Ich werde meinem Weib die Verantwortung überlassen.«

Sie Lyndon fiel fast von seiner Bank. »Eurem ...«

»Meinem Weib. Das ist der Grund, warum ich sie geheiratet habe.«

»Sie ist gerade heulend nach oben gegangen, weil Ihr sie verlasst. Sie ist ein dummes kleines …« Jemand musste ihn unter dem Tisch getreten haben, denn er zuckte zusammen und bemühte sich dann sichtbar darum, seine Fassung zurückzugewinnen.

»Sie hat sehr viel Erfahrung darin, eine Burg zu führen, während ihr Gemahl fort ist.« Hugh schüttelte seinen Kopf, als Wharton ihm Bier anbot. Er musste jetzt seine fünf Sinne beisammenhalten.

Sir Lyndon hatte seinen anfänglichen Schock überwunden und versuchte jetzt, Logik anzuwenden. Oder was er dafür hielt. »Ich bin jetzt schon eine Weile in Gesellschaft Eurer Lady, Mylord, und ich muss sagen, dass sie vor Gefühlen nur so überfließt. Immerzu schwatzt sie oder lacht laut heraus. Sie hat kein Gefühl für Würde. Wie soll sie da die Bediensteten im Griff behalten? Oder die Soldaten?« Er beugte sich vor und presste seine Hand auf Hughs Arm. »Hugh, Ihr braucht einen Mann hier. Einen Mann wie mich!«

»Ich brauche tatsächlich einen Mann hier.« Sir Lyndons Geste beeindruckte Hugh überhaupt nicht, genauso wenig wie die Verwendung seines Vornamens. »Sir Philip wird diese Aufgabe übernehmen.«

»Ich, Mylord?« Sir Philip schaffte es nur mit Mühe, sitzen zu bleiben.

Sir Lyndon starrte Sir Philip an, als wäre er mit einem Käfer dekoriert. »Der ist doch nichts als ein einäugiger alter Ritter!«

»Ah.« Sir Philip strich sich über den Schnurrbart. »Jetzt verstehe ich. Wahrhaftig, das ist der Grund, warum Sir Hugh mich statt Euch gewählt hat. Ihr habt einen Platz an seiner Seite im Schlachtgetümmel, während ich meine Pflicht daheim tue.«

»Verletzt Euch das?«, fragte Hugh Sir Philip.

»Es ist ein wenig seltsam, nach so vielen Jahren des Kampfes zurückgelassen zu werden«, erwiderte Sir Philip. »Aber ich kann mich über die Gründe oder über die Pflicht nicht beklagen.«

Sir Lyndon verlor die Beherrschung. Er erhob sich, und über alle anderen hinweg wies er mit dem Finger auf Hugh. »Ich sollte der Befehlshaber in Eurer Burg sein. Ihr habt es mir versprochen!«

»Ich brauche Euch in der Schlacht.«

»Ich verdiene ...« Sir Lyndon verstummte abrupt, und die Worte hingen in der Luft.

»Ihr habt keine Erfahrung in häuslichen Angelegenheiten.« Hugh sagte nichts zu Sir Lyndons Erwartungen, aber während Sir Lyndon sprach, war er mehr und mehr von der Weisheit seiner Entscheidung überzeugt. »Ihr solltet es so halten wie ich und von Leuten lernen, die Erfahrung haben.«

»Wem?«, schnappte Sir Lyndon.

»Lady Edlyn«, gab Hugh zurück.

Eine Ader an Sir Lyndons Stirn schwoll an und pulsierte vor Erregung, und Hugh erwartete halb, dass Sir Lyndon über den Tisch springen und ihn erdrosseln würde.

Stattdessen holte er mehrmals tief Atem und sank wieder zurück auf seinen Sitz. Sein Kinn fiel herab und sprach eher zu seinem Schoß als zu Hugh. »Dann lasst mich hier bleiben, damit ich lernen kann.«

»Sir Philip ...«, setzte Hugh an.

»Sir Philip ist ein Krieger wie ich. Er weiß auch nicht, wie man eine Burg führt, insbesondere eine so große wie diese. Ich würde mich unter seine Führung begeben, lernen, so wie er lernt, und mich Euch gegenüber wieder als würdig erweisen.« Sir Lyndon sah auf und lächelte beschwörend, und Hugh fühlte sich an den freudigen, unbesonnenen jungen Krieger, den er einst gekannt hatte, erinnert. »Und wie Ihr selbst gesagt habt, Mylord, Sir Philip ist ein alter Mann. Ich bezweifle, dass er etwas dagegen hätte, zu wissen, dass jemand da ist, der seine Befehle ausführt.«

Hugh hatte nicht daran gedacht, sie beide dazulassen, aber

er würde sich besser fühlen, wenn zwei Köpfe, zwei Herzen, sich der Aufgabe widmeten, Edlyn und sein Zuhause zu schützen. Sie würden sich gegenseitig im Zaum halten, und da jeder wusste, dass der andere ihn beobachtete, wären sie beide gezwungen, Edlyn zu gehorchen, als sei sie schon immer ihre Herrin gewesen.

Sir Lyndon spürte, dass Hughs Widerstand schwächer wurde. »Und, Mylord, ich möchte noch darauf hinweisen, dass seit der Schlacht im letzten Herbst niemand Edmund Pembridge und irgendeinen seiner Männer gesehen hat.«

Hughs Kopf schoss überrascht hoch. »Er ist doch bei Simon de Montfort.«

Sir Lyndon schüttelte den Kopf.

»Dann ist er bei Montforts Sohn.«

Sir Lyndon lächelte grimmig. »Er ist weder bei einem von ihnen, noch ist er tot, Mylord. Man sagt, er habe in seiner Burg in Cornwall überwintert und sei mit dem Frühling wieder gegen seine Feinde losgezogen. Vielleicht wäre es weise, sein früheres Zuhause sicher gegen ihn zu befestigen.«

Dachte Hugh wirklich, dass Edlyn eine Närrin sei? Sie hätte ihm alles erklärt, Liebe, Zuneigung, dass sie ihn brauchte, einfach alles, wenn sie geglaubt hätte, dass es ihn an ihrer Seite hielte. Aber es gab nichts, das das erreichen konnte. Sie hätte sich der Liebe hingegeben, ihn mit ihrem Körper in Versuchung führen, ihn mit tausend Küssen bedecken können und er wäre trotzdem fortgeritten, um seiner Pflicht zu genügen.

Pflicht. Sie machte Edlyn krank. Sie hatte ihre Pflicht zu oft und zu gut getan, und was hatte sie davon gehabt? Ein leeres Bett.

Natürlich, manche Leute würden behaupten, dass es nicht leer sein musste. In der vergangenen Nacht schlief Hugh anderswo, aber nur, weil sie ihm die Tür verschlossen hatte. Er war wütend, wenn man sein Brüllen und die Schläge gegen die Tür als einen Hinweis verstehen wollte. Aber sie hatte sich nur tiefer unter die Decken gekuschelt und ihn nicht beachtet, und irgendwann hatte er aufgegeben. Er hatte noch nicht einmal die Tür niedergebrannt, wie sie es halb erwartet hatte. Er war einfach ... fortgegangen.

Fortgegangen.

Sie schob die Decken weg und setzte sich auf. Frühes Morgenlicht schien durch das Fensterglas herein, und sie sah es mit erschrockenem Unglauben.

Wenn sie jetzt nicht hinunterging, würde er gehen, ohne dass sie ihn ihrer Liebe versichert hatte.

Sie krabbelte vollständig bekleidet aus dem Bett und eilte zur Tür. Als ihr etwas einfiel, rannte sie zu ihrer Truhe und riss ein weißes Hemd heraus. Mit vor Hast zitternden Händen strebte sie zur Tür und schob den Riegel zurück. Ihre nackten Füße machten auf den Stufen kein Geräusch, und die Kälte der Steine hinterließ keinen Eindruck. Sie wusste nur, dass sie Hugh finden musste, bevor er aufbrach. Sie rutschte über die Binsen, als sie in die große Halle rannte, und fand sie leer vor.

Also waren alle Bediensteten nach unten gegangen, um die Krieger zu verabschieden, als sie aufbrachen. Sie würde sich ihnen anschließen.

Die äußere Tür war weit geöffnet, und vom Treppenabsatz sah sie die große Ansammlung von Dienern, wie sie es erwartet hatte. Aber statt in den Hof zu blicken, um zu winken, kamen sie auf sie zu, als hätten sie diese Pflicht bereits hinter sich gebracht.

Sie schaute aufs Tor, aber es war kein einziger Ritter mehr zu sehen.

»Mylady?« Neda stand auf der untersten Stufe und sah zu ihr auf. »Sie sind fort.«

Vor Verzweiflung wie vor den Kopf geschlagen, starrte sie die ältere Frau an. Sie waren fort? Sie hatte Hugh fortgehen lassen, wahrscheinlich in den Tod, ohne ein Wort?

Etwas von ihrer Verzweiflung musste in ihrem Gesicht erkennbar geworden sein, denn Neda sagte: »Wenn Ihr es wünscht, kann ich Euch einen Platz zeigen, von dem aus Ihr ihn fortreiten sehen könnt.«

Edlyn eilte die Stufen hinunter. Neda nahm ihren Arm, und zusammen eilten sie durch das Tor in den äußeren Burghof, dann die Stufen hinauf auf die Zinnen. Auf dem breiten Wehrgang lehnten sich alle die bewaffneten Männer hinaus und beobachteten ein Geschehen in der Ferne.

Edlyn rannte zu einer Mauerscharte und sah hinaus. »Da sind sie!«

Sie waren noch nah genug, dass Edlyn immer noch jeden einzelnen Ritter erkennen konnte, und Hugh überragte alle anderen. Aber sie sahen nicht zurück. Sie blickten alle nach vorn, als sie sich von diesem Zuhause, das sie nur so kurz beherbergt hatte, wegbewegten und in die Schlacht ritten, die ihnen so vertraut war.

»Hugh.« Edlyn flüsterte seinen Namen. Dann schrie sie. »Hugh! Hugh!« Sie kletterte in eine der Schießscharten zwischen den hohen Mauersteinen. »Hugh!«

Er konnte sie unmöglich gehört haben, aber sein Kopf drehte sich plötzlich, und er sah zur Burg zurück, als wolle er sich das Bild in sein Hirn einbrennen.

Wie wild schwenkte sie das weiße Hemd, das sie noch immer in der Hand hielt. »Hugh! Hugh!«

Durch das hin und her wehende weiße Kleidungsstück aufmerksam gemacht, hob sich sein Blick zu der Stelle, an der sie stand. Er hielt sein Pferd an, wendete es und starrte herüber. Dann sah sie das Aufblitzen seiner Zähne und als Antwort ein Winken seines Armes.

Die Ritter um ihn herum erfassten mit einem Blick die Situation und ritten weiter. Nur Wharton blieb an Hughs Seite, und selbst aus der Entfernung konnte Edlyn noch den Widerwillen in seinem Blick spüren.

Ihr war es egal. Hugh lächelte und winkte, und sie gab mit

dem weißen Hemd weiterhin ihr Signal, selbst als die beiden weitergeritten waren.

Hinter ihr meinte Neda schließlich: »Er ist außer Sichtweite im Wald, Mylady.«

»Ja.« Das war er. Sie wusste es, aber sie wollte sich nicht der Leere der Burg hinter ihr stellen. Oh, natürlich waren dort Menschen. Es gab viele Pflichten, die sie zu erfüllen hatte, und ihre Söhne mussten jetzt von ihr mit strenger Hand geführt werden, da Hugh nicht mehr da war. Aber das Bewusstsein, dass sie keinen Blick von Hugh erhaschen würde, seine Stimme nicht hören und ihn nicht berühren konnte, machte es fast zu schwer, diese Pflichten zu ertragen.

Lieber Gott, wie sie ihn liebte.

Sie hatte sich geschworen, das nicht zu tun. Sie war so schwer durch Robin verletzt worden, dass sie ganz ernsthaft geglaubt hatte, ihre Fähigkeit zu lieben sei abgestorben. Aber Hugh hatte eine alte Liebe wieder zum Leben erweckt und sie angefacht, und nun war ihr ganzes Wesen – ihre Vergangenheit, ihre Gegenwart, ihre Zukunft – von dem Verlangen durchtränkt, bei ihm zu sein. Sie liebte ihn. Sie liebte einen Krieger.

»Ihr solltet besser wieder herunterkommen.«

Edlyn spürte, dass jemand sie an ihrem Überkleid zog, und sah, dass Neda den Saum in beiden Händen hielt, als habe sie Angst, dass ihre Lady fallen könnte.

»Ihr habt Euren Wunsch nach einem Waffenstillstand mit Eurem Lord signalisiert.«

»Waffenstillstand?«

»Die weiße Flagge«, meinte Neda sanft. »Er versteht das sicher.«

Die weiße Flagge? Edlyn blickte sich um. Ach, das weiße Hemd in ihrer Hand. Sie hatte damit gewinkt, und Hugh hatte wohl verstanden, dass sie ihre Unterwerfung erklärte. Nun, das hatte sie nicht. Sie liebte diesen Mann vielleicht, aber sie würde sich ihm nicht unterwerfen.

Hugh stand auf einem Hügel und blickte über die weite Wiese, die sich im Abendlicht golden verfärbte. Dort würde er morgen auf eine Rebellenarmee treffen, die für Simon de Montforts Sache kämpfte.

Eine abendliche Brise zauste Hughs Haar und kühlte seine Wangen, und der Himmel ließ keinerlei Anzeichen für Regen erkennen. Ja, es würde ein guter Tag für die Schlacht sein. Nicht so heiß, dass die Männer in ihren Rüstungen schmorten, aber trocken genug, dass die Pferde sicheren Tritt fassen konnten.

Aber die Armeen standen nur acht Tagesmärsche weit von Roxford entfernt, und der Gedanke bereitete ihm Sorgen. In diesem Gelände und diesem Wetter konnte ein einzelner Mann, wenn ihm Pferde zum Wechseln zur Verfügung standen, Roxford innerhalb von zwei Tagen erreichen. Das war zu nah. Nach der Schlacht würde es Versprengte geben, Männer, die Pferde erbeutet hatten und nach weiterer Beute suchten. Schlimmer noch, die Truppen von Simon de Montfort und seinem Sohn konnten sich leicht in jene Richtung bewegen. Und dann würde Edlyn belagert.

Edlyn. Er atmete tief und erinnerte sich an den Anblick der weißen Flagge, die sie von den Zinnen geschwenkt hatte. Das war doch typisch für Edlyn, dann ihre Niederlage einzugestehen, wenn er sich die Belohnung nicht abholen konnte. Sie hatte ihn mit einem Verlangen gehen lassen, das er nicht stillen konnte, wodurch sich seine Entschlossenheit verstärkte, zu ihr zurückzukehren, damit er es erfüllt bekam.

Edmund Pembridge mochte ihr Herz belagert haben, aber Hugh de Florisoun hatte es erobert.

Wenn sie nur Zeit gehabt hätten, in einer Zeremonie seine Leute Lehnstreue schwören zu lassen! Wenn er doch nur die Hand jedes einzelnen Ritters und jedes einzelnen Bediensteten hätte halten können und ihm dabei in die Augen sehen, wie er schwor, Hugh als seinem Herrn zu gehorchen und zu dienen. Dann wäre Hugh jetzt nicht so besorgt.

Wo war Edmund Pembridge? Hugh hatte geglaubt, dass er bei Simon de Montforts Truppen sei oder auch bei dessen Sohn. Zu hören, dass Pembridge irgendwohin in England verschwunden war, gab Hugh das Gefühl, auf seinen Rücken achten zu müssen. Und er hätte gerne Edlyn gebeten, sich vor Verrat zu hüten.

Denn wie viel wusste er wirklich über die Männer, die er zurückgelassen hatte, damit sie Edlyn bewachten?

Oh, ja, Burdett hatte behauptet, er werde nur zu gerne Hugh die Treue halten, aber würde er das wirklich tun? Er war doch jahrelang Pembridges Mann gewesen, war er das vielleicht noch?

Sir Philip kannte er auch nicht allzu gut. Der war ein verschlossener Mann, der sich nicht leicht anvertraute. Und obgleich Hugh ihn für zuverlässig hielt, konnte er nicht umhin, sich zu fragen, ob irgendein Mann zuverlässig genug war, um ihm Edlyn anzuvertrauen.

Das war der Grund, warum er auch Sir Lyndon auf Roxford Castle zurückgelassen hatte. Wenn doch nur Sir Lyndon die Versprechungen ihrer früheren gemeinsamen Jahre eingelöst hätte. Wenn er doch nur seine Fehler eingestehen und seine Bitterkeit hinter sich lassen würde. Sein Angebot, als untergeordneter Mann unter Sir Philip zurückzubleiben, war doch immerhin ein Anfang. Aber jetzt, als er der morgigen Schlacht entgegensah, kam Hugh der Gedanke, dass sich Sir Lyndon in einer ausgezeichneten Position befand, wenn er Unheil anrichten wollte.

Die Ängste, die Hugh umtrieben, stärkten nur seine Entschlossenheit. Er musste die aufständischen Truppen einfach besiegen.

Seine Hände sehnten sich danach, ein Schwert zu halten, aber auf dem gegenüberliegenden Hügel konnte er die Zelte der Feinde sehen, die sich in einer vielfarbigen Reihe dahinzogen. Vor jedem Zelt konnte er die Flagge mit dem Symbol seines Besitzers erkennen, das in farbenfroher Seide auf sie genäht war. Löwen, Greife und Adler hoben stolz ihre Köpfe, aber es war immer wieder dieselbe Flagge, von der Hughs Blick angezogen wurde.

Ein Hirsch vor einem schwarz-roten Hintergrund bewies zumindest eines. Die Maxwells waren dort.

»Mylord.« Dewey erschien an seiner Seite. »Sir Herbert wünscht zu wissen, wo er seine Bogenschützen platzieren soll.«

Hughs Blick wich nicht von den Zelten. »Das habe ich ihm doch schon gesagt.«

»Ich weiß, Mylord, aber er scheint nervös.«

Mit einem Seufzen drehte sich Hugh um und ging auf Sir Herberts Zelt zu. Ein guter Ritter und einer der getreuen Barone des Königs, machte sich Sir Herbert am Vorabend einer Schlacht doch immer wieder Sorgen, und Hugh wusste, dass es sich lohnte, ihn zu beruhigen.

Dann kehrte Hugh auf seinen Platz oben auf dem Hügel zurück. Die Sonne war untergegangen, während er Sir Herberts Ängste beschwichtigt hatte, und nun konnte er vom gegnerischen Lager nichts mehr erkennen als die Feuer.

Die Flammen waren zahlreich und zahlreich auch die Ritter, die an ihnen hockten. Es würde keinesfalls ein leichter Kampf werden. Und er freute sich darauf.

Was das anbetraf, hatte Edlyn wenigstens Recht. Er liebte es zu kämpfen. Welcher Mann tat das nicht? Der Geruch des Streitrosses zwischen seinen Beinen, der Anblick des gepanzerten Ritters, der ihn angriff, das Waffengeklirr um ihn herum ... ah, das erregte sein Blut. Keine Frau konnte das jemals verstehen.

Dennoch würde ein intelligenter Mann immer alles tun, um den Sieg sicherzustellen, selbst wenn sein Handeln sich nicht ums Töten drehte.

Sein Blick kehrte an die Stelle zurück, an der, wie er wusste, die Maxwells warteten.

»Mylord, ich habe da eine Gruppe von Fußsoldaten, die

noch nie zuvor in einer Schlacht gekämpft haben, und sie machen sich ganz krank vor Angst.« Whartons Stimme erklang aus dem Dunkel neben Hugh. »Könntet Ihr wohl kommen und ihnen klarmachen, was sie erwartet, wenn sie desertieren, bevor sie doch noch flüchten?«

»Ich komme«, antwortete Hugh. Es war immer so in der Nacht vor einer Schlacht. Jeder Mann sah zu den Sternen auf, weil er fürchtete, sie nie wieder zu sehen. Jeder Mann fürchtete, er werde als beinloser Bettler auf der Straße landen, der die Vorbeigehenden an eine längst vergangene Schlacht erinnerte und um ein paar Pennys flehte. Jeder Mann fürchtete, er habe sein Weib zum letzten Mal verlassen.

Edlyn ...

Hugh beruhigte die Fußsoldaten mit Leichtigkeit. Es waren gute Männer, aber noch nicht erprobt, und als er ihnen ein paar Tricks mit Kampfstock und Spieß zeigte, hörten sie auf zu zittern und begannen zu üben. Er ließ Wharton bei ihnen zurück, damit der ihre Übungen beaufsichtigte, und ging durch das Lager, grüßte seine Ritter, sprach mit seinen Lords und versicherte jeden der Tatsache, dass der königliche Befehlshaber da war und seine Pflicht kannte.

Aber selbst als er so dahinging, kehrten seine Gedanken immer wieder zum Lager auf der anderen Seite zurück.

Die Maxwells.

Er hatte über ein Jahr in ihrer zugigen, primitiven Burg gelebt. Sie hatten ihm gezeigt, wie Schotten Spuren verfolgten. Er hatte ihnen beigebracht, mit welchen Tricks die Engländer kämpften. Er hatte ihr Bier getrunken und ihre Lieder gelernt, aber morgen würde er ihnen auf dem Schlachtfeld begegnen und sie töten.

Das war Teil der Lebenswirklichkeit für einen Ritter und nichts Neues.

Er konnte sich nicht helfen, aber er musste einfach an Edlyn denken, die von jenen Banditen gefangen genommen worden war und sie mit giftigen Kräutern gefüttert hatte.

Und an Edlyn, die in Richards Burg gefangen war und sich ihren Weg in die Freiheit erzählt hatte. Edlyn verstand vielleicht nichts vom Kämpfen, aber sie wusste, wie man das Gleichgewicht zu seinen eigenen Gunsten verschob.

Er mochte diesen weibischen Kniffe nicht, aber der Anblick der weißen Flagge ließ ihn nicht los. Er musste diese Armee besiegen, damit seine Truppen den König befreien und ihn wieder auf den Thron setzen konnten. Er musste Edlyns wegen wieder nach Hause gelangen.

Hugh hörte Whartons heisere Stimme, die nach ihm rief, und drehte sich weg. Dewey sprach nicht weit entfernt von Wharton, und Hugh wandte sich in die andere Richtung. Er ging zum Vorratswagen, und während der Mann, der dort aufpasste, mit seinen Helfern schwatzte, lud sich Hugh ein Fass Bier auf die Schulter und stapfte ins Dunkel der Nacht davon.

19

»Ihr könnt jetzt nicht meinem Lord Nachricht schicken und ihn von unserem Dilemma wissen lassen.« Die Kammer war mit den abendlichen Kerzen beleuchtet, in deren Licht Edlyn einen Faden mit ihrer Spindel spann.

Neben ihr saß Neda, die entrüstet vor sich hin murmelte, als der Faden mal dicker, mal dünner wurde.

Edlyn ignorierte diese Kritik und fuhr fort: »Es würde ihn von der Schlacht ablenken, und das kann ich nicht zulassen.«

»Aber, Mylady, unsere Lage ist furchtbar!« Burdett schritt in Edlyns Schlafkammer auf und ab und missachtete die gemurmelten Anweisungen Nedas an seine Lady.

Burdetts Aufregung war mit jedem Tag gewachsen, seit dem sich Pembridge und seine Männer am Tor von Roxford Castle gezeigt hatten. Obwohl der Haushofmeister in allen anderen Dingen äußerst bewandert war, hatte Edlyn festgestellt, dass das für die Kriegführung nicht zutraf. Sein Weib kam mit den Belastungen durch die Belagerung wesentlich besser zurecht. Neda schaute mit offensichtlicher Sorge zwischen Burdett und Edlyn hin und her, als sie eigenes fein gesponnenes Garn zu einem bunten Knäuel wickelte.

»Pembridge kennt diese Burg zu gut«, meinte Burdett. »Er kennt unsere Schwächen, er kennt die Stellen, die verwundbar sind. Er hat durch eine schändliche Hinterlist die äußeren Mauern überwunden, und er kam so schnell, dass wir die Dörfler verloren haben.«

Dieser Punkt schmerzte Edlyn sehr. Es war die Pflicht des Lords und seiner Dame, ihre Leute zu schützen, aber sie hatten keine Zeit gefunden, den Dörflern Unterschlupf zu gewähren. Pembridge war schon fast am äußeren Tor gewesen, bevor sie es schließen konnten, und dann, als sie die Handwerker und anderen Bediensteten der Burg zusammensammelten, hatte er durch ein verstecktes Tor angegriffen und den äußeren Burghof erobert. Und jetzt musste sie jeden Tag beobachten, wie Pembridge die Dörfler zur Arbeit zwang, und in der Nacht musste sie sich die Schreie der Frauen anhören, die von den schurkischen Rittern missbraucht wurden.

Kein Wunder, dass die Dörfler so bereitwillig den Herrn gewechselt hatten. Doch was mussten sie von ihr denken, wenn sie jetzt unter Pembridges Hand litten?

Burdett nahm Edlyns Niedergeschlagenheit nicht wahr. »Der Verlust von Sir Philip als Befehlshaber hat unsere Verteidigung nahezu gelähmt.«

Edlyn hätte bei dieser ungeschickten Bemerkung Burdetts fast aufgestöhnt. Ein Blick zum Bett zeigte, dass Sir Philip, der durch Kissen gestützt und hochrot vom Fieber dasaß, durch diese Gedankenlosigkeit Burdetts verärgert war. »Gelähmt? Gelähmt?« Die Decken zurückschlagend, hob er sein bandagiertes Bein mit beiden Händen. »Ich kann immer noch Befehle erteilen.«

»Aber Ihr könnt nicht mehr führen!« Für einen Haushofmeister bewies Burdett einen bemerkenswerten Mangel an Taktgefühl. »Ihr könnt nicht auf einem Fuß laufen, dessen Fleisch verbrannt ist, und die Kräuter, die Euch Mylady gibt, um die Schmerzen zu lindern, haben …«

Edlyn unterbrach ihn. »Sir Philip kennt seine Schwächen, dennoch können die Männer ihm immer noch vertrauen.« Mit Erleichterung ließ Edlyn die Spindel fallen und deutete auf Burdett, als der wieder sprechen wollte, und der Haushofmeister verstummte. »Und wir haben immer noch Sir Lyndon.«

»Ich bin nicht so sehr verwundet, dass ich nicht mehr weiß, was passiert«, schnappte Sir Philip.

Edlyn trat an seine Seite. »Wahrhaftig, ich weiß nicht, was ich ohne Euch anfangen sollte.« Sie deckte den Ritter wieder zu und lächelte ihn an. »Ihr könnt vielleicht im Augenblick nicht laufen, aber Eure Kampferfahrung hat sich für mich als unschätzbar wertvoll erwiesen.«

»Verdammt sei Pembridge.« Sir Philip erschien zwar ruhig, aber Edlyn zweifelte nicht an der Ernsthaftigkeit dieses Fluches. »Er hatte seine Männer durch das Tor, bevor ich überhaupt wusste, dass dort ein Tor war.«

»Wie solltet Ihr das auch wissen?«, fragte Edlyn.

»*Er* hätte es mir ja sagen können.« Sir Philip funkelte Burdett wütend an.

Burdett verteidigte sich hitzig. »Das hätte ich auch getan, wenn ich auch nur den geringsten Verdacht gehabt hätte, dass im Wald Angreifer nur darauf warteten, dass Sir Hugh die Burg verließ.«

»Das weiß Sir Philip doch«, beruhigte ihn Neda.

»Das ist doch fast Verrat!«, rief Sir Philip.

»Burdett ist vertrauenswürdig«, meinte Edlyn.

»Das Tor ist doch schon vor Jahren zugemauert worden!«, gab Burdett heftig zurück.

»Und wann wurde es wieder geöffnet?«, brüllte Sir Philip.

»Das weiß ich nicht!« Burdett klopfte sich gegen die Brust. »Aber ich bin kein Verräter an unserer Lady. Und wenn ich das wäre, hätte ich dann nicht einfach die großen Tore geöffnet und Pembridge und all seine Spießgesellen einfach hereingelassen? Vielleicht wart Ihr es und seid deswegen verletzt!«

Sir Philip saß zum ersten Mal seit drei Tagen wieder aufrecht. »Wollt Ihr damit sagen, ich sei so dumm, dass ich noch nicht einmal das Tor öffnen könnte, ohne mich dabei zu verletzen?«

»Das reicht!«, schimpfte Edlyn. »Ich werde die Verteidigung alleine und ohne Euer beider Hilfe anführen, wenn Ihr nicht aufhört, einander zu beleidigen.«

Beide Männer verstummten.

»Was geschehen ist, passt zu Pembridges Charakter«, sagte Edlyn. »Er ist schon immer herumgeschlichen und hat auf den richtigen Augenblick gewartet. Ich wünschte nur, er hätte diese Gelegenheit hier nicht gefunden.«

Sir Philips schwere graue Augenbrauen zogen sich vor Interesse zusammen. »Kennt Ihr ihn, Mylady?«

Was hatte es für einen Sinn, es jetzt noch zu leugnen? »Ja, ich kenne ihn. Er war ein Freund meines Ehemannes. Ein Freund von Robin of Jagger.« Neda und Burdett tauschten einen erschrockenen Blick, aber Edlyn wollte jetzt keine Fragen hören. In dem Ton, in dem sie sonst ihre Söhne zurechtwies, fuhr sie fort: »Ich habe Euch hierher gerufen, Burdett, weil Ihr Sir Philip bei der Planung der Verteidigung helfen sollt.« Sir Philip sah sehr selbstgefällig aus, bis Edlyn zu ihm meinte: »Was ich wohl kaum getan hätte, wenn ich Burdett für einen Verräter gehalten hätte. Gesteht mir wenigstens so viel Verstand zu.«

Die beiden Männer sahen abwechselnd wütend und beschämt aus.

»Es scheint, mein Herr Gemahl und mein Herr Ritter, dass Ihr vergessen habt, mit wem Ihr sprecht.« Neda wies die beiden Streithähne streng zurecht. »Lady Edlyn hat, seit sie hier ist, ein hohes Maß an Vernunft bewiesen, und dass Ihr beide ihr Urteilsvermögen so missachtet, zeigt, dass Euch daran mangelt.«

Burdett sah so aus, als hätte er seine Frau gerne geschlagen, aber bevor er mit ihr in der Art und Weise umgehen konnte, die er für angemessen hielt, fragte Sir Philip: »*Wo* ist Sir Lyndon? Sollte er nicht hier bei uns sein?«

»Ich habe ihn rufen lassen«, antwortete Edlyn. »Er ist nicht gekommen.«

Sir Philips Schweigen war Antwort genug, und Burdett wandte sich zum Fenster.

Schließlich meinte Sir Philip: »Er hat mich immer mit Höflichkeit behandelt.«

»Wenn er doch nur genauso höflich zu meiner Lady wäre«, sagte Neda.

Edlyn nahm wieder die Spindel auf und konzentrierte sich auf die Aufgabe, Faden zu spinnen. »Er war nie grob zu mir.«

»Es ist nicht das, was er sagt, sondern wie er es sagt«, meinte Neda scharf.

Neda hatte damit vollkommen Recht, das war es, was Edlyns Position so unerträglich machte. Wie sollte sie sich über einen Mann beklagen, der nicht nur höflich sprach, sondern mit einer solchen Kultiviertheit, dass sie sich vor Unbehagen winden musste? Was sollte sie sagen? *Er ist zu höflich?* Sie war froh, dass er zu dieser Zusammenkunft nicht erschienen war, denn es befreite sie von dem unangenehmen Gefühl, der Gegenstand irgendeiner unverständlichen Belustigung zu sein. »Wir werden ohne Sir Lyndon auskommen müssen. Ohne Zweifel hat er irgendetwas bemerkt, das seiner Aufmerksamkeit bedarf«, sagte Edlyn. »Pembridge hält den äußeren Hof, und wir haben keine Chance, ihn zurückzubekommen. Aber die inneren Mauern sind stark, das Torhaus ist unüberwindlich, der Wohnturm ist mit Vorräten ausgerüstet, und das Brunnenwasser ist frisch. Wir könnten bis zum Winter durchhalten, und mein Gemahl wird bis dahin sicher zurückkehren.«

»Aye«, räumte Burdett ein. »Leider weiß ich nicht, welche andere niederträchtige Hinterlist Pembridge noch bereithält.«

»Er hat Recht, Mylady«, stimmte Sir Philip zu. »Darüber hinaus habe ich Befehl von Sir Hugh, ihm sofort Nachricht zu schicken, wenn ich irgendeine Bedrohung für Euch befürchte.«

»Für Roxford Castle, meint Ihr«, berichtigte Edlyn ihn geschmeidig.

»Das hatte er natürlich auch im Sinn, aber er sprach von Euch, und ich muss ihm gehorchen.«

Sie straffte ihre Schultern und antwortete nicht.

»Mylady, Ihr müsst an Eure Söhne denken!«, gab Burdett zu bedenken.

An ihre Söhne denken? Sie dachte doch an nichts anderes. »Glaubt Ihr wirklich, Sir Hugh würde kommen, wenn wir nach ihm schicken?« Sie konnte sich den sarkastischen Ton nicht verkneifen. »Er hat doch geschworen, den König aus der Hand der Rebellen zu befreien, und wenn wir ihm Nachricht schicken, dass diese Burg belagert ist, wird ihn das lediglich von seiner Pflicht ablenken. Er wird sich der Pflicht nicht entziehen, aber er wird sich um Roxford sorgen, und diese Sorge wird seinen Schwertarm vielleicht beschweren, wenn er ihn nötig hat. Nein, für Allyn und Parkin ergibt sich ein Nutzen nur aus Hughs Leben, nicht aus seinem Tod. Solange ich also nicht befürchte, dass Pembridge uns niederzwingt – und im Augenblick tue ich das nicht –, werden wir Hugh in Unwissenheit lassen.«

Sir Philip erwiderte: »Mylady, normalerweise würde ich Euch darin Recht geben, dass ein Mann in der Schlacht nicht abgelenkt werden sollte, aber Lord Hugh ist kein gewöhnlicher Ritter. Er hat die Kraft und den Mut von zehn Männern, und Niederlage ist ein Wort, das er nicht versteht.«

»Würdet Ihr sagen, dass Tod ein Wort ist, das er versteht?«, wollte Edlyn wissen.

Burdett antwortete, da er beschlossen hatte, sich auf Sir Philips Seite zu schlagen: »Nein, niemals, Mylady.«

»Und doch habe ich den Tod seine Hand auf ihn legen sehen.« Ein Anblick, der Edlyn verfolgte, seit Hugh in die Schlacht aufgebrochen war, obwohl sie das diesen Männern kaum sagen würde. »Er wird nicht ewig unbesiegt bleiben. Jeder Ritter hat nur eine begrenzte Zahl von Jahren, in denen er kämpfen kann, und er hat schon eine Wunde erlitten, die ihn fast tötete.«

Burdett und Sir Philip tauschten einen Blick, der deutlich ihre Bestürzung ausdrückte. Sie kamen zu einer unausgesprochenen männlichen Entscheidung, und Sir Philip sprach in einem Ton, der deutlich dazu gedacht war, sie zu beruhigen. »Jeder Ritter hat nur eine bestimmte Zeit, um sein Glück zu machen, und wenn er gut und glücklich genug ist, kann er es finden. Lord Hugh hat es gefunden, und nun eröffnet sich vor ihm ein ganzes neues Leben.«

»Das ist der Grund, warum er mich geheiratet hat«, beeilte Edlyn sich zu erklären. »Weil ich Erfahrung mit diesem Leben habe und ihm helfen kann.«

»Aye, das ist einer der Gründe, obwohl – vergebt mir meine Kühnheit – mir das nicht der wichtigste Grund gewesen zu sein scheint.« Sir Philip grinste zum ersten Mal, seit der geteerte Pfeil seinen Fuß durchbohrt hatte. »Dennoch – Eure Erfahrung liegt nicht im Kämpfen, und bei allem Respekt möchte ich darauf hinweisen, dass ich da Erfahrung habe. Ich mag diesen Pembridge nicht und schon gar nicht, dass er die Burg so gut kennt, ich mag nicht seine Selbstgewissheit und die Art, wie er verlangt, dass wir uns ergeben, und – ich bitte noch einmal um Vergebung, Burdett – ich fürchte, er hat einen Verbündeten unter uns. Bitte gestattet mir, einen Boten zu Lord Hugh zu schicken.«

»Sie haben ihren Schaden angerichtet«, sagte Edlyn störrisch, »und ich glaube nicht, dass wir in Gefahr sind. Nein, Sir Philip, schickt keinen Boten. Wir sind in Sicherheit, das versichere ich Euch.«

Die beiden Männer sahen schweigend zu, wie die beiden Frauen ihre Spindeln und die fertigen Wollknäuel aufnahmen und die Kammer verließen.

Als der Klang ihrer Schritte verhallt war, wandte sich Burdett zu Sir Philip. »Ich wünschte, Ihr würdet doch einen Boten zu Lord Hugh schicken, egal was die Lady wünscht.«

Sir Philip sah Burdett lange ins Gesicht und rang offensichtlich mit der Antwort. Schließlich sagte er: »Ich habe schon am Tag des Angriffs einen Boten geschickt und gestern einen weiteren. Ich bete, dass einer durchgekommen ist.«

Gleichzeitig verblüfft und erfreut fand Burdett schließlich seine Stimme wieder und erwiderte: »Gott gebe, dass sie es geschafft haben. Gott gebe, dass sie schnell waren.«

Den Hügel hinunter, über die Wiese und auf leisen Füßen stahl sich Hugh in das Lager des Feindes.

Er war ein Narr. Er wusste es. Aber er wollte die Maxwells ein letztes Mal treffen, bevor er sie alle töten musste.

Er schaffte es ganz bis zum Zelt der Maxwells, bevor ihn grobe Hände von hinten packten.

»Sagt, was Ihr wollt, Bursche, oder es ergeht Euch schlecht.«

Hugh grinste und entspannte sich. Er kannte diese Stimme. Ganz vorsichtig, um den, der ihn ergriffen hatte, nicht zu beunruhigen, setzte er das Fass auf den Boden. Dann packte er die Knöchel des Mannes, verdrehte sie und wand sich aus dem Griff. »Ich werde sagen, was ich will, wenn du mich beim Steinschleudern schlagen kannst, ohne dass du betrügst.«

Einen erstaunten Augenblick lang war Malcolm Maxwell still, dann brüllte er: »Hugh! Hugh, alter Bursche, wie geht es dir?«

Hugh ließ die Finger des großen Mannes los und umfasste stattdessen seine Schultern. In dem Schottisch, das er erlernt hatte, während er den Mühlstein drehte, antwortete er: »Gut, dich zu sehen, Malcolm! Obwohl man bei diesem Licht ja nicht viel sehen kann.«

»Dann komm doch herein! Komm ins Licht, wo wir ...« Malcolm verstummte plötzlich, dann stieß er mit aller Kraft gegen Hughs Brust. Als Hugh zurücktaumelte, sagte er: »Warte noch. Man hat uns gesagt, du seiest der Befehlshaber der königlichen Truppen.«

Hugh richtete sich auf. »Aye, das bin ich. Hast du geglaubt, das würde mich davon abhalten, die beste Gastfreundschaft, die im Süden Englands jetzt zu haben ist, zu genießen?«

Malcolm bewahrte sein misstrauisches Schweigen.

Hugh trat mit dem Fuß aus und traf das Fass. Der dumpfe Klang, der solch reichhaltigen Inhalt versprach, ließ Hughs

Absichten klar erkennen. »Ich habe ein Fass gestohlenes englisches Bier mitgebracht, um zu beweisen, dass ich nicht vergessen habe, was ihr mir beigebracht habt.«

Malcolm brüllte vor Lachen. »Du hast gut gelernt – für einen Engländer wenigstens. Aye, es ist die Nacht vor der Schlacht, und wir sollten am besten jetzt etwas zusammen trinken, bevor ich deinen Kopf vom Körper trenne.«

»Aye, oder bevor ich dir angemessenen Respekt vor einem englischen Lord beibringe.« Hugh hakte seine Daumen in den Gürtel. »Denn ich *bin* jetzt ein englischer Lord, musst du wissen.«

Die Zeltklappe öffnend, verbeugte sich Malcolm tief. »Dann tritt in unser bescheidenes Quartier ein, englischer Lord, und lass dir von uns den Respekt der Schotten vor allem Englischen zeigen.«

Den es nicht gab, wie Hugh wusste, sonst wären sie nicht hier gewesen. Als er im Licht der Kerzen blinzelte, hatte er den Eindruck eines Zeltes voller großer, feindseliger Männer, bevor eine andere raue schottische Stimme sprach. »Hast du schon einen von den königstreuen Engländern gefangen, Malcolm?«

»Besser als das, Hamish.« Malcolm schob Hugh voran, sodass das Licht auf ihn fiel. »Er kam, um sich zu ergeben, als er hörte, dass wir hier seien.«

Malcolms Worte wurden von einem Augenblick verblüffter Stille begrüßt, dann stürzte Hamish, der Laird selbst, auf Hugh zu. »Hugh! Wie ich mich freue, dich zu sehen, Bursche!«

Die anderen Clansleute, die auch während Hughs Aufenthalt in Schottland da gewesen waren, folgten dem Beispiel ihres Anführers und begrüßten Hugh nicht weniger stürmisch. Angus und Armstrong und Charles und Sinclair und einige, die er wiedererkannte, aber an deren Namen er sich nicht mehr erinnerte, umrundeten ihn und schlugen ihm auf den Rücken. Die anderen, die zu jung waren, um sich noch an ihn zu erinnern, oder die damals woanders gewesen waren, erhoben sich und schauten in kaum verhohlenem Staunen zu.

Von Hand zu Hand weitergeschoben, steckte Hugh freundschaftliche Schläge ein, die er in gleichem Maße zurückgab. Er hatte ganz vergessen, wie sehr er die Gesellschaft dieser Männer genossen hatte, auch wenn es sich bei ihnen um Barbaren handelte. Sie hatten niemals falsche Freundschaft vorgetäuscht oder Eide, die sie vor langer Zeit schworen, gebrochen. Er war in ihrer Mitte vollkommen sicher bis zum nächsten Tag, wenn sie sich auf dem Schlachtfeld treffen und versuchen würden, sich gegenseitig den Kopf vom Rumpf zu schlagen.

Bei dem Gedanken konnte er Edlyn beinahe sagen hören: *Es muss doch einen besseren Weg geben.*

»Ich habe Euch Bier mitgebracht« – Hugh hob das Fass über seinen Kopf – »und frage mich, ob Ihr etwas im Tausch anzubieten habt.«

Die Männer verstummten, und Hamish musterte das Fass. »Das ist ein kühner Gast, der ein Geschenk bringt in der Hoffnung, selbst eines zu erhalten.«

»Ah, aber die meisten Eurer Gäste haben nicht zwölf Jahre auskommen müssen, ohne den feinen Geschmack von schottischem Haggis zu kosten«, gab Hugh zurück.

Im Zelt brach wildes Männergelächter aus, und Hugh fand sich plötzlich auf einem Hocker sitzend wieder. Jemand nahm ihm das Fass ab. Ein Haferkuchen wurde ihm in eine Hand geschoben und in die andere ein hölzerner Teller mit dampfendem Haggis. Das reiche aus, um Tränen in die Augen eines adoptierten Schotten zu treiben, versicherte er ihnen.

Sie benutzten einen Zapfhahn – »haben wir ganz zufällig bei uns, mein Junge« –, um an das Bier zu kommen, und bevor auch nur ein Tropfen getrunken worden war, brachten die Schotten einen herzlichen Trinkspruch auf ihn aus. Dann aß er und trank auf ihr Wohl. Dann tranken sie gegenseitig auf ihrer aller Wohl, und Hugh wischte sich die braune Flüssigkeit von der Oberlippe und meinte: »Ich habe das Bedürfnis, ein Lied zu singen, das ich zu lange Jahre nicht gehört habe.« Mit einer herzhaften, kräftigen Stimme begann er das Lied zu singen, das er so oft gehört hatte, als er ein Gast der Maxwells war. Es war das Lied, das den Mut, die Kraft und die Länge des Breitschwerts eines jeden Maxwells pries.

Die Maxwells, die davon überrascht wurden, stotterten zunächst verblüfft, bevor sie in den Gesang einstimmten. Ein Lied führte zum nächsten, und andere unternehmungslustige Schotten aus anderen Clans drängten zu ihnen ins Zelt. Auch diese sangen ihre Lieder und tranken vom Bier, bis das Fass trocken war. Danach wurden weitere Fässer, die meisten von ihnen seltsamerweise mit englischen Markierungen gekennzeichnet, aus ihren Verstecken ins Zelt gebracht und angebrochen.

Hugh hatte die herzhafte Kameradschaft eines schottischen Abends ganz vergessen, an dem jeder Mann so viel trank, wie er vermochte, und seine Meinung kundtat und ein Ringkampf zum nächsten führte. Als Hugh sich am Boden unter einem Haufen streng riechender Schotten wiederfand, bewies er die Wahrheit des Sprichwortes, dass die Wildkatze, die sich zuunterst befindet, immer gewinnt.

Spät in der Nacht endete die stürmische Zusammenkunft mit Gelächter und Hochrufen, und Hamish selbst packte Hugh an der Schulter, um ihm den Weg aus dem Lager zu weisen.

Malcolm ging an seiner anderen Seite, um sicherzustellen, wie Hugh annahm, dass er sich geradewegs zurück ins Lager des Königs begab und nicht herumlungern würde, um Schwierigkeiten zu machen.

Aber Hugh hatte nicht vor, die Rebellenarmee mit Waffen anzugreifen. Oh nein, er hatte einen anderen Plan, und Hamish Maxwell wusste das. Seine Freundlichkeit verließ ihn, und er fragte: »Nun, Bursche, warum bist du heute wirklich gekommen, um mit uns zu sprechen?«

»Es ist ja kaum noch Nacht«, gab Hugh zurück. »Siehst du? Der Morgenstern steht schon tief am Horizont, und die Sonne wird bald aufgehen.«

»Das wird sie mit Sicherheit demnächst«, meinte Hamish freundlich. »Und dann werde ich dir den Kopf von den Schultern schlagen.«

»Du wirst es versuchen«, korrigierte Hugh ihn. Er streckte sich gewaltig, um die Schmerzen aus seinen Muskeln herauszuarbeiten, die diese Nacht in ihnen hinterlassen hatte. »Es war eine gute Sache für jeden Schotten, sich Simon de Montfort und seinem Sohn und all den Baronen, die gegen den englischen Prinzen kämpfen, anzuschließen. Es war eine gute Gelegenheit für jeden Schotten, englische Städte zu plündern und englische Bauernhöfe auszurauben. Ich kann mir vorstellen, dass ihr eure Truhen mit Gütern und Gold gefüllt habt.«

»Und wenn wir das getan haben?«, fragte Malcolm.

»Das ist nicht mehr, als ein Engländer erwartet«, erwiderte Hugh. »Wir wissen doch alle, dass die Schotten gerne kämpfen, besonders wenn es dabei etwas zu gewinnen gibt und wenn der Kampf noch dazu nicht auf ihrem Land stattfindet. Aber ich frage mich« – er ließ seine Knöchel knacken, und das Geräusch hallte durch die Nacht wie eine Lanze, die brach – »ob die Schotten dieses Mal schlau genug sein werden, mit ihrer Beute davonzukommen.«

»Die Schotten kommen mit ihrer Beute immer davon.« Aus Malcolms Stimme war alle Freundlichkeit verschwunden.

Aber Hamish klang immer noch lediglich neugierig. »Warum sollten wir das nicht tun?«

»Die Rebellion ist so gut wie vorbei. Simon de Montfort befindet sich auf dem Rückzug, und von hier bis zur Grenze ist es ein weiter Marsch.«

»Wir haben geschworen, ihn nach Leibeskräften zu unterstützen«, sagte Malcolm.

»De Montfort?« Hugh lachte. »Einem Engländer? Seit wann legt ein Schotte einem Engländer gegenüber einen Schwur ab und hält ihn dann auch noch?«

»Man hat schon erlebt, dass Schotten ihr Wort halten.« Malcolm verbarg seine Feindseligkeit nicht mehr.

»Aye, anderen Schotten gegenüber und ihren adoptierten Brüdern gegenüber, wie ihr es mir heute Nacht bewiesen habt.« Hugh schlug Malcolm mit der Hand auf den Rücken. »Aber Engländern gegenüber? Die doch oft genug den Schotten Brüderschaft schwören und dann ihre Kehlen durchschneiden?«

Weder Hamish noch Malcolm antworteten gleich. Dann fragte Hamish: »Meinst du, dass man uns unsere Kehlen durchschneidet?«

»Den Verlierern wird doch immer die Kehle durchgeschnitten. Besonders ... ausländischen Verlierern, die weit von zu Hause fort sind.«

Die folgende Stille war gedankenschwer. Hugh dachte sich, dass Malcolm und Hamish sich auf irgendeine Weise ohne Worte austauschten, und war nicht überrascht, als Malcolm meinte: »Es *ist* weit von hier bis zur Grenze.«

»Und ein weiter Weg von hier bis in dein Lager, Hugh«, fügte Hamish hinzu. Er schob Hugh voran. »Also fort mit dir, oder du wirst morgen nur mit halb geöffneten Augen kämpfen.«

»Ich gehe.« Hugh öffnete seine Arme und umschlang unvermittelt beide Männer in einer Umarmung. »Bis wir uns wiedersehen.«

Er ließ sie los und rannte den Hügel hinunter auf die Wiese und dann wieder hinauf in sein eigenes Lager. Die Wache rief ihn an, und als er antwortete, eilte Wharton an seine Seite.

»Wo seid Ihr gewesen?«, schimpfte Wharton. »Wir haben das ganze Lager nach Euch durchsucht.«

»Ich habe mich auf die heutige Schlacht vorbereitet.« Hugh taumelte in einem plötzlichen Anfall von Müdigkeit, die durch ein Übermaß an Bier noch verschärft wurde. »Und ich will jetzt zu Bett.«

Er legte sich hin, und als er wieder aufstand, erzählte ihm Wharton in einem ganz eigenartigen Tonfall, dass die schottischen Söldner, die de Montfort unterstützten, in der Nacht ihre Sachen gepackt hätten und verschwunden seien.

Heute würden die Rebellen leicht zu schlagen sein.

Almund stand am Rande des Waldes, der Roxford Castle umgab, und beobachtete die Aktivitäten, die um sie herum stattfanden, mit Bestürzung. Er hatte von den Gerüchten gehört, als er damit beschäftig war, seine Fähre mit Stämmen wieder zusammenzubauen, die er aus den Wäldern des Königs gestohlen hatte, und er war sofort gekommen. Schließlich verdiente jede Geschichte, die seine liebe Lady Edlyn betraf, seine Aufmerksamkeit, und er war froh, dass er zugehört hatte.

Das äußere Torhaus war ganz offensichtlich überwunden worden. Schwarzer Rauch stieg von verschiedenen Stellen des Burghofes auf. Der Ort roch verkohlt, und im Burggraben lagen ein paar Körper, Bauernfrauen aus dem Dorf. Schlimmer noch, die Teufel, die seine Lady vertreiben wollten, trugen Eimer mit Teer und große Steine hinein, und er hörte Gehämmer und viel männliches Gelächter.

Wer immer es auch sein mochte, er war sich seines Sieges sehr sicher.

Almund wandte sich um und rannte, um Hilfe zu holen.

»Sie rennen davon, Herr.« Wharton stand ein wenig entfernt von Hughs Schlachtross und erklärte den Sieg in dieser Schlacht. »Sie werden nicht stehen bleiben, bevor sie nicht am Meer angekommen sind.«

Hugh de Florisoun, Earl of Roxford, setzte seinen Helm

ab und grinste, als die letzten Ritter vom Schlachtfeld flohen. »Es war kein besonders schwerer Kampf.«

»Nicht ohne die schottischen Söldner.« Dewey wischte sich den Schweiß von der Stirn. »Was, meint Ihr, ist der Grund dafür, dass sie verschwunden sind?«

»Nun, darüber kann ich mich nur wundern.« Hugh wandte sein Pferd zum Lager.

»Aye.« Wharton klang misstrauisch und musterte seinen Herrn lang und hart. »Ich wundere mich auch.«

Hugh zuckte die Schultern.

»Aye, Ihr seid unschuldig«, meinte Wharton. »So unschuldig wie ein Wolf, der mit den Schafen flüchtet.«

Hugh warf den Kopf zurück und brüllte vor Lachen.

Er fühlte sich *gut*. Was für eine Lektion er gelernt hatte! Was für ein Weib er hatte! Er hatte den Feind besiegt, und er würde ganz und heil zu Edlyn zurückkehren und lange bevor sie ihn erwartete. Oh ja, er musste sich dem Prinzen noch anschließen, um die Hauptarmee Montforts zu besiegen, aber mit der Verstärkung durch seine Truppen war das eine leichte Aufgabe. Und der König würde gerettet und der Prinz mit ihm zufrieden sein! Vielleicht würde Hugh für Edlyn ein weiteres Gut als Geschenk annehmen, um sie für ihre Geduld zu belohnen.

Und er würde die Ergebung, die sie mit der weißen Flagge signalisiert hatte, als sein Geschenk annehmen.

Ein Lächeln spielte um seine Lippen. Ja, seine Rückkehr würde genauso sein, wie er sie sich immer erträumt hatte. Edlyn würde ihn an ihr Herz schließen, wie sie es das andere Mal getan hatte, als er so krank gewesen war, und ihm ihre Liebe gestehen. Sie würde ihm schwören, nie wieder etwas vor ihm verborgen zu halten. Sie würde ihn mit ihren kühlen Fingern liebkosen und all ihre Gefühle gestehen: Zärtlichkeit, Zuneigung, eine tiefe, anhaltende Leidenschaft, die niemals enden würde, egal wie oft er in die Schlacht zog. Das war genau, was sie tun würde.

Und er. Er würde sie halten und küssen, und wenn er sie genug geliebt hatte, würde er sagen ... Was würde er sagen? Sie würde erwarten, dass er irgendetwas sagte. Etwas über Liebe oder Treue.

Ah, das war es. Treue. Er war ihr zur Treue verpflichtet, denn sie war sein Weib. Mit seinem Treueversprechen wäre sie zufrieden. Sicher wäre sie das.

Während Hugh noch überlegte, warum er selber nicht so recht daran glauben mochte, ritt einer von Hughs jungen Rittern heran, vor Aufregung ganz wild. »Mylord, da ist ein Bote, der in Eurem Zelt wartet.«

»Vom Prinzen?«, fragte Hugh.

»Von Roxford«, antwortete der Ritter.

Das wischte das Lächeln von Hughs Gesicht. Warum hatte Edlyn zu ihm geschickt? Machte sie sich Sorgen um ihn? Würde sie an ihm herumnörgeln? Würde sie ihn demütigen, indem sie andeutete, dass sie um sein Leben fürchtete? »Roxford? Was hat mein Weib mir zu sagen?«

»Es ist keine Nachricht von Eurem Weib, es ist eine von Sir Philip.«

»Sir Philip?« Wharton klang so bestürzt, wie Hugh sich fühlte. »Keine gute Nachricht, wenn sie von Sir Philip kommt.«

Hugh spornte sein Schlachtross an und preschte zum Zelt. Vor dem Zelt rief er, und der Bote, abgemagert und erschöpft, schleppte sich heraus.

»Mylord, Edmund Pembridge belagert die Burg. Durch eine Hinterlist hat er die äußeren Mauern überwunden. Sie halten den äußeren Burghof besetzt, und Sir Philip fürchtet, dass eine weitere List alles in ihre Hände fallen lässt.«

»Edmund Pembridge?«

Hugh erinnerte sich an Edlyns stolzen Gesichtsausdruck, als sie sagte: »Ich bin dein treues und loyales Weib, und ich schwöre dir, Mylord, dass ich dich niemals betrügen und verraten werde.«

Stolz. Er hatte Edlyn einmal gesagt, dass sie zu viel Stolz besäße, aber immer noch hatte er von ihr verlangt, dass sie ihm alles geben sollte, während er ihr doch immer nur Dinge gab – eine Burg, Hemden, seinen Körper. Wenn er bereit gewesen wäre, ihr *sein* Herz zu schenken, dann hätte sie ihren Stolz mit Freuden aufgegeben.

Dann erinnerte er sich an die weiße Flagge, die auf den Zinnen geweht hatte, und wusste, dass sie genau das getan hatte. Sie hatte für ihn ihren Stolz aufgegeben, und das war, was Hugh fürchtete und noch mehr. »Warum hat Lady Edlyn nicht selbst nach mir gesandt? Wie geht es ihr?«

»Es geht ihr gut, aber sie war nicht bereit, Euch zu rufen.« Der Bote taumelte zurück, ganz schwach vor Erschöpfung. »Sie weigerte sich, Euch von der Schlacht abzulenken, aber Sir Philip bittet Euch zu kommen. Kommt sofort, sonst ist alles verloren.«

20

»Mylady, ich weiß nicht, was sie da treiben, aber es gefällt mir nicht.«

Gegen Edlyns Anweisungen hatte Sir Philip sich auf einer Trage auf die Mauer schaffen lassen. Sie begleitete ihn, um sicherzugehen, dass er sich nicht überanstrengte – so sagte sie zumindest sich selbst. Tatsächlich war sie mitgekommen, weil sie wissen wollte, ob sie einen Fehler gemacht hatte. Ihr gefielen die Jubelrufe, die aus dem äußeren Burghof zu ihr drangen, gar nicht. Pembridge und seine Männer waren sich zu sicher, und sie fürchtete, dass Sir Philip Recht gehabt hatte. Entweder kannte Pembridge einen Weg, der hineinführte, oder er hatte einen Verbündeten, oder beides.

»Mama, was ist das für ein Schuppen, der da draußen an die Mauer lehnt?« Parkin hielt sich an den Steinen fest, die wie Wolfszähne aus den Zinnen hervorragten, und kraxelte hinauf, um sich weit hinüberzulehnen.

Sie griff nach ihm und fasste ihn am Saum seines Überrocks, um ihn sanft wieder in Sicherheit zu ziehen. »Lass das sein«, ermahnte sie ihn, wobei sie gleichzeitig Sir Philip mit emporgezogenen Augenbrauen fragend ansah.

»Grims?« Sir Philip konnte sich von seinem behelfsmäßigen Lager nicht aufrichten, deshalb musste er sich an den Bericht des ranghöchsten Soldaten halten.

»Sie haben einen Schuppen gebaut und ihn gegen die Mauer gerollt.« Grims, der in einfachem Englisch geantwortet hatte, sah die kleine Versammlung bewaffneter Männer an, die ihn umgab, und alle nickten.

»Warum dahin?« Edlyn tat dasselbe, wofür sie gerade ihren Sohn zurechtgewiesen hatte. Sie hängte sich über die Zinnen und starrte auf die grobschlächtige Konstruktion aus Holz und Leder.

Grims zuckte die Achseln. »Ich weiß es nicht, Mylady. Ich wünschte, ich wüsste es.«

»Sie setzen keinen Rammbock ein«, beobachtete Sir Philip.

Allyn, der an der Seite stand, ließ seine Meinung hören. »Das würden wir doch *hören.*«

Sir Philip schien nicht beleidigt, und Grims meinte: »Das ist außerdem eine gute, kräftige Mauer an der Stelle.«

»Könnt Ihr Grabgeräusche hören?«, fragte Sir Philip. »Untergraben sie die Mauer in der Hoffnung, dass diese einbricht?«

»Es gibt überhaupt kein Geräusch.« Grims, der schon andere Angriffe erlebt hatte, schien genauso verwirrt wie Sir Philip.

Edlyns Aufmerksamkeit wanderte von dem mysteriösen Bauwerk zur Ruine dessen, was einmal der Burghof gewesen war, und sie staunte über Pembridges Zerstörungswut. Der Kuhstall, das Taubenhaus, der Hühnerstall, alle waren niedergebrannt worden. Die freigelassenen Kühe waren abgeschlachtet und lagen nun in der Sonne und verrotteten. Die Pferde hatten den Gemüsegarten zertrampelt und sich am Grünzeug gütlich getan. Mit dem Holz der Bäume, so grün es noch war, hatten sie Feuer entfacht, die bis spät in die Nacht hinein brannten, und um eine mächtige Eiche hatten sie Reisigbündel in feierlicher Sorgfalt platziert und angezündet. Die Flammen hatten aus der Eiche ein schwarzes Skelett gemacht, das immer noch bedrohlich aufrecht stand.

Sir Philip versuchte sich aufzurichten, sank aber wieder in sich zusammen. »Setzt den Schuppen in Brand.«

Sich unbehaglich kratzend und räuspernd, traten die bewaffneten Männer zurück.

»Was ist das Problem?«, verlangte Sir Philip zu wissen. »Ein brennender Pfeil oder ein Kessel mit kochendem Teer ...«

»Pembridge lässt unsere Dörfler dort arbeiten, glaube ich.« Edlyn schaute die Männer an und fragte unbeholfen in deren Dialekt: »Stimmt das nicht?«

Grims nickte. »Aye, Mylady. Es ist mein Weib, das darin arbeitet, und noch andere Leute, die ich kenne.«

»Beim heiligen Kreuz!«, fluchte Sir Philip. Er wusste natürlich, dass der Einsatz der Dörfler seine Soldaten in einer Weise behinderte, die Pembridge sich nicht besser hätte wünschen können.

»Setzt den Schuppen trotzdem in Brand.« Sir Lyndon schlenderte vom anderen Ende der Mauer heran.

»Sie können doch nicht ihre eigenen Leute töten!«, sagte Edlyn erbost.

»Das ist doch nur ein Haufen Bauern. Die haben doch keine Gefühle.« Sir Philip versuchte wütend, ihn zum Schweigen zu bringen, und Sir Lyndon fuhr fort: »Die sprechen doch noch nicht einmal eine zivilisierte Sprache.«

Da täuschte er sich, dachte Edlyn, wenn man Grims' Gesichtsausdruck näher betrachtete.

»Was will Pembridge wohl erreichen?«, fragte sie sich laut, weil sie das Thema wechseln wollte, bevor es zum Streit kam. »Sollte Pembridge diese Burg erobern, hat der Prinz sie doch noch vor Ende des Sommers zurückgewonnen.«

»Er ist ein eifersüchtiger Lord, das ist Pembridge«, erklärte der Soldat. »Es war niemals gut hier zu leben, wenn er da war. Ich erinnere mich daran, als er einmal das Weib des Kochs in seinem Bett haben wollte. Pembridge schenkte ihr Blumen und eine Kuh und das Kleid einer Dame mit Pelzbesatz. So wie er sie ansah, konnte man meinen, dass er sie wirklich liebte.« Grims rieb an seinem Schild herum, um seinen Blick von Edlyn abzuhalten, als sei die Geschichte zu persönlich, um sie zu erzählen. »Sie wollte ihn nicht, und ihr Mann wollte sie nicht teilen, deshalb floh sie, um abzuwarten, bis Pembridge fort war.« Grims stockte plötzlich.

»Nun?«, verlangte Sir Philip. »Was geschah dann?«

»Nun, er jagte sie und tötete sie.« Grims schaffte es, ganz sachlich zu klingen. »Er ließ sie von den Hunden zerreißen. Er sagte, wenn er sie nicht haben könnte, dann sollte sie keiner haben.«

Edlyns Blut gerann, als der Soldat seine Geschichte beendete. »Er würde Roxford lieber zerstören, als es Hugh zu überlassen?«

»Er wird nicht ein Ding, das Lord Hugh gehört, am Leben lassen«, erwiderte Grims.

Edlyn sah sich im übervölkerten Innenhof um. Alle Bediensteten und alle Dörfler, die hatten entkommen können, lebten jetzt dort. Vieh brüllte, als es sich um das bisschen Gras zankte. Hühner tanzten zwischen ihren Hufen herum. Kinder hüteten Ziegen, Frauen saßen in Gruppen da und spannen und sprachen über ihre Lage. Ethelburga stand an einem Feuer und rührte eine Mischung, aus der einmal Bier werden würde. Der Wohnturm erhob sich in der Mitte, und drinnen schliefen Babys, Kleinkinder spielten, Mütter stillten. Burdett hatte alle Hände voll damit zu tun, Frieden unter ihnen allen zu halten, und verbrachte die Tage damit, von einer kritischen Situation zur nächsten zu rennen. Sie alle, jeder Einzelne von ihnen, hingen von Edlyn ab.

Und sie war zu stolz gewesen, ihren Gatten zu rufen, um sie zu verteidigen.

Allyn umarmte sie. »Alles wird gut, Mama.«

Parkin hüpfte an ihrer anderen Seite. »Wir werden dich retten! Wynkyn bringt uns alles über das Kämpfen bei.«

Edlyn sah die Männer ringsherum an, mit einem schiefen Lächeln des Stolzes. »Jetzt fühle ich mich sicherer.«

Die Soldaten grinsten sie an. Mütterlicher Stolz war etwas, das sie verstanden.

»He, da oben!« Edlyn hörte die gebildete Stimme des Mannes deutlich, und sie erkannte sie. Sie ließ die Jungen los und bewegte sich wieder auf die Mauer zu. »Pembridge.«

»Das ist er«, stimmte Grims zu.

»Ich sehe, dass Ihr zu uns herüberschaut«, rief Pembridge. »Ist das die Lady?«

Sie trat vor, sodass die Leute auf der anderen Seite der Mauer sie klar erkennen konnten.

Ihr Auftauchen war wohl genau das, worauf Pembridge gewartet hatte. Seine Stimme wurde härter. »Ist das die Lady, die einst das Weib von Robin of Jagger war? Die Lady, die seine Erinnerung beschmutzt hat, indem sie seinen Henker heiratete?«

Sie konnte in der kleinen Gruppe von Edelleuten Pembridge an seinem grell gefärbten Gewand und an seiner Größe leicht ausmachen.

»Ich habe etwas, das ich Euch zeigen möchte, Mylady.« Pembridge verbeugte sich tief vor ihr, und sein Spott war deutlich zu hören. »Lasst mich Euch zeigen, was ich tun kann.« Er trat zur Seite, und eine armselige, bemitleidenswerte Kreatur wurde nach vorne gestoßen und fiel vor Pembridges Füßen nieder.

Sir Philip kämpfte sich auf die Beine, sah hinüber und murmelte: »Gott helfe ihm.«

Sie fragte: »Wer ist das?«

»Ich habe einen Boten geschickt«, gestand Sir Philip.

»Einen Boten?« Sir Lyndon wurde bleich. »Das habt Ihr mir nie gesagt.«

»Welchen Unterschied macht das schon?«, fragte Sir Philip. »Sie haben ihn doch eingefangen, wie mir scheint.«

»Einen Boten an meinen Gemahl?« Edlyns Zorn entflammte, als sie beobachtete, wie man draußen eine Schlinge um den Hals der gebrochenen Gestalt dort unten legte. »Obwohl ich Euch einen gegenteiligen Befehl gab?«

»Lord Hugh hat mir zuerst Anweisungen erteilt«, antwortete Sir Philip.

Sie verschluckte den Kommentar, der ihr auf der Zunge lag. Er sah schon unglücklich genug aus, als er beobachten musste, wie Pembridges Spießgesellen den Mann zu der geschwärzten Eiche zerrten. Der Bote würgte und kämpfte, als die Schlinge ihm die Luft abdrückte.

Das Ende des Seils wurde über den kräftigsten Ast geworfen und der Bote hinaufgezogen, und seine Beine strampelten verzweifelt in der Luft. Als er zu ermüden begann, wurde er wieder heruntergelassen, bis er sich wieder erholt hatte, dann zogen sie ihn wieder hinauf.

»Ihr seht, Mylady«, rief Pembridge, »dass ich meine Burg zurückgewinnen werde, und wenn es so weit ist, werdet Ihr und jeder Diener leiden, genau wie dieser Bote leidet.«

Sein Schwert ziehend, ging er auf den Boten zu und hieb ihm einen Fuß ab. Das Kreischen des Mannes, aus einer Kehle, die durch den Druck der Schlinge zusammengepresst war, klang schrill durch die Morgenluft.

»Alle außer Euren Söhnen, Mylady. Ihr habt Eure Söhne doch noch bei Euch, nicht wahr? Ihr habt sie doch nicht abgelegt, wie Ihr Robins Erinnerung abgelegt habt?«

»Gott helfe uns allen«, flüsterte Edlyn, und als die Jungen sich zeigen wollten, hielt sie sie zurück.

»Eure Söhne, Mylady, werde ich bei mir behalten und als meine Ebenbilder großziehen, und ich werde sie lehren, jeden Tag ihres Lebens Eure Erinnerung zu verfluchen.«

»Das werde ich nicht!«, schrie Parkin. Er kämpfte gegen ihre Arme an und versuchte sich dem Teufel da unten zu zeigen. »Ich werde meine Mutter niemals verfluchen.«

Allyn schlüpfte um sie herum und warf sich auf Parkin. Sie fielen auf die Steine des Mauerumgangs. »Halt doch dein Maul, du Idiot«, sagte er wütend. »Merkst du nicht, dass er möchte, dass du dich ihm widersetzt?«

Parkin schob Allyn von sich herunter und wischte sich einen Blutstropfen aus dem Gesicht. »Wir *werden* uns ihm widersetzen.«

»Wir werden ihm nichts von dem geben, was er möchte.« Allyn musterte seine Hände. »Oh, ich habe mir die Hände aufgeschrammt.«

Der Bote fing wieder an zu schreien, und Edlyn spürte Übelkeit in sich aufsteigen. Durch Lippen, die plötzlich taub schienen, stieß sie hervor: »Erschießt ihn.«

Grims winkte einen Bogenschützen herbei.

»Erschießt den Boten«, sagte sie. »Erlöst ihn von seinen Qualen. Und dann, wenn Ihr es könnt, erschießt Pembridge.«

Gehorsam schickte der Bogenschütze einen Pfeil durch die Luft. Er traf genau, und das Kämpfen, das Schreien, verstummte sofort. In dem Augenblick, in dem Edlyn ihre Gebete um das Seelenheil dieses Mannes begann, hastete Pembridge außer Schussweite, und der zweite Pfeil zischte nutzlos durch die Luft. »Dafür werdet Ihr zahlen, Mylady«, brüllte Pembridge.

Ja, das würde sie sicher. Daran hatte sie keinen Zweifel. Sich von dem Aufruhr unten abwendend, fragte sie Sir Philip: »Gibt es noch einen Weg, einen weiteren Boten an Lord Hugh zu schicken und ihm von unserer misslichen Lage zu berichten?«

»Er ist schon unterwegs«, antwortete Sir Philip.

Sie starrte ihn verständnislos an.

»Ich habe zwei Boten geschickt.« Die Farbe wich aus Sir Philips Gesicht. »Der zweite muss wohl in Sicherheit sein und ihn erreicht haben.«

Sie holte tief Luft. Hugh. Hugh war schon auf dem Weg. Hugh würde sie retten.

Dann atmete sie wieder aus, und Verzweiflung überrollte sie. Hugh kämpfte doch die Schlacht um die Freiheit des Königs. Es würde Hugh ablenken. Er würde getötet.

»Er ist zusammengebrochen!« Sir Lyndons grobe Stimme drang durch ihre Verwirrung.

Es stimmte. Mit geöffnetem Mund fiel Sir Philip auf die Trage zurück, und seine Augen verdrehten sich. Edlyn sank auf die Knie und untersuchte ihn. Die klamme Haut und die kalkweiße Farbe seines Gesichts verrieten seine Schwäche. Schon dieser kleine Ausflug hatte seine Kräfte überstiegen.

»Bringt ihn zurück in den Wohnturm«, sagte sie. »Bringt ihn zu Bett.«

Sie folgte der Gruppe unglücklich mit den Augen, als sie den Ritter, dem sie vertraute, die schmalen Treppen hinuntertrugen.

Sir Lyndon pustete verächtlich. »Er nützt Euch doch überhaupt nichts. Ihr werdet Euch auf mich verlassen müssen.«

Auf ihn verlassen? Aber er verachtete sie doch. Wenn Hugh anwesend war, mochte er ihr vielleicht respektvoll begegnen, aber nun, da Hugh fort war, zögerte er nicht im Geringsten, ihre Entscheidungen durch Spott zu untergraben. Sie wollte sich nicht auf ihn verlassen müssen – aber die Soldaten brauchten natürlich jemanden, der sie befehligte.

Vor allem jetzt, da Pembridge bewiesen hatte, dass er ihre Identität kannte und ihr übel wollte.

Grims schien nicht ihrer Meinung zu sein. »Macht Euch keine Sorgen, Mylady, wir werden Euch schützen.«

Sie? Sie starrte ihn an. Wenn sie diese Burg verlor und Pembridge sie bis auf den Grund schleifte, gab es keinen Ort mehr, an dem sie sicher war. Sie hätte Hughs Traum genauso sicher zerstört, als ob sie die Steine mit eigenen Händen abgetragen hätte, und er würde sie auch töten wollen.

Nein, schlimmer noch, er würde glauben, dass man von einer Frau sowieso nichts anderes erwarten konnte, und er würde ihr niemals wieder vertrauen.

Oder ... oder er würde denken, dass sie es aus Rache getan hätte, weil sie Robin immer noch liebte oder weil sie mit Edmund Pembridge unter einer Decke steckte.

Der Schrei einer Frau brachte die Soldaten an den Rand der Mauer. »Die Schurken kommen durch die Mauer!«

»Nein!« Das konnte Edlyn nicht glauben. Wenn Pembridges Männer sich unter der Mauer durchgruben, konnten sie nicht so schnell fertig sein. So etwas dauerte Monate ...

Grims murmelte ein paar Worte in seinem Dialekt und begann dann, seinen Männern Befehle zu erteilen.

Sir Lyndon ergriff ihren Oberarm und drückte ihn fest. »Ihr braucht mich, Mylady. Erteilt mir den Oberbefehl!«

»Lasst mich los!« Sie hatte keine Zeit, sich jetzt um ihn zu kümmern. Allyn und Parkin stürzten auf die dem Innenhof zugewandte Seite des Mauerumgangs, und sie sprang vor, um sie in Sicherheit zu bringen. Die Jungen in den Armen haltend, bemühte sie sich, die Lage unten zu erkennen.

Bewaffnete Ritter in Pembridges Farben brachen durch die dünne Steinschicht der Mauer, die sie vom inneren Burghof trennte. Vor langer Zeit hatte Pembridge wohl einen Tunnel unter der Mauer hindurch bauen lassen, ihn mit Steinen ausgekleidet und mit Holzstreben abgestützt. Dann hatte er ihn mit Steinen abdecken lassen, die denen glichen, mit denen die Mauer darüber gebaut worden war. Die Dörfler, die auf der anderen Seite gearbeitet hatten, hatten keinen Tunnel gegraben. Sie hatten lediglich die behauenen Steine entfernt.

Nun befand sie sich weit von der Sicherheit des Wohnturms entfernt. Burdett stand unten im Hof und dirigierte die Burgbewohner und die Dörfler mit verzweifelten Gesten. Ihre Söhne versuchten sie hinter sich zu drängen, in der mutigen Art von Jungen, die noch nie eine Schlacht gesehen hatten, sich aber ihrer Pflicht bewusst waren.

»Ihr braucht mich«, wiederholte Sir Lyndon.

Der Ritter wollte das Kommando übernehmen, aber sie traute ihm nicht. Sie weigerte sich, ihm zu antworten, sie weigerte sich, ihm ihren Segen zu erteilen.

»Nichts wird sie aufhalten, und wer sonst soll Euch schützen?«, fragte er verächtlich. »Ihr versteht doch nichts vom Kampf!«

Das stimmte. Sie verstand nichts davon. Immer hatte sie sich auf ihren Verstand verlassen, aber jetzt ließ er sie im Stich.

Oh, warum hatte sie nur nie gelernt zu kämpfen?

***

Das erste Mal, das Hugh die Frau schreien hörte, ignorierte er sie und beugte sich über den Hals seines Schlachtrosses, um es voranzudrängen. Was war schon der Schrei einer Frau gegen all das Blut und Leid der Schlacht, die er gerade miterlebt hatte? Er blickte hinüber zum Wald. Es war wahrscheinlich irgendein zänkisches Weib, das seinen Ehemann beschimpfte.

Aber die Frau schrie erneut, laut und schrill, und selbst sein Pferd stutzte. In dem Schrei war kein Zorn, nur die reine Angst. Edlyn hätte von ihm verlangt, dass er innehielte und nach der Frau sähe.

Aber Pembridge war hinter Edlyn her, und wenn, was Ethelburga sagte, stimmte, dann befand sich Edlyn in großer Gefahr. In diesem Fall hätte sie ihn doch gebeten, dass er das Flehen, das in jenem Schrei zu hören war, missachtete.

Die Frau schrie wieder.

Wem machte er eigentlich etwas vor? Edlyn hätte sich doch selbst sicher aufgemacht, um zu prüfen, was das Geschrei bedeutete, wenn er sich geweigert hätte. Irgendwie, ohne dass er erklären konnte, wie, hatte Edlyn begonnen, immer bei ihm zu sein, wohin er auch ritt.

Als er sein Schlachtross verlangsamte, umfing ihn der Staub der Straße. Er spürte ihn auf seinen zusammengebissenen Zähnen, als er fragte: »Bei Jesus und allen Heiligen, was ist nur mit dem Weib da los?«

Seine Männer kamen heran und sahen sich fragend um.

»Welches Weib, Herr?«, fragte Wharton.

Sie hatten sie noch nicht einmal gehört. »Jene Frau«, erwiderte Hugh, »die da schreit.«

»Oh«, erwiderte Wharton einfältig. »Die.«

»Wollt Ihr, dass ich nachsehe, Mylord?«, fragte Dewey.

»Nein.« Hugh wandte sein Pferd und lenkte es in Richtung des Lärms. »Ich muss es wohl selbst tun.«

Vorsicht drängte ihn, die Situation erst auszukundschaften, aber dafür fehlten ihm die Zeit und die Geduld. Die

Hütte stand nah an der Straße auf einer geschützten Lichtung, und als er zwischen den Bäumen hervorbrach, erfasste er die Lage mit einem Blick. Zwei bewaffnete Ritter und ihre Knappen, ohne Zweifel Söldner, die an der Schlacht beteiligt gewesen waren, hielten eine Frau am Boden fest und machten sich bereit, sie zu vergewaltigen. Schlimmer noch, ein weiterer Ritter hielt ein wimmerndes kleines Mädchen fest und wollte ihr dasselbe antun. Die Schreie der Frau galten nicht ihr selbst; sie wehrte sich, um ihrem Kind zu helfen.

»Die Pest über Euch!« Hugh fluchte, als er sein Schwert zog und sein Schlachtross auf sie zu lenkte, um Gerechtigkeit zu üben. Der Ritter mit dem Kind, der durch die Hosen, die ihm um die Knöchel schlotterten, behindert war, konnte nicht mehr tun, als auf seine Waffen zuzuwatscheln, als er einen riesigen, offensichtlich wutentbrannten Ritter auf seinem Pferd auf sich zustürmen sah.

Hugh schlug den Kopf des Ritters mit einem Schlag ab. Die anderen zerschmetterte er, wo sie krochen oder standen. Seine Männer, durch Hughs plötzliche Attacke überrascht, eilten sich, ihm zu Hilfe zu kommen, konnten aber nicht mehr tun, als zu vollenden, was Hugh begonnen hatte.

Dann galoppierte er davon, gefolgt von den Dankesrufen der Mutter und seinen wiederum überraschten Männern. Hufe trommelten hinter ihm. Roxford Castle war noch Meilen entfernt. Und die Zeit, undurchdringlich wie ein Nebel, schloss ihren Griff fester um ihn. Er wollte jetzt auf Roxford sein. Wenn alles gut ging, dann brauchte er nicht länger als zwei Tage, um dort anzukommen.

Also betete er. »Bitte, Gott. Ich habe diese Frau und ihr Kind gerettet. Ich werde Kloster Eastbury eine Stiftung übereignen. Ich werde alles tun! Nur zerschlage meine Feinde und halte Edlyn in Sicherheit.«

In jenem Augenblick gab es ein großes Gebrüll. Männer kreischten ihr Entsetzen heraus.

Edlyn hörte den Schrei. »Der Tunnel bricht zusammen!«

Es stimmte. Große Steine polterten zu Boden. Schotter und Geröll von der Innenseite der Mauer regneten auf Pembridges überraschte Männer nieder und verdeckten sie in einer Wolke aus Staub.

Die Mauer über ihnen spaltete sich von oben bis unten, als das Fundament, auf der sie ruhte, nachgab. Dann senkte sie sich, und alles wurde still.

Alles außer den schreienden Verwundeten unter Pembridges Männern, als sie sich vergeblich mühten, sich unter den Tonnen des Gesteins zu befreien.

Die Leute von Roxford jubelten. Burdett überprüfte die Lage, dann eilte er die Stufen hinauf zu seiner Herrin, die immer noch auf dem Mauerumgang stand. Edlyn warf Sir Lyndon einen triumphierenden Blick zu.

»Glaubt Ihr wirklich, dass es schon vorbei ist, dummes Weib?«

Die Art, wie der das Wort »Weib« aussprach, war die schlimmste Beleidigung, die er ihr gegenüber äußern konnte. Ihr wurde bewusst, dass er falsch bis auf die Knochen war. All seine früheren Behauptungen der Ergebenheit waren nichts als ein Mittel gewesen, Hugh wieder auf seine Seite zu ziehen. Er hasste sie. Er hasste Hughs Ehe. Er hasste die Veränderungen, die sie mit sich gebracht hatte, und nun, da Hugh fort war, sah er keinen Grund, diesen Hass zu verbergen.

Er war ein gefährlicher Mann.

Sie gab vor, nichts zu bemerken, gab vor, so dumm zu sein, wie er sie einschätzte. »Es ist noch nicht vorbei, aber wir haben einen Augenblick Zeit, uns neu zu organisieren.«

Anscheinend nahm er ihre Höflichkeit als Schwäche wahr, denn er trat nahe genug an sie heran, um von oben herab auf sie niederzusehen. »Wenn Hugh hier wäre, würde er Euch befehlen, mir die Verantwortung zu überlassen!«

»Ich maße mir nicht an, die Gedanken meines Gemahls zu

kennen, aber wenn er hier wäre, befände sich Pembridge gar nicht erst innerhalb der Burgmauern.«

Das war ein klarer Vorwurf, und Sir Lyndons Augen zogen sich zusammen, als er sie musterte.

Dann warf Allyn mit heller Stimme ein: »Aye, er hätte ihn draußen aufgehalten, nicht ihn hereingelassen.«

Sir Lyndon trat so rasch zurück, dass Edlyn befürchtete, er könnte von der Mauer herunterfallen. »Ich habe ihn nicht hereingelassen.«

»Niemand hat behauptet ...«, begann Edlyn.

»Jemand hat es aber getan«, meinte Allyn.

Parkin schaltete sich ein. »Wir haben ihn gesehen.«

Grims steuerte entschlossen auf sie zu. »Habt ihr sein Gesicht gesehen?«

Die Jungen schüttelten ihre Köpfe, aber ihre kindlichen Gesichter konnten ihr Misstrauen nur schlecht verbergen. Grims blickte Sir Lyndon mit unverhüllter Nachdenklichkeit an, während der Ritter ihre Söhne mit einer Heimtücke anfunkelte, die Edlyns Blut gerinnen ließ. Sie bemühte sich, die Situation zu entschärfen und gleichzeitig fest zu klingen. »Kämpft weiter, Sir Lyndon, aber ich werde Grims den Befehl über seine Leute überlassen. Er kennt sie und die Burg besser als Ihr.«

Sir Lyndon stieß sie zur Seite und stürmte die Stufen zum Hof hinunter.

»Das gibt Schwierigkeiten, Mylady«, meinte Grims. »Soll ich ihn bewachen lassen?«

Sie betrachtete ihre Söhne. »Warum glaubt ihr, dass er es war?«

Die Jungen tauschten einen Blick, und Allyn antwortete: »Er ist groß und dünn und hat so schwarzes Haar.«

Sie verbargen etwas vor ihr, das konnte sie sehen. »Warum habt ihr mir das nicht früher gesagt?«

Parkin wischte sich die Nase an seinem Ärmel ab. Allyn schaute hinauf in den Himmel.

Edlyn legte die Arme um die Jungen und hielt sie fest an sich gedrückt. »Sagt mir die Wahrheit – habt ihr die Burg durch das Seitentor verlassen?«

»Einmal«, gab Allyn zu.

»Nachdem Hugh fort war?«

Sie musste sich hinunterbeugen, um Allyns Flüstern zu hören. »Aye.«

Ihre Knie schlotterten, als sie sich die Gefahr verdeutlichte, in der sich die Jungen befunden hatten. Das war das Problem, wenn man Mutter war. Eine Mutter konnte sich immer noch das Schlimmste ausmalen, selbst wenn die Gefahr schon vorüber war.

Parkin klang erstickt vor Tränen. »Meinst du, wir haben dem Mann den Weg gezeigt, wie man uns an den Feind verraten kann?«

Der Soldat drehte die Jungen an ihren Armen zu sich herum. »Habt ihr Bretter abgerissen, um das Tor zu öffnen? Und Steine weggeräumt?«

Die Jungen wischten sich die Nasen an den Händen ab und schüttelten die Köpfe.

»Dann wart ihr nicht diejenigen, die dem Feind das Seitentor geöffnet haben. Das hat jemand anders getan.« Er schaute Edlyn bedeutungsvoll an.

Er hatte Sir Lyndon im Verdacht, und sie fürchtete Sir Lyndon. »Lasst Sir Lyndon überwachen«, sagte sie.

Als Grims zur Treppe ging, kam Burdett ihm entgegen, und sie wechselten einige Worte. Burdett nahm den Auftrag, Sir Lyndon zu überwachen, entgegen und eilte davon.

Grims kehrte auf den Mauerumgang zurück und rief zu den Menschen im Hof hinunter: »Gottes Gnade hat uns errettet. Jetzt tut das Eure. Ihr Frauen – nehmt die Kinder und geht in den Wohnturm. Männer – bereitet die Verteidigung vor, bevor sie wieder durchbrechen. Sie werden die Mauer niederreißen, wenn sie können.« Er musterte den Riss oberhalb des Tunnels. »Gott gebe, dass sie hält.«

Im Hof beeilten sich alle zu gehorchen. Mit ihren Söhnen fest an der Hand schloss sich Edlyn den anderen Frauen an und rannte zum Wohnturm hinüber. Im einzigen Eingang, einer Öffnung im zweiten Geschoss, stand Burdett und winkte sie hinein. Edlyn stand neben ihm, bis alle drinnen waren, und beobachtete dann, wie er eine Axt nahm und die Treppe losschlug.

»Es wird nicht leicht sein, diesen Wohnturm einzunehmen, Mylady«, meinte er.

***

Der Rhythmus der Hufe auf dem festen Weg begleitete den Sprechgesang in Hughs Kopf.

»*Bitte,* Gott. *Bitte,* Gott.«

Ein Priester hätte sich vielleicht ausführlicher ausgedrückt, aber Hugh war ein Kämpfer, kein Poet, und wenn Ernsthaftigkeit irgendetwas zählte, würde Gott sein Gebet erhören.

Hugh hatte noch nie gefleht. Er hatte seine Gebete gesprochen und darauf vertraut, dass Gott ihre Vernünftigkeit einsehen würde. Er hatte keine Notwendigkeit gesehen, sich zu erniedrigen. Aber das hier – das war etwas anderes. Edlyns Wohlergehen war zu wichtig, als dass er sich solche Selbstgewissheit erlauben konnte. Was sie anbelangte, hatte er keinen Stolz.

Wharton hielt mit ihm Schritt, und jetzt brüllte er: »Roxford Castle ist schon ganz nah, Herr!«

Widerstrebend zügelte Hugh sein Ross – das fünfte in zwei Tagen.

»Hör doch«, stieß Hugh hervor.

Die Schlachtgeräusche klangen gedämpft, nicht so klar, wie es hätte sein sollen. Hugh blickte Wharton an und hoffte, sein Diener würde über seine böse Ahnung spotten.

Stattdessen sah dieser grimmig drein.

»Der Feind ist schon drinnen.«

Aber wie weit drinnen? Sie mussten Einzelheiten wissen, deshalb nickte Hugh Dewey zu. »Kundschafte die Lage aus.«

Sein Knappe stieg vom Pferd. Hugh und seine Männer folgten seinem Beispiel, aber Hughs Blick wich nicht von Dewey, bis dieser im Wald verschwunden war. Er war schnell und hatte in der gerade vergangenen Schlacht bewiesen, dass er seinen Mann stand, aber Hugh hätte ihn gerne begleitet und mit eigenen Augen gesehen, was Pembridge angerichtet hatte.

Stattdessen erlaubte er Wharton, ihm dabei zu helfen, sein Kettenhemd und seinen Helm anzulegen. Er beobachtete seine Männer, wie deren Knappen ihnen genauso halfen, dann befreiten alle ihre Waffen aus den Transportkisten. Sie ließen ihre Pferde ausruhen – und sie warteten.

Das Warten war das Schlimmste. Es gab Hugh die Gelegenheit, die Ritter zu zählen, die ihm noch geblieben waren. Er hatte einige Männer auf dem Weg verloren, meist weil es an frischen Pferden mangelte. Sie hatten versprochen, so schnell zu folgen, wie sie konnten, aber sie würden nicht schnell genug hier sein. Hugh hatte nur in den dunkelsten Stunden der Nacht geschlafen, wenn noch nicht einmal mehr sein Pferd genug sehen konnte, um weiterzulaufen, und gegessen, wenn seine Männer nach einer Pause verlangten. Jeder Augenblick, in dem er nicht weiterreiten konnte, war eine Qual für ihn gewesen, und selbst das Reiten hatte ihn auf eine andere Art noch gequält.

Alles, an das er sich erinnern konnte, war die weiße Flagge, die Edlyn geschwenkt hatte, als er fortgeritten war, und seine Pläne, wie er ihre Unterwerfung annehmen wollte.

Wer würde jetzt wohl ihre Unterwerfung annehmen? Sie hatte Edmund Pembridge als grausamen Mann bezeichnet, und Hugh fürchtete, dass sie die Wahrheit dieser Aussage herausfinden würde. Jetzt hätte Hugh alles gegeben, um sie heil und ganz an seiner Seite zu haben, sicher in ihrem Stolz. Sicher genug, ihm zu sagen, dass sie ihn liebte.

Und er – was würde er sagen? Würde er ihr wirklich nur seine Treue anbieten und glauben, das sei genug? Oder würde er …?

»Mylord!« Dewey schlüpfte durch das Unterholz zurück.

»Das war schnell!«, meinte Wharton.

»Aye, ich habe mich beeilt«, erwiderte Dewey.

Waren sie beide verrückt geworden? Hugh glaubte, dass sie ewig hatten warten müssen.

»Pembridge hat sich im Außenhof der Burg fest eingerichtet.« Dewey hatte keine Zeit für Einzelheiten, und sein trostloser Gesichtsausdruck erzählte die ganze Geschichte. »Das äußere Torhaus und die Zugbrücke sind intakt. Es hat keinen Kampf darum gegeben, hineinzukommen.«

Hugh und Wharton tauschten einen Blick, und Wharton meinte nur: »Verrat also.«

Dewey erwiderte: »Das habe ich auch gedacht. Sie sind bereits bis in den inneren Burghof vorgedrungen, also kann es sein, dass es noch mehr Verrat gegeben hat. Ich habe mich nicht weiter herangewagt, aber ich sah Rauch und hörte heftiges Kämpfen. Ich fürchte, dass ein Großteil der Burg beschädigt ist.«

Die Burg? Was schwatzte Dewey da nur von der Burg? Hugh konnte es nicht verstehen.

»Und, Mylord, er hat Dutzende von Rittern.« Dewey lief rot an, als er fortfuhr, aber er meinte aufrichtig: »Wir haben keine Chance gegen sie.«

Hugh musterte die Männer um sich herum, dann saß er wieder auf. »Jeder Mann muss seine Schlachten selber wählen. Ich habe mich für meine entschieden. Wenn Ihr kein Herz für diese habt, dann geht mit meinem Segen.«

Seine Männer starrten ihn an. Dann antwortete Wharton steif: »Es gibt keinen Grund, uns zu beleidigen, Herr.«

Die Rüstungen aller Ritter klapperten, als die Männer aufsaßen und auf seine Anweisungen wartend vor ihm hielten. Hughs fieberhaftes »Bitte, Gott!« wurde zu »Dank dir, Gott.«

Er lenkte sein Pferd vor sie hin, um als ihr Befehlshaber in dieser vergeblichen Schlacht zu ihnen zu sprechen. »Wir haben keine Verstärkung und auch keine zu erwarten, also werden wir von hinten angreifen. Es gibt die Möglichkeit, dass sie sich inzwischen so sehr daran gewöhnt haben, gegen einfache Soldaten zu kämpfen, dass sie nicht mehr darauf vorbereitet sind, sich Rittern entgegenzustellen.«

Hugh und seine Männer ritten über die Zugbrücke und durchquerten das Torhaus – vollkommen unbehelligt. Das gefiel ihm. Das bedeutete, dass er einem Feind gegenüberstand, der sich seiner Sache schon zu sicher war. Dann öffnete sich vor ihm der äußere Burghof. »Schweine!« Er spuckte das Wort aus, wütend über die mutwillige Zerstörung.

Einige wenige von Pembridges Männer trieben sich am inneren Torhaus herum, ihres Sieges so sicher, dass sie sich eine Pause vom Kämpfen gönnten. Einer von ihnen sah Hugh und seine Männer und wies auf sie. Bevor er noch rufen konnte, hatte Hugh ihn niedergemäht. Seine Männer taten es ihm nach, bis keine lebende Seele mehr aufrecht vor ihnen stand.

Von oben hörte er Jubelrufe, als Roxfords Soldaten erkannten, dass ihre Rettung eingetroffen war.

Hugh wünschte sich nur, dass das stimmte.

21

»Sie sind da, Mylady, sie sind da!«

Edlyn setzte den Kessel mit kochendem Schweineschmalz auf dem Boden des Daches ab und ließ die Brise den Schweiß von ihrem Gesicht trocknen. Als sich ihre Augen an das Sonnenlicht gewöhnt hatten, konnte sie das Leuchten auf Nedas und der anderen Frauen Gesicht erkennen. »Wer ist da?«

»Der Lord! Lord Hugh! Wir haben sie draußen rufen hören und haben nachgesehen. Er ist es wirklich!«

»Er lebt?« Edlyn taumelte zurück. »Er lebt.« Gott hatte ihre Gebete erhört. Nichts konnte sie jetzt noch besiegen.

Dann hörte sie den Aufprall der Waffen unter sich und die Schreie eines sterbenden Mannes, und die Wirklichkeit kehrte übermächtig in ihr Bewusstsein zurück.

Pembridge hatte jenes niederträchtige Loch unter der Mauer wieder ausgraben lassen. Die Wachen am Torhaus waren nur kurz danach überwältigt worden, und Pembridges Männer waren zu Pferd in den inneren Burghof hineingedonnert. Die Soldaten von Roxford Castle kämpften tapfer, aber sie waren im Grunde nur zur Verteidigung ausgebildet, und gegen die überlegene Position und Kraft der Ritter hatten sie nur geringe Chancen.

Aber entgegen allen Erwartungen war Hugh gekommen, und Edlyn konnte die erneute Hoffnung, die auf den Gesichtern der Frauen strahlte, und ihren eigenen Überschwang nicht bremsen.

Auf die Zinnen zurennend, die das Dach umgaben, wollte sie sich hinüberlehnen.

»Seid vorsichtig!« Neda hielt sie mit einer Hand auf und deutete auf die grüne Ranke, die zwischen den Steinen wurzelte und sich um die Mauerzacken schlang. »Das ist eine Blasenranke!«

»Aye, Mylady.« Ethelburga hielt ihr die geröteten und geschwollenen Hände hin. »Schaut Euch das an. Ich werde tagelang kein Bier brauen können.«

Edlyn zuckte zusammen, als sie die Hände sah, aber berührte sie nicht. Ohne ihre Kräuter konnte sie Ethelburga nicht helfen, und sie wollte sich nicht mit dem Ausschlag anstecken.

Sie ging zu einer anderen Schießscharte und lehnte sich hinaus, um die Schlacht unter sich zu beobachten.

Hoch auf seinem Schlachtross schlug Hugh auf die Feinde ein, die gewagt hatten, sich seines Besitzes zu bemächtigen, und bei seinem Anblick sang ihr Herz wie eine Lerche am frühen Morgen. Dann sah sie, wie hart die Feinde auf Hugh eindrangen. »Hat er genügend Männer?«

Das Lächeln Nedas schwand. »Das weiß ich nicht.«

Was sie meinte, war nein, aber Edlyn gab zurück. »Egal. Es ist für uns die einzige Rettung.«

»Verdammt seien Pembridge und alle seine Leute.« Neda deutete hinunter. »Sie haben im Hof Feuer angezündet. Sie bereiten die Pfeile vor. Sie werden sie auf die Tür schießen und uns ausräuchern, und der Lord kann so viele nicht überwältigen.«

Feuer war das Einzige, was sie wirklich fürchten mussten, und sie hatten tatsächlich große Angst davor. Edlyn blickte zurück zu dem Kessel an der Falltür. Die Bediensteten hatten das Schmalz am Feuer in der großen Halle gekocht, es die Wendeltreppen hinauf aufs Dach getragen und auf Pembridges Männer hinuntergeschüttet. Das zischende Fett hatte die Ritter davongejagt und sie dazu veranlasst, ihre Rüstungen abzulegen, und jedes Mal, wenn das geschah, jubelten die Frauen auf. Es war nicht viel – manche hätten es als müden Versuch betrachtet –, aber die Frauen waren dadurch beschäftigt und standen Burdett nicht im Weg, der daran arbeitete, den Wohnturm auf die letzte Belagerung vorzubereiten.

Und wer konnte sagen, was in der Schlacht den letzten Ausschlag geben mochte?

Edlyns Augen wurden schmal, als sie die drei Feuer dort unten musterte. Der Wind innerhalb des Hofes schuf kleine Wirbel und blies den Rauch in jede beliebige Richtung. Der kleine Haufen von Bogenschützen, der sich um die Feuer drängte, musste husten, und die Männer schlugen nach den Flammen, aber sie durften sich nicht zu weit vom Feuer entfernen, da sie eine Aufgabe zu erfüllen hatten. »Geht hinein in die große Halle«, befahl Edlyn Neda. »Fangt an, die Innenseite der Tür und den Türsturz und die Schwelle mit Wasser zu tränken. Macht das Holz so feucht Ihr könnt – und, Neda?«

»Mylady?«

»Kann Burdett mit einem Bogen umgehen?«

»Ist er nicht ein Engländer?«

Edlyn lächelte, als sie den Stolz in Nedas Stimme hörte. »Dann schickt ihn mir mit seinem Bogen und seinen Pfeilen und einer Axt und einem guten scharfen Messer.«

Die Frauen wie eine Herde Gänse vor sich herscheuchend, machte sich Neda auf den Weg, diesen Auftrag auszuführen.

»Er soll auch Garn mitbringen und meine Reithandschuhe.«

Neda wandte sich um. »Ich werde mit ihm zurückkommen.«

Edlyn sah sich auf dem offenen Dach um. Die Steinzinnen hatten sie geschützt, aber wenn die Bogenschützen erfolgreich waren, dann gäbe es diesen Schutz nicht mehr. Sie würden das Dach mit Pfeilen überschütten, und jede Person, die leichtsinnig genug war, sich hier oben aufzuhalten, war in Gefahr. Edlyn musste es tun. Es war ja ihre Burg. Aber sowohl Burdett als auch Neda der Gefahr auszusetzen ... »Nein«, sagte sie. »Schickt Burdett allein.«

Neda wollte mit ihr darüber streiten, aber Edlyn hob energisch ihr Kinn, und die Frau des Haushofmeisters verbeugte sich und folgte den Dienerinnen die Treppen hinunter.

Unter ihr tobte die Schlacht immer noch, aber so allein hier oben konnte sie den Wind pfeifen hören. Es war ein eigenartiges, bedrückendes Gefühl, zu wissen, dass unter ihr Männer starben und sie nichts tun konnte. Es war noch eigenartiger, dass sie alles tun würde – Männer durch kochendes Fett außer Gefecht setzen, Steine auf ihre Köpfe fallen lassen, Pfeile abschießen, ein Schwert gegen sie erheben –, um ihre Kinder und ihre Burg zu schützen.

Und es war ihre Burg, auf eine Weise, auf die Robins Burg niemals die ihre gewesen war. Auf Robins Burg war sie immer das verachtete Weib gewesen, das sein Haupt stolz erhoben hielt, wenn Robin mit anderen Frauen herumtändelte. Hier war sie die erwählte Frau, die Herrin, der Hugh alle Macht überlassen hatte, und niemand wagte zu fragen, wie lange seine Gunst ihr gelten würde. Alle wussten, dass Hugh seine Schwüre ernst nahm.

Alle außer dem Verräter, der es gewagt hatte, ihn in seiner Abwesenheit zu hintergehen – der tatsächlich gewagt hatte, sie beide zu hintergehen.

Wer war er nur, diese hinkende Made von einem Mann?

»Mylady?«

Sie zuckte erschrocken zusammen und drehte sich dann zu Burdett. Er war auf leisen Sohlen durch die Falltür heraufgekommen. Sein Langbogen und sein Köcher hingen an seiner Schulter. In seinen Händen trug er eine Axt mit einem kurzen Schaft und ein Messer. Er kam auf sie zu, und plötzlich überfielen sie wieder die Zweifel über den Haushofmeister. Sie war allein hier oben. Burdett konnte ihr die Kehle durchschneiden, sie über die Brüstung werfen und dann hinuntergehen und ihre Kinder ermorden.

Sie trat einen Schritt zurück, als er die Axt hochschwang. Sie hob ihre Arme, um ihren Kopf zu schützen. Er ließ die

Axt in die Höhe fliegen und fing sie an der Klinge wieder auf, dann hielt er sie ihr entgegen. »Mylady? Was wolltet Ihr damit tun?«

Langsam ließ sie ihre Arme wieder sinken. Er starrte sie an, den Griff zu ihr hin ausgestreckt, und sie streckte ihre Hand aus und nahm die Axt. Er ließ sie gleich los. Er ließ das Messer vor seine Füße fallen und wartete, ungeschützt, wenn sie sich dazu entschließen sollte, ihn zu schlagen. Und sie errötete über ihre eigene Dummheit. Aber mit einem Satz konnte sie den verletzten Gesichtsausdruck von seinem Gesicht wischen.

»Gebt mir die Handschuhe«, sagte sie. »Wir werden Roxford Castle retten.«

Blut aus seinen Wunden tröpfelte in Hughs Mund. Sein Schwert zog schwer an seinem Arm wie ein Mehlsack, und er setzte es auch mit nicht mehr als dem Können eines Müllers ein, dachte er. Sein Brustkorb hob und senkte sich wie ein Blasebalg, und trotzdem konnte er nicht genügend Luft bekommen. Schlimmer noch, sein Schlachtross schien ähnlich erschöpft zu sein wie er.

Seine besten Ritter kämpften einen aussichtslosen Kampf, jeder von wenigstens drei Feinden bedrängt. Er hatte Dewey schon recht früh befohlen, sie zu verlassen, aber ob der Bursche es bis draußen geschafft hatte, wusste er nicht. Wharton war dicht bei Hugh geblieben und hatte ihm den Rücken frei gehalten, bis die bloße Übermacht sie voneinander getrennt hatte. Hugh selbst wünschte sich nichts sehnlicher, als Pembridge brutal den Todesstoß zu versetzen, aber dieser hielt sich weit hinter seiner Leibwache verborgen und kämpfte nur durch ein spöttisches Anheben des Visiers an seinem Helm. Die Bogenschützen Pembridges, die sich des Sieges vollkommen sicher waren, kümmerten sich in aller Ruhe um ihre Feuer und machten sich bereit, die geteerten Pfeilspitzen in die Flammen zu halten.

Es war nur eine Frage der Zeit, bis der Wohnturm fiel. Es war nur eine Frage der Zeit, bis Hugh und seine Männer tot im Hof lagen. Nur eine Frage der Zeit, bis seine Träume starben. Träume von einer eigenen Burg, um die sich die Frau kümmerte, die er liebte …

Als Hugh aufsah, erhaschte er einen Blick von ihr, wie sie auf den Zinnen des Wohnturms stand.

Es war doch erstaunlich, dass er sie selbst in der Hitze der Schlacht aus so weiter Entfernung erkannte, wo sie doch wie so viele andere Frauen aussah. Und doch wusste er, dass die Frau, die dort oben stand und einen langen, belaubten Zweig hin und her schwenkte und seinen Blick auffing, Edlyn war. Sie zeigte denselben Überschwang beim Schwenken dieses Astes, wie die weiße Flagge geschwenkt hatte, und er fragte sich, was das alles wohl zu bedeuten hatte.

Aus dem Augenwinkel sah er ein Schwert auf sich zu schwingen, und er konnte es kaum noch mit dem Schild abwehren.

Edlyn anzustarren würde ihn töten. Also kämpfte er wohl besser für sie.

Ganz im Blutrausch der Schlacht gefangen, nahm er kaum eine plötzliche Unruhe unter den Bogenschützen wahr, die am nächsten am Feuer standen.

Erst als Pembridge in fieberhaften Beschimpfungen zu rufen begann, hob er seinen Kopf lang genug, um sie flüchten zu sehen. Sie rieben sich die Augen, husteten und hasteten auf das Tor zu, als könnten sie die Winde des Krieges nicht länger ertragen.

Neugier verlieh ihm ein wenig seiner alten Kraft zurück, und Hugh erledigte zwei Ritter, die darum kämpften, ihn gefangen zu nehmen, bevor er sich aufs Feuer zu bewegte – ein Feuer, das bereits von den Männern im Stich gelassen worden war, die sich eigentlich darum kümmern sollten.

Es schien nichts als ein Haufen schlecht brennender Scheite und noch grüner Zweige zu sein, aber als er es beobachtete, meinte er eine Feder in der Hitze aufsteigen zu sehen, die sich in Asche verwandelte und davongetragen wurde.

Durch das Getümmel von Körpern und Waffen krachte ein Ritter zu Pferd mit all seiner Kraft gegen Hughs Schlachtross. Mit einem wütenden Knurren drehte Hugh sich um, um zu kämpfen – und unter dem offenen Visier des Helmes erkannte er seinen alten Freund, Sir Lyndon.

Er erkannte Verrat.

»Lyndon.« Der Name pfiff zwischen seinen Lippen hervor.

Die rasche Reise und die vorangegangene Schlacht hatten Hugh ermüdet.

Nicht so Sir Lyndon. Er grinste vor frischem Eifer. »Gut getroffen, Mylord! Hattet Ihr mich nicht mit einem Schwert in der Hand erwartet?«

»Nicht gegen mich.«

Sir Lyndons Lächeln verschwand. »Dann seid Ihr ein Narr. Ich bin wie ein treuer Hund jahrelang nicht von Eurer Seite gewichen und habe auf den Tag gewartet, an dem Ihr Eure Belohnung bekommen und diese mit mir teilen würdet. Stattdessen habt Ihr jenes Weib geheiratet und Euren getreuen Gefährten den Rücken zugekehrt.«

Sir Lyndon verstand einfach nicht, aber Hugh wollte, dass er es tat. Er wollte nicht den Mann töten, der in so vielen Schlachten an seiner Seite gekämpft hatte.

»Ich habe Euch doch gesagt, dass, wenn Ihr Euch als reuig erweist ...«

»Mich selbst als reuig erweisen? Euch gegenüber? Ich habe mich Euch gegenüber schon so oft bewiesen, als dass ich Euch erlauben würde, mich noch einmal zu prüfen.«

Sir Lyndons plötzliche Anspannung ließ einen Schlag erwarten, und Hugh lenkte ihn mit seinem Schild leicht ab.

»Ihr seid ein Ritter. Eure Ehre ...«

»Ehre gibt es für die, die sich diese leisten können.« Sir Lyndon schwang sein Schwert.

Hugh bewegte sich, um den Schlag abzuwehren, aber er

missverstand das Ziel von Sir Lyndons Zorn. Die scharfe Klinge durchschlug den Nacken von Hughs Schlachtross und traf die Arterie. Das große Tier sank in die Knie, und Hugh befreite hastig seine Füße aus den Steigbügeln.

»Seht Ihr? Nur edle Narren können sich Ehre leisten« – Sir Lyndons Stimme troff von Spott, und er ergriff seinen Morgenstern – »Mylord.«

Hugh sah zu, wie sein Hengst in einer blutroten Pfütze starb, und Sir Lyndon drängte sein Ross näher heran. Der Geruch des Blutes machte das Pferd wild, genau wie Sir Lyndon, wie es schien, denn beide schlugen aus. Hugh wich ungeschickt den fliegenden Hufen aus, und die nagelbesetzte Kugel kam ihm mit tödlicher Wucht entgegen. Hugh wollte nicht mit einem durch einen Morgenstern zerschmetterten Schädel sterben. Er wollte nicht von einem Pferd zertrampelt sterben. Nicht im Hof seiner eigenen Burg. Nicht geschlagen von seinem alten Freund, der sich in einen bitteren Feind verwandelt hatte.

Hugh war der bessere Kämpfer, aber Sir Lyndon hatte alle Vorteile auf seiner Seite. Bei seinem Angriff auf Hugh nutzte er erbarmungslos seine überlegene Position aus. Das Pferd mit den Knien lenkend, drängte er Hugh rückwärts auf das Feuer zu. Hugh war zwischen dem so gekonnt geschwungenen Morgenstern und den Flammen, die an seinen Fersen leckten, gefangen. Als das Feuer sich genau hinter ihm und Sir Lyndon sich genau vor ihm befand, wusste er, dass nur ein Wunder ihn noch retten konnte.

Sir Lyndon hob seinen Arm, um den tödlichen Schlag auszuführen. Hugh ging in die Knie, hob sein Schild und machte sich bereit – und hörte ein Pfeifen und einen dumpfen Schlag direkt neben seinem Bein.

Er sah hinunter. Ein Pfeil hatte sich tief in das Holz eingegraben. Er hatte keine Zeit, sich über die verschlungenen Blätter und Zweige Gedanken zu machen, die an dem Pfeil hingen. Sir Lyndon und sein Schlachtross warfen sich zurück und Hugh nutzte die Ablenkung, um etwas Entfernung zwischen sich und die beiden zu bringen.

Als Sir Lyndon sich von seiner Überraschung erholte, machte er sich über ihn lustig. »Wie alles an dieser verdammten Burg taugen auch die Bogenschützen nichts.«

Ein weiterer Pfeil sauste durch die Luft und landete direkt im Feuer, sodass ein Funkenregen in die Höhe schoss.

Durch die Flammen erschreckt, scheute Sir Lyndons Pferd.

Ein weiterer Pfeil traf mitten in die Flammen, und Hugh ergriff seine Chance. Er schnappte sich das brennende Scheit und wedelte es vor der Nase des Schlachtrosses hin und her. Das Tier wieherte schrill und bäumte sich auf. Sir Lyndon ließ seinen Morgenstern und seinen Schild fallen und klammerte sich an den Sattel. Das Pferd buckelte vorwärts, bevor Sir Lyndon wieder fest im Sattel saß, und mit einem lauten Scheppern der Rüstung landete er auf dem Boden.

Jetzt war der Kampf ausgeglichen. Hugh griff seinen früheren Freund mit dem vor sich ausgestreckten Ast an. Als der Pfeil sich entzündete, stieg Rauch von grünem Holz und frischen Blättern auf.

»Nehmt es weg!« Sir Lyndon schlug mit den Armen um sich. »Um Gottes willen, Hugh, nehmt es weg!« Er versuchte sich sein Gesicht zu reiben, und seine metallenen Handschuhe waren blutverschmiert.

Hugh stand verblüfft da. Was war nur mit dem Mann los?

»Was immer Ihr sagt, Hugh – ich werde tun, was Ihr verlangt!« Er wich taumelnd zurück, wie ein Hund, der von Tollwut gepackt war. »Wenn Ihr mich je geliebt habt, verschont mich jetzt.«

Hugh zögerte, weil er die Ursache von Sir Lyndons plötzlicher Verzweiflung nicht erkannte.

Sir Lyndon brüllte vor Schmerz und hielt seine Augen geschlossen, als wagte er nicht, sie zu öffnen. »Erinnert Euch an unsere gemeinsamen Schlachten. Erinnert Euch und gebt mir noch eine Chance.«

»Oh, ich werde Euch verschonen.« Angewidert schleuderte Hugh den Scheit zurück ins Feuer. »Aber was ist mit Euch los?« Dann vergaß er seine eigene Frage. Ein reiterloses Pferd war in seiner Nähe. Eine Gelegenheit. Er erkannte sie sofort. Er rannte, wurde schneller und sprang in den Sattel. Das Tier bäumte sich auf, er zwang es zum Stillhalten, dann wandte er sich zurück, um sich um Sir Lyndon zu kümmern.

Aber Sir Lyndon war nirgends zu sehen. Und ein weiterer beladener Pfeil schoss durch die Luft und landete im Feuer.

Hugh warf einen Blick zum Wohnturm hinauf und sah Burdett Ziel nehmen auf das zweite Feuer, an dem immer noch Bogenschützen standen und darauf warteten, ihre Pflicht zu tun.

Dann, als ob Burdett eine Gefahr wahrgenommen hätte, duckte er sich mit dem Langbogen in der Hand hinter die Zinnen.

Gerade noch rechtzeitig. Ein Pfeil, der aus der Richtung des zweiten Feuers abgeschossen worden war, traf die Stelle, an der er eben noch gestanden hatte. Nun war nur Edlyn zu sehen, die sich hinüberbeugte, um die Ranken, die zwischen den Steinen wuchsen, abzureißen. Sie bot eine perfekte Zielscheibe.

Zum ersten Mal in dieser Schlacht kam Pembridge hinter seinen Männern hervorgeritten. Er rief seinem Bogenschützen zu: »Erschieß sie!«

Der Schütze hob den Bogen und kniff die Augen zusammen. Hugh brüllte zu Edlyn hinauf und raste auf dem Schlachtross zum Schützen hin. Er würde nicht mehr rechtzeitig kommen.

Er wusste, dass er es nicht schaffen konnte, aber er musste. Er musste einfach.

Aber bevor der feindliche Bogenschütze den Pfeil losschickte, brach er in einer Rauchwolke zusammen.

Burdett sprang aus seinem Versteck hervor und riss Edlyn herunter.

Seiner Beute beraubt, preschte Pembridge auf das Feuer zu und ergriff einen Bogen, den er dirckt auf Hugh richtete. Aus dieser kurzen Entfernung würde der Pfeil seine Rüstung durchdringen, die ihn schützen sollte. Hugh stählte sich für den Schlag, aber bevor Pembridge schießen konnte, hüllte ein Rauchwirbel Pembridge ein.

Er kreischte auf, als hätte ihn der Teufel an der Kehle gepackt. Den Bogen fallen lassend, lenkte er sein Pferd auf das Torhaus zu.

Was war das nur für ein Unfug, fragte sich Hugh. Dann verteilte ein Windhauch die giftigen Schwaden über die Männer, die vor ihm kämpften, und auch noch zu ihm hinüber.

Ohne dass Hugh es hätte lenken müssen, tänzelte sein unerprobtes Schlachtross rückwärts. »Bei allen Heiligen!« Hugh riss an den Zügeln, als der Rauch in seinen Helm drang. Sein Brustkorb brannte. Seine Haut stach. Seine Augen juckten. Er wollte den Schmerz wegreiben, aber mit seinen Kettenhandschuhen war das nicht möglich. Er versuchte davonzukommen, aber es war zu spät. Das Gift klebte an seiner Haut und füllte seine Lungen. Wenn irgendein fähiger Krieger ihn jetzt angriff, wäre Hugh verloren.

Aber es gab keine fähigen Krieger mehr. Jene verdammten Pfeile hatten die Schmerzen in jedes der drei Feuer getragen, und der Rauch verteilte sie inzwischen über den ganzen Hof. Männer rannten rufend und wie neugeborene Babys wimmernd über den Hof. Hugh lenkte sein Pferd durch den niedrigen, schmalen Durchgang des Torhauses und hinaus in den verbrannten Außenhof. Dankbar holte er Atem, einmal, zweimal, dreimal. »Luft.« Er hustete und blinzelte und versuchte mit seinen wunden und tränenden Augen um sich zu blicken. »Frische Luft.«

Dann reinigten die Tränen seine Augen, und er sah ihn – Pembridge, allein, nur mit seinen Waffen und seinem Verstand ausgestattet, um sich zu retten.

Das würde wohl kaum ausreichen.

Pembridge sah Hugh ebenfalls, durch Augen, die genauso geschwollen und gerötet waren wie die seinen, und er grinste in wahnsinnigem Entzücken.

»Eine wirklich schlaue Hinterlist, Mylord von Nichts«, rief er. »Meine Edlyn war schon immer erfinderisch.« Er winkte mit seinem Arm wie ein Zauberer, der seine Teufel herbeirief. »Aber nicht so ideenreich wie ich.« Auf sein Winken hin ritten ausgeruhte Ritter durch das äußere Torhaus und füllten den Hof.

Hugh erstarrte.

Richard und seine Bande von Dieben erwiderten seinen schockierten Blick, und ganz hinten hinter dem Trupp von Männern tauchte der magere alte Fährmann Almund auf und funkelte sie alle an.

»Ihr seht«, meinte Pembridge, »wenn man Verbündete für schlimme Taten sucht, muss man sich an die niedrigsten aller Kreaturen halten, ihnen Beute anbieten, und sie werden einem zu Willen sein.«

Etwas in Hugh, ein Rest von Vertrauen in Glauben und Ehre, zerbrach.

Er wollte nicht, dass Richard der Judas war. Er hatte dem Mann glauben wollen, als der andeutete, er werde das Rauben aufgeben, wenn er die Chance hätte, etwas Neues zu beginnen.

Er hatte gedacht – lieber Gott, er hatte es wirklich geglaubt –, dass Richard Edlyn ihre Freiheit zurückgegeben hatte, weil er die Unschuld und die Schönheit in ihr sah und diese erhalten wollte.

Und nun stand er da, bereit, Hughs Burg zu plündern und Edlyn zu vergewaltigen, bis sie tot war.

Wie ein verwundeter Bulle aufbrüllend, hob er sein Schwert.

»Nein!«

Richard hob ebenfalls sein Schwert, und mit einer klaren Stimme rief er: »Nein, in der Tat. Wir sind gekommen, um

Lady Edlyn zu schützen und alles, was sie ihr Eigen nennt. Und Ihr, Lord Hugh, gehört ihr.«

Hugh bremste seinen Angriff, noch bevor er begonnen hatte. In ihm keimte Hoffnung. Mit Richards Männern auf ihrer Seite gab es die Chance, dass sie Pembridge schlagen konnten.

Ein Blick in Pembridges Gesicht bestätigte ihm, dass dieser das wusste.

»Werdet Ihr kämpfen?«, rief Hugh. »Oder werdet Ihr flüchten?«

Pembridge schwang sein Schwert mit brutaler Heftigkeit gegen Hugh. »Ich werde kämpfen, und wenn ich sterbe, werde ich Euch in der Hölle neben mir sehen.«

22

»Er hat es fast geschafft, Herr.«

Hugh blickte von der Matte am Feuer in den Herrschaftsgemächern hoch. Wharton stand über ihm, immer noch aschfahl und zitternd. »Wer hat was fast geschafft?«

»Pembridge hat Euch fast mit in die Hölle genommen.«

»Er war ein guter Kämpfer.« Hugh zuckte die Achseln und erprobte den Verband auf seinem gebrochenen Schlüsselbein. »Aber er kämpfte nicht für das, was er liebte.«

»Und du tatest das?« Edlyns sanfte Stimme erklang von der anderen Seite der Matte, und Hugh wandte den Kopf, um seine Frau anzusehen.

Sie zeigte die sanfte, einfühlsame Haltung eines Engels, der den Leidenden Linderung und den Kranken Gesundheit brachte – eine Haltung, die nicht zu der Frau passte, als die er sie kannte. »Dieser gottverlassene Schurke hatte in einem Recht«, murmelte er. »Du *bist* eine einfallsreiche Frau.«

Niemand hatte ihm sagen müssen, dass es Edlyns Idee gewesen war, Zweige und Blätter der Blasenranke in die Feuer zu schießen, um die Bogenschützen zu vertreiben. Ihre List hatte die Schlacht vollkommen zum Erliegen gebracht, und mit den zusätzlichen Männern von Richard auf Hughs Seite waren Pembridges Leute schließlich besiegt worden.

Es hatte eine Stunde gedauert, bis die Feuer die Blasenranken restlos verbrannt hatten und die Luft vom Wind so weit gereinigt worden war, dass Hugh seine eigene Burg wieder betreten konnte. Er hatte die Zeit genutzt, um Almund und Dewey und Wharton zu danken, genau wie all seinen eigenen Männern und sogar Richards Dieben. Aber die Verzögerung hatte seine Siegesfeier stark beeinträchtigt, besonders als Richard, der vom Erfolg von Edlyns Kräuterkriegsführung hörte, so heftig lachen musste, dass er bewusstlos zusammenbrach.

Weitere Untersuchungen ergaben, dass der Mann außerdem unter einigen gebrochenen Rippen litt, eine Verwundung, die er durch einen gezielt geschwungenen Morgenstern erhalten hatte, aber sein Lachen klang Hugh noch in den Ohren.

Hughs Grimasse blieb nicht unbemerkt. »Warum lässt du dich nicht von mir in dein eigenes Bett bringen?«, fragte Edlyn nicht zum ersten Mal. »Es ist riesig. Dort ist ausreichend Platz für Richard und dich, und es wäre für mich um so vieles bequemer, wenn ich euch beide pflegen muss.«

»Mit dem Mann schlafe ich nicht in einem Bett«, erklärte Hugh.

»Amen.« Richards Stimme war – so entschlossen sie klang – doch schwach. Er lag aufgestützt auf den Kissen, fast genauso weiß im Gesicht wie das Leinen unter seinem Kopf, aber noch nicht einmal Schmerzen konnten seine Unverschämtheit bremsen. »Ich kann doch statt seiner auf einer Matte schlafen. Es besteht kein Grund dafür, dass ich den Herrn der Burg seines Bettes beraube.«

Dieser Sarkasmus weckte in Hugh den starken Wunsch, seinen früheren Feind und neuen Verbündeten zu verprügeln.

Aber das war gar nicht nötig. Edlyn schmetterte die Behauptung Richards, gesund genug zu sein, gelassen ab. »Nein, das könnt Ihr nicht«, meinte sie. »Mir gefällt gar nicht, wie Eure Brustverletzung aussieht, und Ihr werdet das Bett nicht verlassen, bevor ich es Euch erlaube.«

Richard ließ sich allerdings nicht unterkriegen. Er klang lediglich belustigt. »Sie ist eine Tyrannin, nicht wahr, Hugh? Wenn *ich* heirate, nehme ich ein Weib, das gehorsam ist.«

Hugh erinnerte sich an ähnliche eigene Fantasien.

»Meiner Erfahrung nach werdet Ihr bekommen, was Gott Euch gibt.«

Wenn eine Stimme als stolzierend beschrieben werden konnte, war es jetzt Richards. »Mein Glück wird der Neid aller meiner *neuen Nachbarn* sein.«

Hugh grunzte: »Ihr erwartet eine ganze Menge auf der Grundlage nur einer Schlacht.«

Aber Richard hatte mit seiner Erwartung Recht, der verdammte Kerl. Hugh würde tatsächlich Prince Edward bitten, Richard seine Burg zu überlassen. Dann würde sich Richard um die Anerkennung des Adels bemühen müssen, die ihm so wichtig war, und es würde wohl kaum einfach sein, diese Anerkennung von all den Baronen und Earls zu bekommen, die mit vorgehaltenem Schwert von jenem bleichen Hanswurst dort im Bett ihres Eigentums beraubt worden waren.

Was ihm noch unangenehmer war, als zu wissen, dass er sein Bestes für Richard tun würde, war, dass Edlyn das auch wusste. Sie hielt Richard für einen guten Mann, der zu guten Taten neigte, und Hugh konnte sich nicht dazu bringen, sie dieser Illusion zu berauben – selbst wenn er dachte, dass sie ihn manipulierte. Nun lächelte sie ihn in einer Weise an, die ihn ganz unruhig an die leeren Tage denken ließ, die er seit ihrem letzten Zusammensein verbracht hatte, und die der kommenden leeren Nächte spottete, die er noch verbringen würde, bis sie endlich wieder alleine waren. Sie ließ sich neben ihm auf die Knie sinken und rückte die Kissen unter seinem Kopf zurecht.

Er war ganz verwirrt von ihrem Charme und konnte es sich nicht verkneifen zurückzulächeln. »Also, Weib, wie hat dir deine erste Schlacht gefallen?«

»Sie war so hässlich und entsetzlich, wie ich sie mir vorgestellt hatte.« Immer noch lächelte sie, sodass ihr Gesichtsausdruck ihren Worten widersprach. »Und wenn ich eine Waffe gehabt hätte, hätte ich jene Söldner mit meinen eigenen Händen bekämpft.«

Hughs eigenes Lächeln verblasste bei dem Schrecken, den dieser Gedanke ihm einflößte. »Warum?«

»Als ich sah, was Pembridge im äußeren Burghof anrichtete, und wusste, was er für den inneren Burghof, den Wohnturm, meine Söhne, meine Leute vorhatte – bei Maria, wenn ich daran denke, möchte ich ihn immer noch töten.« Sie ballte die zitternden Hände in ihrem Schoß. »Und er ist tot.«

Wie seltsam, sich seiner Frau verbunden zu fühlen, weil sie jemanden töten wollte.

Oh, er wusste, dass die Hitze der Schlacht sie mitgerissen hatte. Sie wollte nicht wirklich jemandem Gewalt antun, aber jetzt verstand sie wenigstens ein wenig die Befriedigung, die ihn antrieb, wenn er gut kämpfte und gegen die Kräfte siegte, die das Land auseinander reißen wollten.

»Der Herr hat es erledigt, Pembridge zu töten«, meinte Wharton nüchtern.

»Ich habe meine Pflicht getan und würde sie gerne jederzeit wieder tun. Es wird Monate dauern, die Schäden zu beseitigen, die er Roxford Castle zugefügt hat.«

»So war er schon immer.« Edlyn erinnerte sich daran mit einer Unbefangenheit, die Hugh bestätigte, dass sie Pembridge tatsächlich nie begehrt hatte. »Er trug einen Fluch in sich, und überall, wo er war, erstarb das Glück.«

Ihre Worte erinnerten Hugh an eine alte Freundschaft, die gleichermaßen von einem Fluch getroffen war, und er regte sich unbehaglich. »Hat irgendjemand seit der Schlacht Sir Lyndon gesehen?«

Wharton schüttelte traurig seinen Kopf. »Sir Lyndon ist getötet worden, Herr. Wir fanden seinen Körper in dem Haufen anderer Leichen von Verrätern, als der Priester seinen Segen über sie sprach.«

»Sprich nicht so respektlos von ihm«, schalt Hugh ihn scharf. »Er war ein guter Mann.«

»Ein guter Mann? Dann war es also nicht er, den ich habe für Pembridge kämpfen sehen? Und es war auch nicht er, den ich dabei beobachtete, wie er versuchte, Euch zu töten?«

»Aber er hat sein Verhalten doch bereut.«

»Ihr seid zu weich, war es nicht Sir Lyndon, den Eure Söhne sahen, wie er dem Feind das Seitentor öffnete?«

»Allyn und Parkin haben mir gesagt, dass sie sich nicht sicher seien.«

»Vielleicht nicht vor der Schlacht, aber jetzt wiegen die Beweise doch sehr schwer gegen ihn. Ich hätte ihm nie wieder ruhig den Rücken zuwenden können – und meinem Weib hätte ich das auch nicht gestattet.«

»Ich fühle mich geschmeichelt.« Edlyn sah vor sich auf den Boden, um die Belustigung in ihren Augen zu verbergen.

»Dafür gibt es keinen Grund, Herrin.« Whartons säuerlicher Gesichtsausdruck hätte einem Pfirsich den Saft entzogen. »Ich weiß nicht, warum der Herr ein Weib will, das so störrisch ist wie Ihr, aber ich folge immer seinen Befehlen.«

»Außer dass du mir nicht vertraust, wenn ich sage, dass Sir Lyndon bereit war, es noch einmal zu versuchen!«, meinte Hugh entnervt.

Wharton zuckte die Schultern. »Ich wusste, dass Ihr seine Sichtweise annehmen würdet, aber das ist egal. Er ist tot, und deshalb hat es keinen Sinn zu streiten.«

Und schließlich wusste es Hugh doch besser, als zu glauben, dass Wharton zugeben würde, dass er selbst ein Messer durch Sir Lyndons Rippen gestoßen hatte. »Nun«, murmelte Wharton leise vor sich hin, »es ist einmal geschehen, und ich kann es nicht ungeschehen machen.«

Tatsächlich wusste er auch gar nicht, ob er es gewollt hätte. Hugh hätte Sir Lyndon doch niemals wieder vertraut, und wenn er überlebt hätte, hätte es zwischen ihnen beiden doch nur Ärger gegeben.

»Abgesehen von einer Neigung, Vertrauen zu schenken, wo keines angebracht ist, ist der Herr gut in dem, was er tut. Ja, er hat die Hälfte der aufständischen Armee davongescheucht, bevor die Schlacht überhaupt begonnen hatte.« Verschmitzt fragte Wharton: »Wie habt Ihr das nur angestellt, Herr?«

Hugh fühlte sich durch Whartons Necken nicht verletzt, und er war immer bereit, Anerkennung zu geben, wo sie angemessen war. »Es war eine List, die mein Weib mich gelehrt hat.«

Edlyns Augen wurden rund und erfreut. »Wirklich?«

»Ich bin doch kein dummer Mann«, sagte Hugh. »Zweimal habe ich dich in aussichtslosen Situationen gewinnen sehen, indem du die Mittel eingesetzt hast, die dir zur Verfügung standen. Da beschloss ich, es dir gleichzutun.«

Zu seinem Entsetzen stiegen in ihren Augen große Tränen auf.

Weinen! Sie weinte! Er hatte keine Ahnung, wie man mit weinenden Frauen umging. Zur Hölle, wenn er gekonnt hätte, wäre er davongelaufen. Stattdessen sagte er: »He! Ich habe dir doch ein Kompliment gemacht!«

»Ich weiß. Es ist nur, dass« – sie zog ein Stück Verband aus ihrer Tasche und putzte sich die Nase – »dies das erste Mal ist, wo ich sicher bin, dass du mit mir zufrieden bist.«

»Mit dir zufrieden bin?« Hugh versuchte sich aufzurichten und fühlte, wie sie ihre Arme um ihn schlang. »Was meinst du damit, zufrieden? Ich bin doch immer in deinem Bett, wenn ich die Möglichkeit habe.«

»Ich will davon nichts hören.« Richard begann laut zu summen.

»In meinem Bett? Na und?«

»Na und?« Er konnte gar nicht glauben, dass sie so geantwortet hatte.

»Was im Bett passiert, ist doch nicht wichtig.«

Anscheinend hatte Richard doch nicht laut genug gesummt, denn er brach so abrupt damit ab, dass klar war, dass er sie gehört hatte. Wharton stand stocksteif da. Hugh starrte auf das tränenüberströmte Gesicht seiner Frau, und in der plötzlichen Stille bemühten sich die Männer, diesen Beweis für den Schwachsinn der Frauen zu begreifen.

Mit drei sie ungläubig anstarrenden Männern vor sich erklärte sie:

»Das ist es doch wirklich nicht. Es sind die Zuneigung und das Vertrauen zwischen Mann und Frau, die wichtig sind. *Du* warst doch auch nicht glücklich, als du das Bett verließest, nachdem wir es zuletzt geteilt hatten.«

»Ich halte mir die Ohren zu«, rief Richard, und er zog in einer langsamen Bewegung, die seine gebrochenen Rippen schonte, ein Kissen über seinen Kopf.

Alles, an was Hugh sich über ihr gemeinsames Lager erinnerte, war sein Verlangen, sie zu beherrschen, die Befriedigung, wenn es ihm gelang, und das selbstzufriedene Wissen, dass sie ihn auch beherrscht hatte.

Sie musste seinen Gesichtsausdruck verstanden haben, denn sie meinte: »Du warst nicht glücklich. Du warst zornig wegen des Hemdes, das ich Richard zurückgeben sollte.«

Richard hob das Kissen ein wenig. »Das ist doch eine Lüge! Ich habe ihr doch nie ein Hemd gegeben.«

Dass Richard einem privaten Gespräch zwischen ihm und seinem Weib zuhörte, empfand Hugh wie das Kratzen von Wolfskrallen auf Granit, und Hugh bellte ihn an: »Ihr solltet Eure Ohren etwas besser bedecken.«

Mit übertriebener Umsicht rollte Richard sich so hin, dass sie von ihm nichts als einen riesigen Berg von Decken sehen konnten.

»Einer Eurer Männer tat es.« Edlyn sprach zu dem Berg, und der Berg stöhnte. »Und Hugh wollte, dass ich es zurückschicke.« Jetzt kehrte Edlyns Blick auf den Boden zurück, und sie sah so scheu aus wie ein Mädchen. »Ich habe versucht, dich an dem Morgen zu erwischen, als du in die Schlacht rittest, um es dir zu geben.«

In genau diesem Augenblick erkannte Hugh, dass er Frauen nicht verstand.

»Um es mir zu geben?«

»Ja. Als ein Pfand von mir, das du mit in die Schlacht nehmen solltest.«

Er erinnerte sich an ihren Anblick, als Silhouette gegen den

Morgenhimmel, die ihm nachwinkte. »War das die weiße Flagge, die du benutzt hast?«

»Weiße Flagge?«

»Um deine Ergebung zu signalisieren?«

»Ich habe mich nicht ergeben!«

»Ich habe doch die weiße Flagge gesehen.«

Sie schob entrüstet ihr Kinn vor und strich sich eine Locke aus den Augen. »Ich werde die Männer nie verstehen. Ich habe dir doch gerade gesagt ...«

»*Was* wolltest du mir sagen?«

»Was?«

»Was wolltest du mir sagen, als du mit dem Hemd kamst?«

Ihr verlegener Gesichtsausdruck belustigte ihn.

»Ha, ha.« Wharton gab ein besonders scheußliches Gekicher von sich. »Sie beginnt wohl gerade zu verstehen, dass sie Euch nicht zum Narren halten kann, Herr.«

Hugh wandte seinen Blick nicht von Edlyn ab, als er sprach. »Wharton, halt dein Maul und verschwinde.«

»Aye, Herr.« Wharton bewegte sich Zentimeter für Zentimeter auf die Tür zu, wie eine Krabbe, die allmählich ihren Weg ins Meer sucht.

Richard hatte sich im Bett so herumgedreht, dass er seinen Kopf unter den Decken hervorstrecken konnte. Hugh wollte sie am liebsten beide hinauswerfen, aber Edlyn war so nervös wie ein halb gezähmter Falke und genauso fluchtbereit. Er wagte es nicht, ihr seine Aufmerksamkeit zu entziehen.

Sie bewegte ihre Lippen, als ob sie sprechen wollte, und schließlich stieß sie mühsam hervor: »Ich wollte dir damit nur sagen, dass du am Leben bleiben solltest.«

»Jeder deiner Ehemänner hat dir nichts als Kummer und Sorgen bereitet.« Vielleicht konnte ein Mann eine Frau verstehen, wenn er sich nur genug anstrengte – und lange genug lebte. »Warum solltest du dann wollen, dass ich am Leben bleibe, wenn dein Leben doch so viel einfacher wäre, wenn ich stürbe?«

Das Gewirr von Stoffstreifen aus dem Beutel ziehend, die sie zum Verbinden benutzte, begann sie, diese wieder ordentlich aufzuwickeln. »Ich wünsche keinem Mann etwas Böses.«

Er rieb sich mit einem kummervollen Gesichtsausdruck sein gebrochenes Schlüsselbein.

Mit einem Blick auf ihn sagte sie: »Du täuschst mich nicht. Ich weiß, was du versuchst.«

»Was?« Mit vorsichtigen Fingern untersuchte er die Narben und Wunden auf seinem Gesicht.

Sie wickelte schneller. »Du willst, dass ich denke, dass du Schmerzen leidest, damit ich dir sage, was ich damals sagen wollte.«

»Du hättest es mir an dem Morgen gesagt, an dem ich aufgebrochen bin. Warum kannst du es mir jetzt nicht sagen?«

»Weil ich Angst hatte, dass du sterben würdest, und …«

Er zuckte zusammen, als seine Finger eine besonders schmerzempfindliche Prellung trafen.

»Nun bist du nur in Gefahr, dass ich dich töte.« Er setzte einen Mitleid erregenden Gesichtsausdruck auf, und sie seufzte in übertriebenem Widerwillen. »Ich wollte dir nur sagen, dass du mich gewonnen hattest.«

Er schnappte nach ihrer Hand und erwischte stattdessen einen Haufen von Leinenstreifen. Angewidert warf er sie zur Seite. Sie blieben an der rauen Haut seiner Handflächen hängen, und er fluchte, bis Edlyn ihm die Bandagen wegnahm und sie sorgfältig in den Beutel zurücklegte. Sie nahm seine Hand in ihre, und er dachte, nur einen Augenblick lang, dass dies das Zeichen ihrer Unterwerfung war. Stattdessen musterte sie die Blasen mit einem Ausdruck der Besorgnis. »Hast du diese durch das Schwert bekommen?«

»Edlyn …«

Sie griff in ihren Beutel. »Lass mich schnell ein wenig Salbe darauf tun und deine Hände verbinden.«

»Edlyn, ich liebe dich.«

Sie erstarrte.

Er war entsetzt. Er hatte es einfach so herausposaunt, vor Wharton und Richard, ohne es zu planen, ohne Poesie oder Gesang. Er hätte sagen können: »Du bist das Weib meiner Seele.« Oder: »Geliebte, du bist schöner als die Sonne in all ihrer Pracht.« Liebhaber sagten so etwas.

Er hatte es immer für dumm gehalten, aber die Frauen schienen es zu mögen, und er wollte doch, dass Edlyn glücklich war.

Wenn er die Zeit gehabt hätte, nachzudenken, wäre ihm sicher irgend so ein Unsinn eingefallen, aber plötzlich war es ihm als ungerecht erschienen, dass sie ihm ihre Liebe erklären sollte, bevor er es tat. Schließlich hatte sie schon vorher geliebt und erlebt, dass diese Liebe wie Vogeldreck behandelt worden war.

Das war der eigentliche Grund, wie er jetzt wusste, warum sie so vorsichtig war und ihr eigenes Herz so heftig und starrsinnig verteidigte.

Und nun hatte er sie durch seine plumpen Worte auch noch beleidigt und musste versuchen, seinen Fehler wieder gutzumachen.

Er murmelte: »Robin hat es schöner gesagt, nicht war?«

Sie legte die Finger auf seine Lippen.

»Robin konnte wunderbar reden, aber er sagte es dafür auch so vielen Damen.« Mit ihrem Daumen fuhr sie über seine Lippen und sagte dann: »Mir gefällt deine Version besser.« Sie beugte sich so weit vor, dass ihre Lippen den Platz ihres Daumens einnehmen konnten, und ihr Atem liebkoste ihn. »Ich denke, wenn wir die Scheune von Roxford wieder aufgebaut haben, sollten wir dorthin gehen und einen Mädchentraum von mir nachspielen.«

»Welcher Traum wäre das denn?« So zu sprechen war wie ein hörbar gemachter Kuss, und er genoss die Bewegungen, die Wärme und die Vorfreude auf stillere – und leidenschaftlichere Küsse.

»Von dir. Und mir.« Voller Rücksicht auf seine Wunden

und Brüche streckte sie sich vorsichtig an seiner Seite aus. »In einer Umarmung gefangen.«

Zwei Körper konnten nicht näher beieinander sein, aber immer noch verspürte er ein leises Nagen der Unzufriedenheit. Mit seiner Hand an ihrem Kinn schob er ihren Kopf hoch und sah ihr in die Augen. »Ich sage, du hast eine weiße Flagge geschwenkt.«

»Es war ein Hemd.«

»Es war ein Zeichen der Unterwerfung.«

»Es war ein Pfand meiner Liebe.«

Das war es. Das war, worauf er gewartet hatte. »Welches ich angenommen hätte.« Er verstärkte seinen Griff um Edlyn. »Wenigstens habe ich dich jetzt sicher.«

Whartons Blick traf auf Richards, und Wharton grinste. Er machte Richard keinen Vorwurf, weil dieser entsetzt dreinsah. Er wollte sich dieses Liebesgeschwafel auch nicht mehr anhören. Pech für Richard, dass er nicht hinausgehen konnte.

Wharton ging zur Tür. Richard starrte ihm finster hinterher.

Hugh berührte Edlyns Lippen. »Und ich habe deine Liebe.«

Edlyn ließ ihre Hand zu Hughs Herz gleiten. »Wie ich deine habe.«

Als Wharton die Tür hinter sich schloss, hörte er von Richard erstickte Würgelaute.

Das Paar auf dem Boden nahm sie nicht wahr.